Philip Roth

Operation Shylock

夏洛克行动

[美]菲利普·罗斯——著　　黄勇民——译　　　　　　上海译文出版社

献给克莱尔

目　录

וַיִּוָּתֵר יַעֲקֹב לְבַדּוֹ וַיֵּאָבֵק
אִישׁ עִמּוֹ עַד עֲלוֹת הַשָּׁחַר[①]

只剩下雅各一人。有一个人来和他摔跤，直到黎明。

　　　　　　　　　　——《圣经·旧约·创世记》第 32 章第 24 节

我整个的存在尖叫着对抗它自己。

存在无疑是一场辩论……

　　　　　　　　　　　　　　　　——克尔恺郭尔

---

① 希伯来语，不可心里恨你的弟兄。出自《圣经·旧约·利未记》第 19 章第 17 节。

前　言

　　出于法律原因，我不得不更改本书中的一些事实。这些微小的改动，主要涉及一些身份和地点的细节，对于整个故事及其真实程度无伤大雅。任何改动过的名字第一次出现时都用一个小圈表明。

　　《夏洛克行动》的素材取自笔记日志，所陈述的内容精确，因为我尽可能按我五十五岁左右时的亲身经历、一九八八年初达到高潮的那些事件的实际情况叙述，当时我同意为以色列情报机构摩萨德收集一次情报。

　　对德米扬尤克案的评论准确坦率地反映了我在一九八八年一月的想法，比被告上诉时提出的苏联证据几乎早了五年，证据导致以色列最高法院考虑撤销耶路撒冷地区法院一九八八年的死刑判决，我旁听了当时的庭审，并在书中作了描述。根据一九四四年至一九六〇年的苏联庭审记录（苏联解体后，这些庭审记录全部曝光），二十一名士兵自愿叛投德国党卫军，后来被苏联当局处决，这些庭审记录证实特雷布林卡集中营的"恐怖伊凡"实际上是马尔琴科，不是德米扬尤克，被告据理力争，表示毫无疑问检方不可能证明克利夫兰汽车工人约翰·伊凡·德米扬尤克和臭名昭著的毒气室操作工是同一个"伊凡"。检方辩称：苏联的档案不仅前后矛盾漏洞百出，而且更为重要的是，这一证据是在无法查证的情况下从卫兵那里获取的，且无从对质，因而是不可接受的道听途说。除此之外，检方辩称，从德国联邦档案中新发现的文件力证，德米扬尤克在否认他也是特拉夫尼基训练营、弗洛森比格集中营以及索比堡死亡集中营的卫兵时多次作了假誓。

时至今日，最高法院仍在审议针对此案的上诉。

菲·罗

一九九二年十二月一日

第一部分

一　皮皮克出现

一九八八年一月，元旦过后几天，我听说了另一个菲利普·罗斯。当时，我表弟阿普特尔°从纽约打电话给我，说以色列电台报道我在耶路撒冷出席对约翰·德米扬尤克的审判，据称这家伙就是特雷布林卡的"恐怖伊凡"。阿普特尔告诉我，对德米扬尤克的审判正通过广播和电视每天完整地实况转播。据他的房东太太说，前天我短暂地出现在电视荧屏上，实况播音员指认我是法庭的一名观众，随后，就在今天早晨，我表弟他自己也在广播中确证了这一消息。阿普特尔打电话来核实我究竟在何处，因为从我上一封信的内容他判断我不可能在耶路撒冷，我要到本月底以后才计划去采访小说家阿哈龙·阿佩尔菲尔德。他告诉房东太太，如果我在耶路撒冷，我肯定已经与他联系了，事实也的确如此——我在写《反生活》"犹太区"的时候，曾四访耶路撒冷，每次抵达后一两天，我照例会请阿普特尔吃午饭。

我的这位表弟阿普特尔——两次被迫从我母亲身边离开——是个长不大的大人，一九八八年他已经五十四岁，岁数不小，但发育不足，玩具娃娃一般，小脸上神情木然，活像一个正上年纪的少年演员。尽管他全家在一九四三年德国疯狂谋杀犹太人时耗尽了生命，阿普特尔的脸上却绝对没有二十世纪犹太人苦难生活的烙印。他这条命是一个德国军官救的，军官在一个波兰运输场将他劫持后卖给了慕尼黑一家男妓馆,以此为一份获利颇丰的副业。那年,阿普特尔九岁。直到今天,他依然受缚于那种稚气,五十多岁的人了,还说哭就哭,说脸红就脸红,积习难改的哀求目光几乎不敢正视别人,整个生命依然笼罩在过去的阴影之中。正因为如此,我不相信他在电话里说的任何有关另一个菲利普·罗斯的话,这个菲利普·罗斯到了耶路撒冷却没让他知道。他渴望见到那些不在耶路撒冷的亲人的心情难以平息。

四天后,我在纽约接到了第二通告知我出现在耶路撒冷的电话,是阿哈龙·阿佩尔菲尔德打来的。一九八〇年代初,每年大部分时间我依然住在伦敦,在一次以色列驻伦敦文化专员为阿哈龙举行的招待会上我认识了他,此后我俩就成了好朋友。美国出版了他的小说《不朽的巴特法斯》的新译本,就因为此事,我为《纽约时报书评》安排了对他的采访。阿哈龙打电话告诉我,在他每天去写作的那家耶路撒冷咖啡馆里,他偶然拾得一份上周《耶路撒冷邮报》的周末版,在整整一页"下周文化要事一览"里,星期日底下有一件他认为我应该知道的大事。阿哈龙说,要是早几天看见这条新闻,他就会作为我的密使悄悄去参加这次活动了。

"大流散:犹太问题的唯一出路。"演讲人:菲利普·
罗斯;

讲座结束后讨论会。晚上六点。大卫王酒店,供应
茶点。

那天整晚我都在琢磨:阿哈龙证实了阿普特尔的消息,我该怎么办?经历了一个基本无眠的夜晚之后,我最后终于说服自己:一系列差错碰巧凑在一起,结果出现了身份的混淆,最好的办法就是不予理睬。第二天我起得很早,甚至还没有顾上洗脸,就拨通了耶路撒

冷大卫王酒店五一一套房的电话。我问接电话的女士——她操着一口美国英语——菲利普·罗斯先生在吗？我听见她在电话里高声招呼某人："亲爱的——你的电话。"随后，一个男人接了电话。我问："你是菲利普·罗斯吗？""是的，"他回答，"请问你是谁？"

　　来自以色列的电话打到了曼哈顿酒店的两居室套房内，我和妻子已经在这里住了近五个月，好像被搁置在过去和将来的分界线上。大城市的酒店生活毫无人情味，而我们夫妇俩本性又十分喜欢温馨的家庭生活。我们准备不足，离开家园，漂泊不定，人地生疏，一起这样生活着。可即便如此，就现阶段而言，这也好过回到康涅狄格州的农庄住宅；去年春天和初夏，克莱尔一筹莫展地陪在我身边，担心会发生最可怕的事，而我差点没能熬过一生中最为痛苦危急的时期。宽大僻静的老屋离最近的邻居住宅也有半英里，四周树林环抱，一条长长的土路尽头便是开阔的田野。十五年来，老屋那种为我集中精力所需的与世隔绝，成了我精神崩溃的怪异背景。这样一个装有护墙楔形板的舒适的庇护所，有宽宽的栗色地板和陈旧的安乐椅，到处堆满书，壁炉里几乎每晚都有一截木材在熊熊燃烧，突然变成了一处可怕的精神病院，同时幽禁着一个令人讨厌的疯子和一位不知所措的看护人。一个我喜欢的地方已变得让我恐惧，我发现自己不愿意回去住，哪怕是在经历了这五个月的酒店流亡生活之后，我勤奋的天性又慢慢掌握控制权，让我能重新踏踏实实地沿生活的老路一路小跑。（回归一开始只是试探性的，因为我绝不相信事情还像早先那样有把握，就像站在一栋因炸弹恐吓而被临时清空的办公大楼前的劳动者大军那样，我会缓缓地走回去。）
　　事情是这样的：
　　一次膝盖小手术之后，我的疼痛不仅没有逐渐消退，几周后反而变得越来越严重；原先我决定动手术是因为膝盖持续不舒服，可现在疼痛远不止于此。当我去找那位年轻的外科医生咨询我不断恶化的病情时，他只轻描淡写地说了句"有时会发生这种情况的"，还说事先告诫过我手术也许没用，就把我这个病号打发了。我震惊不已，只能靠手头这点药物来安抚自己的情绪和疼痛。一次简单的门诊导致这样一种惊人的后果，任何人遇到这种事也许都会感到生气和沮丧，而我的情况更糟。

我的大脑开始崩溃。"DISINTEGRATION"（崩溃）这个词本身如同组成我大脑的物质，开始自发地分崩离析。十四个字母就像我那精巧组合的大脑构件，巨大厚实、大小不一，被拆得相互分离、参差不齐，有时一个字母碎片自成一体，但通常是两三个不能发音、不成音节的字母的切片痛苦地连结在一起，它们的边缘高低不平呈锯齿状。这种精神上的崩溃就像拔掉一颗牙似的真切，有身体上的明显感觉，其痛苦实在难以忍受。

类似的或比这更糟的幻觉日日夜夜蜂拥而至，像一群我无法阻挡的野兽。我什么也阻挡不了，我的意志被许许多多最微小、最愚蠢的想法抹掉了。一天两次、三次、四次，未经刺激，没有预警，我会开始哭泣。不管是独自一人在工作室里翻阅又一本读不了的书，还是和克莱尔一起吃饭时无望地盯着眼前找不到任何理由吃下去的食物，我都会哭泣。我在朋友面前哭泣，在陌生人面前哭泣，甚至独自坐在马桶上时，我也会情不自禁以泪洗面，泉涌般的泪水使我的情感暴露无遗——累积了五十年的泪水把我内心深处的情感病态卑微地袒露在每个人的面前。

我每隔两分钟就会想起我的衬衣袖子。我似乎无法克制自己不去狂热地把它们卷起，再同样狂热地将它们放下，一丝不苟地扣好袖口，只为重新把它解开，接着重复这套毫无意义的动作，仿佛它的意义触及我存在的核心。我控制不住地猛然推开窗户，又在幽闭恐惧症发作被寒意取代时砰地关上，好像这些窗户不是被我而是全部由别人打开的。我的心跳飙升到每分钟一百二十击,可人却像脑死亡一般坐在播报晚间新闻的电视机前,像一具只有一颗心脏在剧烈跳动的尸体,记录心跳的那台时钟的走速是地球上任何一台时钟的两倍。这是我根本无法克制自己恐慌的又一例证,即恐慌情绪白天间或发作,然后持续到晚上再大规模爆发。

我恐惧黑暗的时光。通向卧室的楼梯就是障碍赛道,迈出的每一步都是痛苦——弯下那条好腿,拖着那条坏腿——我感到自己是在前往遭受折磨的路上,而且这一次我无法幸存。我能在不崩溃的状态下熬到天亮的唯一机会,就是抓住一个源自我最纯真过往的护身符一般的形象,努力挺起冲击着那段记忆桅杆的漫漫长夜。那是我在一种渴望的驱动下,歇斯底里召唤出来救自己一命的一段往事:哥哥拉着我走在我们那条街上,街两旁是一栋栋出租房和避暑别墅,走到用木板铺成的海滨步道,走下一段木阶,来到泽西海滨小镇的海滩上;每年夏天,我们家在镇上租一间房子,呆上一个月。"桑迪,请带上我吧!"当我以为(通常是我搞错了)克莱尔已经熟睡时,我会大声反复念叨这句咒语,这七个孩子气的字从未被我如此热切地喊出口过,哪怕曾经有过,那也是在一九三八年,那年我五岁,我那个体贴入微、关怀备至的哥哥十岁。

晚上,我不让克莱尔拉上窗帘,因为我必须知道日出开始那一刻太阳在升起;但是,每天清晨,当东面窗户(紧靠我睡觉的那一头)的窗格开始发亮的时候,我对黑夜的恐惧刚刚结束,内心所感到的那点宽慰就被我对即将开始的白天的恐惧彻底取代。黑夜没完没了,令人难以忍受;白天没完没了,令人难以忍受。我伸手到药盒里取药,借以摆脱缠身的痛苦,求得几小时安逸。我没法相信(尽管我没有别的选择,只能相信)药盒里那只颤抖的手竟然属于我。"菲利普在哪儿?"我一边惘然地问克莱尔,一边站在泳池边紧紧攥住她的手。连续几个夏天,我经常在这个池里游泳,每一天结束时游上三十分钟。

现在,我却连一根脚指头都不敢往里伸,担心这表面泛着美丽夏日光辉的数千加仑的池水,定会把我永远吸附在池底。"菲利普·罗斯在哪儿?"我大声问,"他到哪儿去了?"我并没有装腔作势,我问是因为我想知道。

这种情况,还有更多类似的情况,持续了一百个白天和一百个黑夜。如果那时有人打电话说在耶路撒冷战争罪行审判庭上看到菲利普·罗斯,或者看到耶路撒冷报纸上登载的菲利普·罗斯将在大卫王酒店做关于"犹太问题的唯一出路"的讲座信息,那么我没法想象自己将会做些什么。尽管我彻底陷入了自暴自弃的灾难之中,但是这或许提供了确切的证据,让人心神不定,足以使我不顾一切去自杀。因为我一直想自杀。一般情况下,我想到的是溺死,地点就选门前大路对面的那个小池塘,要是我不那么怕水蛇啃噬我的身体的话;或者是仅仅几英里外那片风景如画的大湖,要是我不那么怕一个人开车到那儿的话。五月份我们到纽约接受哥伦比亚大学授予我的名誉博士学位那次,趁克莱尔下楼去杂货店买东西时,我打开酒店十四楼房间的窗户,一面仍紧紧抓住窗沿,一面尽可能将身子向外朝内庭倾斜,我自言自语道:"跳下去吧,现在没有水蛇来阻挡你了。"但是又有我父亲来阻挠,明天他要从新泽西州来看我获得学位。他爱在电话里调侃我,叫我"博士",以前但凡我要领受类似的荣誉时他也是这样。我得等他回家后再跳楼。

在哥伦比亚大学的主席台上,沐浴在灿烂的阳光底下,面对着喜气洋洋聚集在图书馆广场上准备观看毕业典礼的数千名观众,我确信自己坚持不了整整一个下午的典礼,我会开始大声尖叫或者失去控制哭起来。我永远无法明白自己是如何撑过那一天或者前一晚名誉博士候选人的欢迎晚宴而没有原形毕露,没让每个见过我的人看出我是个穷途末路之人,而且将要证明这一点。假如我没能协调好赤裸的自我与它叫嚣着渴望抹去的我对八十六岁老父亲的忠诚,那么我永远也无法明白自己会不会把身子再往外倾斜一点,从酒店半空的窗口跳下,或者甚至第二天在主席台上自杀,而我的死亡将彻底粉碎父亲的生活。

哥伦比亚大学的典礼结束后,父亲和我们一起回宾馆喝咖啡。数周前,父亲就已经察觉有什么事情很不对劲,尽管当我们见面或者通电话时,我坚持说只是膝盖疼痛不止,感到痛苦不堪。"你看上去没精打采,"父亲说,"样子糟糕极了!"我的模样使他自己的脸色变得灰白——可众所周知,他到目前为止还没得过什么要命的病呢!"膝盖,"我回答,"疼。"随后便不再言语。"这不像你,菲尔,你对一切都是泰然处之啊!"我笑了。"是吗?""喏,"他说,"回家后打开它。"他递给我一个用硕大的牛皮纸包好的包裹,看得出来这是他亲手包的。"用来配你的新学位证书,博士。"他说。

他给我的是一幅5×7英寸的人像照,是大约四十五年前一位大都会人寿的摄影师拍的,那年,我父亲赢得公司里人人竞相争夺的纽瓦克区销售奖。现在我几乎回想不起他当时的样子了。我刚进研究生院时,他是个努力奋斗、不偏不倚的保险代理人,一副大萧条时期的美国人那种传统古板的样子:老式的领带打得一丝不苟,一身双排纽扣的正装,稀疏的头发剪得很短;目光平稳,脾气随和,为人持重,不苟言笑——一个老板希望能拉进自己团队,客户信得过的人,一个地地道道的普通人。"相信我,"照片里的头像说,"使唤我吧,提拔我吧,你不会失望的。"

第二天早晨,我从康涅狄格州打电话给他,想告诉他我的真实感受,告诉他那幅当作礼品的老照片如何使我激动不已时,父亲突然听见他五十四岁儿子的抽泣声,自孩提时代以来,他儿子还没有这样哭过。可父亲的反应如此淡定,真让我大吃一惊,因为我的哭声听上去完全像一种彻底的精神崩溃。"哭吧!"他说,好像知道我一直对他隐瞒的一切,正因为知道这一切,他才冷不防地决定给我那幅展现了他最坚毅一面的人像照。"哭个痛快吧,"他极为温柔地说道,"不管什么事,痛哭一场就好了……"

有人告诉我,上述全部苦难都是由我每晚服用的安眠药造成的,即苯二氮卓类三唑仑,这款市面上叫"海乐神"的药物近期被控造成全球范围内的服用者精神失常。一九七九年,即此药首次引进荷兰两年之后,它就遭到全面禁售;八年后,我配到了这种药;在法国和德国,从一九八〇年代起,我每晚服用的这种剂量的海乐神已经从药店的柜台上撤下;在英国,自从一九九一年秋英国广播公司一档电视节目里曝光后,这药就被彻底禁用了。真相的披露——对像我这样的人来说,这算不上披露——发生在一九九二年一月,《纽约时报》发表了一篇长文,开头几段醒目地登在报纸头版,是这样写的:"近二十年来,这家制造了世上最畅销安眠药海乐神的医药公司,对国家食品和药品管理局隐瞒了大量有关该药造成的严重精神副作用的数据……"

我精神崩溃后又过了十八个月,才第一次在一份美国畅销杂志上读到一篇全面揭露海乐神的文章——详细描述了作者口中的"海乐神疯狂"。文章援引英国医学杂志《柳叶刀》的一封信,一位荷兰精神病学家在信中列举了与海乐神有关的一系列症状,是他在对服用此药的精神病患者进行研究之后发现的,读起来就像是针对我的不幸的教科书式综述:"……浑身虚弱,人格解体,现实感丧失,妄想偏执,严重的慢性焦虑,持续不断地担心自己会发疯;……患者经常感到绝望,不得不与几乎无法抗拒的自杀冲动进行抗争。我知道有个病人真的自杀了。"

我最终没进医院——或者没被埋葬——也只是一种幸运。我碰巧停用了海乐神,我的症状开始减弱,并最终消失。一九八七年初夏的一个周末,我的朋友伯尼·阿维沙从波士顿开车南下看我,因为我在电话里念叨要自杀让他大为惊慌。那时,我已深陷痛苦三个月之久,和他单独呆在我的工作室里时,我告诉他,我已经下决心送自己进精神病院了。不过,我克制着没有说出自己的担心:我怕我一旦进去就再也出不来了。得有人来说服我才行——我需要伯尼来说服我。他打断我的话——这种不礼貌的行为让我非常恼火——问道:"你在服用什么?"我提醒他我没吸毒,没"服用"任何东西,只是靠些药物助眠以及平复情绪。我很生气他没领会情况的严重性,于是尽可能直截了当地坦白了可耻的事实:"我垮了,精神彻底垮了。你的这位朋友脑子有病!""你吃的是什么药?"他回答说。

　　几分钟后,他让我与波士顿的精神药物专家通话,后来我获悉,这位专家就在前一年救了伯尼,他跟我一样患了海乐神引发的精神崩溃症。这位医生先问我感觉如何,当我将情况告诉他时,他转而告诉我,我正在服什么药才会有这样的感觉。开始时,我拒绝承认我这些痛苦的根源只是一种安眠药,并且坚持说他像伯尼一样,没能理解我正在经受的煎熬。最后,在征得我的允许之后,他打电话给我当地的医生,在他们共同的监护下,我从当天晚上开始停止服用海乐神。停药的过程我不想再经历第二遍,当初我以为自己会熬不过去。"有时候,"那位荷兰精神病学家范·德·克罗夫博士在《柳叶刀》的文章中写道,"会出现停药后的戒断症状,比如恐慌感迅速增强,容易大量出汗。"我停药后出现的各种症状持续了七十二个小时。

　　范·德·克罗夫博士列举了他所观察到的,在荷兰其他地方出现的一些海乐神致疯的病例,并表示:"病人无一例外都把这患病期描绘成地狱一般。"

　　接下来的四周,我所感受到的那种无力感,尽管不再将我掏空,却依然如影随形,尤其是在我因缺觉而白天精疲力竭、恍恍惚惚,接着晚上因停用海乐神而持久失眠,思想负担沉重,老想着在克莱尔、我的兄弟以及朋友面前如何丢脸,我的那些朋友在我一百天痛苦的日子里一直努力亲近我们。我感到羞愧难当,但这也是一件好事,因为丢面子对我来说好像是一种回归昔日自我的迹象,不管是好是坏,我比较关心如个人自尊心这样的寻常事,胜过关注钻过谁家池塘淤泥的食肉蛇。

大部分时间我不相信是海乐神弄得我几近精神崩溃。尽管我的精神恢复很快,情绪也相应地变得平稳,我似乎又能像以前一样有效地安排自己的日常生活,但私下里,我还是半信半疑,也许是安眠药加剧了我的精神崩溃,可罪魁祸首是我自己,在经历了一场失败的膝盖手术和肉体上持续的痛楚这种程度的灾难后,我偏离了正轨。我半信半疑的是,造成我转变——变形——的原因不在于什么制药商,而在于我内在的某种隐蔽的、模糊的、掩饰的、压抑的东西,或许是某种直到我五十四岁才创造出来的东西,和我的行文风格、我的童年或我的肠子一样同是我、同属于我;我半信半疑的是,不管我想象自己是其他任何什么,我同样也是那个,且如果情况足够恶劣,我会再次变成那个——无耻的寄生虫,无用的异类,身心有缺陷的可怜人:他精神错乱而非头脑敏捷,道德败坏而非真诚可靠,他缺乏自省,缺乏宁静,缺乏任何可以感知生活多美好的平凡勇气;变成一种狂躁的、疯狂的、可憎的、极度痛苦的、令人作呕的、幻觉般的那个,它的存在一直让人胆战心惊。

经过精神病学家、报纸、医学杂志的大量揭露,厄普约翰①那小小的神奇的安眠药片对于我们许多人来说潜伏着改变精神心智的冲击效应,这之后又过了五年,我还半信半疑吗? 一个简单而真实的回答是:“为什么不可以半信半疑呢? 如果你是我的话,难道你不会这样吗?”

---

① William Erastus Upjohn(1853—1932),厄普约翰制药公司创始人。

至于大卫王酒店五一一套房里的那个菲利普·罗斯,我已经与他通过电话,他当然不是我——好吧,他到底想干什么,我不得而知,因为我在被他问到尊姓大名时不但没有回答,而且马上挂了电话。我想,你本不应该打电话。你没理由对此事感兴趣,你没必要惊慌失措。真是太可笑了!你应该想到,这只是某人碰巧同名同姓。即便不是那么回事,如果在耶路撒冷有骗子冒充你,那也没必要采取措施。没有你的介入,其他人也会揭发他,已经有人这么做了——阿普特尔和阿哈龙。在以色列,认识你的人足够多,他不可能不被揭露,不可能不被逮捕。他能给你造成什么伤害?你只会自己伤害自己,考虑不周就行动,像这样一时冲动打电话。最不该让骗子知道的事,就是他的骗人把戏正使你烦恼,因为不管他明目张胆试图做什么,使你烦恼正是其核心。淡然处之是你唯一的选择——至少现在是这样。

　　我惊慌失措的原因也就在于此。毕竟,他如此实打实地向我宣称他是谁,我只要跟他说我是谁,接着看看会发生什么,也许这会让人大开眼界,甚至趣味无穷。可我谨小慎微,一下子挂断电话。这是一种无助恐慌的表现,一种突如其来的暗示:停止服用海乐神后近七个月,我的精神创伤也许根本就没治愈。"嘿,我也是菲利普·罗斯,出生在纽瓦克的菲利普·罗斯,写过许多书。你是哪一位菲利普·罗斯?"我很容易就这么与他了断此事;可是恰恰相反,他与我做了了断,他盗用我的姓名接了电话。

　　当我下周抵达伦敦时,我决定不对克莱尔提任何有关另一个菲利普·罗斯的事。我不想让她以为有什么潜在的问题使我感到严重不安,尤其是就她个人而言,她似乎还不相信我已经康复,已有足够的力量去克服所有复杂或费神的情感危机……更确切地说,我突然不再对自己有百分之百的把握。一旦到了伦敦,我甚至不愿想起阿普特尔和阿哈龙曾打电话到纽约的事……是啊，要是一年前，类似的情况很可能被我漫不经心地当成一种消遣，或者一种刺激合理利用，如今却需要我谨小慎微地采取预防措施，谨防被蒙骗。意识到这一点我并不开心，然而我不知道如何更好地阻止这琐碎的怪念在我的脑海中发展壮大，就像怪念曾在海乐神的影响下被痛苦地放大那样。我会做我必须做的事，以保持一种合理的视角。

到伦敦的第二个晚上，因为时差的缘故我仍然睡得很差。夜里第三次或第四次惊醒之后，我开始琢磨，那些从耶路撒冷打来的电话以及我打回耶路撒冷的电话有没有可能是在梦中出现的。那天早些时候，我发誓我是在酒店的书桌边接听两通电话的。当时我正坐在那里准备一组问题，这些问题是我在重读了阿哈龙的作品之后想出来的，打算用来向身在耶路撒冷的作者提问。然而，考虑到那两通电话内容之离奇，在那个漫漫长夜里，我成功说服自己，那两通电话只可能是我熟睡时在梦中接听的。那种每个人晚上都会做的梦，梦中人可辨，说话时也像真的，可说的内容听起来却毫不真实。如此想来，做这种的梦原因未免太过明显，让人同情。那个冒名顶替之人——他莫名其妙的荒诞行径阿普特尔和阿哈龙提醒过我，他的声音我亲耳听过——也许是我出于对康复后第一次独自在国外时精神崩溃的担心而创造出来的一个鬼魂，一个有关某个完全不受我控制的自我侵占者归来的梦魇。至于通知我耶路撒冷有人假冒我的报信者，他们也只是象征性的，是梦本身直接的衍生品，这不仅是因为他们对这个意外出现的人物的熟悉程度远胜于我，而且因为他们每个人都有一个极大的变形，而他们原来的泥身甚至尚未退火①成不碎的本体，要知道第三帝国永久地、令人难以想象地改变了我表弟和我

---

① anneal，一种热处理工艺。先将材料暴露于高温下，再让其慢慢冷却，以增加其韧性。

朋友的童年,相比之下,弗朗兹·卡夫卡塑造的倍受赞美的变形就显得苍白无力了,我在这里仅列举二人作为例子。

我是那么急于确认事实,确定我的梦只是稍稍溢过它的堤岸,甚至没等到天明就起床给阿哈龙打电话。耶路撒冷此时天亮已有一个小时,而且阿哈龙起床很早。不过,即便我不得不冒险吵醒他,我也要这样做。因为我感到没法再多等一分钟,我要让他证实这件事完全是我自己精神失常,我们从未在电话里讨论过另一个菲利普·罗斯的事情。然而下了床,在下楼去厨房悄悄给他打电话的路上,我意识到,要说服自己那只是一场梦简直痴心妄想。我想,我应该冲过去打电话的那个人不是阿哈龙,而是波士顿的精神药物专家,问问看连续服用三个月的三唑仑究竟意味着什么。我实在没法确定我的大脑是否已经受到永久损伤。打电话给阿哈龙的唯一原因,是想听听他有什么新的异常情况需要报告。不过,我为什么不越过阿哈龙,直接去问骗子本人呢?问他究竟想干什么?假装"一个合理的视角"只会进一步把自己暴露在由错觉制造的新一轮危险中。如果说有什么地方需要我凌晨四点五十去电的话,那也是大卫王酒店的五一一套房。

早餐时,我想了想,觉得自己做得很不错,凌晨五点没给任何人打电话就回床睡觉了。我有一种乐而忘忧的感觉——我能掌控自己的生活,作为男人能再次自豪地想象自己掌控自己!其他一切也许都是幻觉,只有合理的视角不是。

接着,电话铃响了。"菲利普?又有好消息了!今天晨报上有你的消息!"是阿哈龙。

"太好了!这次是什么报纸?"

"这次是一份希伯来文报纸。有文章报道你在格但斯克访问莱赫·瓦文萨①。你出席德米扬尤克审判之前就在那里。"

---

① Lech Walesa(1943—　),波兰政治家,曾任波兰总统,1983 年获诺贝尔和平奖。

假如跟我说这话的是其他任何人,我也许倾向于相信这是对我的嘲弄。可不管阿哈龙如何从人生荒诞的一面获得乐趣,故意恶作剧、开玩笑,即便最轻微的胡闹,也与他禁欲、严肃、温和的性格毫不相符。他知道这是个玩笑,这一点显而易见,可是他跟我一样丈二和尚摸不着头脑。

克莱尔坐在我的对面,一边喝咖啡一边读《卫报》。我们马上就要吃完早餐了。在纽约时我不是在做梦,现在也不是。

阿哈龙的嗓音温和,非常轻柔,适合听觉高度灵敏的人。他的英语说得非常准确,每个字都稍带以色列老人通常说话的口音。这种嗓音很悦耳,抑扬顿挫,颇有说书大师戏剧般的效果,轻柔独特,充满生气——我全神贯注地听着。"我现在把你的声明翻译过来,"他对我说,"'我访问格但斯克是为了与他讨论,一旦团结工会上台——这种事迟早会发生,犹太人重新定居波兰的问题。'"

"你最好全文翻译,从头开始。这篇文章登在报纸的哪一页? 有多长?"

"不长,也不短。登在报纸的最后几页,与特写刊登在一起,还有一张照片。"

"谁的照片?"

"你的。"

"是我吗?"

"应该说是的。"

"报道的标题是什么?"

"'菲利普·罗斯会见团结工会领导人。'小标题是:"'波兰需要犹太人',瓦文萨对来访格但斯克的作家如是说。'"

"'波兰需要犹太人',"我重复道,"我的祖父母要是能活着听到这句话就好了。"

"'"大家都在议论犹太人,"瓦文萨告诉罗斯,"西班牙因驱逐犹太人而没落,"团结工会领袖在格但斯克造船厂——一九八〇年团结工会即诞生于此——召开的两小时见面会上如是说,"当有人对我说'什么样的犹太人发了什么疯才会到这里来?'时,我对他们解释说,犹太人和波兰人共同经历的数百年历史可不是'反犹主义'这一个词可以概括的。我们应该谈的是一千年的辉煌而不是四年的战争。历史上意第绪文化的大爆发,现代犹太生活中每一次伟大的思想运动,"团结工会领袖对罗斯说,"都发生在波兰的土地上。意第绪文化是犹太人的同样也是波兰人的。没有犹太人的波兰是不能想象的。波兰需要犹太人,"瓦文萨告诉这位美国出生的犹太作家,"犹太人需要波兰。"菲利普,我觉得我是在读一个你写的故事。"

"但愿如此。"

"'罗斯,这位《波特诺伊的怨诉》及其他颇具争议的犹太小说作者,称自己是个"狂热的流散主义者"。他表示流散思想已经取代了他的写作。"我访问格但斯克是为了与他讨论,一旦团结工会上台——这种事迟早会发生,犹太人重新定居波兰的问题。"目前,作家发现他关于重新定居的思想在以色列遇到的敌对情绪远胜过在波兰的敌意。他认为,不管波兰反犹主义曾如何令人难以忍受,"伊斯兰教中弥漫的仇犹情绪根深蒂固,非常危险。"罗斯继续说,"所谓的犹太人正常化从一开始就是一种悲剧般的幻想。但是,当有人期待这种正常化在伊斯兰教的核心地区兴旺发达时,这甚至比悲剧还要糟糕——这是自杀。不管希特勒对我们来说有多恐怖,他也只是横行了十二年,对于犹太人来说,十二年算什么? 现在该是他们返回欧洲的时候了,数百年来,一直到今天,欧洲一直是最正宗的犹太人家乡,它是拉比犹太教、哈西德犹太教、犹太现世主义和社会主义等的诞生地。当然也是犹太复国主义的诞生地。但是,犹太复国主义已经失去了它的历史功能。现在该是在欧洲流散运动中复兴我们的卓越精神和文化作用的时候了。"罗斯担心在中东发生第二次大肆屠杀犹太人事件，他认为"犹太人重新定居"是唯一出路，通过它来确保犹太人的幸存，达到"对希特勒和奥斯威辛历史上和精神上的胜利"。"对于那些大屠杀的恐怖事件，"罗斯说，"我并非熟视无睹。但是，当我出席德米扬尤克审讯，看着这个折磨犹太人的家伙，这个披着人皮的罪犯施虐狂，被纳粹像疯狗一样放出来咬我们的人民时，我问自己：将来是谁、什么在欧洲占据上风，是这个不齿于人类的屠夫——畜牲，还是给人类带来肖洛姆·阿莱赫姆、海涅和爱因斯坦的文明？是否就因为他，我们要一直被逐出欧洲大陆，这块大陆曾滋养了欣欣向荣的犹太世界——华沙、维尔纽斯、里加、布拉格、柏林、利沃夫、布达佩斯、布加勒斯特、萨洛尼卡和罗马？是时候了！"罗斯总结说，"回到属于我们的地方去，回到历史上我们绝对有权居住的地方去，恢复遭德米扬尤克一类刽子手否定的伟大的犹太欧洲命运。'"

这就是文章的结尾。

"我这想法多棒啊！"我说，"它一定会为我在犹太复国主义的家乡赢得不少新朋友。"

"任何一个在犹太复国主义家乡读到这篇文章的人，"阿哈龙说，"只会想这是'又一个疯狂的犹太人'！"

"那我倒宁愿他在酒店登记时签的名是'又一个疯狂的犹太人'，而不是'菲利普·罗斯'。"

"'又一个疯狂的犹太人'也许不够疯狂，满足不了他的mishigas①。"

当我看见克莱尔不再读她的报纸，而在专心听我说话时，我告诉她："是阿哈龙。以色列有一个疯子用我的名字到处冒充我。"随后，我对阿哈龙说："我在告诉克莱尔以色列有个疯子在冒充我。"

"对，不过，毫无疑问，那个疯子认为在纽约、伦敦和康涅狄格有

---

① 意第绪语，疯狂。

18

个疯子在冒充他呢！"

"除非他根本不疯，而且完全知道他在做什么。"

"你指的是什么？"阿哈龙问。

"我没说我知道，我说是他知道。以色列有那么多人知道我，见过我——这家伙怎么能在以色列记者面前冒充菲利普·罗斯，而且那么容易蒙混过关？"

"我想，写这篇文章的应该是个年轻女人——二十多岁吧。这也许解释了文章为何如此——她缺乏经验。"

"那么照片呢？"

"他们可以在他们的档案里找呀！"

"看来我得先与她的报社联系，免得这事被通讯社搞大了。"

"那么我能做些什么呢，菲利普？任何事情？"

"目前什么也不要做。我想在给报社打电话之前咨询一下我的律师。我也许想让律师打电话给报社。"但看了一眼手表后，我意识到此刻打电话到纽约太早了，"阿哈龙，先别采取任何行动，等我再好好想一想，考虑一下法律方面的问题。我甚至还不知道能对骗子起诉什么。侵犯隐私？诽谤人格？行为莽撞？冒名顶替是可起诉的违法行为吗？确切地说他做了什么违法的事情？在一个我甚至不是公民的国度里，我如何去阻止他呢？事实上，我要面对的是以色列的法律，而我还不在以色列。等琢磨出个所以然后，我再给你回电。"

一挂电话，我就立刻想到一种解释，它并非与我前天晚上躺在床上时所想的事情毫无干系。尽管这种想法也许源于阿哈龙的话——他觉得他在读一个我写的故事，但其实这又是一个可笑的主观企图，即试图将再次被确定为过于客观真实的东西，转化成我在专业上再熟悉不过的那类精神事件。我像个逃避现实者般愚蠢地突发奇想，这是祖克曼，这是凯普什，这是塔诺波尔和波特诺伊——他们所有人融为一体，摆脱了印刷文字，嘲弄般地重组成一个独具讽刺意味的我的翻版。换言之，如果这不是海乐神，不是梦，那么这一定是文学——仿佛不可能存在一种比"内在生命"难以想象一万倍的"外在生命"似的。

"那个，"我对克莱尔说，"有人在耶路撒冷出席'恐怖伊凡'审判会，这人正在四处冒充我，借我的名字称呼他自己，还接受了一家以色列报纸的采访——刚才阿哈龙在电话上读给我听的就是这则报道。"

"你才知道这事？"

"不是。上星期阿哈龙就打电话到纽约，阿普特尔也给我打过。阿普特尔的房东太太说她在电视里看到了我。我没告诉你，是因为我不知道这事有多大意义，如果它谈得上有任何意义的话。"

"你脸色不大好，菲利普。你的脸色有点吓人！"

"是吗？我累了，没事。一整晚时醒时睡的。"

"你没服用……"

"开什么玩笑。"

"别恼火！我只是不希望你出什么事，因为你的脸色很难看，而且你看起来……一筹莫展。"

"是吗？是这样吗？我觉得我不是你说的那个样子。实际上倒是你脸色难看。"

"我很担心，所以脸色才难看。你看上去……"

"怎样？看上去怎样？在我看来，我现在的模样就像一个刚刚发现有人在耶路撒冷冒用他的姓名接受报纸采访的人。你听见我在电话里对阿哈龙说的话了。纽约的上班时间一到，我就马上给海伦娜打电话。现在我认为最好的办法就是让她给报社打电话，让他们明天刊登一则撤回报道的告示，这是阻止他的一个开始。报纸的撤回告示一登，其他报纸将对他不予理睬。这是第一步。"

"那么第二步是什么呢？"

"我不知道。也许不需要第二步。我不了解那里的法律。给他下禁令吗？在以色列？也许海伦娜要做的是联络那里的律师。跟她通话时，我会想出办法来的。"

"也许第二步就是不立马赶到那里。"

"简直太荒唐了！你看，我并没有一筹莫展。不是我的计划要调整，是他的。"

可是，到了下午，我又在想，现在不采取任何行动要合理、理智得多，从长远来看也有更令人满意的决绝。考虑到克莱尔不住地担心我的安康，告诉她任何事情当然是一种错误，如果阿哈龙打电话通告最新消息时她没坐在餐桌对面，那么我是永远不会让她知道此事的。我想，更大的错误是让两个大陆上的律师立马忙起来，引发可能的破坏性后果，像我之前那样——要是我能不那么多变易怒，而是发挥更有益的作用，直到最后这冒牌货自取灭亡（他必定如此）就好了。一则撤回公告对于纠正报纸已造成的错误很可能无济于事。报道中被菲利普·罗斯疯狂鼓吹的思想如今成了我的思想，甚至在那些明天读到公告的人的记忆中，他的思想可能已经永远地成了我的。然而，我坚定地提醒自己，这可不是我生活中最糟糕的突发事件，我不允许自己像过去那样行事。我不会匆忙组织一大批辩护律师，而只会舒舒服服地当个旁观者，静观其为以色列报界和公众编造绝对不是我的的新闻。理清大家混乱的思想，揭露此人的真面目，不需要做任何动作，既不要司法介入也不要报纸发表撤回公告。

毕竟，尽管很想把海乐神残留在我身上的药物反应归罪于他，但他不是我的幻觉而是他的幻觉。到一九八八年一月，我猛然意识到他比我更惧怕曝光。与现实抗争不像与安眠药抗争，我不是那么容易被击败的；与现实抗争，我手上有在任何人的武器库中都属于最强者的武器：我自己的现实。现在不是我处在被他取代的危险之中，而是他毫无疑问将被我除掉——被揭露，被抹去，被消灭。这只是时间问题。恐慌的特点就是用其颤抖的、胡乱的、过激的方式敦促:"在他走太远之前做些什么!"无能为力的恐惧也会大声应和。与此同时,沉着稳重的理智,用它昂扬的声音告诫道:"一切都站在你这边,他一无所有。在他充分暴露究竟想干什么之前设法将他一举铲除,那他只会躲着你,然后再从其他地方冒出来,故伎重演。让他走远点吧! 没有比这更巧妙的制胜之法。他只能被打败。"

毋庸置疑,如果那晚我告诉克莱尔,早上之后我已改变想法,不打算带一大批律师匆忙投入战斗,而是像现在这样放任他将骗局搞大,最后自食恶果,那么她会回答说,这样做只会招来潜在的麻烦,进一步危及我刚刚恢复的稳定情绪,之前的情况虽说古怪,但也只是让人稍感心烦,迄今为止影响甚微。她会用比早餐时所表现出来的更为关切的态度争辩——三个月来束手无策地近距离看我一点点垮掉,不仅严重损害了她对我的信任,也有损她自己的情绪稳定——我根本没有准备好应对这样一场无望的、令人费解的考验,而我经历了克制策略带来的所有满足,经历了个人自由感(来自拒绝对紧急事件做出反应,而不是来自一种对现实的估算和头脑冷静的自控)所带来的兴奋,确信情况恰恰相反。单挑骗子的决定让我兴奋不已,因为独立自主是我在面对一切事情时倾向于采取的方式。我想,上帝啊,这才是我,我渴望的那个固执、精力充沛又独立不羁的自我天然地奔涌出来,重返我的生活,带着我古老的决心,再度与我自身内部的对手交锋,这位对手与发生在我身上的病态的和摧残人性的非现实相比,至少显得更为现实。他正是精神药物专家开给我的药方。好吧,伙计,一对一,咱俩来决斗吧! 你只有死路一条。

那天晚饭时,没等克莱尔抓住机会问我任何事,我便谎称已经跟律师谈过了,称她已经从纽约跟那家以色列报社联络,让它明天刊登撤回公告。

"我还是觉得不妥。"克莱尔说。

"可我们还能做什么呢？还需要做什么呢？"

"我不想那家伙逍遥法外时你一个人在那里。谁知道他是什么，他是谁，究竟想干什么？假设他疯了。今天早晨你自己还叫他疯子。要是这疯子身上带有武器怎么办？"

"不管我叫过他什么，我碰巧对他一无所知。"

"就是说啊。"

"可他干吗要拿武器？冒充我也犯不着用枪啊。"

"那可是以色列——人人都有武器。街上有一半的人拿着枪闲逛——我一辈子没见过那么多枪。这种到处都不太平的时候你去那里，简直是个天大的错误。"

克莱尔指的是前个月发生在加沙地带和约旦河西岸的暴乱，我在纽约一直关注夜间新闻。东耶路撒冷实行了宵禁，游客被告知尤其别去老城，因为到处有人投掷石块，军队和阿拉伯居民之间的暴力冲突有可能升级。媒体喜欢报道这些暴乱，在被占领地上，这多少已成家常便饭，就像巴勒斯坦的起义一样。

"你为什么不跟警方联系呢？"她问。

"我觉得以色列警方会发现他们当前所面临的问题比我的更紧迫。我该跟他们说什么呢？逮捕他，驱逐他，我的依据是什么呢？据我所知，他还没有用我的名字开过假支票，还没有用我的名字收过任何服务费——"

"可是，他一定是用假护照进入以色列的。这是违法的。"

"但是这事我们知道吗？我们不知道。这事是非法的，但不大可能发生。我怀疑他只是以我的名义夸夸其谈而已。"

"可一定有法律保障吧？一个人不能就这么跑到国外去，假装自己是别人吧！"

"这种事也许比你想象的要经常发生。现实点怎么样，亲爱的？看问题理智点如何？"

"我不希望在你身上发生任何事情，这是我理智的看法。"

"该'发生'在我身上的好几个月前就发生了。"

"你这是当真？我得问问你，菲利普。"

"没什么'当真不当真的'。服用海乐神之后发生在我身上的事之前发生过吗？停药后类似的事情发生过吗？明天他们会刊登撤回公告，再传真给海伦娜一份副本。这样做暂时够了。"

"好吧，我不理解你的平静——或者坦率地说，她的平静。"

"现在是我的平静让你心烦意乱。今天早晨是我的恼怒。"

"没错，这么说吧——我就是不相信。"

"好吧，你不相信我也没办法。"

"答应我，别干任何傻事！"

"比如？"

"我不知道。比如设法找到这家伙，设法与他搏斗。对手是怎么样的你毫无头绪。一定不要设法寻找他，然后自己解决这件蠢事。这一点至少要答应我。"

对此我付之一笑。"我的猜想是，"我又扯谎道，"等我到耶路撒冷之后，那家伙已无处可寻了。"

"你不要找他。"

"我不必找他。瞧，你这样看问题好不好？一切都站在我这边，他一无所有。"

"可你错了。你知道他那边有什么吗？从你说的每个字都听得明明白白。他有你！"

那晚晚餐过后，我告诉克莱尔要去楼上书房，坐下来重读阿哈龙的小说，继续为耶路撒冷访谈做好笔记。在书桌前坐下还不到五分钟，我听见楼下电视机开了。我拿起电话，拨通了耶路撒冷的大卫王酒店，要求转接五一一房间。为了掩饰我的声音，我操着一副带法国口音的英语,不性感,不搞笑,也不是那种丹尼·凯①在佐餐酒和旅行支票广告中所模仿的查尔斯·博耶②式的口音,而是像我的朋友——谈吐清晰又见多识广的法国作家菲利普·索莱尔斯——那样,索莱尔斯没有"zis",没有"zat",所有首字母"h"都妥帖地读出——流利的英语稍带点自然的转调,节奏自然,一听就知道是个有教养的外国人。这种模仿我学得还不赖——一次在电话里,我甚至骗过了好搞恶作剧的索莱尔斯,即便在晚餐与克莱尔争辩过造访耶路撒冷是否明智,甚至在那天早些时候,我必须承认,理智激奋的声音告诫我,按兵不动是打败他最有效的办法,我还是决定用这种方法试一试。到那晚九点,好奇心完全左右了我,而好奇可不是一种非常理智的念头。

"喂,是罗斯先生吗? 菲利普·罗斯先生?"我问。

"是的。"

"我真的是在与作家本人说话吗?"

"是的。"

"《波特诺伊的怨诉》的作者?"

"是的,是的。请问你是谁?"

我的心在剧烈地跳动,好像第一次跟一个不亚于让·热内③的同伙行窃一样——不只富于冒险,还很有趣。想想吧,他在电话那头假装是我,而我在电话这头假装不是我,这让我感到一种可怕的、不可预见的、狂欢节最后一天的刺激兴奋。也许正因为此,我马上犯了个愚蠢的错误。"我是皮埃尔·罗热。"这个不知从何处弄来的假名刚一出口,我就意识到它的首字母跟我和他姓名的首字母一模一样。

---

① Danny Kaye(1911—1987),美国歌手、喜剧演员。
② Charles Boyer(1899—1978),法国出生的舞台、电影和电视演员。1942 年成为美国公民,四次提名奥斯卡最佳男主角。
③ Jean Genet(1910—1986),法国作家。

更糟糕的是，它又恰好是十九世纪词汇编撰家名字的变形，此人几乎家喻户晓，是一部著名词典的编者。之前我怎么就没意识到——他是那本权威同义词典的编者！

"我是一名驻巴黎的法国记者，"我说，"刚才在以色列报纸上读到你在格但斯克会见了莱赫·瓦文萨。"

失误二：除非我懂希伯来语，否则如何读懂以色列报纸对他的采访呢？如果他开始用希伯来语跟我对话怎么办？这门我十三岁时勉强学会应付犹太成人礼的语言，现在根本听不懂了。

理智："你正好中了他的圈套。这正是他犯法活动所希望出现的情况。把电话挂了！"

克莱尔："你真的没事？你真的能搞定此事？别去！"

皮埃尔·罗热："如果我理解正确的话，你在领导一场运动，让以色列有欧洲背景的犹太人重新定居欧洲，从波兰开始。"

"对。"他回答。

"你还继续写小说吗？"

"当犹太人正处于这样的十字路口我还去写小说？我现在的生活完全聚焦于犹太人重新定居欧洲的运动，聚焦于犹太人大流散。"

他听起来有任何像我的地方吗？我会认为，我听起来更像讲英语的索莱尔斯而不像模仿我的他。首先，他比我带有更浓重的泽西口音，他是生来如此，还是为使自己的冒名顶替更令人信服，我弄不清楚。而且，他的声音比我的浑厚、深沉、洪亮得多。又或许他认为，出版过十六本书的人在接受电话采访时理应如此，可事实是，如果我像他那样讲话我也就没必要写十六本书了。尽管想让他明白这一点的冲动非常强烈，但我还是克制住了；我谈兴正浓，不想我们其中任何一人受到压制。

"你作为犹太人，"我说，"过去一直因为你的'自我仇恨'和'反犹主义'而饱受犹太团体的诟病。是否可以这样假设——"

"瞧，"他突然打断我说，"我是犹太人，就这样。如果我是其他什么人，我就不会去波兰会见瓦文萨了。如果我是其他什么人，我就不会造访以色列，参加德米扬尤克的审判了。请放心，我会很乐意告诉你你希望知道的有关犹太人重新定居的一切。另外，我没时间可以浪费在那些愚蠢的人对我的评价上。"

"不过，"我坚持道，"那些愚蠢的人难道不会说，正是重新定居的构想让你成为以色列以及它的使命的敌人？难道这不证实了——"

"我是以色列的敌人，"他又一次打断我，"如果你想制造耸人听闻的效果的话，可以这么说。但那也只因为我是为了犹太人，以色列的存在不再符合犹太人的利益；第二次世界大战结束以来，以色列已经变成犹太人生存的最大威胁。"

"在你看来，以色列的存在曾经符合过犹太人的利益吗？"

"那是当然。大屠杀之后，以色列曾是犹太人的医院，在那里，犹太人开始从那场可怕的灾难中恢复过来，从一种非人道的生活中获得解放；人道的沦丧可怕之极，以至于假使犹太精神、犹太人自己完全沉沦于愤怒、耻辱和悲伤的过去，也毫不令人惊讶。但事情发展并非如此。我们的复原实际上已成为往事，用了不足一个世纪的时间，这是一场奇迹，但又不仅仅是奇迹——现在，犹太人的复原已是不争的事实，回归我们真实的生活、我们真正的家园、我们犹太人祖居地欧洲的时候已经到了。"

"真正的家园？"我回应道。此时此刻，我无法想象我怎能考虑不打这个电话呢？"好个真正的家园。"

"我不是在跟你胡扯，"他厉声反驳，"自中世纪以来，大批犹太人一直居住在欧洲。我们在文化上认为是犹太人的几乎一切东西，都源于我们在欧洲基督教徒中间几个世纪的生活。伊斯兰教的犹太人有着自己非常不同的命运。我并不是在建议祖居在伊斯兰国家的犹太人回到欧洲，因为对于他们来说，这并不是一种回归家园，而是一种激进的背井离乡。"

"那么你打算如何处置他们？让阿拉伯人用适合犹太人地位的方式，用船把他们运回去？"

"不。对于那些犹太人来说，以色列必须继续成为他们的国家。一旦欧洲犹太人和他们的家庭得到重新安置，那里的人口就会减半，这样，这个国家就能缩小到一九四八年的边界，它的军队就可遣散复原，那些几世纪来一直居住在伊斯兰文化母体之中的犹太人就能继续生活下去，独立自治地生活，与他们的阿拉伯邻居们和平和睦地相处。让这些人继续留在这一地区是理所当然的，这是他们的合法栖息地，而对于那些欧洲犹太人来说，以色列仅仅是个流放地、逗留地，是欧洲传奇故事中的一段插曲，现在是续写这个长篇故事的时候了。"

"先生，你怎么会想到犹太人在将来会比他们过去在欧洲更加成功呢？"

"别把我们漫长的欧洲历史与希特勒统治的十二年混淆起来。如果希特勒没有存在过，如果能把他十二年的恐怖统治从我们的过去中抹去，那么你很有可能会认为犹太人应该也是欧洲人，就像他们也应该是美国人一样。你甚至会认为犹太人和布达佩斯、犹太人和布拉格之间的关联比犹太人和辛辛那提、犹太人和达拉斯之间的关联更加必需和深刻。"

我扪心自问，在他继续迂腐地用这种腔调说话的同时，他最热衷于抹去的历史会不会就是他自己的历史？他的精神是否受到了严重的损害，以至于他真的认为我的历史就是他的历史？他是否有点精神错乱，有点记忆缺失，而根本不是在伪装？如果他说的每一个字都是他的心里话呢？如果在此伪装的人是我呢……但是，不管是以上哪种情况，是好是坏，我都无法弄清楚。就连紧接着我发现自己在据理力争时，我也无法确定是否我的真情流露使这场对话变得多少有点荒唐。

"可是,希特勒确实存在,"我听见皮埃尔·罗热动情地告诉他,"那十二年再也无法从历史上抹去,也无法从记忆中抹去,不管人们再怎么想将它遗忘。欧洲犹太人被毁灭的意义不能用其被毁灭的方式简单加以估量和解释。"

"大屠杀的意义,"他严肃地回答,"由我们来决定,但是有一点是肯定的——如果出现第二次大屠杀,如果那些为了一个似乎更安全的避难所而撤离欧洲的欧洲犹太人后裔在中东遭遇彻底的毁灭,那么它的意义与现在的情况相比同样具有悲剧色彩。第二次大屠杀不会在欧洲大陆上发生,因为欧洲大陆是第一次大屠杀的发生地。可是,第二次大屠杀太容易在这里发生了,如果阿拉伯人和犹太人之间的冲突不断恶化——它一定会发生。以色列在核武器交战中被毁灭的可能性在今天与五十年前的大屠杀相比并非危言耸听。"

"一百多万犹太人在欧洲重新定居。遣散以色列军队。退回到一九四八年的分界线。在我看来,"我说,"你是在为亚西尔·阿拉法特提出犹太人问题的最终解决方法。"

"不。阿拉法特的最终解决方法与希特勒的方法如出一辙:灭绝。我提出的是替代灭绝的方法,一种并非针对阿拉法特的犹太人问题而是我们的犹太人问题的解决方法,从规模和重要性上来说,能与那个被称作'犹太复国主义'的过时的解决方法相媲美。不过,我不希望在法国或世界上其他任何地方被人误解。我重申:在战后初期,当由于显而易见的原因犹太人无法在欧洲居住的时候,犹太复国主义成了助力犹太人重建希望和恢复士气的唯一的最强大的力量。但是,在帮助犹太人成功复原之后,犹太复国主义却可悲地病入膏肓,现在必须让位于充满活力的流散主义。"

"请你为我的读者解释一下流散主义,好吗?"我问道,同时在想:

拘谨的措辞，庄重的叙述，历史的视角，激情的承诺，严肃的含义……这到底是场什么样的骗局？

"流散主义就是寻求推进犹太人散居于西方国家，尤其是要让有欧洲背景的以色列犹太人在欧洲各国重新定居，第二次世界大战前，这些欧洲国家拥有相当庞大的犹太人口。流散主义计划重建一切，不是在陌生险恶的中东，而是在一切曾经繁荣一时的欧洲国家；同时，寻求避免由于犹太复国主义作为一种政治和意识力量日薄西山而导致的第二次大屠杀灾难。犹太复国主义试图在一个近两千年来犹太生活和希伯来语缺乏真正活力的地方恢复犹太生活和希伯来语。流散主义的梦想更加朴实：我们与希特勒所摧毁的一切只相隔半个世纪，如果犹太力量能够在不到五十年的时间里实现在当时看似异想天开的犹太复国主义的目标，鉴于犹太复国主义现在所起的反作用，它本身业已成为首要的犹太问题，那么我毫不怀疑全世界的犹太力量能够用一半的时间，假如十分之一的时间不够的话，来实现流散主义的目标。"

"你谈到让犹太人在波兰、罗马尼亚和德国重新定居？包括斯洛伐克、乌克兰、南斯拉夫和波罗的海各国？你是否意识到，"我问他，"在这些国家里依然存在着强烈的仇犹情绪？"

"不管欧洲存在着怎样的仇犹情绪——我不会低估这种情绪的存在——那里也有反对这种残存的反犹主义、承载了大屠杀记忆的开明与道德的强大潮流，对大屠杀的恐惧现在成了反对欧洲仇犹情绪的支柱，不管它的毒害有多深。伊斯兰世界不存在这种支柱。灭绝一个犹太国家对伊斯兰世界来说甚至不会损失一晚上的安稳觉，当然欢庆之夜除外。我想你也会同意，今天，犹太人在柏林漫无目的地闲逛，比不带武器暴露在拉马拉更安全。"

"那在特拉维夫闲逛的犹太人呢？"

"在大马士革，装有化学弹头的导弹瞄准的不是华沙的闹市区，而是直接瞄准迪岑哥夫街①。"

"那么说到底流散主义就是惊恐万分的犹太人集体逃生，吓破胆的犹太人再次逃跑。"

"逃离即将发生的灾难只是'逃离'灭绝。这是逃往生活。如果一九三〇年代另有数千万惊恐万分的犹太人从德国逃离——"

"另有数千万德国犹太人是会逃离的，"我说，"如果他们有处可逃的话。你可以想一想，如果他们因逃离阿拉伯人的袭击一起出现在华沙火车站，那么他们现在会跟过去在别处一样不受欢迎。"

"你知道在华沙，在火车站，当第一列火车载着犹太人归来时，会发生什么事情吗？会有成群结队的人们欢迎他们！人们会欢呼雀跃。人们会热泪盈眶。他们会高声呼喊：'我们的犹太人回来啦！我们的犹太人回来啦！'这一盛况将通过电视在世界各地传播。对于欧洲、对于犹太人、对于全人类来说，这是一个多么具有历史意义的日子！当年送犹太人去集中营的拉牲口的车，如今在流散运动中变成送犹太人回到他们出生的镇与城的体面舒适的火车车厢。这个具有历史意义的日子值得载入人类记忆和正义的史册，也值得载入忏悔赎罪的史册。在那些火车站里，人们聚集在一起哭泣，歌唱，庆祝，跪在他们犹太教友的脚跟前用基督教徒的方式祈祷，只有在那里，只有在那时，欧洲的良心净化才得以开始。"说到这里，他夸张地停顿了一下，然后结束这充满幻想的长篇大论，语气平和而坚定。"在这一信念上，莱赫·瓦文萨碰巧跟菲利普·罗斯一样坚定不移。"

"是吗？恕我直言，菲利普·罗斯，你的预言在我看来全是胡说八道。听起来就像你一本书中的一出闹剧——波兰人跪在犹太人的脚跟前高兴地哭泣！你还在对我说近来你不在写小说？"

---

① Dizengoff Street，特拉维夫最重要的街道之一，在其城市发展中发挥了至关重要的作用。

"这一切终将到来，"他像宣读神谕一般说，"因为它一定会到来的——到二〇〇〇年，犹太人将重新融入欧洲，不是作为难民——这一点你必须清楚——而是作为井然有序的移民，有国际法作基础，恢复财产，恢复公民权以及所有的国民权利。接着，也是在二〇〇〇年，柏林城将举行犹太人重新融入欧洲的泛欧庆典。"

"啊，这是迄今为止最好的主意！"我说，"两百万犹太人在勃兰登堡门以举行返乡派对的方式来开启基督教的第三个千禧年，德国人会大喜过望的。"

"当年赫茨尔①也曾因提议建立一个犹太国而被指责为讽刺作家、是在精心制作一个笑料。许多人批评他的计划是一种滑稽的想入非非，一种稀奇古怪的杜撰，也有人说他是疯了。可我与莱赫·瓦文萨的谈话不是离奇的杜撰，通过罗马尼亚的首席拉比与齐奥塞斯库总统②的接触也不是滑稽的想入非非。这些都是通向实现基于历史正义原则的崭新犹太现实的第一步。许多年来，齐奥塞斯库总统一直在向以色列兜售犹太人。对，你没听错：齐奥塞斯库向以色列出售了数十万罗马尼亚犹太人，一个犹太人头一万美元。这是事实。现在，我提议，他每收回一个犹太人再给他一万美元。如果必要，我会将价格提高到一万五千美元。我仔细研究过赫茨尔的生平，并从他的经历中学会如何对付这些人。赫茨尔在君士坦丁堡与苏丹王的谈判尽管以失败告终，但不是一种滑稽的想入非非，就像我马上要与罗马尼亚独裁者在他布加勒斯特宫殿里进行的谈判一样。"

"那贿赂独裁者的钱呢？我猜，为给你的计划筹集资金，你只能求助于巴勒斯坦解放组织了。"

---

① Theodor Herzl(1860—1904)，奥匈帝国犹太裔记者，现代政治的犹太复国主义创始人。
② Nicolae Ceausescu(1918—1989)，首任罗马尼亚总统，其政权在罗马尼亚革命中被推翻，本人被执行枪决。

"我完全有理由相信,我的经费将会来自美国犹太人,美国犹太人数十年来一直斥巨资维持一个国家的幸存,而他们与这个国家只有最抽象的感情联系。美国犹太人不在中东,而在欧洲——他们的犹太风格、犹太词汇、强烈的思乡之情和实际的历史沉重感,所有这一切都源于他们欧洲的根。祖父并非来自海法,而是来自明斯克。祖父不是犹太民族主义分子,而是犹太人道主义者,有精神信仰的犹太人,抱怨时不是用那门叫希伯来语的古老语言,而是用丰富多彩、意味深长、本乡本土的意第绪语。"

我们的谈话进行到这里被酒店的电话接线员打断了,说他有法兰克福的电话。

"皮埃尔,别挂电话。"

皮埃尔,别挂电话,我照办了,没挂电话。当然,顺从地等他回来让我显得可笑,比记住我刚才所说的一切更可笑。我意识到,我真该把谈话内容录下来——作为证据,作为证言。但是作为什么的证据呢?他不是我的证据?这还需要作证吗?

"你的一位德国同行,"他接完电话后回头跟我说,"《明镜周刊》的记者。请原谅,我现在得离开你去与他通话。几天来,他一直试图与我通话。这次采访很好,很有分量!你的问题也许略带挑衅、略让人讨厌,但也不乏睿智,为此我表示感谢。"

"等一等,还有一个问题,最后一个令人讨厌的问题!请告诉我,"我问,"他们会排着队,渴望回到齐奥塞斯库的罗马尼亚吗,那些罗马尼亚犹太人?那些波兰犹太人是否也会排着队渴望回到波兰,还有那些拼命想离开苏联的俄国人?你计划在特拉维夫机场将他们赶回去,强迫他们搭乘下一班飞机回莫斯科吗?暂且不谈反犹主义,你觉得刚从这些地方出来的人们会自愿选择回去吗,就因为菲利普·罗斯叫他们回去?"

"我认为我已经把我的观点对你解释得很清楚了,"他非常礼貌地回答，"我们的这次采访将发表在哪份刊物上？"

"我是个自由撰稿人，菲利普·罗斯先生。《世界报》《巴黎竞赛画报》，哪里都可以。"

"文章发表后，麻烦寄一份到我的酒店好吗？"

"你打算在那里呆多长时间？"

"只要犹太人分离性身份依然威胁我民族的幸福康乐，只要仍需要流散主义去重新调和分崩离析的犹太生存方式，一劳永逸地调和，我就会住在这里。那个您贵姓啊，皮埃尔？"

"罗热，"我说，"跟那个同义词典的编者一样。"

他爆发出一阵大笑，笑声过于牵强，让我有点不相信这是拜我那一句简单的俏皮话所赐。挂了电话，我想，他知道，他清楚地知道我是谁。

二　不是我自己的生活

　　根据六位年迈的特雷布林卡幸存者的证词，在一九四二年七月至一九四三年九月这十五个月期间，近一百万犹太人在特雷布林卡被谋杀。那里的毒气室由一个被犹太人称为"恐怖伊凡"的卫兵操作，他的业余爱好是用军刀肢解、折磨赤裸的男女老少，这些人被他赶到毒气室外面等待窒息而死。伊凡是个身强力壮、精力充沛、几乎没有受过教育的士兵，乌克兰人，二十出头；他在东线与其他数百名乌克兰士兵一起被德国人作为战俘逮捕，征募成新兵，经过训练补充到波兰的贝乌热茨、索比堡、特雷布林卡灭绝集中营。约翰·德米扬尤克的律师中有一人名叫约拉姆·谢夫特尔，他是个以色列人，从来没有对"恐怖伊凡"的存在表示过怀疑，也没有怀疑过他所犯下的恐怖暴行。律师们只是声称德米扬尤克和"恐怖伊凡"是两个不同的人，与此相反的证据全都一文不值。他们辩称，报纸上整版刊登的、由以色列警方为特雷布林卡幸存者收集的那张身份照完全不可靠，因为所采用的法律程序有缺陷不成熟，这种法律程序导致或操纵幸存者将德米扬尤克误认为伊凡。他们辩称，唯一一份文献证据是来自特拉夫尼基训练营的一张身份证，身份证上有德米扬尤克的姓名、签名、个人详细情况和一张照片，是克格勃伪造的，企图用把乌克兰民族主义分子中的一员诽谤成这类野蛮的战争罪犯的手法，败坏他们的名声。他们辩称，在"恐怖伊凡"操作特雷布林卡毒气室时期，德米扬尤克作为德国战俘已被关押在靠近波兰死亡集中营附近一处不知名的地方。被告德米扬尤克有妻儿,工作勤奋,按时去教堂做礼拜;一九五二年,他带着年轻的乌克兰妻子和幼小的孩子从欧洲难民营来到美国,现在已有三个在美国长大的孩子,是福特公司一名熟练的汽车工人,是体面守法的美国公民;他在克利夫兰郊区出色的菜园子以及他帮助女士们在圣弗拉基米尔正教会庆典上做的饺子形馅饼,让他在乌克兰裔美国人中颇有名气。他唯一的罪行就是生为乌克兰人,从前的教名是"伊凡",岁数与"恐怖伊凡"相仿,甚至长得有点像那个乌克兰伊凡,而且那些年迈的特雷布林卡幸存者已经四十多年没有亲眼见过"恐怖伊凡"了。在审判初期,德米扬尤克曾向法庭恳求说:"我不是你们所指的那个可怕的家伙,我是无辜的。"

我是从一大叠德米扬尤克审判文件剪报复印件上获悉这一切的,报纸是我从《耶路撒冷邮报》报社买来的,这是一份以色列英语报纸。从机场出来的路上,我在车里看到了那天邮报上刊登的有关发布审判文件的消息,住进旅馆后,我没有按原计划先打电话给阿普特尔,没有先安排那天晚些时候与他见面,而是叫了辆出租车直奔报社。随后,在与阿哈龙去耶路撒冷一家餐馆共进晚餐前,我先仔细通读了数百份剪报,这些剪报可以追溯到大约十年前,当时美国政府在克利夫兰联邦地方法院以在申请护照时伪造二战时期个人经历的罪名,对德米扬尤克提起取消其国籍的诉讼。

我坐在美国侨民酒店花园庭院的餐桌边阅读。一般来说,我会下榻平安居所①,那里专门招待访问学者和艺术家,由耶路撒冷市长基金经营管理,离大卫王酒店约二百码。几个月前,我在大卫王酒店预订了一月来访期间下榻的套房;不过,离开伦敦那天,我取消了预订的房间,改订美国侨民酒店。由阿拉伯人经营的美国侨民酒店位

---

① Mishkenot Sha'ananim,耶路撒冷老城城墙外第一个犹太人社区,后成为高档宾馆。

于耶路撒冷的另一端,一九六八年以前几乎位于约旦耶路撒冷和以色列耶路撒冷的分界线上,距离前几周不时发生暴力冲突的阿拉伯老城区仅几个街区。我对克莱尔解释说,改变预订的套房是为了尽可能远离另一个菲利普·罗斯。尽管报纸登出了撤回公告,但万一他碰巧出现在耶路撒冷,照旧用我的姓名入住大卫王酒店呢?我说,住在一家阿拉伯酒店就能最大限度减少我们相互撞见的可能性,这也是克莱尔曾经提醒过我的,她要我避免为图便捷而做愚蠢的安排。"可这样会最大限度地,"她说,"增加被人用石块砸死的可能性。""瞧,我会在美国侨民酒店彻底地隐姓埋名,"我回答,"现在来说,隐姓埋名是最聪明最不受打扰最理智的策略。""不,最聪明的策略是叫阿哈龙到这里的客房来,与你一起住在伦敦。"从我出发前往以色列那天起,克莱尔就准备飞往非洲,在肯尼亚进行电影拍摄。我对她说,我们在希思罗机场分手后,我要是会在东耶路撒冷边界的一流酒店里受到任何伤害,那她就有可能在内罗毕街头被狮子吃了。她闷闷不乐,不同意我的说法,我们俩就这样分手了。

　　从头到尾阅读了剪报文献之后,我读到一篇上周的文章,说的是被告律师约拉姆·谢夫特尔请求在法庭程序的证据提交环节补充十份新文件。我想,是否就是在审判德米扬尤克的时候,那个骗子开始产生冒充我的念头,因为这个案子的核心是身份问题,于是他就壮起胆子冒名顶替;或者他是故意挑选这次审判来上演这出闹剧,因为这样就有媒体广泛报道,就有大量机会在大庭广众面前露脸。这使我感到厌恶,他竟然将这种疯狂的把戏巧妙地运用到这样一桩沉重可悲的案子当中;我第一次真正地发现自己怒不可遏,就像某个不同于我、对这类骗局不抱有职业上的好奇心的人一开始就应该的那样——不单单是因为,不管他出于何种理由,他自作主张地将我们俩的命运公开纠缠在一起,还因为他选择纠缠的地方是在这里。

在那天的晚餐上,我反复考虑,想让阿哈龙为我推荐一位可供咨询的耶路撒冷律师,可大部分时间我不得不保持沉默,因为阿哈龙谈起了他最近的一位客人,一个法国女人,大学教授。她结了婚,已是两个孩子的母亲;一九四四年同盟国解放巴黎仅数月前,刚出生的她在该城一个教堂庭院里被发现,养父母把她当作天主教徒抚养成人,可是几年前,她开始相信自己实际上是个犹太小孩,出生时被躲在巴黎某处的犹太父母遗弃,被他们放到教堂的院子里,那样她就不会被当作犹太人或被当作犹太人抚养;她的这种想法是在黎巴嫩战争期间开始形成的,但是她认识的每一个人,包括她的丈夫和孩子,都骂以色列人是罪恶的刽子手,她发现自己单枪匹马,四面受敌,不遗余力地替以色列人辩护。

她只是通过阿哈龙的书才知道他的,不过,她还是给他写了一封措辞强烈、充满激情的信,诉说她对自己身世的发现。出于同情,他回了信。几天后,她出现在他家门前的台阶上,请他帮助找个拉比使她皈依。那天傍晚,她与阿哈龙和他的妻子朱迪斯共进了晚餐,并对夫妇俩解释说,她长这么大从未觉得自己属于法国,尽管她的法语说写无可挑剔,她的外表和举止在大众眼中比法国人还要法国人,但她是个犹太人,她属于犹太民族,对于这一点,她确信无疑。

第二天早晨,阿哈龙带她去见一位他认识的拉比,询问他是否可以主持她的皈依仪式。拉比拒绝了,他俩随后去见的其他三位拉比也拒绝了。每个拉比都给了差不多一样的拒绝理由:因为她的丈夫和孩子都不是犹太人,拉比不能因为宗教信仰不同而拆散家庭。"那么,要是我与丈夫离婚,放弃孩子呢?"可是她爱家人又爱得那么深,听她提出皈依请求的那位拉比并没有把这话当真。

在耶路撒冷一周皈依未果,然后不得不回法国去过原来的生活,继续做个天主教徒,这让她不由得心情沮丧。回国前一晚,在阿哈龙夫妇家的晚宴上,阿哈龙和朱迪斯再也不忍心看这个女人如此煎熬,突然对她说："你是犹太人！我们，阿佩尔菲尔德夫妇，宣布你是犹太人！听着，我们皈依你了！"

我们坐在餐厅里，听了阿哈龙这个被迫耍弄的大胆花招，一起开怀大笑。阿哈龙戴着眼镜，个头不高但结结实实，长着一张滚圆的脸，光秃秃的头上头发都掉光了，在我看来，活像个慈祥的巫师，变起戏法来跟他的同名者——摩西的兄长①——一样熟练。"人们很容易把他当成，"我在访谈后续的前言里写道，"一个在生日聚会上从帽子里取出一只鸽子逗孩子玩的魔术师，因为很难将他和蔼可亲的外表与他无法推脱的责任联系在一起：在一系列难以捉摸、怪异的故事中，对大陆上所有的犹太人——包括他的父母——从欧洲消失作出反应。"阿哈龙自己也是在九岁那年设法从德涅斯特集中营逃跑才得以活下来，他要么躲藏起来，要么独自在森林中寻找食物，要么为当地穷苦农民干体力活，直到三年后俄国人解放了他。在被运往集中营之前，他家是高度同化的富裕的布科维纳犹太人，他从小娇生惯养，有家庭教师管教，有保姆抚养，总是穿最好的衣服。

"由阿佩尔菲尔德宣布皈依犹太教，"我说，"这可不是件小事情。你的确有权授人以此衣钵。你甚至可以尝试皈依我！"

"你不行，菲利普。在我出道前许多年，你已是个杰出的犹太人了。"

"不，不，我绝不是你乐于想象的那种如此个人专属、彻头彻尾、不可化约的犹太人。"

"不，你就是。个人专属，彻头彻尾，始终如一，不可化约。你继续这样挣扎着否认这一点，对我来说，就是最好的证明。"

"你若这样推理，"我说，"那我就无话可说了。"

他轻轻一笑说："很好！"

---

① 即亚伦（Aaron），阿哈龙（Aharon）的变体。

"告诉我，你相信这位天主教教授对自己的幻想吗？"

"我不关心我相信什么。"

"那么，她相信的呢？那位教授是否想过，也许正因为她不是犹太人她才会被遗弃在教堂的院子里，她的那种疏离感并非源于她的犹太出身而是源于她由非亲生父母抚养长大的孤儿身份？另外，一个犹太母亲会在解放前夕、犹太人将有再好不过的生存机会的关头抛弃自己的婴儿吗？不，不会的，她被发现的那个时间说明她的父母最不可能是犹太人。"

"但依旧是一种可能。即便距离被盟军解放只有几天时间，他们仍然必须躲藏起来，设法在那几天里幸存下来。带着一个啼哭的婴孩设法在躲藏时保命也许很难。"

"她就是这么想的。"

"这是她想的一件事。"

"对，人当然什么事都能想……"而我当然就正在想，那个希望人们认为他是我的人——他是不是也认为他就是我啊？

"你看上去很疲惫，"阿哈龙说，"很沮丧。这不像你。"

"没必要像。像我的另有其人。"

"不过，报纸现在也没了动静，还是我之前注意到的那些。"

"可是，我敢肯定，他仍然在假冒我。用什么来阻止他呢？当然不能用我。可我是不是至少该试一试？如果是你呢，如果是任何一个思维正常的人，他会不会这么做？"我听到自己在替克莱尔——既然她不在——表达她的立场。"我该不该在《耶路撒冷邮报》上刊登一条广告，告诉以色列公民，他们身边有个骗子，他以我的名义所说的话或所干的事与我无关。一整版的广告会在一夜之间平息这一事端。我也可以在电视上露面。更好的办法是，我直接去报警，因为很有可能他在使用假护照出行。我知道他一定违反了某种法律。"

"可是你没有采取任何措施。"

"不,我采取了点措施。自从跟你通过话后,我给他打了电话。往大卫王酒店打的。我假装自己是新闻记者,从伦敦对他进行电话采访。"

"是吗,看来你对这番操作还挺得意的——你这会儿看上去像你自己了。"

"这么说吧,这件事并不完全惹人烦。不过,阿哈龙,我还能做什么呢?把它当真了太荒唐,把它当儿戏又把事态严重化了。它触发了——重新触发了——一个月来我一直想摆脱的那种思想状态。你知道精神崩溃痛苦的根源是什么吗?就是像我这样,在一个微观世界里,淹死在你自己小小的浴缸里。来到这里,我已经把一切都琢磨好了:在耶路撒冷去主观化,在阿佩尔菲尔德那里归纳案情,在另一个自我的海洋里游泳——这另一个自我就是你的自我。相反,现在有'这个我'来烦我、占据我的心思,这是一个甚至'不是我的我',使我日日夜夜心神不宁——这个'不是我的我'大胆地驻扎在犹太人的耶路撒冷,而我自己却不得不转入地下,与阿拉伯人呆在一起。"

"这么说来,你住到这边来就是这个原因?"

"对——因为我不是为了他,而是为了你到这里来的。之前我是这样想的,阿哈龙,现在我还是这样想。你看,"我从夹克衫口袋里掏出一页纸,纸上是我要问他的第一个问题——"我们开始吧,"我说,"别去管那个家伙。来读读这个!"

纸上写的是:我发现你的小说仿效了上一代两位中欧作家的作品。一位是波兰犹太作家布鲁诺·舒尔茨,他用波兰语写作,五十岁时在德罗戈贝奇被纳粹枪杀。德罗戈贝奇是加利西亚犹太人聚居区,他在那里教中学,跟家人住在一起。另一位是用德语创作的布拉格犹太人卡夫卡,据马克斯·布罗德所言,在卡夫卡四十一年的大部分岁月中,他"着迷似的生活在家庭圈内"。告诉我,你觉得舒尔茨和卡夫卡与你的想象有什么关联?

随后，我们喝着茶，既不谈论我也不谈论那个"非我"，而是比较富有成效地谈论舒尔茨和卡夫卡，一直谈到我俩疲惫不堪、该回家为止。是啊，我想，这就是战胜他的办法——忘却他这个影子，专心工作。在所有帮助过我复原的人里——克莱尔、伯尼、精神药物专家，等等——我选择把阿哈龙、把与他交谈当作最后的出路，当作重新拥有我认为已经失去的那部分自我的方法，那部分能够进行对话和思考的自我在"海乐神大毁灭"期间不复存在，那时我确定自己再也不能思考了。海乐神不仅毁了我平凡的存在，这已经够糟糕的了，而且也毁了对我来说所有特别的东西；阿哈龙所代表的是那种人：极端的残酷历练了他的成熟，他设法通过他的非凡重新获得他的平凡，他征服了虚妄和混乱，他作为一个和谐的人、一个杰出作家的重生构成了一种成就。对于我来说，这种成就几乎是神奇的，因为它源于他内在的一种力量，一种肉眼看不见的力量，因而更加显得神奇。

那天傍晚晚些时候，在他上床以前，阿哈龙重新阐述了他在餐馆所作的解释，并将用希伯来语写好的回答打印出来，第二天交给翻译。谈及卡夫卡和他自己时，他说："卡夫卡依仗的是内在的精神世界，试图在一定程度上把握现实，而我经历了集中营和森林这样实实在在、具体细致的经验世界。我的真实世界远非我的想象力所能企及，因此我作为艺术家的任务不是发挥我的想象力，而是要抑制它。即便如此，这对我来说似乎是不可能的，因为一切都是那么令人难以置信，自己好像就是一个虚构的存在……起先，我试图逃避我自己和我的记忆，去过一种不属于自己的生活，去书写无关乎我自己生活的故事。但是，一种隐秘的情感告诉我，我没法逃离自己，如果我否认自己童年大屠杀的经历，那么我就会在精神上被扭曲……"

我矮小的表弟阿普特尔是个长不大的成年人，靠为游客画圣地的风景画谋生。他在一间小小的工作室里出售这些绘画。工作室位于旧城的犹太区，夹在一个卖纪念品的货摊和一个卖点心的柜台之间，是他和一个皮匠合用的。那些向他询问价格的游客得到的是用他们的母语的回答。对于阿普特尔来说，不管他作为成年人发育如何不健全，他的经历碰巧使他能说一口流利的英语、希伯来语、意第绪语、波兰语、俄语和德语。他甚至懂一些他称之为"非犹太的"乌克兰语。当游客问阿普特尔画的价格时，他们得到的回答是："这不由我来决定。"不幸的是，他这样说并非是故作谦卑：正是因为阿普特尔品位不凡，他才对自己的画评价不高。"我热爱塞尚，在他的画作前哭泣和祷告。可作起画来却像个没有任何理想的平庸之辈。""是他们一类的平庸之辈，"我对他说，"他们实在是好得很。""为什么我画得这么糟糕？"他问，"这也是希特勒的错吗？""如果这对你来说是任何安慰的话，希特勒画得更糟。""不，"阿普特尔说，"我看过希特勒的画，甚至希特勒也比我画得好。"

在随便哪一周里，阿普特尔一幅3×4英尺的风景画能卖到多至一百美元或少至五美元。有个乐善好施的英国犹太人，在耶路撒冷拥有一栋高层公寓的曼彻斯特制造商，不知怎地获悉了阿普特尔的生平，曾用一张一千美元的支票买下一幅画，并把阿普特尔当成资助对象，派他的下属一年过来一次，用同样惊人的价钱买下差不多一样的画。不过，也有极端的反例。一次，有个美国老太没给阿普特尔任何东西便拿走一幅画，或者就像阿普特尔所说的——那是他每周要画的十多幅画中的一幅，画的是圣斯蒂芬门附近的宠物市场。画被偷走后，他在街上哭了起来。"警察！"他高声叫喊，"帮帮我！谁来帮帮我！"可是没人帮他，他跟在她后面追赶，很快在下一个拐角处撵上了她，她在那里依着墙壁喘息，那幅被偷的画就在她跟前。"我不是一个贪婪的人，"他对她说，"可是，夫人，求求你了，我得吃饭。"当阿普特尔叙述事件经过的时候，一小群人很快围在这位像乞丐一样摊开双手、哭泣的艺术家周围，那美国老太对着人群坚持道，她付了他一便士,对于这样一幅画,一便士绰绰有余。她气愤地用意第绪语高声喊道:"看看他的口袋!他在说谎!""她那张扭曲的食人魔似的嘴,"阿普特尔告诉我,"那骇人的尖叫——菲利普,我明白我面对的是什么样的人了。我对她说:'夫人,你是哪个集中营的?''所有集中营的!'她高声喊道。说完,她朝我脸上啐了一口。"

在阿普特尔的故事里,人们偷他的东西,朝他吐口水,蓄意欺骗他,羞辱他,日日如此,而那些伤害他的人往往是集中营的幸存者。他的故事准确吗,真实吗?我自己从来没有调查过这些故事的真实性,而是把它们当作小说来看,像许多小说一样,它们为讲故事的人提供了谎言,通过谎言来揭示他无法言说的真相。对于他作为天主教徒的"犹太人"所炮制出来的故事,我情愿用阿哈龙选择理解故事的方式来看待它们。

与阿哈龙共进晚餐之后的第二天一早,我本打算从酒店直接打车去阿普特尔位于旧城犹太区那间小工作室,跟他一起呆上几个小时,然后再跟阿哈龙会面,边吃午饭边继续我们上一次的对谈。可是,我却搭乘出租车去参加德米扬尤克的晨审——去揭穿那个冒充我的骗子。如果他不在,那我就去大卫王酒店。我必须去:二十四小时内不采取任何行动的话,我的心思恐怕没办法放在其他任何事情上。我像过去一样,基本上彻夜难眠,差不多每隔一小时起床一次,仔细检查房门有没有锁好,然后再回到床上,等待他出现在床脚,马格里特[1]式的悬浮在半空中,仿佛床脚竖板就是墓碑,酒店的房间就是墓地,我们两人中一个或另一个就是那个鬼魂。我的梦——可怕到难以具名的—连串凶兆蜂拥而至——让我从中惊醒,狠下心来要亲手杀了这个狗娘养的。没错,到了早上,甚至我也很清楚:袖手旁观只能夸大问题;然而,我依然摇摆不定,直到开往犹太区的出租

---

[1] Rene Magritte(1898—1967),比利时超现实主义画家,作品中经常出现悬浮的意象。

车停在大门前，我才最终叫司机调转车头，把位于城市另一头、途经议会大楼和博物馆的会议中心的地址给了他。在会议中心一个通常用来举办讲座和放映电影的大厅里，针对德米扬尤克的审判迄今已经持续了十一个月。早餐时，我就已经把地址抄在纸上，并在那张耶路撒冷地图上醒目地圈出了审判地点。不能再动摇了！

审判厅的门口，四名以色列士兵站在一个岗亭旁闲聊，岗亭上贴着一张用希伯来语和英语手写的告示："此处搜查武器！"我没引起他们注意就走过岗亭，进入外厅，在那里我只需向一名年轻的女警官出示下护照、在她办公桌上的登记本里签上名，就可以继续往前走，通过一个金属探测器后进入内厅。我不紧不慢地在那一页写上自己的名字，上上下下地看自己的名字是否被人签过。当然，没有找到我的名字并不能证明什么——那时离开庭已经过了一个小时，登记本上几十个名字记了好几页。再说，我想他护照上很有可能显示的是他的名字而非我的名字。（可是没有冒用我名字的护照，他怎么能在酒店里用我的名字办理入住呢？）

进入内厅前，我不得不再次出示护照，这次用作借耳机的担保。当值的士兵，又是一个年轻的女人，教我如何将耳机调到希伯来语审判的同声英语翻译频道。我等她认出我是曾经来旁听过审判的某个人，但是一俟她尽完自己的职责，她就又回头继续读她的杂志去了。

当我进入法庭，从观众席最后一排的座位后面看到了庭审的确切情况时，我完全忘了自己到这里来的目的；当我从法庭前突起的平台上坐着的大约十来个人中认出被告时，我的分身不复存在，就连我自己，此时此刻，也不复存在。

他就在那里。他就在那里。曾几何时，他将二三百名犹太人赶入一个几乎难以容纳五十人的房间，用尽办法将他们塞进去，拴上门，发动机器，持续半小时将一氧化碳泵入房内，等着听尖叫声慢慢平息，然后派活人进去将死人撬出来，打扫干净后为下一批受刑者做准备。"把里面的垃圾弄出来!"他命令他们。当运送尸体真正运作起来时,他再回来,一天能照此操作十或十五次,有时清醒,有时醉醺醺的,但总是精力充沛。一个充满活力、身强力壮的青年男子,一名好工人。从不生病。甚至喝醉了酒工作也不懈怠,而是更加卖力:用铁管殴打那些杂种,用刺刀挑开孕妇的肚皮,挖出他们的眼睛,用皮鞭抽打他们的肌肤,用钉子穿透他们的耳朵,有一次用钻头在一个人的屁股上打了个洞——那天他想那么做就那么做了。他用乌克兰语尖叫,用乌克兰语高喊,他们听不懂乌克兰语时,他就朝他们头上开枪。那是怎样一段时光啊!那样的时光一去不复返了!他只有二十二岁,可他拥有这个地方——可以随心所欲地对待他们中的任何人。手中挥舞着一根鞭子或一支手枪或一把军刀或一截棍子,风华正茂、身强力壮、酩酊大醉,如同一位神祇!将近一百万的人啊,一百万!从那每一张犹太人的脸上,他都能读出恐惧。恐惧他,恐惧他!一个二十二岁的农民的儿子!在整个世界的历史中,是否在任何地方有任何人被授予这样的机会去独自杀死那么多的人,一个一个地去杀?多么刺激的差事!每一天都是一种感官上的震撼!一场持续不断的派对!鲜血!伏特加!女人!死亡!权力!还有尖叫声!那永不停息的尖叫声!所有这一切,艰苦的好差事,疯狂纯粹的快乐——这种多数人只能在梦中体会到的快乐销魂夺魄!一年,一年半的分量足以让一个人永远心满意足;在那之后,他永远无需抱怨自己虚度了年华;在那之后,任何人都能满足于日复一日、平淡无味、朝九晚五的工作,除了工厂里的偶发事故,不会有鲜血真正流淌;朝九晚五,然后回家与妻儿一起进晚餐——在那以后,这是你所需要的一切。他在二十二岁就已经目睹了其他人曾经希望见到的一切。尽管如此持续下去很棒,趁年少无畏、精力旺盛时以动物的热情践踏几乎一切也不错,但是这些终将随着年岁的增长而丧失趣味,对他来说的确是这样。你必须知道何时金盆洗手,幸运的是,他很清楚这点。

他就在那里。你看他：现在头已秃，身体发福，是一个乐乐呵呵、傻里傻气的六十八岁大块头，一个好父亲、好邻居，家人和朋友都喜欢他。每天早晨坚持练习俯卧撑，甚至在牢房里也不间断，就是那种双手离地击掌后再撑住的俯卧撑——他的手臂依然十分粗壮，在他被飞机押送过来时，普通的手铐不够大，无法将他的两只手完全铐住。然而，距离他最后一次砸碎别人的脑袋已经过去了近五十年，现在的他人畜无害，不再让人害怕，就像一个年迈的拳击冠军。好老头强尼——把魔鬼人化成好老头强尼。大家都说他热爱他的花园，悉心照料西红柿，种植刀豆，而不是用电钻在别人屁股上钻洞。不，你得年轻，正值青春年华，同时掌控一切并迫不及待地想有所成就，哪怕是作弄下别人的大屁股这样的区区小事。过完放荡生活，他就安顿下来，早已发誓不再干那些野蛮的勾当。现在他只依稀记得自己惹出的所有喧闹与纷争。已经过去那么多年了！光阴似箭呀！是呀，他完全换了个人，不再是那个爱胡闹的他了。

他就在那里，在一张小桌子跟前，由两名警卫一左一右看守着，面前的一张长桌边坐着三名他的辩护律师。他穿着一套淡蓝色的西服，里头一件开衫，光秃秃的大脑壳上戴着一副耳机。我并没有马上意识到他是在听法庭审判的乌克兰语同声翻译，因为他看上去像在借一盘最爱的流行音乐磁带消磨时间。他双手悠闲地交叉在胸前，下巴微微上下移动，好像一只休息中的动物在回味最后一口反刍。我观察他的时候，他总是这副样子。一次，他冷漠地望向那些观看者，显得轻松自在，嘴几乎难以察觉地在空嚼着。一次，他就着桌上的杯子抿了一口水。一次，他打了个哈欠，这个哈欠似乎在宣称：你们抓错人啦！恕我直言，这些把德米扬尤克认作"恐怖伊凡"的犹太老人要么是年老糊涂，要么是搞错了，要么在说谎。我曾经是德国战俘。有关特雷布林卡集中营的事，我并不比一头公牛或一头奶牛知道得更多。你们指控我，就跟指控一头反刍的四脚哺乳动物谋杀犹太人一样荒唐可笑。我愚蠢，我无害，我谁也不是。我那时一无所知，现在同样一无所知。对你们所遭受的一切苦难，我深表同情，但你们要抓捕的那个"恐怖伊凡"，他绝不是像来自俄亥俄州克利夫兰的好老头、好园丁强尼那样的简单清白之人。

我记得我在剪报上读到过，这名囚犯被从美国引渡到以色列的那天，当他戴着特大号手铐走下飞机时，他问以色列警察，他是否可以跪下来亲吻机场跑道。基督教圣地虔诚的朝圣者，忠实的信徒，笃信宗教的灵魂——他一贯如此。他的请求遭到拒绝。

于是他就在那里。或者不在。

当我环顾四周、在拥挤的法庭里寻找空位时，我发现三百名左右的观众中至少三分之一是高中学生，也许是被校车拉过来一起参加庭审的。除此之外，还有一大批士兵，我就在他们中间、法庭中央半道靠后处找了个座位。士兵都是些十八九岁的男女青年，衣冠不整——以色列士兵明显区别于其他士兵的地方。尽管他们显然也是来法庭"接受教育的"，但我实在找不出有哪几个是在专心听庭审的。大多数人在座位上摊开手脚，不是不安地不断挪动身子，就是低声交谈，或者呆呆地做着白日梦，浑然入睡的不在少数。那些学生也一样，有的像所有被老师领着出游的学生那样互传纸条，百无聊赖。我看见两个十四岁左右的女孩对着后排男生递来的纸条咯咯傻笑。他们的老师，一个戴眼镜的瘦长年轻人，神情紧张，朝他们发出"嘘"声，示意他们别说话。但是看着这两个姑娘，我暗自思量，不，不，是呀——对他们来说，特雷布林卡集中营应该是遥远银河系里某处茫茫蛮荒，而在这个国家——早年幸存者和他们的家人在这里麇集——这实际上是一个欢庆的契机；我想，到了今天下午，这些少男少女可能连被告的名字都记不得了。

大厅中央的审判台上坐着三位身着黑袍的法官，不过，我是过了好一会儿才开始注意他们或朝他们看去，因为我又一次注视起约翰·德米扬尤克,他申辩说他的相貌再普通不过——申辩说我的脸、我的邻居、我的工作、我的无知、我与教会的关系,作为俄亥俄州一名有妻儿的普通人,我有长时间的清白记录,所有这些纯良无害一千次地否定了那些疯狂指控,我怎么可能既是这个又是那个呢?

因为你就是。因为你的外表只能证明既当一个慈祥的祖父又做一个大屠杀的刽子手一点儿也不困难。正是因为你两个角色都扮演得那么好,我才忍不住盯着你看。你的律师也许不会这样想,但那值得称赞的低调的美国生活是你最糟糕的辩护——你在俄亥俄州那渺小平庸的日子过得如鱼得水,正是这点让你在这里显得如此面目可憎。你确实先后有过两种似乎相互对立、相互排斥的生活,可对于那些纳粹来说,同时享受这两种生活根本谈不上困难——所以到头来有什么可大惊小怪的呢? 德国人已经明确地向全世界证明:保持两种截然不同的个性——一种非常高尚,一种不那么高尚——在今天已经不再是变态人格者的专利了。让人不可思议的地方,不在于你在特雷布林卡集中营呆过,然后又变成一个和蔼可亲、努力勤劳的普通美国人,而在于那些为你清理尸体的人、在这里控诉你的人,他们在被你这一类的人如此对待后,还会对任何类似于庸常的东西有所追求——他们还能过得下去普通人的生活,这简直让人难以置信!

离德米扬尤克不足十英尺处,在法官审判台下的一张书桌边坐着一个非常漂亮的黑发年轻女郎。起初,我吃不准她在那里有什么用场。晚些时候,我才意识到,她是协助大法官的书记员。不过,当我刚注意到她在这整个过程中如此端庄镇定时,我只能想起那些犹太妇女,那些德米扬尤克被指控蹂躏的女人,被从运牛的卡车上赶下来、围成一堆,在军刀、鞭子和棍棒的凌虐下被赶进一个狭窄的过道,那个"管道",接着赶进毒气室。书记员是个洋溢着青春活力的女人,这样的女人他在"管道"里一定遇见过不止一次,而在那里他拥有至高无上的权力。现在,每当他看向站在法官或辩护律师桌子旁边的证人时，她一定就处在他视野范围的某个点，头发未剃，衣着整齐，极有自信，毫不畏惧，一个年轻漂亮的犹太女人，在各方面他都望尘莫及。在弄清她的确切身份之前，我甚至怀疑，她坐在那里的真实原因大概不会那么简单吧！我好奇，监狱里的他在梦中是否在这位女书记员的身上看见那些被他毁灭的年轻女人们的鬼魂，是否有一丁点悔意，或者，梦中的他是否更有可能像清醒时的他那样，巴不得她也在特雷布林卡集中营里——不只是她，还有那三名法官，他的法警，检察官，翻译，尤其是那些跟我一样每天到法庭旁听的人。

这场审判对他来说真的一点儿也不意外，一场由犹太人鼓噪起来的为了宣传而进行的审判，一场不公正的、谎言般的审判闹剧：他被戴上手铐脚镣押来受审，远离温馨的家庭和祥和的家园。回想起很久以前"管道"里的情形，他早就料到这些人会给他这样质朴的青年制造什么麻烦。他明白他们仇恨乌克兰人，他一生一世都明白这一点。在他的童年时代，是谁制造了饥荒？是谁将他的国家变成了七百万人的坟场？是谁把他的邻居们变成了吞食各种老鼠的非人？他还是孩子时就已经阅尽了人间沧桑，在他的村庄里，在他的家庭里——母亲们以家里宠物猫的内脏为食，小姐妹们为一个腐烂的土豆而自愿献出贞操，父亲们吃起了人肉。哭喊声，尖叫声，痛苦万分，尸横遍野。死了七百万人！七百万乌克兰人死了！因为谁而死去？是谁造成了所有这一切？！

悔意？去他的悔意！

或者，难道是我错怪了德米扬尤克？在整个枯燥冗长的审判过程中，当他反刍着，小口抿着水，打着哈欠时，也许他的脑袋里除了"不是我"这几个字之外什么也没有——只需这几个字就能让他将过去抛诸脑后。"我不恨任何人，甚至不恨你们这些想置我于死地的肮脏的犹太人。我是无辜的。有罪的是别人。"

那有罪的是别人吗？

他就在那里——或者不在。我不住地盯着他看,心里在琢磨,尽管我读过这么多指控他的证据,但如果他宣称自己无罪的说法属实,如果指认他的幸存者都在说谎或者都错了呢? 如果那张上面有他的西里尔语签名和年轻面孔、可以证明他集中营卫兵身份的军装照确实是伪造的呢? 他自称曾在德国当了数月战俘,可原告却指证同一时间他出现在特雷布林卡,而自他被起诉以来,几乎每次在接受有关他行踪的问讯时他都会改口,可如果这混乱的说法反而成了一种可信的不在场证明呢? 自从一九四五年以来,他一直明目张胆地用可证明有罪的谎言来回答难民机构和移民局官员的提问,导致自己被美国取消国籍并驱逐出境,可如果这恰恰证明了他是无辜而非有罪的呢?

然而,他左侧腋窝里的文身,那个纳粹党卫军用来表明个人血型的文身又是怎么回事? ——除了证明他为德国党卫军服务过以外,还能证明其他什么吗? 能不能证明他在法庭上说谎? 如果不是怕真相暴露,他为什么要悄悄刮去那个文身? 如果不是为了掩盖真相,他为什么要忍受剧烈的痛苦,用石块磨擦至血肉模糊,等伤口愈合后再反复用石块磨擦,直到皮肤变得伤痕累累、那处泄露天机的文身被彻底抹去呢?"我悲惨的错误,"德米扬尤克对法庭说,"在于我不能恰当地思考,恰当地回答。"笨头笨脑——自从十一年前美国检察署在克利夫兰第一次作为控方指认他为"恐怖伊凡"以来,这是他唯一承认犯下的错误。你不可能因为一个人愚蠢而绞死他。克格勃设计诬陷了他。"恐怖伊凡"另有其人。

名叫莱文的首席法官和以色列辩护律师约拉姆·谢夫特尔之间,一场分歧已经开始酝酿。首席法官六十多岁,头发花白,态度严肃认真。我不明白他俩在争论什么,因为我的耳机碰巧出现故障,如果起身去更换,就有可能失去现在的座位,所以我坐着不动,不清楚他们哪里意见相左,光听着他们用希伯来语激烈地辩论。坐在莱文左侧的是一位中年女法官,她戴着眼镜,一头短发,外面穿着法官黑袍,里面是像男人一样的衬衫加领带。莱文的右侧坐着一位个子矮小、留着胡子的法官,他头戴圆顶小帽,外表慈祥、睿智,看上去跟我差不多岁数,是审判团里唯一的犹太教正统派成员。

看得出来,莱文的话让谢夫特尔越来越恼怒。前天,我在那份关于德米扬尤克案件的剪报里读到,这位律师爱炫耀、易激动。在替委托人做无罪辩护时,尤其是当幸存下来的目击者证词就摆在眼前,他那过于戏剧化的激情很难博得那些同胞的好感;的确,自从审判通过广播和电视向全国播送以来,这位年轻的以色列律师大概就成了以色列有史以来最不受欢迎的人物之一。我记得读到过:几个月前,某次午间休庭期间,有位全家人在特雷布林卡集中营遭到杀害的法庭观众对着谢夫特尔高吼道:"我真不明白,一个犹太人怎么会为这样一个罪犯辩护!一个犹太人怎么会为一个纳粹辩护!让我来说一说德国纳粹是如何摧残我的身体的!"从谢夫特尔与首席法官的争辩中我最多能得出这样的结论:无论是这位观众,还是其他任何针对他身为犹太人的忠诚的挑衅,都不足以削弱谢夫特尔准备用来为德米扬尤克辩护的信心或力度。我想他退庭后该有多危险啊:这个势不可挡的小"攻城槌",这台藐视一切的"引擎",留着长长的鬓角和窄条八字胡,很容易被人认出。法庭四周时不时地会安置一些携带步话机但不携带武器的身着制服的警察,大厅里无疑也会有荷枪实弹的便衣——在这里,谢夫特尔跟他遭人痛恨的委托人一样安全,不会受到伤害。但是,当一天的审判结束,他开着豪华保时捷回家时呢?当他与女友一起去海滨或去看电影时呢?以色列全国各地的人中,此时此刻,在观看电视实况转播的人中,定会有谁乐于不惜一切代价让他住嘴。

谢夫特尔与法官的争执导致莱文宣布提前午间庭休。法官们起身离开审判台,我和其他人也站起身来。在我周围,中学生们争先恐后冲向出口,士兵们稍后也跟在学生后面鱼贯而出。几分钟后,只有三十来个人还留在法庭,其中大多数三五成群地聚在一起小声交谈,剩余的静静地坐在自己的位置上,仿佛虚弱到不能动弹,或者陷入恍惚之中。这些人都上了年纪——起先我以为他们是退休人员,所以有时间经常来旁听庭审,后来才意识到,他们一定是集中营的幸存者。他们的感受如何呢?离他们仅几英尺之遥,有位留着八字胡、穿着整洁的灰色便服的年轻人。我认出来——从报上登出来的照片认出来的——他是德米扬尤克二十二岁的儿子小约翰,他吵嚷着抗议,表示他父亲是被诬陷的,接受媒体采访时坚称父亲是绝对清白、完全无辜的。这些幸存者当然必须认出他是谁——我从报上读到,审判开始时,儿子就在家人的请求下一直引人注目地坐在父亲正后方,连我这个初来乍到者都认出了他。那天早上,德米扬尤克好几次朝审判台下的第一排看去,因为那里坐着小约翰——旁若无人地扮鬼脸,向他父亲示意自己很无聊、法庭争论令人厌倦。我估计,小约翰的父亲被美国移民局指认为"恐怖伊凡"时他也就十一二岁。这男孩在童年时代,像许多幸运的孩子那样,认为自己的名字跟别人的一样,没什么特别的,生活也与他们一样幸福愉快。可是,他永远不可能再相信这一点了:他永远要与德米扬尤克同名,犹太人已经在全人类面前为了某个其他人所犯下的滔天罪行而审判这个名字。我想,通过这场审判,正义也许会得到伸张,可是现在,德米扬尤克的孩子们却被掷入仇恨之中——仇恨的种子又被重新埋下。

难道整个以色列就没有一个幸存者想到杀死小约翰·德米扬尤克,通过完全无辜的儿子来报复有罪的父亲?难道没有一个家人在特雷布林卡集中营遇难的人想到绑架他,然后将他大卸八块,慢慢地,一块块地,一次一英寸地,直到德米扬尤克再也无法忍受,不得不向法庭承认自己是谁?难道没有一个幸存者被这个被告懒洋洋的哈欠和漠然的反刍逼疯,感到怒不可遏?难道没有一个受尽折磨的幸存者足够幻灭、足够愤怒，从而想出折磨一个人来迫使另一人招供的办法，意识到用骇人听闻的手段谋杀下一代是一种完全正义和妥当的复仇手段？

当我看到这位身材高挑修长、衣冠楚楚的年轻人与三名辩护律师一起轻快地朝出口走去时，我心里想着这些问题——我很吃惊，像谢夫特尔一样，德米扬尤克的同名人，他的男性继承人和唯一的儿子，即将走上耶路撒冷的街头，却完全不受人保护！

法庭外，温和的冬天天气已经发生了戏剧般的变化，完全是另一番样子了。一场暴风骤雨正在肆虐，强风横卷着雨幕劈头盖脸，会议中心四周停车场上前面寥寥数排汽车以外的东西根本看不清。那些设法决定如何离开中心大楼的人拥挤在楼外门厅里或者躲在悬挑下的走道里。当我挤入这群人中时，我才想起自己来此地寻找何人——我遇到的那点小麻烦已经全然被一个庞然的真恐怖淡化了。按原计划快马加鞭、揪住那个骗子现在看来似乎比轻率莽撞还要糟糕，就像一时精神错乱。我真是羞愧难当，再一次感到无比厌恶，因为我跟这个讨厌的家伙通了电话——上当受骗，实在是愚蠢之极！现在，对于我来说，找到他是多么无足轻重！心头沉甸甸地压着刚才目睹的一切，我决心使自己物尽其用。

我原计划与阿哈龙共进午餐，就在雅法大街上的蒂肖博物馆；可是暴风雨越来越猛烈，我真不知道自己怎么才能及时赶到那里。不过，既然已经作了选择，我下定决心，没有一样东西能够阻挡我，更不用说恶劣天气了。我眯起眼睛，透过大雨寻找出租车。突然，我看见小德米扬尤克从悬挑下冲了出去，跟在他的一位律师后面，钻进一辆敞开车门的车内。我一阵冲动，想跟在他后面奔过去问问是否能让我搭便车去耶路撒冷市中心。我当然没这样做，因为如果我去问了，会不会被误认为是自封的犹太复仇者，在奔跑途中被人用枪射杀？

但是被谁射杀呢？小德米扬尤克就在那里，是个活靶子。我会不会是这群人中唯一看清刺杀他是何等容易的人呢？

离开停车场往山上步行约四分之一英里，有一家大酒店，我记得在乘车进城时见过。我焦急万分，最后走出人群，冲进暴风雨，拼命朝酒店飞奔而去。几分钟后，我的衣服湿透了，鞋子里也灌满了水。我站在酒店大堂里找电话叫出租车，就在此时，有人在我肩上轻轻拍了拍。我回头一看，面对我的，竟然是另一个菲利普·罗斯！

三　我　们

"我真不知说什么好。"他说,"是你！你来啦！"

可是,不知说什么的该是我！我气喘吁吁,部分因为顶着强劲的暴风雨奔跑着上山。我想,直至这一刻,我还根本没有真正相信他的存在,最多也只相信电话里那个自以为是的声音,或者是报纸上某种显然可笑的胡说八道。见到他本人实实在在地出现在我面前,像服装店里的顾客一样可以丈量,像拳击台上的职业拳击手那样可以触摸,我吓得就像见到了虚无缥缈的鬼魂一样——像触电一样！遭暴风雨浇淋之后,我身上湿透了,活像个卡通漫画人物,劈头盖脸被浇了一桶冷水,着实让人清醒。虚无缥缈的他神不知鬼不觉地显现真叫我大吃一惊,面前这个冒名顶替者实在令我迷惘,使我不知所措,忘了早晨乘出租车出发寻找他时,自己已经想好的如何应对、如何与他对话的种种计划——在脑海中模拟我俩对峙时,我没想到当这种情况果真发生时,对峙不会只在脑海中进行。他呜呜地哭起来。尽管我浑身湿淋淋的,他照样用双手搂住我,并放声大哭,戏剧性十足——好像我们二人中的这一个或另一个深夜独自穿越纽约中央公园、刚刚毫发无损地回到家里,如释重负,流下喜悦的泪水。我曾经想象过,面对我的真身时,他会被吓退,继而乞求宽恕。

"菲利普·罗斯！真的菲利普·罗斯——等了这么多年！"他激动得浑身发抖,甚至两只手也在剧烈颤抖,紧紧抱住我的腰背。

我用胳膊肘使劲儿撑了好几次,才挣脱了他的拥抱。"你,"我推开他一点,同时往后退去,"你一定是那个假冒的菲利普·罗斯!"

他哈哈大笑。但依然在流泪!甚至在脑海里模拟与他对峙的时候,我也未曾讨厌过他,如今见到他愚蠢地、莫名其妙地掉眼泪,让我反感透顶。

"假冒,呵,跟你比起来,绝对是假冒——跟你比起来,我啥也不是,一文不值,无足轻重。可是我无法告诉你我的感受!在以色列!在耶路撒冷!我真不知道说什么好!我不知道从何说起!书!那些书!我想起《放手》,迄今为止我最喜欢的书!利比·赫茨和那个精神病专家!保尔·赫茨和那件衣服!我想起《日暮》中那篇《爱之船》!你的作品!你所受到随意的批评!你的女人!安娜!芭芭拉!克莱尔!多么了不起的女人!对不起,我是从我的角度想象你的。我就是想——见你——在耶路撒冷!是什么风把你吹来的?"

对于这样热情的小问题,提得那么巧妙,我不由自主地回答:"顺路经过。"

"我在看我自己,"他欣喜若狂地说,"但这个人是你!"

他在夸大其词,他喜欢这么做。我看着面前这张脸,如果早上在镜子里看见这张脸在看自己,我不太会把它当成是我的脸。别的人,一个陌生人,某个只看过我的照片或者报纸上的肖像漫画的人,也许会被这种相似所欺骗,尤其是这张脸用我的名字称呼自己,但我不相信任何人会说,"别唬我了,你真就是那个作家",如果这张脸称自己为努斯鲍姆先生或施瓦茨博士的话。事实上,这是一张相对英俊的脸,比我自己的更端正,下巴更紧致,鼻子没那么大,鼻尖也不像我的那样是典型的犹太人的扁平。我突然想到,他看上去像以我为参照做了整形手术。

"你在玩什么把戏,朋友?"

"没玩把戏,"他回答,我愤怒的口气刺痛了他,使他感到惊讶,

"我没假冒，刚才说你是'真的'时只是在反讽。"

"好吧，我没你那么漂亮，也没你那么爱说反话，我刚才说你是'假冒的'，那可是一点不假。"

"嘿，别紧张！你不知道你的威力有多大。别出口伤人，好吗？"

"你冒充我到处招摇撞骗！"

这话使他恢复了笑容——"你冒充我到处招摇撞骗！"他讨人厌地鹦鹉学舌。

"你利用我们外貌上的相似，"我继续说，"告诉人家你是作家，是我那些书的作者。"

"我不必告诉他们任何事情。他们马上把我当作那些书的作者。这种事情一直发生。"

"而你也不去纠正他们？"

"这样吧，我能请你吃午饭吗？你——就在这里！真让人一下子理不清头绪！我们能不能别再争了？在这家饭店坐下来，一起边进午餐边认真谈谈？你能不能给我一个解释的机会？"

"我想知道你究竟想干什么，朋友！"

"我想让你知道，"他温和地说，同时像马塞尔·马索①表演他最拿手的滑稽剧那样，双手做了个夸张的下压动作，暗示我应该停止叫喊，并像他那样通情达理，"我想让你知道一切。我一生梦寐以求的是——"

"哦不，先别谈'梦'。"我对他说。我大为光火，不只因为他夸张的动作，也不只因为他坚持表现得迥异于他在电话里试图效仿的那个声音洪亮的大流散鼓吹者赫茨尔，更多是因为他用一张好莱坞版的我的脸百般恳求我尽可能保持冷静。真奇怪，眼下这种对我最糟糕的特征平整的矫正是让我最为恼火的。当某个与我们长得相似的

---

① Marcel Marceau(1923—2007)，法国犹太裔戏剧演员，以饰演默剧小丑闻名。

人出现时,我们最鄙视他什么呢?对我来说,是他真心实意地试图以个人魅力打动你。"拜托,别用这种犹太好男儿温柔伤感的目光看我。你的'梦'!我知道你在这里谋划什么,知道你跟媒体之间有什么猫腻,所以停止这目前还算是无伤大雅的恶作剧吧!"

"可是,知道吗,你的目光也有点温柔伤感。我知道你在人前做了什么。你将你温柔的一面隐藏起来,不让公众看见——所有的照片都沉着脸,采访时一副谁的账都不买的样子。但是,我碰巧了解到,在平时,你是个柔情似水的人,罗斯先生。"

"听着,你是干什么的,你是谁?回答我!"

"最崇拜你的人。"

"再来!"

"刚刚就是我最好的答复。"

"不管怎样,再来一次,你是谁?"

"世界上读过你的书、最爱你的书的人。读过不止一次,也不止两次——而是很多次,多到我都不好意思承认。"

"是吗,就因为这事,你在我面前感到尴尬?多敏感的年轻人哪!"

"你看我的眼神好像我在奉承讨好,可这是真话——你的书我能倒背如流。我也熟知你的一生。我能做你的传记作家。我是你的传记作家。你所忍受的屈辱,这些屈辱把我逼疯了,我替你发疯。《波特诺伊的怨诉》,甚至没被提名国家图书奖!十年中最好的作品,甚至没被提名!咳,你不是斯瓦多思①的朋友;他在评委会里发号施令,伺机狠狠报复你,态度多么敌对——真搞不懂。那个波德霍雷茨②　实际

---

① Harvey Swados(1920—1972),美国犹太作家。
② Norman Podhoretz(1930—　),美国犹太作家、评论家,1960 年至 1995 年任《评论》（*Commentary*）杂志主编。

上，一提起此人的名字，我就满嘴苦涩。还有吉尔曼[1]，他对《当她是好女人的时候》的抨击，对那本书完成度的抨击，说你是为沃拉斯书店写的——对那本完全值得钦佩的小书！爱泼斯坦教授，这有个天才。还有那些《女士》杂志上的臭婆娘，爱出风头的沃尔科特[2]——"

我整个人陷在酒店大堂的座椅里，身上裹着被雨淋透的衣服，又湿又冷，瑟瑟发抖。我听着他在那里回顾报上登出来的每条批评意见，对我的作品及本人的每一次攻击——有些微不足道，连我自己也不知怎地也已忘却，尽管四分之一世纪前，它们曾使我万分恼火。这就好像冤情魔仆从腌制贮存作家怨恨的魔瓶里逃了出来，我那些被人过度污蔑的陈年往事和我滑稽可笑的冒名顶替者相互交杂，并以人的模样显露出来。

"——在卡森[3]的节目上说什么'犹太黑手党'之类的狗屁玩意儿，什么'从哥伦比亚大学到哥伦比亚电影'——"

"够了，"我说着猛地从座位上站起来，"够了！"

"这不是儿戏，这就是我想说的。我知道你的生活有多艰辛，菲利普。我可以叫你菲利普吗？"

"为什么不可以呢？这是我的名字。你叫什么？"

他带着那种乖宝宝似的微笑（我真想用块石头把它砸烂了）回答说："对不起，真的对不起，还是那句话。一起吃个饭吧。也许，"他指着我的鞋子，"你要去一下盥洗室把它们弄干净？你都湿透了，伙计！"

"你一点也没湿。"我察觉到。

---

① Richard Gilman(1923—2006)，美国文学评论家。
② James Wolcott(1952—)，美国记者，专栏作家。
③ John William Carson(1925—2005)，即强尼·卡森(Jonny Carson)，美国著名脱口秀节目《今夜秀》(*Tonight Show*)主持人。

"搭了辆便车上山的。"

这可能吗？搭便车？我还曾想搭德米扬尤克儿子的便车呢。

"看样子你去庭审了。"我说。

"每天都在那里。"他回答，"去吧，去弄弄干，"他说，"我去餐厅为我俩订个位。也许吃午饭时你能放松下来。我们有许多事情可以谈，就你和我。"

在盥洗室，我故意花很长时间弄干自己，想让他有足够的机会去叫辆出租车，逃得无影无踪，不必再面对我。他的表现令人厌恶，但依然值得称许；他很聪明，知道主动出击，在大堂里也不像我那样显得毫无防备；作为一个好脾气的天真汉，他怯懦地在奉承和眼泪之间摇摆，与我这个愤怒的受害者乏味的表现相比，他的表现到目前为止更亮眼、更具原创性。然而，比起他突然出现带给我的影响，我的突然出现必定给他带来更大的冲击；现在，他不得不认真考虑继续冒名顶替的风险。我给了他足够的时间变聪明，溜之大吉，并且永远消失。我理好头发，将每只鞋里大约半杯子的水倒出来，随后回到大堂，打电话叫车，去赴与阿哈龙的饭约——我已经晚了半个小时，可我一眼就看见他站在餐厅入口处，依然满脸堆笑，甚至比之前更像英俊了一些的我。

"我在想菲利普先生一定逃之夭夭了。"他说。

"我也在希望你溜之大吉呢。"

"我为什么要溜呢?"他问。

"因为你涉嫌欺骗。因为你触犯了法律。"

"哪条法律? 以色列法律，康涅狄格州法律，还是国际法?"

"一个人的身份是他的私人财产，不容他人盗用这一条。"

"啊，看来你一直在研究普罗瑟。"

"普罗瑟?"

"普罗瑟教授的《侵权法手册》。"

"我没在研究任何东西。像这种情况,我所需要知道的只是常识告诉我的。"

"即便如此,我们还是看看普罗瑟是怎么说的吧。一九六〇年,普罗瑟在《加利福尼亚法律评论》上发表了一篇长文,重新审视了沃伦和布兰代斯一八八〇年发表在《哈佛法律评论》上的那篇文章。沃伦和布兰代斯在文中借用了库利法官提出的'独处权'一词,划定了私人利益的范畴。普罗瑟提出了四种侵权行为类型:一,侵扰他人住所、安宁或私事;二,公开隐私行为;三,公开丑化他人形象;四,擅用他人姓名或肖像。从字面上可以这样解释:'盗用他人的名字或类似名称为己所用或牟利者即妨碍了他人的隐私。'我们去吃午饭吧。"

餐厅空无一人,甚至没有招待引座。他为我俩选的那一桌就在餐厅中央,到了桌边,他为我拉出座椅,好像他是餐厅招待,彬彬有礼地立在椅子后面等我坐下。我说不清这是纯粹的讽刺还是真心实意——更多的是盲目崇拜,我甚至怀疑,如果我的屁股离开椅子一英寸,那么他就会像小学里喜欢施虐的孩子那样,在最后一刻将椅子从我身底下抽走,让我一屁股坐到地上去。所以,在往下坐时,我用两手抓住椅子的边缘,将椅子拉到安全区域。

"嘿,"他笑着说,"你没有完全信任我!"说着绕过去拉出桌对面的椅子。

在大堂里看到他时我是多么惊讶啊——甚至在盥洗室里,我还惊魂未定。不知怎的,我还以为胜券在握,他将要逃走,再也不敢回来。只有当我们面对面坐着时,我才注意到他穿得与我一模一样:不是相似,而是完全相同!同样退了色的领尖钉有纽扣的开领牛津蓝色衬衣,同样穿旧了的棕黄色V字领羊绒毛衣,同样无翻边的卡其黄裤子,同样肘部破旧的布鲁克斯兄弟牌灰色人字纹哔叽呢运动夹克——是我那套暗淡服饰的地道翻版,我很久以前就想出来这样搭配,为了避免不必要的缝补麻烦;五十年代中期,我在芝加哥大学任一年级讲师，一贫如洗，这件衣服也许反复利用了不下十次。在打点来以色列的行装时，我意识到自己刚好破衣烂衫到需要定期修整了——我发现他亦如此。他夹克中间的一个扣子掉了，露出一小段线头。而我之所以注意到，是因为一段时间以来，我自己夹克中间的扣子总是一再消失，露出同样一小段线头。这样一来，原本就说不清道不明的事情变得越发扑朔迷离，好像我俩只差肚脐眼没连在一起。

"你是怎么看德米扬尤克的？"他问。

这是要聊天的节奏吗？居然还要聊德米扬尤克？

"难道没有其他更急需关注的事了吗？比如，你我的事？难道我们不该谈一谈这显而易见的身份盗用？普罗瑟教授概括的第四类？"

"但你不觉得，所有这些跟你今早在法庭所见的相比显得微不足道吗？"

"你怎么知道今天早上我看见了什么？"

"因为我看见了你在看。我在楼厅里，跟报社和电视台的人在一起。你的目光无法从他身上移开，没有人第一次能。他如今是德米扬尤克，还是不是？他以前是'恐怖伊凡'还是不是？——任何人第一次见到他时脑子里想的就是这些。"

"可是，既然你已经见过我了，为什么在大堂里还那样大惊小怪？你已经知道我在这里！"

"你低估了你的重要性，菲利普，你还在与自己大人物的角色相抗争，思想上还不能完全接受自己的身份。"

"所以你在代替我接受，是不是这回事？"

面对我的质问，他低下了头——好像是我不合时宜地提起一个我们说好了不再提的话题，我发现他的头发少得可怜，已经成了一缕缕灰白，像极了镜中我自己的头发。的确，我俩初看那么惹人注目的相貌差异，正在令人不安地消失，我变得越来越适应他的长相。那忏悔般前倾的谢顶的脑袋看起来和我的惊人地相似。

我又重复了一遍。"是不是这回事？因为我显然没能'接纳'我的大人物身份，所以你好心地代我承受下来，替我四处炫耀？"

"想看看菜单吗，菲利普？要不要来点喝的？"

餐厅里还是不见服务员的踪影，我突然想到，这会儿甚至还没到营业时间。于是，我提醒自己，这场"梦"的紧急出口已经对我关上。因为我正坐在一个不提供饭菜的餐厅，我的对面坐着一个人，我必须承认，这个人在各方面几乎与我一模一样：从他刚刚故意向我展示的一缕缕银灰色的头发到夹克上脱落的扣子；因为我没有像男子汉那样去适应这尴尬的处境并且本能地控制局面，而是正任由其摆布，几乎陷入不知何种由愚蠢的不断演化的无法容忍的闹剧所造成的放纵行为。很显然，所有这一切意味着我的意识是完全清醒的。这里正在制造的不是一场梦，不管我此刻感觉生活多么无足轻重、多么虚无缥缈，不管我的感觉多么令人不安：我感觉自己的存在像一个点，除了它本身的渺小之外什么也体现不了，这种微乎其微的存在甚至比他的存在更令人厌恶。

"我在跟你说话呢。"我说。

"我知道。真不可思议！我在跟你说话呢！不只是在我头脑里跟你说话。这更加令人不可思议！"

"我的意思是希望得到你的回答。一个认真严肃的回答。"

"好吧，我会认真严肃地回答。我也会直言不讳。你的声望有点白白浪费了。还有许多你能利用声望办到但没有去做的事情——许多好事情。这不是批评，只是陈述事实。对你来说写好书已经足够了——上帝知道你这样的作家不欠任何人任何东西，只要写好书就行。当然，不是每个作家都具备成为公众人物的条件。"

"所以你替我抛头露面？"

"你这样说不是有点挖苦人吗？"

"是吗？那么怎样才叫不挖苦人呢？"

"咳,说到底——这么说没有冒犯你的意思,但既然直言不讳是你的风格——说到底,你只是工具性的。"

我盯着他的眼镜,这才注意到它跟我的一模一样,镜片固定在窄边金质的半框镜架上……与此同时,他伸手从夹克口袋里掏出一个旧皮夹(对,像我的皮夹一样陈旧),从皮夹里取出一本美国护照,随后隔着桌子将护照递给我。护照照片里是大约十年前的我,上面的签名也是我的笔迹。我快速翻阅护照,发现上面图章接图章,这个菲利普·罗斯已出入过五六个我自己从没访问过的国家:芬兰、西德、瑞典、波兰、罗马尼亚等。

"你从哪里搞到这本护照的?"

"护照办理处。"

"这确实是我,你知道吗?"我指着照片说。

"不是的,"他轻声回答,"那是我,是我得癌症以前照的。"

"告诉我,你是事先将这一切都考虑好了呢,还是边干边编故事?"

"我已经病入膏肓了。"他回答说。他的话实在让人迷惑不解,所以当他伸手要回护照时,我傻乎乎地递还了,而不是拿在手里要挟他,要知道,这可是我能得到的他冒名顶替最强有力和最好的证据。"我说,"他边说边热情地靠在餐桌上,我看得出这种说话方式也是模仿我的,"关于我们,我们之间的关系,真的还有什么可说的吗?也许,问题在于荣格的书你读得不够。也许,归根结底在于你信奉弗洛伊德,我信奉荣格。读点荣格,他对你有用处。当我不得不开始跟你打交道的时候,我就开始研究荣格。他为我解释了难以解释的平行关系。你相信弗洛伊德因果律的主宰力量。在你的宇宙里不存在偶发事件。对于你来说,不能用理智思考的事情不值得思考。许多聪明的犹太人就是这样。不能用理智思考的事情甚至根本不存在。我怎么能作为你的翻版存在呢?你怎么能作为我的翻版存在呢?你和我得不到因果解释。这样的话,就读一读荣格的共时性。存在着无法用因果关系解释的有意义的巧合,且这样的巧合时时刻刻都在发生。同步性,同步现象,咱俩就是一个例子。读点荣格,菲利普,即便是为了你内心的宁静。'真实事物的不可控性'——卡尔·荣格深谙此道。读读《金花的秘密》。它会为你打开一个全然不同的世界。你看上去呆若木鸡!——没有因果解释,你就没了方向。在这个地球上,怎么可能有两个人不仅岁数相同,又碰巧长得一样且同名同姓呢?好吧,你需要因果关系,那我就来告诉你因果关系。忘了只有你和我——这个世上可能还会有五十个与我们同岁的犹太小男孩长大后看起来像你我,如果没有一九三九年到一九四五年间发生的某些悲剧事件的话。他们中有十来个人成为罗斯不是不可能的吧?我们家族的姓氏有那么罕见吗?那些小罗斯也许像你和我一样不用承袭祖父费维尔的姓氏,这不是不可能的吧,菲利普?从你的职业角度来看,你也许会认为,有我们两个,你不再是独一无二的,这太可怕了。从我犹太人的角度来看,我得说我认为可怕的是只有我们两个。"

"不,不,不是可怕的——是可起诉的,有我们两个,其中一个四处冒充另一个。如果世界上有七千个我们,要知道,其中只有一个会写我的书。"

"菲利普,没有人会像我这样珍爱你的书。不过,我们正处在犹太历史的关键时刻,也许我们可以谈点书之外的东西,尤其是我们终于在这里、在耶路撒冷相聚。好吧,我是放任别人把我当成你。但是,请告诉我,如果不这样做的话,我怎么才能接触到莱赫·瓦文萨?"

"你这样问不会是认真的吧?"

"我是认真的,而且我的理由很充分。会见莱赫·瓦文萨,并与他开展富有成果的对话,这对你造成伤害了吗?我对任何人造成伤害了吗?只有当你因为你的书而非其他任何原因,一门心思想诉诸法律,让我在格但斯克的成果付诸东流,那才会造成伤害。不错,法律是站在你这边。这点谁能否认？一开始要是没有弄清我所要面对的法律的每一个细节，我是不会采取这种规模的行动的。在奥纳西斯[①]对克里斯汀·迪奥-纽约公司一案中，一位神似杰姬·奥纳西斯的专业模特被用来为迪奥服装做广告，法庭最终裁定，迪奥公司此举是想将杰姬·奥纳西斯与产品捆绑，赞成原告奥纳西斯撤销广告的请求。卡森对'强尼便携式马桶来了'一案也得到了同样的判决。因为短语'强尼来了'使人联想到卡森和他的电视节目，法庭认为洁具公司没有权利将此短语用于他们的便携式马桶。法律上再清楚不过了：即便被告在使用他自己的名字，但如果他的使用暗示了名字本身代表了其他同名的名人，那么他也有可能面临盗用身份的起诉。如你所见，关于到底什么是可起诉的，我比你更清楚。但是，我真的不能相信你会相信，在新款女装的兜售，更不用说便携式马桶的销售和租用，与我为之献出毕生精力的使命之间有明显的相似之处。我把你的成就当作我自己的成就；如果你高兴这么想的话，好吧，我偷了你的书。但是为了什么目的呢？犹太人再次处于可怕的十字路口。因为以色列。因为以色列以及以色列危及我们所有人的方式。别去想法律，请听听我要说的。大多数犹太人不选择以色列。以色列的存在只会把大家搞糊涂，把犹太人和非犹太人都搞糊涂。我再说一遍：以色列只会危及每个人。看看发生在波拉德身上的事吧。我一直被乔纳森·波拉德[②]的事所困扰。一个美国犹太人拿了以色列情报机构的钱，去刺探自流泪。已国家的军事机构。我被乔纳森·波拉德吓坏了。我害怕是因为，如果我像他一样处在美国海军情报机构的职位上，我可能会做出同样的事来。我敢说，菲利普·罗斯，如果你像波拉德一样，坚信通过向以色列出卖美国有关阿拉伯武

---

① Jackie Onassis(1929—1994)，即前美国第一夫人杰奎琳。
② Jonathan Pollard(1954—　)，前美国海军民用情报分析员，后被指控为以色列间谍，1986 年被判无期徒刑。

器系统的情报就能拯救众多犹太人的性命，那么你也会如此行事。波拉德有各色各样拯救犹太人性命的幻想。犹太人的性命一定要得到拯救，不管付出什么样的代价，这点我理解，你也一样。但是，为此而付出的代价不是背叛你的国家，而是比这更大的：拆除这枚日下最危及犹太人性命的炸弹——这个名为以色列的国家！我不会对其他任何人提及此事——我只对你说。但是，这件事必须说出来。波拉德只是以色列存在的又一个犹太受害者——因为波拉德所做的，真的并不比以色列一直要求海外犹太人所做的更多。我不认为波拉德负有责任，我认为以色列应负责任——以色列，它那包罗万象的犹太极权主义已经取代了褒犹主义，成为世界上犹太人最大的威胁；今天的以色列，它渴望得到犹太人，用许许多多可怕的方式扭曲、丑化犹太人，这种事曾经只有我们仇犹的敌人才有力量去完成。波拉德热爱犹太人，我热爱犹太人，你热爱犹太人。可是别再出现更多的波拉德。如果上帝允许，也别再出现更多的德米扬尤克。我们甚至还没有谈到德米扬尤克。我想听听你今天在法庭上的所见所闻。我们不谈法律诉讼，既然我们相互熟悉了一点，能不能谈谈有关——"

"不不！法庭上发生的事不是我们之间的问题，也跟你正在实施的这场冒充我的骗局没有丝毫关系。"

"又说到骗局，"他悲伤地咕哝着，故意以一副滑稽的犹太人腔调，"法庭上的德米扬尤克与我俩有千丝万缕的关系。如果不是因为德米扬尤克，因为大屠杀，因为特雷布林卡——"

"如果这是一个玩笑，"我一边从座位上起身一边说，"那也是个愚蠢之极、邪恶之极的玩笑，我建议你马上停止！别提特雷布林卡——我请求你。听着，我不知道你是谁或者你的用意何在，但是我要警告你——收起你的把戏，滚出这里！卷铺盖走人吧！"

"啊呀，服务员到哪里去了？你衣服都湿了，你还没吃饭——"为了平息我的怒气，他从桌那面伸出手来，握住我的手，"稍等——服务员!"

"把手拿开,你这个小丑!我不要吃午饭——我要你滚出我的生活!像克里斯汀·迪奥,强尼·卡森和便携式马桶那样——滚开!"

"天哪,你太容易动怒了,菲利普!你这样很容易心脏病发作的。你表现得好像是我在试图戏弄你,我什么时候这么做过,天哪,我珍视你还来不及呢——"

"够了——你是个骗子!"

"可是,"他恳求道,"你还不知道我试图做什么呢!"

"我当然知道。你打算在以色列清除所有的德系犹太人,打算将犹太人重新安置在那些他们曾经深受当地乡下佬爱戴的美妙之地。你和瓦文萨,你和齐奥塞斯库,你们阻止第二次大屠杀的发生!"

"可——那——是你,"他高声嚷道,"你是皮埃尔·罗热!你骗过我!"意识到这个可怕的发现,他猛地瘫倒在椅子里,纯粹是一场即兴喜剧。

"你能再说一遍吗?我做了什么?"

可此时他已泪流满面,这是我们见面以来他第二次流泪。这家伙怎么啦?看着他如此不知羞耻地胡闹着,我想起了自己海乐神时期没完没了的哭泣。他这种样子是对我精神失控的拙劣模仿呢,或者更可能是他滑稽的即兴表演,还是他自己海乐神上了瘾?这是不是一种了不起的具有创造力的个性,而我正面对来自它的虚假嘲讽?或者说他是个如假包换的疯子?我想,就让奥利弗·萨克斯①去弄清他的情况吧——你就叫辆车走吧。不过我内心某处开始笑出声来,很快我被笑声淹没,笑声从某个洞穴般、比我的恐惧还要深邃的理解的核心喷涌而出:除却那些没有得到回答的问题,似乎从来没有,从来没有任何人曾对我构成如此大的威胁,或者对我与生俱来的

————————————
① Oliver Sacks(1933—2015),英国生物学家、脑神经学家、作家。

权利带来更加可悲的挑战，这反倒让我觉得他是一个了不起的想法……没错，一个活生生呼吸着的了不起的想法。

尽管比约定时间晚了一个多小时，但当我终于到达蒂肖博物馆里面的餐厅时，我发现阿哈龙还在那里等我。他料到暴风雨会耽搁我，便要了一杯水独自坐在桌边耐心地看书。

在接下来的一个半小时里，我俩共进午餐，谈论他的小说《齐莉》。一开始我谈到，在我看来，孩子的意识似乎是这部小说以及其他几部小说的一个隐藏的叙述视角。别的我什么都没说。我撇下那个壮志凌云的菲利普·罗斯，让他在空无一人的酒店餐厅里哭泣，我的放声大笑让他感受到了羞辱、挫败。我不知道接下来会发生什么。我降服了他——接下来该怎么做呢？

做眼前这件事，我告诉自己，这件事。坚持完成这项任务！

从这场漫长的午餐交谈中，我和阿哈龙能够整理出，以书面形式，我们访谈的下一个环节。

罗斯：在你的书中，没有来自公共领域的消息可以帮助阿佩尔菲尔德受害者预知危险，逼近受害者的厄运也没有被表现为欧洲灾难的一部分。历史的聚焦由读者提供，因为他们明白邪恶已笼罩欧洲，而受害者们对此却浑然不觉。你作为历史学家的沉默不语，加上会意的读者的历史视角，解释了你的作品为何能产生那种独特的影响，也解释了以朴实的方式讲述的故事所产生的力量。另外，通过事件去历史化和背景模糊化，你也许就能粗略地领会到人们所感受到的困惑，因为这些人并没意识到他们处于巨大灾难的边缘。

我觉得，你小说中的成年人的视角和孩子的视角一样有局限性，当然，他们没有历史的事件簿去定位正在发生的事件，没有理智的方式去参透它们的意义。我想知道的是，你作为一个大屠杀边缘的孩子所形成的意识是否反映在那朴实之中，因为你小说中逼近的恐怖就是以这种朴实的方式观察到的。

　　阿佩尔菲尔德：你说得对。在《一九三九年的巴登海姆》中，我完全忽视了历史解释。我想当然地认为这些历史事实人们已经知道，读者会自行填补空缺。你认为我对第二次世界大战的描述中嵌入了孩子的视角，这似乎不错。然而，自从我意识到自己艺术家的身份，我便不能容忍对历史进行解释。第二次世界大战中犹太人的经历并非属于"历史"范畴。我们遭遇了原始神秘的力量，一种昏暗的潜意识，我们过去不明白它的意义，时至今日依然无从知晓。这个世界似乎是理性的（有火车、发车时间、车站和工程师），但事实上，这些只是想象、谎言和诡计的旅程，只有极度非理性的冲动才能发明出来。我过去不理解，现在仍不理解，那些凶手的动机。

　　我过去是受害者，所以现在试图理解受害者。三十年来我一直试图探讨这一广阔而又复杂的生活领域。我没有将受害者理想化，也不认为《一九三九年的巴登海姆》中存在任何理想化。顺便提一下，巴登海姆是一个相当真实的地方，类似的温泉疗养地遍布欧洲，在繁文缛节上令人惊讶地庸俗不堪且极为愚蠢。甚至还是孩子时，我就看出那有多可笑！

　　直到今天，人们还通常认为犹太人机敏、狡猾和老于世故，集世上的智慧于一身。可是，看到愚弄犹太人易如反掌多有趣呀。一个最简单、几乎形同儿戏的花招就能把他们集中在"隔都"①,饿上几个月,用虚假的许诺鼓舞他们,最后用火车将他们送向死亡。在写《一九三九年的巴登海姆》时,他们那种单纯一直浮现在我的眼前。在这种单纯里,我发现了一种人性的精华。他们的盲目与失聪,以及他们只会全神贯注于自己的事务等构成了他们单纯的一部分。凶手很实际,知道自己需要什么。单纯的人总是倒霉蛋,是厄运滑稽的受害者,他们从来就不能及时听见危险的信号,经常糊里糊涂弄不清真相,困惑不解,最后掉入陷阱。这些弱点吸引了我,我爱上了它们。犹太人用阴谋诡计统治世界的神话原来在某种程度上被夸大了。

罗斯:在你所有翻译过来的书中,《齐莉》描写了最残酷的现实以及最极端的苦难。齐莉,一个穷苦犹太人家里天真无邪的孩子,在家人逃避纳粹入侵时被独自撇了下来。小说详细叙述了她为求生存所经历的各种骇人听闻的惊险历程,以及在雇用她的粗野农民中所感受到的难以忍受的孤独。我认为它与耶日·科辛斯基的《被涂污的鸟》极为相似。尽管荒诞不经,但《齐莉》塑造了一个胆怯的孩子,身处一个比科辛斯基的世界更为冷酷贫瘠的世界,孤独地流浪在不适合人类居住的地带,与贝克特在小说《马洛伊》中所描写的情景如出一辙。

你作为一个男孩,九岁那年从集中营逃脱,像齐莉那样独自流浪。我一直在想,当你在一个陌生的地方开始改变自己的生活,躲藏在充满敌意的农民中间时,你为什么决定想象一个女孩作为这场苦难经历的幸存者?你有没有曾经想到不把这一素材写成小说,而是按照你的记忆来展现你

① Ghetto,即隔离区。

的各种经历,直接陈述一个幸存者的故事,比方说,像普里莫·莱维对他奥斯威辛集中营的生活的描写那样?

阿佩尔菲尔德: 我从来都不是按照事情发生的那样去写。我所有的作品确实是我以最个人的经历写就的篇章,然而,它们并不是"我生活的故事"。我生活中发生在我身上的一切业已发生,它们已经形成,时光已经造就了它们,给了它们明确的形式。如实地记叙意味着要使自己陷入记忆之中,而记忆只是创作过程中一个较小的因素。在我看来,创作就是安排、整理和选择适合作品的词汇和节奏。素材的确源于个人的生活,但归根结底,创作是一种独立的产物。

我好几次试着写逃离集中营后在树林中的"我生活的故事"。但是,我所有的努力都是徒劳。我想忠于事实,忠于真正发生的事情。结果写出的纪实故事成了一种毫无活力的框架,相当贫乏,成了一个不能使人信服的幻想故事。最为真实的事情很容易被弄成假的。

正如你所知道的那样,现实总强于人类的想象。不仅如此,现实还能使它自己难以置信、无法解释、离奇古怪。让我感到遗憾的是,创作出的作品却不允许包含上述所有特征。

大屠杀的现实超越了任何想象。如果我完全忠于事实,那么没有人会相信我。但是,当我选择那个比我当时稍大一点的女孩的那一刻,我把"我生活的故事"从记忆的强大控制中分离出来,交给了创作实验室。在那里,记忆并不是唯一的业主。在那里,你只需随便解释一下,用一条线索将所有的东西串联在一起即可。罕见的例外只有构成整个结构的一个部分并有助于理解结构,才能允许存在。我不得不将那些让人难以置信的部分从"我生活的故事"中删去，呈现一个更可信的版本。

我写《齐莉》时大约四十岁。那时，我对艺术中天真的各种可能颇感兴趣。有没有可能存在着一种天真的现代艺术？在我看来，如果没有天真——依然能在孩子和老人身上找到，一定程度上也能在我们身上找到——那么艺术作品就会留下瑕疵。我试图弥补这种瑕疵，但只有上帝知道我成功了多少。

亲爱的菲利普：

我使你愤怒/你使我措手不及。我所说的每一个字都——愚蠢/错误/虚伪，但逼不得已。一九五九年以来，一直担忧/梦想着这次见面。在《再见，哥伦布》中看见了你的照片/知道我的生活永远不会像以前一样了。我对每个人都解释我们是两个不同的人/除了我自己不想成为任何人/想要我的命运/希望你的第一本书将会成为你的最后一本//希望你失败和消失/经常想到你的死亡。**我接受我的角色并不是没有经过思想斗争的：我就是赤裸裸的你/预言家的你/勇于献身的你。我的犹太激情无遮无拦。我的犹太钟爱无拘无束。**

让我存在吧！别为了保全你的好名声而毁了我。**我是你的好名声。**我只耗费你所积聚的好名声。你隐居在孤独的房间里，是乡间的隐士/隐姓埋名的背井离乡者/贫穷的修道士。永远不会像你应该/可能/不会/不能的那样去耗费你的好名声：为了犹太人的利益，求你了！请允许我成为公众的工具，通过我这个工具，你可以表达对犹太人的爱/对他们各种敌人的恨/这种情感存在于你写过的每一个字里。**不要进行法律干预。**

别通过我说过的话来评判我，通过送这封信给你的那个女人来评判我。对你，我说了所有愚蠢的话。别用那些证明我所感受/知道的一切都是虚假的蹩脚的表达来评判我。在你身边，我将永远不会成为精通遣词措意的匠人。请于文字之外来看待。我不是作家/我是其他东西。我是脱离了文字的你。

你的，

菲利普·罗斯

她本人瞬间真实地露面是如此有冲击力，既令人兴奋，也叫人不安，有点像坐在月球对面。她约摸三十五岁，是个看起来性感、健康、动物一般的女子。她的脖颈坚实红润，县集市①一等奖饰带系在上面不会不合适——她是生物学上的赢者，一个体魄健壮的人。她白金色的头发随意地用发夹在脑后扎成一个凌乱的发髻。她长着一张大嘴，呼出热气，就像一条气喘吁吁的快乐的狗，即便没开口讲话时也是这个样子，仿佛她在把你的话吃进去，仿佛另一个人的话不是通过大脑接收，而是由整个充满活力、无忧无虑的身体进行处理——在经过了小巧甚至炫白的牙齿和粉红完美的牙龈之后。她活跃的警惕性，甚至各种注意力，似乎都集中在她的口腔附近；她的眼睛美丽清澈，尽管目不转睛，但目光又好像并不抵达任何地方，显得那么深邃，似乎无所不在，能看透周围的一切。她乳房高耸，体格宽大，动作并不敏捷，臀部浑圆丰满——如果换个人生，她也许会成为波兰穷乡僻壤某个生殖力旺盛的奶妈。事实上，她是个肿瘤科护士，五年前他因

---

① County fair，美国的一种展览活动，通常每年于固定地点举行，展出各种农产品和家畜并进行优劣评比。

癌症住进芝加哥医院时遇见了她。她的名字叫万达·简·"金克丝"①·波塞斯基°，她唤起了我的渴望，某种数九寒天想到奢华温暖的毛皮大衣时所产生的渴望，确切地说，是渴望被裹在其中。

他希望用来对他作出评判的那个女人正坐在我的对面，我们的小桌子就摆在美国侨民酒店庭院的一处花园里，就在这家老牌酒店迷人的拱窗下方。我与阿哈龙共进午餐时，早晨的狂风暴雨已减弱成了太阳雨；此时离下午三点差几分，天空晴朗无比，庭院里的石头亮光闪闪，感觉有点像五月的下午天儿，温暖舒适，微风拂面，安宁平静；尽管现在是一九八八年的一月，就在前一天，以色列士兵向一群投掷石块的阿拉伯青年施放催泪弹，而这里碰巧离暴乱现场仅几百码。德米扬尤克因在特雷布林卡谋杀近一百万犹太人而受到审判，阿拉伯人正奋起反对所有被占领地上的犹太当局，然而，从我现在坐的地方——周围灌木丛生，左右各一棵柠檬树和橘树——来看，这世界似乎再美好不过了。和蔼可亲的服务生，叽叽喳喳的小鸟，上等的冰啤以及他派来的这个女人——她让我产生了一种幻觉，似乎没有什么比那些构成我们的易消亡的物质更经久不衰的了。

在我阅读他讨厌的来信的整个过程中，她一直凝神看着我，好像我在读的是她直接从林肯总统那里拿过来的葛底斯堡演说的原稿。我没告诉她"这是我一生中收到的最愚蠢的信"，没把信撕成碎片的唯一原因，是我不想她走。我想听她说话，就为了一件事：这是我了解更多情况的机会，也许我将听到的是更多的谎言，但足够多的谎言也许会让某些真相显露出来。我想听她说话，因为她的音色含糊暧昧、令人陶醉。这种悦耳的声音对我来说像个谜，就像刚从冷柜取出的食物在慢慢地融化，边缘已经融化得够湿软到可以吃的程度，其他部分却还是硬邦邦的倒人胃口。她到底有多粗俗，还很难说，也许她

---

① Jinx，有"不祥之人，厄运"之意。

有一肚子鬼主意,也许她根本就没什么心机,只是一个轻犯俯首帖耳的情妇罢了。也许只是我的迷恋——对眼前这样一位女性所呈现出来的令人亢奋的丰满的迷恋——导致我去设想,在她明目张胆的肉欲之上,笼罩着一层象征纯真的薄雾,这层纯真也许会使我有所收获。我把信一折三,塞进衣服里边的口袋——就像我本该对他的护照做的那样。

"简直不可思议,"她说,"难以置信! 你们连读信的方式都一样。"

"从左读到右。"

"你的脸部表情,你观察一切事物的方式,甚至你的衣服——真怪!"

"可这一切不都挺怪的吗? 一直到我们拥有相同的名字。"

"还有,"她大笑道,"一样毒舌。"

"他告诉我,我应该通过给他送信的女人来评判他,尽管我努力这样做,但处在我的位置,不先通过其他事情去评判很困难。"

"通过他已经做过的事情来评判他。我知道,对于犹太人来说,他的所作所为意义重大。对于非犹太人,甚至每个人来说,亦是如此。他即将拯救的生命! 他已经拯救的生命!"

"已经拯救的,是吗? 是谁?"

"比如说,我!"

"我以为你是护士,他是病人——是你救了他。"

"我是个正在悔改的反犹分子。我被 A - S.A.挽救了。"

"A - S.A.?"

"Anti-Semites Anonymous(匿名反犹组织)。菲利普创建的康复组织。"

"菲利普还真是灵感不断啊,"我说,"他没有告诉我 A - S.A.的事情。"

"他几乎什么也没有告诉你。他不能告诉你。他对你那么敬畏，他在努力克制自己。"

"噢，我不会说他在克制自己。我会说他几乎是在过度放纵自己。"

"我只知道他回家时状态很糟。他仍然躺在床上。他说他颜面尽失。分手时，他认为你恨他。"

"我为什么要恨菲利普？"

"这就是他写这封信的原因。"

"还派你来替他说情！"

"我读书不多，罗斯先生。我根本就不读书。菲利普是我看护的病人时，我甚至不知道你的存在，更不用说你长得极像他。每到一处，人们总是错把他当作你——到处，每个人，只有我这个文盲除外。在我看来，他只是我一生中所遇见的最热情的人。他依然热情似火，没有一个人像他这样。"

"除了？"我轻轻拍着胸脯说。

"我指的是他打算改变世界的方式。"

"哦，如果是为了这个目的，那他来对了地方。他们每年都要收治几十个来这里的人。这些游客四处游荡，认为自己是弥赛亚，劝人忏悔。这是精神卫生中心一个有名的现象——当地的精神病专家称它为'耶路撒冷综合征'。他们中的大多数认为自己是弥赛亚或上帝，其余的称自己是撒旦。你很容易摆脱菲利普的。"

但不管我说什么，再怎么鄙视、贬低他，都丝毫无法动摇她坚定的信念，她继续向我吹嘘这个大骗子的成就。她是否患有被称作"耶路撒冷综合征"的一种新型歇斯底里症？几年前，那位政府精神病专家就这个话题给我作了风趣的阐述，他告诉我，也有基督徒在沙漠里漫游，相信自己是"施洗者约翰"。我想，他的先驱是施洗者金克丝，这位弥赛亚的代言人，她在弥赛亚身上找到了灵魂的归宿和她生活的崇高目标。"犹太人,"她用勾魂的眼睛直愣愣地看着我说,"他一心只想着犹太人。日日夜夜地想,自从患上了癌症,他的生命就献给了犹太人。"

"那你呢,"我问,"你那么相信他——你现在也成犹太人热爱者了?"

但是无论我说什么,似乎都无损于她的乐观情绪,我第一次感到疑惑:她是否吸了毒正在飘飘然,是否他们两人都在吸毒,以及如果是的话,一切是否就都说得通了,包括我那些刻薄话所唤起的充满热情的微笑——在这二人厚颜无耻的神秘背后,是否除了一磅上等毒品外就再无其他了。

"菲利普热爱者,对;犹太人热爱者,错!嗯,金克丝所热爱的是不再仇恨犹太人,不再责怪犹太人,不用看见犹太人就讨厌,这对她来说就足够了。不,我不能说金克丝·波塞斯基是个爱犹太人的人,或者金克丝·波塞斯基将会成为爱犹太人的人。我能说的——嗯——就是我说过的:我是一个正在康复的反犹分子。"

"此话怎讲?"我问,心想她的话里有些东西并非全然不可信,最好还是耐心听听。

"咳,说来话长。"

"你的康复期有多久?"

"将近五年。我被它害苦了。现在我觉得,这跟我的工作有很大关系。我不责怪工作,我怪金克丝——不过,我还得说说癌症医院里的一件事:那种痛苦是你无法想象的。当某人处于痛苦之中时,你几乎想冲出病房,高声尖叫要止痛药。人们不知道,他们的确不知道,受那样的苦是什么感受。他们的痛苦如此骇人听闻,每个人都害怕死。癌症领域频频遭遇失败——你知道的,这里不是产房。如果是在产房,我也许永远不会发现关于我自己的真相。这种事情可能永远不会发生在我的身上。你想都听一听吗?"

"如果你愿意告诉我的话。"我说。我想听的是她为什么会爱上这个骗子。

"我被卷入人们的苦难,"她说,"我身不由己。如果他们痛苦地叫喊,我就握住他们的手,我就拥抱他们——如果他们哭,我也跟着哭。我拥抱他们,他们拥抱我——对我来说,我没法不这样做。你就好像是他们的救星。金克丝不会做错事的。但是我不能做他们的救星。过了一段时间我才意识到这一点。"傻乎乎的幸福笑容从金克丝的脸上溜走,一阵柔情涌上心来,她浑身颤抖,好一会儿无法继续。"这些病人……"她说,此刻,她的声音完全哽咽了,全然似小鸟的叫声般轻柔,"……他们用那种眼神望着你……"她能在各种情绪之间切换自如着实让我吃惊。如果这是演戏,那么她就是莎拉·伯恩哈特[1]。"他们用那种眼神望着你,眼睛睁得那么大——他们攫取,他们攫取——而我给予,但我给不了他们命……过了一段时间,"她继续说,情绪慢慢缓和,变成某种悲伤和悔恨,"我只是在帮他们死,让他们更舒服,给他们更多止痛药,为他们做背部按摩,帮他们翻个身。什么事都做。我为癌症病人做了许多。我总是做医务人员分外的事。'想玩扑克牌吗?想抽点大麻吗?'关照病人是唯一对我有意义的事情。一天过后,也许三个人死了,你把最后死的那个装进袋子里——'就这些了,'你说,'我见鬼的在死人脚指头上挂标牌都挂得腻烦死了!'"情绪变化多么剧烈!一个小小的字眼就足够她情绪突变——在这段故事里,那个字眼就是"这些"。"就这些了!"她身上散发出一种原始的、大胆的、蛮横的气势,让她看起来跟上一秒钟撕心裂肺时一样容光焕发。究竟是什么使她对他百依百顺,我依然弄不明白,但是有什么东西能够使一个男人对她俯首帖耳,我却不难察觉:她的一切都如此丰腴地存在着。自从上次读了斯特林堡之后,

---

[1] Sarah Bernhardt(1844—1923),法国舞台剧和电影演员。

我再也不曾遭遇过这种由异性带来的如此具有挑逗性的刺激。我接下来要克制的欲望——窝起手托住她的乳房——从某种意义上来说，只是男人在公共场合欲火突然被点燃时始终要克制的冲动：在这一团柔软丰满的乳房下，我渴望感受的是贴在掌心处的那颗心脏的力量。

"你知道吗，"她说，"不停地将某人翻过来，不停地想这没什么大不了的，这让我感到腻烦！'给他们挂好标牌，裹起来。给他们挂好标牌，裹起来了没？挂好标牌！裹起来！''没有，因为家属还没来。快把那些该死的家属叫过来，这样我们就可以给他们挂上标牌，裹起来，然后离开这鬼地方！'天哪，我对死亡上瘾了，罗斯先生！因为，"她又说不下去了，这些回忆使她如此激动，"因为死亡太多了。太多的死亡，你知道吗？我无法独自应对。我把矛头对准犹太人，那些犹太医生，他们的妻子，他们的孩子。他们是好医生，优秀的医生，优秀的外科医生。但是，我看见他们办公桌上放着的镶着镜框的照片，照片上孩子们拿着网球拍，妻子们站在游泳池旁；我听见他们打电话，安排晚上的约会，好像病房里没有人正在死去——听他们计划他们的网球赛、他们的假期、他们的伦敦和巴黎之行，'我们到时候住里兹酒店，在施密兹吃饭，车倒到古驰店门口，买空他们的店'。我愤怒了，天哪，我开始真正疯狂地仇犹。我的工作在肠胃病房——胃-肝-胰病房，病房里另有两名护士与我年纪相仿，而这种情绪就像会感染一样，从我这里传染到她们那里。在我们护士工作间里，那里真不错，我们有最美妙的音乐，不少摇滚乐，我们互相扶持，但我们都经常打电话告假，越来越喋喋不休地念叨犹太人。我们都很年轻，年龄分别是二十三、二十四、二十五——一周五天超时工作，每晚都要熬夜。熬夜是因为那些人病情严重，我会想到那些犹太医生的家、他们的妻子和孩子——甚至不在病房时也想，挥之不去。我心里想的全是犹太人，犹太人！上夜班时，我们三个人会一起回到住处，抽一支大麻，真的，抽一支——甚至等不及把它卷好。我们调制果汁朗姆冰酒，调各种各样的酒。整夜整夜的。如果不在住处喝酒，那么我们就穿戴整齐或者涂脂抹粉后外出，到北城区附近、拉什街上繁华热闹的地方，光顾所有的酒吧。有时，你交朋友，接着你约会，随后你做爱——明白吗？——不过这不完全是一种宣泄。对死亡的宣泄是吸大麻。对死亡的宣泄是犹太人。对我来说，仇犹情绪是祖传的。它是不是一种遗传的、环境的或者道德上的缺陷？——匿名反犹组织会议上讨论的一个话题。答案呢？我们不在乎我们是否有这种缺陷，我们来这里是为了坦承我们有，并且相互帮助克服它。至于我，我认为造成这种缺陷的原因能有的我都有。首先，我父亲恨犹太人。他是俄亥俄州的一个锅炉工程师。我听着这种仇恨慢慢积聚起来，不过，在我开始护理癌症病人之前，它只是像背景音乐一样毫无意义。但是，一旦我开始——明白吗？——我就无法停止。他们的钱。他们的妻子。那些女人，她们的脸——那些令人憎恶的脸。他们的孩子。他们的衣服。他们的声音。你能想到的他们的一切。但是，最主要的是长相，犹太人的长相。这种仇恨没有停止过。我没有停止仇恨，甚至我的仇恨到了这样一种程度：有个住院实习医生，他叫卡普兰，他不怎么喜欢和你有眼神交流——在听他描述病人情况时，你只见一张犹太嘴在动，年纪轻轻却已经有了和上了年纪的犹太人一样突出的下颌和长耳朵，还有那些真正的猪肝色的嘴唇，整张脸让我实在无法忍受。我暴跳如雷、情绪低落的原因也就在于此。他吓坏了，因为他不习惯一下子开出那么多止痛药。他吓坏了，因为病人会停止呼吸，然后死去。病人是个与我年纪相仿的女人——那么年轻，那么年轻。她的癌细胞已经扩散到各处。她痛不欲生。她是如此痛苦。罗斯先生，痛苦的程度难以形容。"她脸上泪水涟涟，睫毛膏也淌了下来，而我此刻要克制的冲动，不是触摸她丰满温暖的乳房，或掂量下乳房下那颗好战的心脏，而是从餐桌上握住她的双手，将它们紧紧裹在我的手中,这双违规违法、无所顾忌的护士的手,带着无比干净、纯洁的假象,事实上什么都干过:包扎,喷药,洗涤,擦拭,到处、任意触摸、摆弄——裸露的伤口、引流袋、每个引流孔,就像猫摆弄老鼠一样顺其自然。"我得远离癌症。我不想护理癌症病人。我只想做个护士,干别的什么都成。我对着他,对着卡普兰,对着那两片讨厌的嘴唇尖叫:'你该死的最好给我们所需要的止痛药,不然我们就去找主治医生,而他会万分恼火,因为你吵醒了他!''去拿吧!现在就去拿吧!'明白吗,"她用令人吃惊的孩子般的口吻问道,"明白吗?明白吗?"

明白吗,就像,对不对?——她的语气中有足够的说服力使你明白她的意思。

"她很年轻,"她告诉我,"也很坚强。癌症病人的意志非常非常坚强。这种意志鼓舞他们永远活下去,尽管他们忍受着巨大的痛苦,甚至忍受难以忍受的痛苦,他们忍受下来。这真是可怕!所以你给他们更多的止痛药,因为他们的心如此坚强,他们的意志如此坚强。他们在痛苦中煎熬,罗斯先生——你得给他们一些东西!明白吗?明白吗?"

"现在我明白了,我明白。"

"他们需要几乎特大剂量的吗啡,病人那么年轻。"她没像刚才那样掩面哭泣,也没停一停稳定自己的情绪,"他们那么年轻——这更让人悲痛!我对着卡普兰喊道:'我不许你对要死的人那么冷酷无情!'于是他把药给我了。我把药给了她。"片刻间,她似乎看见自己在大吵大闹,看见自己把药给了患者,给了那个年纪与她相仿的女人,"那么年轻,那么年轻",她又回到癌症病房。我想,也许她一直都在那里,这就是她与他在一起的原因。

"后来呢?"我问她。

微弱地——不是软弱地,而是非常微弱地,她最后回答,同时低头盯着自己那双手,那双我一直想象在四处乱摸、曾经一天洗两百次的手。"她死了。"她说。

当她再次抬起头来时,她在苦笑,这种苦笑表明她现在已经离开癌症病房,离开所有的死亡,尽管死亡并没有停止,尽管死亡永远不会停止,但她再也不需要吸大麻,不需要猛灌果汁朗姆冰酒,不需要仇恨卡普兰和我一类的人。"反正她总要死的,她已经准备好去死,不过是死在我手里而已。我杀死了她。她的皮肤非常漂亮。你知道吗?她是个女招待,一个好人,性格开朗。她告诉我她想要六个孩子,但是我给了她吗啡,她死了,我抓狂了。我奔进浴室,歇斯底里大发作。这些犹太人!犹太人!护士长进了浴室,因为她,你才能在这里见到我,我才没有进监狱。因为死者的家属非常坏。他们来到医院大吵大闹。'怎么回事?怎么会死的?'他们愧疚不已,因为他们无能为力,但又不想她死。他们知道她在煎熬,而且毫无治愈的希望,然而到她死的时候,他们却大叫大嚷:'怎么回事?怎么会死的?'不过,护士长非常善良,是个了不起的女人,她拥着我,说:'波塞斯基,你最好离开这里。'整整一年我才恢复过来。那时我二十六岁。我换到了别的岗位。我到了外科病房。外科病房总有希望,当然也有例外,有一个流程叫'打开,缝上'。在给病人开膛破肚后,医生甚至不做任何尝试,任他们躺在那里,然后死去。他们死了!罗斯先生,我没法逃离死亡!这时,我遇见了菲利普。他患了癌症。他动了手术。希望!希望!病理报告出来了。三个淋巴结受到感染!于是,我心想:'噢,我的天哪!'我不想看护这个病人。我试图阻止自己。你总是试图阻止自己。赌咒发誓不过那么回事,狠话其实并不狠,知道吗?你认为我这是铁石心肠,但其实我的心肠一点也不硬。对菲利普就是这样。我以为我恨他。好吧,我想恨他。我应该从我杀死的那个姑娘那里吸取点教训,离他远远的。看他那副样子!可我却爱上了他,我爱上了他的相貌,爱上了他每一点可恶的犹太人长相,他说话的腔调、开的玩笑,他的激情,他的模仿,他对生活的疯狂。他给予我的力量胜过我给予他的,我从来没有遇见过这样的病人,我们相爱了。"

就在这时,透过对面的宽大窗户,我看见德米扬尤克的法律顾问团在酒店庭院那边的大堂里——他们一定也是这家东耶路撒冷酒店的房客,不是去参加下午的庭审就是庭审结束归来。我首先认出那个以色列律师谢夫特尔,和他一起的是依然西装革履、打着领带,穿着无可挑剔的德米扬尤克高个子的年轻儿子,仿佛他是四号律师。金克丝转过脸看是什么让我从她生命中这出痛彻心肺的爱与死的大戏上面转移了注意力。

"知道德米扬尤克为什么继续说谎吗?"她问。

"他在说谎吗?"

"那还用说! 被告辩护毫无说服力。"

"我看谢夫特尔这家伙很不可一世啊。"

"虚张声势,完全是虚张声势——根本提不出不在场的可信证据,之前提出的十几次证据,都被证伪了。那张特拉夫尼基的证件,一定是德米扬尤克的——照片是他的,签名是他的。"

"不是伪造的?"

"检方已经证明它不是假的。还有那些在证人席上的老人,那些帮他清理毒气室的人,那些每天与他一起干活的人,铁证如山。案情对他不利。不管怎么说,德米扬尤克知道他们知道。他假装成傻乎乎的农民,可他是个狡猾的畜牲,不是傻瓜。他知道自己会被绞死。他也知道自己离被绞死的日子越来越近。"

"那他为什么还要继续说谎呢?"

她用大拇指猛地朝大堂一指,这个粗鲁的小动作让我吃了一惊,因为刚才她那一番感慨还饱含脆弱,也许她从锅炉工程师的父亲那里学到的不只是仇恨犹太人,还有某种搞笑模仿。我寻思,她所说的有关审判的话一定也是模仿,因为这些话听起来并非发自内心,而是鹦鹉学舌,就好像她甚至不相信它们的意思。我认为,她是在机械地模仿她的英雄,那位有着英雄意志的受人崇拜的伴侣。

"这个儿子,"她解释道,"他希望这个儿子好,不想他知道自己的过去。德米扬尤克是为了儿子而说谎。如果德米扬尤克认罪了,那么这个年轻人就完了,人生不会再有机会。"她的一只手亲昵地搁在我的手臂上,我禁不住想象她两只手中的一只曾被体液玷污;对我而言,这肌肤的直接碰触中有一种震撼人心的亲昵感,我一时感到自己融入了她的生命,很像婴儿时感受到的那样,那时母亲的双手不仅仅是附肢,而是她整个温暖、神奇、丰满身躯的化身。我心想,要抵住这巨大的诱惑——这两个人可不会为你的利益着想!

"跟他谈谈。坐下来跟菲利普谈谈,求你了!"

"我跟'菲利普'没啥可谈的。"

"噢,别这样,"她求我,她的手指甚至更紧地抓着我,拇指在我臂弯处施加的压力在我内心触发了几乎会怂恿我朝错误方向行动的所有冲动,"请别……"

"别什么?"

"别坏了他正在做的事情!"

"不是我在坏事。"

"可是他,"她哭着说,"正处在癌症缓解期!"

即便在不太激动的情况下,"缓解期"也是个不容忽视的词,就像法庭上审判团主席对法官宣布"有罪"或"无罪"那样。

我说:"我不是跟癌症缓解期过不去,不管对他还是对任何人。我甚至不反对他所谓的'大流散'。我对这些都不感兴趣。我在意的是,他把我们两个人的生活搅和在一起,人们被搞糊涂了,弄不清谁是谁。我所不能容忍的和我将不能容忍的是他鼓励人们相信他就是我。这必须停止!"

"会的——行了吧？会停止的。"

"会吗？你怎么知道的？"

"因为菲利普要我告诉你这种事情会停止的。"

"是吗，他这样讲的？那你刚才为什么不告诉我？他为什么不告诉我，就在这封信里面——在这封愚不可及的信里面！"我说，想起这封生死攸关的亲笔信——空泛的简洁，虚幻的嘈杂，歇斯底里的语无伦次，想起里面那些斜线——只能模糊地掩饰他很快会对我有所行动的意图，我就气不打一处来。

"你误解他了，"她恳求道，"这事会停止的。你这么生气，这让他很难过。之前发生的一切让他感到头昏眼花，我是说眩晕，确切地说他站不起来了。我让他躺在床上。他垮了，罗斯先生，彻底垮了。"

"我知道了。他以为我不会介意的。他以为我会一下子忘掉记者采访的事。"

"如果你能再见他一次——"

"我见过他了。我也正在见你，"我边说边从她的手下抽出我的手臂，"如果你爱他，波塞斯基小姐，而且忠于他，想避免麻烦，因为这种麻烦会危及一个处在缓解期的癌症患者的健康，那么我建议你最好马上阻止他。他必须马上停止使用我的名字。我俩见面我就提这个要求。"

"但是，"她说，她的声音越来越激动，她气得双手紧攥着，"这就好像要求你停止使用他的名字。"

"不，不，根本不是这样！你那个处在缓解期的病人是个骗子。不管他是受了什么了不起的动机的激励，他恰巧一直在说谎！他的名字跟我的不一样，如果他告诉你一样，那么他也对你说谎了。"

她扭曲的嘴巴使我本能地举起一只手去阻挡她的拳头。我抓住的是一只攥紧的拳头，足以打破我的鼻子。"卑鄙！"她吼道，"你的名字！你的名字！除了你该死的名字，你有想过其他任何事情吗？"

桌面上我们紧扣的十指这会儿开始相互缠斗;她的手劲儿完全不像一个姑娘的,即便我用尽全力,也几乎不能将她的五根手指扳离,同时我还得注意她的另一只手。

"你问错人了,"我说,"问题应该是:'他有想过吗?'"

酒店的服务生们在一旁观战。通往大堂的玻璃门处也聚集了一群人,旁观这场在他们看来定是一对恋人之间的争吵,有点危险但也很有趣,有点类似街头暴力的滑稽轻松,也许也不乏情色意味的刺激。

"你比他自私十倍,自私一百倍!你知道有多少垂死之人吗?你知道多少垂死者唯一思考的就是拯救他人吗?你知道多少靠每天一百五十粒药丸维生的人根本做不了他正在做的事情吗?他在波兰的经历,只是为了见一见瓦文萨!我累坏了!但是,菲利普是阻止不了的,任何力量都无法阻止!眩晕会使骏马倒地,但骏马不会停止奔跑!他倒下了,他站起来了,他继续前进!那种痛苦——他愿意肝脑涂地!那些我们在见瓦文萨以前必须会见的人!我们不是在造船厂见到他的——那只是给报纸的说法。离造船厂远着呢!舟车劳顿,暗语丛生,东躲西藏——这个人不会停止前进!十八个月前,每个医生都说他活不过六个月——但是他还在,在耶路撒冷,活着!让他拥有能使他活着的东西吧!让这个人继续他的梦想吧!"

"继续做我就是他的梦想?"

"你!你!在你的世界里,除了你,没有其他东西!别摸我的手!放开我的手!别向我献殷勤!"

"你想用那只手打我!"

"你这是在引诱我!放开我!"

她穿着一件蓝色的束腰府绸雨衣,里边是一条粗斜棉布短裙和一件白色菱纹套衫,一副尽显年轻活泼的装扮。当我俩的手指分开,她怒气冲冲从椅子里起身时,这套装束使她显得更加修长、优雅、朝气蓬勃,像极了那些美国少女,同时女人的丰满忸怩也尽在其中。

拥挤在大堂玻璃门边的多名年轻服务生中,有一名看起来相当亢奋,他迫切希望这场等了很久的脱衣表演马上开始。或者也许,当她的手往下伸进雨衣口袋时,他以为他将目睹一场枪战,以为这个性感的女人将掏出一支枪来。但是我依然完全蒙在鼓里,不知这对骗子男女究竟想干什么,不知他们究竟在谋划什么,我的期待突然跟他的一样现实。我就是这样一路来到耶路撒冷,拒绝认真考虑骗子更加险恶的提议,一心只考虑自己绝望的渴望:争取让自己毫发无损,好证明自己没有因为那次可怕的精神崩溃而垮掉,重新变成那个强壮有力、精神健全的男人。我犯了一个最大的、最愚蠢的错误,一个比我可怕的第一次婚姻更加不幸的错误,一个看起来没法逃避的错误。我应该听克莱尔的话的。

但是,这个性感女人从口袋里掏出来的只是一个信封。"你这狗屎! 缓解期靠的是这个!"她将信封扔到餐桌上,然后奔出庭院,穿过大堂,离开酒店,大堂里那些寻找刺激、不知所以的服务生们早已不见踪影。

只有当我开始读他的第二封信时,我才意识到他是多么巧妙地设法模仿我的笔迹,这封信和第一封一样是手写的。此刻,我独自一人,不再有朝气蓬勃的她分散我的注意力,在这张纸上,我看到了自己心急如焚用左手草草写下的歪歪扭扭的字符,同样像沿着崎岖不平山路爬坡一样的不规则的笔画,挤在一起的 o,e,a,看起来都与 i 难以分辨,i 本身在匆忙之中没加点,t 没加杠,信封顶端标题中的冠词"The"简直是我自小学以来一直书写的"The"的完美翻版,看上去有点儿像"Fli"。它就像我的亲笔草体,仓促写就,有失规范,离流畅的右手书写相去甚远。就我迄今为止所掌握的他所有的造假对象——包括那本假护照——里面,无疑以这份文件最为专业,拿在手里甚至比他那张造假的诡计多端的脸还要令人生气。他甚至尝试模仿我的文风。如果这女人给我的第一封疯狂、晦涩、删字过多的信是那个骗子"自然"文采的实例的话,那么这第二封信的风格至少不是他本人的。

匿名反犹组织十大信条

1. 我们承认我们是易带偏见的犹太仇恨者,无力克制我们的仇恨。

2. 我们认识到不是犹太人不公正地对待我们,而是我们要让犹太人为我们的麻烦和世界的邪恶承担责任。是我们因相信这点而委屈了他们。

3. 像其他人类一样,犹太人很可能有缺点,但是,我们在此坦率地说,这些缺点是我们自己的缺点,那就是,偏执,施虐,怀疑,毁灭,嫉妒。

4. 我们的金钱问题不是犹太人制造的,而是我们自己造成的。

5. 我们的工作问题不是犹太人制造的,而是我们自己造成的(性问题,婚姻问题,社区问题也是一样)。

6. 反犹是逃避现实的一种形式,是拒绝诚实思考我们自己和我们的社会。

7. 因为反犹者不能克制他们的仇恨,所以他们跟其他人不一样。我们认识到甚至随便说一句反犹言论也会危及我们摆脱病态的努力。

8. 帮助别人戒去反犹思想是我们康复的基石。免受反犹主义病态影响的最好办法就是要与其他反犹者一起积极工作。

9. 我们不是学者,我们不在乎我们为什么会染上这种可怕的疾病,我们一起承认我们患了这种病,而且要相互帮助去戒除它。

10. 在匿名反犹组织的帮助下,我们努力抵御各种形式的反犹诱惑。

四 犹太人的恶作剧

　　第二天,我与阿哈龙会面继续我们的工作午餐。我对他说:"现在假设这不是个愚蠢的恶作剧,不是某种疯狂的胡闹,不是一种恶意的骗局;假设,尽管一切迹象都指向反面,这两人不是一对行骗高手或者疯子——不管这种假设如何惊人,假设他俩确如他们所说的、他俩所说的每一个字都是真的呢?"我决心与我的冒名顶替者划清界限、冷静地保持超脱、在耶路撒冷期间继续集中精力于阿哈龙的访谈任务,可是在万达·简的挑衅面前,这种决心彻底垮了。正如克莱尔近乎无望地预见到的那样(正如我假装皮埃尔·罗热立刻给他打电话,但私底下从来就没有怀疑过的那样),他的冒名顶替荒谬之极,对我太具挑逗性,以至于我想不出会有比这件事更让人激动的事情。"阿哈龙,假如这是真的,所有这一切都是真的:一个名叫 XYZ 的人碰巧长得像是某个知名作家的双胞胎兄弟,更惊人的是,这位作家的名字也是 XYZ。也许大约三四代以前,在数百万欧洲犹太人大规模移民到美洲以前,他们都来自同一个加利西亚家族——或者也许并非如此。这无所谓。即使他们的祖先不同——鉴于他们所有的相似之处,这种可能性极小——这种巧合也可能发生,就像我们现在遇到的这样。人们常常把这个冒牌的 XYZ 当作正宗的 XYZ,自然而然地,假冒的 XYZ 对正宗的 XYZ 的兴趣不止于一时。他可能进而对某些有关犹太人的悖论产生兴趣,因为这些悖论在作家的作品中体现得尤为突出，或者是他的个人经历使然。假冒的 XYZ 与正宗的 XYZ 一样，发现犹太人是许多奇思怪想的源泉。比方说，假冒的 XYZ 认为，以色列国按照目前的建制在核武器交战中注定要被它的阿拉伯敌人毁灭，于是，他想出了'流散计划'，旨在寻求让所有有欧洲背景的以色列犹太人迁回他们和他们的家人在第二次世界大战爆发前所居住的地方，以避免'第二次大屠杀'。他以西奥多·赫茨尔为榜样，鼓舞人们去追求实现这个计划。五十多年前，在赫茨尔创建犹太国的计划实现之前，他的这个计划在批评者看来既不切实际又违反历史。在无数激烈反对他乌托邦计划的声音中，没有一个声音可以强过这样一个事实：在这些国家中，犹太人的安全和福祉会长期受到欧洲反犹主义持续存在的威胁，这是当时犹太人面临的最大的阻碍。假冒的 XYZ 带着这个依然困扰他的问题，作为癌症患者住进医院，护理他的正是金克丝·波塞斯基。他病了，他是个犹太人，他拼命想活下去；她不仅充满活力，而且狂热仇犹。于是一场掺杂着厌恶和喜爱、火山爆发似的戏剧上演了——挖苦式的俏皮话，痛悔的道歉，突发的争执，温柔的和解，激烈的长篇说教，偷偷摸摸的爱抚，哭泣、拥抱，情感上的困惑带来的痛苦。终于，某天深夜，他们之间有了了解、袒露和突破。坐在医院黑暗病房的病床床脚，在他吊化疗静脉点滴、痛苦地克制住干呕时，金克丝向她这位痛苦的病人坦陈了吞噬她的疾病。她一反常态地全盘托出，这时 XYZ 开始意识到，世界上竟然还有像酒鬼一样上了瘾的仇犹者，他们事实上想戒酒，但不知道如何戒。他倾听她的时间越长，这种与酗酒的类比越加深化。当然，他认为，有些人只是偶尔仇犹，他们把这无伤大雅的仇犹情绪当作一种聚会和商务午餐上的社交润滑剂；温和的仇犹者能够克制他们的仇犹情绪，必要时甚至能够将这种情绪隐藏在心里；当然还有极端的仇犹者，他们是真正的终身仇犹者，开始时他们也许只是温和的仇犹者，但最终被这种不断恶化的疾病所吞噬。连续三个小时，金克丝向他袒露，在有关犹太人的最可怕的感觉和想法面前，她多么孤立无援，甚至每次跟犹太人交谈时，那种恨意都会将她吞没。整个过程中，他一直在想，我一定要治好她，如果她被治愈，那么我俩都将获得拯救！如果我能救下她，我就能救下犹太人！我不能死！我不会死！等她说完，他柔声道：'好吧，你终于讲完了你的故事。'她一边伤心地哭泣一边回答：'我觉得我的仇犹情绪一点没有好转。''你会好的。'他向她保证。'什么时候？什么时候？''最终会好的。'XYZ 回答。随后，他问她是否认识别的准备放弃反犹思想的人，她温顺地回答说，连她自己都还没做好放弃的准备，即使她认为自己准备好了，她真能摆脱它吗？跟他在一起时，她没有仇恨——她爱上了他，爱情神奇地洗刷掉了仇恨，这种仇恨在她跟其他犹太人相处时会自然而然地产生，只要一看见他们，就会恨从心生。要是她能远离犹太人该多好，哪怕只有一会儿……但在这家医院里，到处是犹太医生，犹太病人，犹太家属，犹太人的哭泣，犹太人的窃窃私语，犹太人的尖叫声……他对她说：'一个不能与犹太人交往或相处的仇犹者，其思想依然是仇犹的。不管你逃离犹太人有多远，你是带着这种思想一起逃的。用逃避犹太人的办法梦想逃避仇犹思想只会适得其反，这就好像用清除地球上所有犹太人的办法来清除你自己的这些想法。抵御你仇犹思想的唯一屏障就是我们今晚在这家医院启动的康复计划。明晚你带另一个仇犹者过来，另一个心里明白仇犹情绪正在影响她的正常生活的护士。'因为他想的是，仇犹者就像酒鬼，只能靠另一个酒鬼来治愈；而她想的是，她不想她的犹太朋友去赦免另一个仇犹者的仇犹罪孽，而是渴望施与她一个人的仁爱和宽恕。难道一个仇犹女人还不够吗？难道他一定要让世界上所有的仇犹女人都恳求他这个犹太人的宽恕吗？要她们忏悔自己非犹太人的腐朽，向他承认他是至高无上的而非犹太人是污秽的？姑娘们，告诉我你们肮脏的亵犹秘密。就是这种秘密使犹太人变得亢奋！不过，第二天傍晚，她又从护理部（她们在那里播放动听的摇滚乐）为他带来了两个而不是一个仇犹女人。房间很暗，只有病床旁一盏夜灯亮着，他躺在那里，面容憔悴，苍白中略带菜色，沉默无声，悲惨到连他自己也不清楚他是神志清醒还是昏迷不醒，不清楚三个护士是否一字排开坐在他的脚边，在说些他以为他听到的她们说的话，或者说这全是临终谵妄，而这三个护士在他生命最后的糟糕时刻看护着他。'我像万达·简一样是个仇犹者，'一个哭泣的护士低声说，'我需要与犹太人讨论我的愤怒……'"

　　说到这里，我发觉自己在捧腹大笑，就像前天我在酒店餐厅离开金克丝的救星、那个骗子时那样，一时间，我没法继续说下去。

　　"什么这么好笑？"阿哈龙冲着我的笑声笑着问，"他的恶作剧还是你的？他冒充你还是你此刻假扮他？"

　　"我不知道。我想最好笑的是我精神上的苦恼。请你界定一下'恶作剧'。"

　　"帮像你这样制造恶作剧的人界定？恶作剧是某些犹太人介入生活的方式。"

　　"给你，"我说，依然像个孩子似的傻笑不止，却忘记了一开始是因为什么笑的，顺手递给阿哈龙那张《匿名反犹组织十大信条》的复印件，"这是她留给我的。"

　　"这么说，"阿哈龙用两根手指夹着那份空白处写满我潦草字迹的文件说，"你也是他的编辑。"

　　"阿哈龙，这家伙是谁？"我边问边耐心等待笑声平息，"他是干什么的？"笑声平息后我继续问，"他身上没一点真人的气息，没有一点真人的连贯性，甚至没有一点真人该有的不连贯性。噢，不，全都是不连贯的，但这种不连贯从某种程度上说又是完全虚假的：他几乎同尼克松一样，散发着某种绝对虚假的气息。我甚至怀疑他不是犹太人——他是犹太人这点跟其他一切同样虚假，而这点本应是一切的核心。看上去似乎他盗用我的名字不仅与我无关，也与他无关，是一个制造不当的假象。不对，这么说还是过于正面了。"

"一个真空，"阿哈龙说，"一个吸收了你骗人天赋的真空。"

"别夸张，我看是更像一个吸入了我的垃圾的真空吸尘器。"

"他假冒你的天赋还不如你——也许这就是激怒你的原因。替代的自我？第二个我？这些都是作家的手段。对你来说，这过于肤浅，漏洞百出，没有适当的分量和实质。这就是那个假冒我的人？他是对我审美上的冒犯。布拉格的利瓦拉比在泥人①身上施行的奇迹，你现在要在他身上施行。为什么？因为你对他的了解胜过他对你的了解。利瓦拉比从黏土开始，你从句子开始。好极了！"阿哈龙一面阅读我在页边空白处对十大信条的评注一面乐呵呵地说，"你会重新写他的。"

我在页边空白处写的是这些话："犹太仇恨者来自各行各业。这些描述对于他们来说过于复杂。1. 每个信条只能传达一个意思，第一条不应该既有仇恨又有偏见，'无力克制'是表达冗余——应该是'无能为力'或'不能克制'。2. 进展缺乏逻辑，应该从一般到特殊、从接受到行动、从诊断到康复计划再到在生活中保持宽容的快乐，逐步展开。3. 避免华丽的词藻，避免曲高和寡，删除否定、危及、积极、免受等词以及任何对于你的目的来说是迂腐乏味的表述（这点基本上终身适用）。"在纸的背面（这时阿哈龙已经把背面翻了过来并且开始阅读），我试图用简洁的风格重写十大信条的头几条，好让匿名反犹组织成员（如果有这种成员的话）能够实际使用。我从金克丝告诉我的一些事情中得到启发——"我们不在乎我们为什么会仇犹，我们在这里是要承认我们仇犹并且相互帮助摆脱仇犹情绪。"我想，金克丝

---

① Golem，在犹太民间传说中，泥人被灌注生命并为其制造者服务。16 世纪，布拉格的利瓦拉比（Rabbi Liva of Prague）写过泥人故事，使其声名传播开来。

已经把握住了基调,那就是直言不讳,简短扼要。犹太仇恨者来自各行各业。

1. 我们承认[我写]我们是犹太仇恨者,仇恨已经毁了我们的生活。
2. 我们意识到把犹太人选作我们仇恨的对象,我们已成了犹太仇恨者,我们所有的思想和行动已经受到这种偏见的影响。
3. 意识到犹太人不是我们麻烦的根源,而是我们自己有缺陷,我们已准备纠正它们。
4. 我们请求我们的犹太仇恨者朋友和"宽容精神"帮助我们克服这些缺陷。
5. 我们愿意对因我们的犹太仇恨而造成的所有伤害诚恳致歉……

当阿哈龙正在阅读我修改过的信条时,有个非常不起眼的跛脚的老者挂着两根铝质前臂拐杖从附近他就餐的那张桌子旁一瘸一拐地朝我们走来。蒂肖博物馆干净安静的餐厅常会吸引一些老年人,餐厅闹中取静,隐蔽在一道曲径幽深的石头围墙后面,外面便是车水马龙的雅法大街。菜肴简单便宜,餐后你可以在室外露台或者在花园里参天大树下的长凳上喝咖啡、品茶水。阿哈龙觉得,我们在这个宁静的地方谈话不会受人打扰,也不会受城里各种喧闹声的干扰。

那位老者走到我们桌边,他没有开口说话,只是笨拙地取下拐杖,让他上百磅重的四肢和身躯滑进我身边的椅子里,等待着,好像在等剧烈跳动的心脏慢慢平静下来,与此同时透过角质眼镜厚厚的镜片,揣摩着我脸部表情的含意。他看起来像饱受皮肤病折磨的人那样,有一张令人惊恐不安的脸,能用来形容这张脸的词在我看来应该是"煎熬"二字。他穿着一件厚厚的羊毛开衫，外面一件朴素的蓝外套，毛衣里边是一件浆过的白色衬衫，系着一个领结，非常整洁，干练利落——一副生意冷清的社区电器行老板的体面模样。

"你是罗斯，"他说，"那位作家。"

"是的。"

听完他脱去帽子，露出了一个细纹蜂巢状脑壳，光秃秃的脑壳表面细微的横纹密布，就像煮老的蛋壳，其圆顶被调羹背轻微敲裂。我想，此人一定是被人麻醉后重新组装过，脑壳像经过胶合、缝合、用金属丝加固、用螺栓铆合在一起的马赛克碎片……

"先生，请问你叫什么名字？"我问，"这位是阿哈龙·阿佩尔菲尔德，以色列作家。你呢？"

"逃出去！"他对阿哈龙说，"在事情发生前逃出去。菲利普·罗斯是对的。他不怕疯狂的犹太复国主义者。要听他的话。你有家庭吗？孩子呢？"

"有三个孩子。"阿哈龙回答。

"这个地方不适合犹太孩子居住。太多的犹太孩子死了。趁他们还活着，带他们走吧！"

"你有孩子吗？"阿哈龙问他。

"我没有孩子。集中营出来以后我去了纽约。我把一生献给了以色列。以色列就是我的孩子。我无依无靠地生活在布鲁克林。埋头工作，挣一美元，九十美分给以色列。后来我退休了。卖了我的珠宝店，来到这里。我每天生活在这里，我想逃跑。我想起我在波兰的那些犹太同胞。他们也有可怕的敌人，可有可怕的敌人不意味着他们不能保持自己的犹太灵魂。但是，这些是在犹太国家里没有犹太灵魂的犹太人。这是周而复始的《圣经》故事。上帝为这些没有灵魂的犹太人准备了大灾难。如果《圣经》中有新篇章，那么你就会读到，因为以色列人的罪孽，上帝是如何派遣数以百万计的阿拉伯人去消灭他们的。"

"是吗？是因为他们罪孽深重，"阿哈龙问，"上帝才派遣希特勒的吗？"

"上帝派遣希特勒是因为上帝疯了。犹太人了解上帝，知道他如何运作。犹太人了解上帝，知道从创造人类第一天起，人类如何日日夜夜惹恼上帝。这就是犹太人被上帝选中的道理。非犹太人笑了：上帝非常慈悲，上帝充满爱心，上帝是好的。犹太人不笑——他们不是在非犹太人的白日梦中，而是通过终生与上帝相伴，去了解上帝的；上帝从没停止，一次也没有，与他钟爱的孩子们一起思索，推理，运用头脑。向疯狂恼怒的父亲求助，做一名犹太人就是这样。向疯狂暴躁的父亲求助，连续恳求三千年，做一名疯狂的犹太人就是这样！"对付完阿哈龙之后，他又转向我，这个跛脚的老者早该躺在某个地方由医生看护、家人陪伴，他的脑袋应该枕着干净的白枕头，直至安详地死去。"趁为时未晚，罗斯先生，在上帝派遣数以百万计呼喊真主的阿拉伯人去屠杀没有灵魂的犹太人之前，我希望做点贡献。"

是时候了，我该告诉他，如果这是他的用意，那么他找错了罗斯。"你是怎么找到我的？"我问。

"你不在大卫王酒店，于是我过来吃午饭。我每天都来这里吃午饭——今天遇见了你。"谈起自己，他黯然补充说，"总是很幸运。"他从上衣胸袋里掏出一个信封，因为他颤抖得厉害，别人得非常耐心地等他完成这个取信动作，好像他是个严重口吃者，想发出难发的音节。我有足够的时间去阻止他并引导他对合法的收信人"贡献"，但我还是允许他把信交给了我。

"你的名字是？"我再次提问，阿哈龙在一旁看着，我不动声色地将信一下子塞进胸前的口袋里。

"斯迈尔斯伯格。"他回答，随后开始可怜地颤抖着将帽子扣回头顶，像表演一出戏剧，有幕起、中场、幕落。

"有行李箱吗?"他问阿哈龙。

"扔了。"阿哈龙轻声回答。

"你错了。"斯迈尔斯伯格说边痛苦地直起身,从椅子里站起来,直到在我们面前颤颤巍巍地拄上前臂杖,看起来颇为危险,"不再有手提箱,"他说,"不再有犹太人。"

他匆匆离开餐厅,没用双腿,没用气力,靠着拐杖的力量,这又是一出蹩脚的表演,这出戏使人想起一位孤独的农民在泥泞的田地里用他原始破旧的犁耕作。

我从口袋里取出那个长长的白信封,里面装着斯迈尔斯伯格的"贡献"。信封正面是我毕生为人所知的名字,字迹如同孩童最初学写猫猫狗狗那般歪歪扭扭、过于宽大。我用这个名字发表过许多著作,金克丝的救星、我的冒名顶替者目前在相隔十万八千里诸如耶路撒冷和格但斯克这样的城市里宣称这些书是他写的。

"原来是这回事,"我说,"骗取老人的食粮——敲诈老年犹太人的钱财。多妙的诡计!"我一边用餐刀打开信封一边问阿哈龙,"你猜有多少?"

"一百万。"他回答。

"我猜五十,两张二十的,一张十块的。"

好吧,我错了,阿哈龙说对了。他童年时在乌克兰树林里躲避刽子手的时候,我放学后在纽瓦克的操场上玩抛接球游戏,这使他比我更加贴近现实生活,熟悉比较极端的生活现象。阿哈龙是对的:一张有编号的兑现支票,可在纽约的以色列银行提款,数额为一百万,应付给我。我仔细察看,确认这笔钱的付款日期填的不是三〇〇〇年,的确不是,支票上填写的日期是上周二,即一九八八年一月二十一日。

"这使我想起,"我说着把支票递给阿哈龙,"陀思妥耶夫斯基那句最伟大的话。"

"什么话？"阿哈龙一边正反两面仔细查看支票一边问。

"你记得吗，在《罪与罚》中，拉斯柯尼科夫的妹妹杜妮雅被引诱进史比杜里凯洛夫的房间的时候？他把她与自己一起锁在房内，将钥匙放进口袋，然后像毒蛇一样开始诱奸她，必要时使用暴力。但是，让他感到意外的是，在他逼得她走投无路的时候，这位漂亮的知书识礼的杜妮雅从手提包里掏出一支手枪并把它指向他的心脏。陀思妥耶夫斯基那句最伟大的话来自史比杜里凯洛夫看见那支枪的时候。"

"告诉我。"阿哈龙说。

"'这，'史比杜里凯洛夫说，'改变了一切。'"

罗斯：《一九三九年的巴登海姆》被人称作寓言似的、梦幻似的、噩梦似的，等等。所有这些描述都没法减轻这本书带给我的困惑。它要求读者深刻理解将奥地利一处优美的犹太胜地变成一个阴森狰狞的舞台，在这儿犹太人被"迁移"至波兰，所发生的一切类似于希特勒大屠杀之前的那些事件。与此同时，你对巴登海姆和那儿的犹太居民的看法几乎是冲动滑稽的，对事情的因果关系态度漠然。这并不是说，书中险恶的情景会像生活中常发生的那样，没有任何预警或逻辑就出现了，而是对于这些事件你的描述简练到了令人难以理解的地步，我认为不值得这样做。你介不介意解答一下我在阅读这部备受赞誉的，也许是你在美国最著名的小说时所遇到的困难？《一九三九年的巴登海姆》中的虚构世界与历史现实之间是什么关系？

阿佩尔菲尔德：《一九三九年的巴登海姆》有相对清晰的童年记忆。每年夏天，我们像所有其他小资产阶级家庭一样，会出发去度假胜地。每年夏天，我们试图找一个宁静的地方,在那里,人们不会在走廊里说长道短,不会在角落里相互忏悔,不会打扰你,当然,不会说意第绪语。但是,每年夏天,我们好像遭人诅咒似的,身边又一次挤满了犹太人,那给父母留下了苦涩,还有不小的怒气。

大屠杀之后许多年,当我开始回忆大屠杀之前的童年生活时,我发现这些度假胜地在我的记忆中占据了一个特别的位置。许多脸庞和身体的抽搐栩栩如生。结果那种怪诞不经让人印象深刻,不亚于那场大屠杀的悲剧性。林中的散步和精美的宴席把人们聚集到巴登海姆——相互交谈,相互忏悔。人们不仅破例穿着奢华,而且说话自由,有时甚至绘声绘色。丈夫偶尔会失去他们可爱的妻子,枪声时时会在傍晚响起,那明显标志着爱情破灭。我当然可以艺术地再现这些宝贵的生活片断,使其具有艺术独立性。但是,我要做些什么呢?每当我试图重塑那些被遗忘的度假胜地时,我的眼前就会出现火车和集中营,我最深藏的童年记忆还沾着火车上的煤烟。

命运就像致命的疾病一样已经隐藏在那些人的身上。同化了的犹太人建构了一套人文价值体系,并以此为坐标向外看世界。他们确信他们不再是犹太人,适用于"犹太人"的不再适用于他们。这种奇怪的确信使他们成为盲人或者半盲的人。我始终热爱同化了的犹太人,因为那正是犹太人的性格,而且也许正是犹太人的命运得到最大强调的地方。

阿哈龙下午两点左右乘公共汽车回家。在这之前,在我的坚持下,我们尽最大努力不去理会斯迈尔斯伯格的那张支票,继续讨论《一九三九年的巴登海姆》,这次谈话后来按上述内容以书面形式全文刊出。我呢,步行朝着卖蔬菜瓜果的中央市场以及市场后面那破烂不堪的工人阶级居住区走去,去见我表弟阿普特尔,他从房东太太那里租了一个房间,就在摩西会堂的一条小巷子里;我边走边想,斯迈尔斯伯格先生的支票并不是富裕犹太人捐助的第一笔百万美元,一百万是个小数额,真的,就犹太慈善事业而言,也许就在这个城市里,每个星期都会有某个在房地产或购物中心这块赚了大钱的美国犹太人光顾市长办公室闲聊,离开时,高兴地递给市长一张支票,数额是我这张支票的两倍。不仅仅是那些有钱人给啊给的——甚至像斯迈尔斯伯格这样的无名老头也一直在把小笔财富捐给以色列。这是慷慨捐赠传统的一部分,可以追溯到罗斯柴尔德及其后的家族,他们连连开出巨额支票给处于危险和贫困之中的犹太人,这些成功富裕的捐助人要么幸免于难,要么如他们所认为的那样奇迹般地躲过了历史上的各种灾难。是啊,在这样一个众所周知的语境里,这个捐助人和他的捐助的存在完全合理,但对我个人来说,我依然不明白自己究竟撞上了什么好运。

我的思绪异常混乱和矛盾。真的,是求助我的律师的时候了,让她去与当地的律师(或警察)联系,去做她该做的事情,让我摆脱那个家伙的纠缠,以免蒂肖博物馆里百万美元这样一个小困惑会节外生枝。我对自己说,去找个电话,马上打给纽约;可我反而在某种力量的支配下,依然拐弯抹角地东游西荡,朝着位于阿格里帕斯大街的旧市场走去。这种力量强过谨小慎微,甚至胜过焦虑或恐惧,希望故事叙述要按照他的而不是我的具体想法展开——这一次不受我的任何干扰。也许,这说明我的精神恢复了正常,恢复了一个职业作家刻意的超脱和精明的中立;可是大约半年前,我还以为自己永远废了呢!正如我前天给阿哈龙解释的那样,在经历了那几个月的崩溃,像一根小树枝那样在主观感情的漩涡里不停旋转之后,没有比这更令我如此渴望的了:去主观化,关注自己以外的困境。让他的他我把他逼疯,把我的本我送去度一个迟到的、完全应得的假期。我认为,与阿哈龙在一起,忘却自我是件容易的事情,可在另外一个我还逍遥法外的时候,要我泯灭自我……好吧,如果这种情况顺利发生的话,我将永远地居于纯粹的客观之屋中。

但是,如果"专注的中立"是目标,那么为什么一开始要接受这张只可能会带来麻烦的支票呢?

这另一个我。这个替身。这个骗子。此刻,我只想到这些称呼会如何不知不觉给这个家伙冒名顶替的行为披上一种合法的外衣。不存在这"另一个我"。一面是一个人,唯一的一个人,另一面是一个透明的骗子。疯狂、疯人院和冒名顶替者这一面,我想大都只在书中出现,作为完全具象化了的复制品,象征了受人尊敬的原型人物鲜为人知的恶行;或是作为某些个性或嗜好,拒绝被活埋而是悄悄潜入文明社会之中,揭示了某位十九世纪绅士的邪恶秘密。我熟知这些有关人格分裂的小说,大约四十年前在大学里像其他聪明的男生一样巧妙地解读它们。但这不是我要研究或撰写的书,这个冒名顶替者也不是这些书里面的人物,他只不过是个名副其实的冒名顶替者。登记入住大卫王酒店五一一套房的不是另一个我、第二个我、不负责任的我、变态的我、对立的我、代表邪恶幻想集大成者的犯法堕落的我,简单地说,那个人不是我。我被他弄得心神不宁,但他与我毫无瓜葛;他用我的名字称呼他自己,但这与我毫无关系。认他作替身就是授予他对赫赫有名的真实原型一个具有破坏性的身份,认他作冒名顶替者也好不到哪里去;把他视为一个职业级别的狡猾欺诈师,只是加强了这种可以用陀思妥耶夫斯基的语汇形容的威胁,对这个……这个什么?命名他。对,现在就命名他!因为给他起个适当的名字就是了解他是什么、不是什么,同时驱除他身上的邪魔并控制他。命名他!他的假名之中就是他的匿名,令我烦恼无比的正是那个匿名。命名他!这个荒唐的代理人究竟是谁?没有什么东西能像无名一样,无中生有地造出谜团。命名他! 如果只有我是菲利普·罗斯,那么他是谁?

　　莫伊舍·皮皮克。

　　但是,当然! 只要我能知道他的名字,我就能解除自己的痛苦。莫伊舍·皮皮克——早在我读到杰基尔博士和海德先生或戈利亚德金一世和戈利亚德金二世以前,我就学着欣赏这个名字,一个我在场时不大可能听到的名字,因为那时我还小,小到能够专注于所有努力奋斗的亲戚们的家庭剧——他们的苦难、晋升、疾病、争吵等等。那时我们中的某个小家伙,说了或做了某件被认为是一种顽皮的自我表现的事情时,就会听见慈爱的姨妈或爱开玩笑的姨夫大声问:"这孩子像不像莫伊舍·皮皮克!"这总会引起一阵轻松欢快——有哈哈大笑的,有含蓄微笑的,有评论的,有澄清的,这个被宠坏的受众人关注的孩子突然站在了家庭舞台的中央,他傲娇得心头痒痒的,虽因受到了巨星的待遇而高兴,但也因为角色似乎不太符合男孩的自我想象而略觉害臊。莫伊舍·皮皮克! 这个侮蔑性的、戏谑荒诞的名字直译为"摩西肚脐眼",对于我们那个街区的每个犹太家庭来说,也许它所暗指的都略有不同——可以指那个想当大人物的小家伙,那个尿裤子的小孩,那个有点滑稽、有点可笑、有点稚气的孩子,那个伴我们成长的滑稽的影子,那个民间传说中的替罪羊;对于多数孩子来说,这个名字所指代的东西既不是这里也不是那里,既不是器官也不是孔洞,既是一处凹陷又是一处凸起,既非上又非下,既非下流又非完全可敬,因离生殖器足够近而自带一种可疑的吸引力;然而,尽管有这样嘲弄般的近距离,但又处在令人费解的醒目中心,既毫无意义又毫无用处——是探寻一个人出生童话的唯一考古依据,是胎儿(因为实际上根本无法是任何人而只能是自己)最持久的印记,也差不多是可以为有我们这样的头脑的物种所设计出来的最荒唐、最空洞、最愚蠢的水印。鉴于皮皮克彰显了其谜一般的存在,它或许无异于德尔斐的翁法洛斯①。你的皮皮克究竟试图告诉你什么？没有人能够真正搞明白。留给你的只是这个词,这个可以用作文字游戏的可爱的词本身,这场声音的闹剧——开头两个爆破音节,然后咔的一声结束,中间是探头探脑、逆来顺受、不事张扬的一对倒霉元音。更让人如痴如狂滑稽可笑的是我们为莫伊舍、摩西所束缚,这说明——甚至对那些年幼无知、在会赚大钱、能说会道的兄长面前黯然失色的男孩来说——在我们移民的祖父母和他们非凡祖先的民间语言中,有一种强烈的倾向,认为我们这一族,哪怕是其中的超人,多少都带点儿可怜可悲。非犹太人有保罗·班扬②,我们有莫伊舍·皮皮克。

　　我在耶路撒冷街头狂笑不已,肆无忌惮、歇斯底里地自顾自地笑,因为一个简单而明显的发现:这样一句"这孩子像不像莫伊舍·皮皮克?"把负担变成了笑话。我想,我突然感到力量恢复了,我的倔强和控制能力恢复了,这种坚强力量的复苏我期待已久;我的效率回来了,我依赖海乐神以前就有这种效率;我的充沛精力恢复了,又回到了我被灾难击倒之前的状态,回到我对矛盾或拒绝或悔恨闻所未闻的状态。我找回了很久以前的感觉,那时,因为有幸拥有一个幸福的童年,我不知道我会被任何事情击倒——在我被内疚围困之前,所有的天赋原先都是我的,我是一个有着强大魅力的完人。尽管保持这样的心态完全是另一回事,但只要能维持下去,那肯定是非常美好的。莫伊舍·皮皮克! 完美!

　　当我到达中央市场时,那里依然挤满了购物的人,好一会儿,我停下来在摆满鲜花水果等农产品的狭长通道闲逛,露天市场日常的繁忙喧闹、熙熙攘攘使我流连忘返,无论这些市场地处何方,它们总是那么令人乐意在里头游逛,当你想清醒一下昏沉沉的头脑时尤其

① omphalos,在希腊语中意为"肚脐眼",是一种人造的宗教性圆形石器,象征"大地的肚脐眼"。
② Paul Bunyan,美国民间传说中的巨人樵夫,以大量荒诞不羁的事迹闻名。

如此。货摊摊主一边灵巧地将刚出售的货物装进袋子,一边用希伯来语高声吆喝他们便宜的货价,购物的人在迷宫一般的货摊之间快速移动,他们注意力集中,敏捷轻快,一心想在尽可能短的时间内用最少的钱买到最多的东西,商人和顾客似乎都在担心被炸飞到空中。然而,大约每隔几个月,就在这个市场里,警方反爆组就会在垃圾堆里或农产品装货箱里发现一个巴勒斯坦解放组织隐藏的爆炸装置并把它卸去引信,或者,爆炸装置没被发现,爆炸了,附近不管是谁都会被炸成重伤或被炸死。在被占领地上到处爆发以色列士兵和愤怒的阿拉伯暴民之间的冲突;在仅隔几英里外的老城区,催泪弹来回发射;如果购物的人开始躲避,不在这个恐怖分子钟爱的目标里用自己的生命和肢体冒险,那似乎才符合人之常情。然而,在我看来,市场的生气活力依旧,买卖原有的喧闹依旧,这证明糟糕的生活对人们来说已成家常便饭。似乎没有任何东西能比拒绝相信种族可能会灭绝显得更具人情味,只要你四周摆满了美味的茄子、成熟的西红柿、新鲜粉红得让人垂涎三尺的肉。也许在恐怖分子的学校里,他们要教的第一件事就是当人类外出寻找食物时,他们最不留意自己的安全。下一个安置炸弹的最佳地点是妓院。

在一排肉摊的尽头,我看见一个女人跪在一个肉铺老板们扔剩余物的金属垃圾桶的旁边。这个女人长着一张圆圆的大脸,大约四十岁,戴着一副眼镜,穿着打扮不大像乞丐。她平常而整洁的着装引起了我的注意;她跪在黏糊糊的圆石路面上——肉铺流出的臭水污染了地面,晌午时刻一层薄薄的糊状垃圾在地上流淌,她的一只手在泔脚中兜底寻找,另一只手却拎着一只非常时髦的手提包。当意识到我在注视着她时,她抬起头来,没有丝毫尴尬地——没用希伯来语而是用夹带土音的英语——解释,"不是为了我自己"。随后怀着巨大的热情继续寻找,举止那么狂热,目光那么专注,很让我不安,以至于我无法走开。

"那么是为了谁呀?"我问。

"为了我的朋友,"她边说边将手深深地伸进泔脚桶里,"她有六个孩子。她对我说:'如果你看到任何东西……'"

"用来做汤?"我问。

"对。她在里面再加点东西——做汤。"

这里,我想对她说,这里有一张百万美元的支票,用它来抚养你的朋友和她的孩子吧。签字吧,我想,然后把它送给她。不管她是疯了还是精神失常,不管是否存在这样一个朋友,所有这一切都无关紧要。她有需要,而这里有张支票——送给她,然后走人。我不对这张支票负责!

"菲利普! 菲利普·罗斯!"

我的第一反应不是转身答应,不管是谁认出了我,而是快点跑开,消失在人群中——别再,我想,别再来一张百万支票。但是,我还没能拔脚离开,那个陌生人已经站在我的身边,满脸堆笑,伸手想跟我握手。他个头较小,矮墩墩的,中等年纪,皮肤黝黑,留着较浓密的八字黑胡子,脸上布满了深深的皱纹,满头银发引人注目,令人惊讶。

"菲利普,"尽管我没伸手跟他握手,小心翼翼地向后退缩,他还是热情地说,"菲利普!"他笑着招呼道,"你竟然不认识我啦! 我这么胖,这么老,愁容满面,一脸皱纹,你甚至认不出我了! 你只是额前白了点,我却一头荒唐的白发! 我是齐,菲利普。乔治!"

"齐!"

我展开双臂搂住了他,泔脚桶边上的那个女人看见我俩突然拥抱都惊呆了,大声说了些什么,气鼓鼓地没用英语而是用其他语言,没有为她的朋友在泔脚中找到任何食物,便突然迅速离去——也没有得到那张百万元支票。随后,她在约五十英尺开外的地方转过身来,从现在来说一个比较安全的距离指指点点,开始高声喊叫,嗓门大得让四周的人都扭头打探究竟发生了什么。齐也扭头看去,仔细听着，当他发现原来问题出在他身上时，他笑了，尽管不怎么觉得有趣。"又是一个专家，"他解释说，"研究阿拉伯人心态的。他们研究我们心态的专家到处都是，大学、军队、街头、市场——"

"齐"代替"齐亚德"，"乔治·齐亚德"，自五十年代中期以来，我已有三十多年没见到他了。在芝加哥大学时，我俩曾住在神学院宿舍楼同一个楼道里。我在芝加哥大学攻读英语硕士学位时，乔治是宗教艺术系的研究生。基督会教友宿舍楼位于大学主校区斜对面，是一栋新哥特式小楼，约有二十个房间，大部分租给了与基督教会有关的院系学生。但是，既然基督会没有足够的教友可以住满，像我们两人这样的外来人也就被允许租用那里的房间。这一层的房间阳光充沛，价格不贵；尽管在那时，大学宿舍区里到处都有常见的禁令，但如果你有胆量，深夜偷偷带个姑娘溜进你的房门也不是不可能的。齐就有这种胆量，也有强烈的需求。那时，他二十出头，体态轻盈，衣冠楚楚；尽管身量矮小，但英俊浪漫，资质不错——哈佛大学毕业的埃及人，芝加哥大学录取他专门研究陀思妥耶夫斯基和克尔恺郭尔，对于那些渴望寻求跨文化刺激的芝加哥大学女生来说，他具有不可抗拒的魅力。

"我住在这里，"当我问他在以色列干什么时，乔治回答说，"在被占领区。我住在拉马拉。"

"不是开罗？"

"我没从开罗来。"

"你这次没从开罗来，那么以前呢？"

"我们家逃难到开罗。我们是这里人。我出生在这里。我童年生活的那栋房子仍然和从前一模一样，只是我现在比以前笨了。回想一下，笨多了，我回到这里——在压迫者的自然环境中观察他。"

"你来自耶路撒冷这件事，你从来没对我说过，不是吗？"

"这不是我在一九五五年会谈论的事。我想忘掉所有这一切。

但我父亲忘不掉。他整天哭泣痛骂,抱怨他的一切都被犹太人夺走了:他的房子、他的职业、他的病人、他的书、他的艺术、他的花园、他的杏仁树——一天到晚,他高声尖叫,他哭泣,他痛骂,我是个很孝顺的儿子,菲利普。但我不能原谅他惋惜杏仁树。那些树特别令我生气。他中风去世后,我解脱了。我在芝加哥,我想,'现在,我的余生不必再听到有关杏仁树的话了,我可以成为真正的我了'。现在我能想到的只是那些树呀房子呀花园呀。我能想到的只有我的父亲和他的痛骂。每天我都想到他的眼泪。令我吃惊的是,这就是现在的我。"

"你在这里干什么,齐?"

他温厚地对我笑了笑,回答说:"仇恨。"

我不知道如何回答,所以不吭声。

"那女人说对了,她是研究我们心态的专家。她说得对。我是个被仇恨吞噬了的投掷石块的阿拉伯人。"

我还是没吭声。

接着,他开始慢慢地说,语气中带着一种温和的轻蔑。"你想要我向占领者投掷什么,玫瑰花吗?"

"不,不,"当我继续保持沉默的时候,他终于说,"石头是孩子们投掷的,不是老人。别着急,菲利普,我没投掷任何东西。像我这样文明的人,占领者是没啥可怕的。上个月,他们抓走了一百个男孩,那些占领者。把他们关押了十八天。把他们带到纳布卢斯附近的一个集中营。十一、十二、十三岁的孩子!他们回来后脑子都坏了!聋了!瘫了!瘦极了!不,我可不能瘦。我喜欢胖的。我做什么工作?我在一所大学里教书,在它还没有关门之前。我给一家报社写文章,在它还没有倒闭前。他们用更加微妙的办法毁坏我的头脑。我用语言与占领者斗争,尽管语言不能阻止他们侵吞我们的土地。我用思想反对我们的统治者,那是我的屈辱和羞辱,聪明的思想是我屈从的

111

形式。对形势无穷无尽的分析,那是我堕落的基础。天哪,我不是个投石块的阿拉伯人——我是个投字的阿拉伯人,温和、多情、无能,和我父亲如出一辙。我来耶路撒冷是要来看看我童年的房子。我记得我父亲,记得他的生活是如何被毁的。我看着童年的家,真想去杀人。后来,我开车回到拉马拉,像父亲一样痛哭失去的一切。你——我知道你为什么来这里。我在报纸上读到你的消息,我对妻子说:'他没变。'两天前的晚上,我给儿子大声朗读你的故事《犹太人的改宗》。我说:'他是在我刚认识他时写这篇故事的,在芝加哥大学写的,他当时二十一岁,现在一点也没变。'我喜欢《波特诺伊的怨诉》,菲利普。写得好,好极了!我在大学里布置学生阅读。'这个犹太人,'我对学生说,'从来不怕说出对犹太人的看法。一个具有独立人格的犹太人,为此他也遭了很多罪。'我试图使我的学生相信世界上有这样的犹太人,他们无论在哪方面都不像我们这里的犹太人。但对于我的学生来说,以色列的犹太人是如此邪恶,我的话令他们难以置信。他们环顾四周,他们想,那些以色列的犹太人干了些什么?说出一件以色列社会做过的事情!菲利普,我的学生们是对的——那些人是谁?他们干了些什么?他们粗俗、喧闹,他们在街上对你推推搡搡。我在芝加哥、纽约、波士顿居住过,在巴黎、伦敦居住过,从来没有在哪儿的街上看见过这样的人。那种高傲!是什么使他们在世界上造就出像你们这样的犹太人?绝对没有任何东西。除了靠武力和统治欲建立起来的一个国家外,什么也没有。如果你想谈论文化,这两者之间绝无可比性。阴郁的绘画和雕塑,没有音乐作品,非常可怜的一点点文学——这就是他们的高傲所产出的东西。将这一切与美国的犹太文化相比较显得太可怜,太可笑了。然而,他们不仅对阿拉伯人和他们的精神智力不屑一顾,对非犹太人和他们的精神智力不屑一顾,而且对你和你的精神智力也不屑一顾。这些乡巴佬、无名之徒还看不起你。你能想象得到吗?曼哈顿上西区犹太人的精神、犹太人的笑声和犹太人的智慧远胜过这整个国家的——至于犹太人的道德感、正义感和良知……扎巴犹太特色食品店要比以色列议会更有犹太良心。但是,看看你自己!你看上去很好,依然那么瘦!你看上去像一个犹太贵族,像巴黎来的罗斯柴尔德。"

"真的吗? 不,不,我还是那个新泽西州来的保险代理人的儿子。"

"你父亲好吗? 你母亲好吗? 你兄弟好吗?"他激动地问我。

从外表看,变化差不多抹去了我在芝加哥认识的那个年轻人的痕迹,这倒不算什么,因为我已经意识到,除了变化,或者说外形的变化,还有更惊人和严重的变化。他的喋喋不休中几乎抑制不住的装腔作势、焦虑不安、理直气壮和狂热迷乱,他给人的那种焦虑感,让他像一个同时在性兴奋和在腐烂的人,一个长期处在濒临中风状态的人……齐怎么会是这种样子? 那个我们大家都羡慕的温文尔雅、一表人才的年轻绅士,怎么可能变成现在这个体重超标、情绪激动、精神痛苦、怨气十足的人呢? 回顾大学时代,我个性复杂矛盾,身上集合了各种原始品质,街头青年的稚气与刚萌发的高尚情操相互交织;而乔治呢,在我看来,他似乎那么成功,那么泰然自若,那么熟悉生活的方方面面,那么完美,那么令人印象深刻。唉,现在听他讲述这些,原来我在各方面都看错了他:实际上,他一直生活在一个冰盖底下,无力止住一个受冤屈、遭毁灭的父亲的血泪流淌,他那高雅的举止和他那教养有素的活力不仅掩盖了失去家产和流亡海外的痛苦,甚至也掩盖了他自己所受的屈辱,也许在程度上甚至超过了他的父亲。

动情之下,齐的声音颤抖了,他对我说:"我梦见了芝加哥,梦见了在芝加哥当学生的那些岁月。"

"是啊,我们曾是生龙活虎的年轻人。"

"我梦见了沃尔特·施内曼的'红门书店',梦见了'大学客栈',梦见了'热带小屋',梦见了我在图书馆的研习间,梦见了听普雷斯顿·罗伯茨讲课,梦见了我的犹太朋友——你和赫布·哈伯以及巴里·塔甘和阿尔特·吉芬,这些不能想象成为这种犹太人的犹太人!菲利普,连续好几个星期,我每天晚上都梦见芝加哥!"他紧紧握住我的手,晃动着它们,仿佛它们是两根缰绳。突然,他说:"你在干什么?你这会儿打算干什么?"

当然,我是在去阿普特尔出租屋访问他的路上,但是我决定不把我的行踪告诉乔治·齐亚德,因为他正处在激动的状态之中。昨天傍晚,我在电话里与阿普特尔简单聊了一下,再一次胸有成竹地对他说,一个星期前,那个在德米扬尤克审判会上冒充我的家伙只是长得像我的某个人,我前天刚到耶路撒冷,打算第二天去他在老城的货摊看望他。说到这儿,像几乎每个我在耶路撒冷遇见的人一样,阿普特尔开始哭泣。他告诉我,因为暴力冲突,因为阿拉伯人投掷石块,他吓得不敢离开自己的房间,我必须去他的住所看他。

我不想告诉乔治我在这里有个表弟,他是个精神受过刺激的大屠杀幸存者,因为我不想听他跟我说大屠杀幸存者是如何受大屠杀心态的毒害,"想控制"巴勒斯坦人,在过去四十多年里一直为生存而斗争。

"齐,我只有喝杯咖啡的时间——完了,我得赶路。"

"在什么地方喝咖啡?在这里?在我父亲的城市里?在这里,在我父亲的城市里,他们会坐在我们身边——他们会坐在我的大腿上!"他边说边指着站在水果摊边上的两个年轻人,离开我们仅十到十五英尺。他们穿着牛仔裤,聚在一起交谈。这两个家伙矮墩墩的,体格健壮,要不是齐说他们是以色列国家安全局的,我还以为他们是中央市场的工人,在利用几分钟的休息时间抽烟呢。齐说:"国家安全局的。我甚至不能进我父亲这个城市的公共厕所,因为他们一进厕所就来到我身边,开始朝我的鞋子上撒尿。他们无处不在。在机场盘问我,在海关搜查我,拦截我的信件,跟踪我的汽车,窃听我的电话,在我家里安装窃听器——甚至派人混入我的教室。"他开始哈哈大笑,"去年,我最好的学生写了一篇非常出色的运用马克思主义理论分析《白鲸》的文章——他也是国家安全局的。我唯一的'优'等生。菲利普,我不能坐在这里喝咖啡。耀武扬威的以色列是个非常非常糟糕的喝咖啡的地方。这些得意洋洋的犹太人非常可怕。我指的不仅仅是卡哈尼家族和沙龙家族,我指的是他们所有人,包括耶霍舒亚家族和奥兹家族。那些反对占领约旦河西岸的'好人',他们不反对占领我父亲的房子,那些'美丽的以色列人',他们既想要他们犹太复国主义者的偷窃行为,又想要干净的良知。他们并不比其他人高尚——这些美丽的以色列人甚至更加高傲。他们对'犹太'了解点什么?这些'健康自信的'犹太人,他们鄙视你们这些流散在海外的犹太'神经质者'。这算健康?这算自信?这是傲慢。那些把子孙变成好战的野蛮人的犹太人,他们多么瞧不起你们这些对武器一窍不通的犹太人!那些用警棍打断阿拉伯孩子双手的犹太人,他们多么瞧不起你们这些不能使用如此暴力的犹太人!没有宽容心的犹太人,总是非善即恶的犹太人,他们有那么多疯狂的分裂小党,个人独断专行的党,他们水火不容。那些自认为优于海外犹太人的犹太人,认为自己优于那些从骨子里知道互谅互让的人,优于那些在矛盾纷争的大千世界里待人宽容的成功人士。在这里,他们是正宗的;在这里,他们在自己的犹太'隔都'里武装到牙齿。而你呢,你是'非正宗的',就因为你生活自由,对与所有人的交往都一视同仁?这种傲慢,菲利普,是难以容忍的!他们在学校教育孩子鄙视散居海外的犹太人,教他们把讲英语的犹太人、讲西班牙语的犹太人和讲俄语的犹太人当成怪人、可怜虫、惊恐不安的疯子,就好像一个讲希伯来语的犹太人不仅仅是另一种犹太人,好像讲希伯来语就是人类成就的顶峰!他们觉得,我在这儿、我说希伯来语,而希伯来语是我的语言,这里是我的家乡,我不必成日里去思考:'我是个犹太人,可犹太人是什么呢?'我不必成为那种自省的、自我仇恨的、异化了的、惊恐不安的神经质者。对于那些所谓的神经质者在智力、艺术、科学以及文明的所有技术和理想层面所给予这个世界的,他们选择无视。不过,对于整个世界,他们也选择无视。对于整个世界,他们只有两个字:异类!'我住在这里,我说希伯来语,我所认识和见到的都是像我一样的其他犹太人,这妙极了,不是吗?'啊,高傲的以色列犹太人多么贫乏!是的,他们是正宗的犹太人,耶霍舒亚家族和奥兹家族,我要问他们,告诉我,索尔·阿林斯基①、大卫·里斯曼②、迈耶·夏皮罗③、伦纳德·伯恩斯坦④、贝拉·阿布朱格⑤、保罗·古德曼⑥、艾伦·金斯伯格,等等,等等,是何许人? 他们以为自己是谁? 那些乡巴佬,无名鼠辈! 狱卒! 这就是他们最伟大的犹太成就——把犹太人变成狱卒、喷气轰炸机驾驶员! 但假设他们成功了,假设他们将取得胜利、得逞了,假设纳布卢斯的每个阿拉伯人、希伯伦的每个阿拉伯人、加利利和加沙的每个阿拉伯人、世界上的每个阿拉伯人,都在犹太核炸弹的殷勤款待下消亡了,那么从现在算起五十年后他们在这里还会拥有什么呢? 以色列将变成一个无足轻重的聒噪的小国,他们迫害和摧毁巴勒斯坦人会带来的后果就是一个犹太式的比利时的诞生,这个比利时连一个可炫耀的布鲁塞尔都没有,这就是这些'正宗'犹太人对文明的贡献——创建一个缺乏任何一种使犹太人卓尔不群的品质的国家! 他们也许能够向其他生活在他们为非作歹的占领区的阿拉伯人灌输思想,让他们恐惧和尊重犹太人的'优越感'。不过,我是与你们这些人一起长大的,与你们这些人一起接受教育,被你们这些人

---

① Saul Alinsky(1909—1972),美国社运战术大师,出身于俄罗斯犹太裔移民家庭。
② David Riesman(1909—2002),美国社会学家,著有《孤独的人群》。
③ Meyer Schapiro(1904—1996),20 世纪最具原创性的艺术史家之一。
④ Leonard Bernstein(1918—1990),美国指挥家,作曲家。
⑤ Bella Abzug(1920—1998),美国国会议员和女权运动领导者。
⑥ Paul Goodman(1911—1972),美国社会评论家和教育评论家。

教育，在哈佛、芝加哥与真正的犹太人一起生活，与真正优越的人在一起，我钦佩这些人，热爱这些人，与这些人相比，我的确感到低人一等，而且理当如此——他们身上的活力，他们的冷嘲热讽，人类的同情心、宽容心和善良对他们来说不过是一种本能，那些有犹太人的幸存感的人都非常有人情味、开朗灵活、适应性强、风趣幽默、具有创造力；而在这里，所有这些品质都被一根棍子取代了！与阿里埃勒·沙龙、神圣的朱迪亚-撒马利亚和加沙地带区①相比，那只金牛犊更犹太！犹太隔都中最差劲的结合好战亵犹分子②中最差劲的，就是那些人口中的'正宗'！犹太人以聪明著称，他们是很聪明。我所去过的地方中，唯一所有犹太人都愚不可及的地方就是以色列。我唾弃他们！我往他们身上吐口水！"我这位叫齐的朋友已经开始这么做了，他一边往市场上那潮湿的砂石路面上吐口水，一边一脸挑衅地看着那两个穿牛仔裤的粗鲁的家伙，他眼中的以色列国家安全局的人，二人碰巧都没朝我们这边看，似乎都正专注于他们的谈话。

那天下午我为什么没有去赴阿普特尔的约而是开车与乔治·齐亚德一起去拉马拉呢？是因为他反复说我必须去所以我才去的吗？必须亲眼看一看占领者对正义的嘲弄，亲眼看一看占领者用以掩盖他们暴虐殖民统治的背后的司法系统，必须放下手头的所有事情、跟他一起去造访一个军事法庭，他一个朋友的最小的弟弟因为一个捏造的罪名而在那里接受审判，在那里我可以亲眼看见被每一个体面的海外犹太人珍视的犹太价值观遭到肆无忌惮的践踏。

对他朋友的小弟的指控是朝以色列士兵投掷"莫洛托夫鸡尾酒"③，这一指控"没有一丁点事实根据，纯属捏造，又是一桩可耻的

---

② Goy，指不遵守犹太人戒律的犹太人。
③ Molotov cocktails，一种土制的燃烧瓶。

谎言"。男孩是在示威游行的时候被捕的，随后"受到讯问"。讯问包括往他脑袋套头罩，用热水和冷水交替淋他，随后，不管什么天气，让他站在室外，头罩依然套在他的头上，罩住他的眼睛、耳朵、鼻子和嘴巴——像这样连续四五个日日夜夜，直至男孩"招供"。我必须看一看经过那四五个日日夜夜，男孩成了什么样子。我必须见见乔治的朋友，他是反对占领最坚决的成员之一，一位律师、诗人、领袖，当然，占领者正试图用逮捕和拷问他亲爱的小弟弟的办法，来压制他发表意见。我必须去，因为乔治一定要我去，他的脖子和手指一直在颤动，上面的青筋像电缆一样鼓鼓的，快速胀缩，仿佛他的每只手里都紧攥着某样东西，而他正用力挤出那样东西的最后一点生息。

我们站在乔治的车旁，车停在离市场几个街区的一条小路上，上面被贴了违章通知单，两个警察站在不远处，等着检查乔治的身份证、汽车登记证以及驾驶执照，乔治走过去，一副满不在乎的样子表示这辆挂着西岸牌照的车是他的。警察拿着乔治的车钥匙，有条不紊地搜查车厢、座位底下，打开杂物箱检查里面的物件，这时的乔治假装无视他们的检查，假装完全没被吓住、不厌烦、不害怕、不屈辱，像一个即将发病的人，继续教我必须做什么。

每一个体面的海外犹太人珍视的犹太价值观遭到践踏……就是这种对海外犹太人过分的持续不断的恭维，才最后使我确信我们在市场的见面不是简单的巧遇，而是另有蹊跷。乔治固执地坚持要我现在陪他去占领者的法庭看看他们拙劣的审判，这使我趋于相信乔治·齐亚德一直在跟踪我——那个变成了他认为的那样的我，不信那两个一直在市场水果摊旁边抽烟边闲聊的家伙是一直尾随他的以色列国家安全局特工。这就是我不愿按照他叫我必须去做的那样去做的理由，也确实是我明白我必须那样做的理由。

青春的无畏精神？作家的好奇心？幼稚的任性行为？犹太人的恶作剧？不管是什么冲动使我作出错误判断，在不到一小时的时间里第二次被误认成莫伊舍·皮皮克使屈从于他的胡搅蛮缠对我来说既是顺其自然的又是不可抗拒的，就像午餐时接受斯迈尔斯伯格的百万支票那样。

乔治一刻不停地说着，他停不下来。一个不知节制的饶舌者，一个不知疲倦的讲话人，一个让人害怕的说话者。在去拉马拉的一路上，甚至在关卡路障处还不停地说，关卡处的士兵们不仅检查他的身份证件，而且也检查我的。每次检查，车厢都再次遭到搜查，座椅被卸下，杂物箱里东西被倾倒在路上。乔治对我讲授了美国犹太人对以色列充满内疚情绪的演变过程，犹太复国主义者险恶地利用这种情绪去为他们的强盗行径服务。这点他已经弄明白了，想透了，甚至在英国一份期刊上发表了一篇颇具影响力的文章"论犹太复国主义者对美国犹太人的讹诈"。不过听得出来，发表这篇文章只是使他更加落泊、更加愤怒、备受煎熬。我们开车经过耶路撒冷北郊犹太人居住区的高层公寓楼群（"一片混凝土丛林——他们在这里建造的房子多么难看！这些不是住房，是堡垒！这种心态到处可见！机器切割的石头墙面——多么粗俗！"），接着经过了毫无个性的现代石屋——以色列占领前由约旦富人建造，因而在我看来显得更加粗俗难看，每栋房顶都俗气地模仿埃菲尔铁塔装上了一根细长的电视天线，最后来到干旱多石的乡间谷地。一路上，乔治苦涩的分析源源不断、丝毫没有减弱，他谈到犹太历史、犹太神话、犹太精神病和社会学，每一句话里，智识都在肆意挥洒，营造出了一种令人惶恐的氛围。他的整个谈话，其夸张和清晰、洞悉和愚蠢、精确的历史数据和对历史事实故意的忽视，是一种对辛辣思想的掩饰，是对他各种观察的松散陈述，既支离破碎又条理清楚，既肤浅又深刻，是一个人既精明又空洞的抨击，这人的头脑曾经与其他任何人的头脑一样好使，而现在它就像怒气和憎恨一样对他构成了一种威胁，到一九八八年为止，以色列占领巴勒斯坦领土二十年和建立犹太国四十年之后，果断地侵蚀了他身上一切稳健温和、实事求是的品质。不管他是否仍像过去那样聪明，这激烈的争斗、持续不断的紧急情况、巨大的不幸、受到重创的自尊心、对抵抗的沉迷已经使他不能接受甚至一点点真理。当他的这些思想慢慢虫蚀所有情感时，它们遭到了如此严重的扭曲和强化，几乎不再像是人类的思想。尽管他持之以恒地去理解敌人，好像理解敌人对他依然存在着某种希望；尽管他有教授身份带来的一层薄薄的表面光辉，赋予了他最可疑拙劣的思想某种知识的光环，但是现在处于一切的核心的是仇恨和对复仇的想入非非。

我什么也没有说，甚至没有质疑一个过分的断言或者做任何澄清他思想的尝试或者提出任何异议，我明白他不知道自己在说些什么。相反，我在自己面貌和姓名的掩饰下，认真倾听他怨气十足时所产生的种种猜想和看法，倾听他字字句句中所透露的苦难；我怀着一个隐藏得当的间谍的冷静专注与极度兴奋观察他。下面是他论点的概要，归纳之后显得更有说服力，他在陈述时努力回避的抵触思想和混乱观点我将省去不说。可以这样说，即便没有即将发生的起义，即便四处没有发生暴乱，一个人一边开车一边高谈阔论，坐在他身边也是够吓人的。那天下午，在耶路撒冷与拉马拉之间的旅途中，没有哪半英里是不刺激的，乔治大张挞伐时并不总是目视前方。

简而言之，对于乔治就这个话题的说教，我并不记得自己选择去记忆，让它伴随我从生到死，观点过分强加于人，我认为总有一天我会全部忘掉的；这个话题不断涉及大大小小各种事情，叫人不容易应对；这个无处不在、令人困惑、叫人厌倦的话题囊括了我一生中最大的问题和最令人惊奇的经历，尽管我每次都在体面努力地抵御它的魔力，但是现在看来它好像成了带走我生命的非理性力量，而且据我所知，它带走的不只是我一个人的生命……这个话题叫犹太人。

根据乔治对犹太人堕落周期的历史分析，第一次堕落发生在一九〇〇年至一九三九年大屠杀以前、移民后期,是这样的一个阶段:摒弃旧国家向往新国家,去异化和移民归化,消除对所抛弃的家庭和社区的记忆,忘却父母(这些老人得不到他们最有冒险精神的孩子的安慰和关心)、随他们生老病死,在美国、英国努力奋斗、狂热地建立犹太人新生活和新身份。这之后,是故意的记忆缺失阶段,一九三九年至一九四五年那一段是无法估量的大灾难时期,希特勒以闪电般的速度,几乎抹去了那些家庭和社区,他们被刚开始但还没有完全美国化的犹太人自愿断绝了最强有力的联系纽带。欧洲犹太人的灭顶之灾对美国犹太人是一种灾难性的震惊,这不仅仅是因为事件本身绝对恐怖,而且也因为这种恐怖透过他们悲伤棱柱的折射被非理智地看待,在他们看来,他们好像以某种难以言喻的方式点燃了这场苦难的火焰——是啊,他们大规模移民体现了希望结束欧洲犹太生活的愿望,是这种愿望煽动起了这场灾难,仿佛希特勒反犹太主义凶残的毁灭性和他们自己希望从欧洲牢笼的屈辱中得到解救的愿望之间存在着某种可怕的、难以想象的关系,近似同谋的关系。一种非常近似的疑虑,一种无法透露的、更不吉祥的自责,都会被归咎于犹太复国主义者以及他们的犹太复国运动。因为当这些犹太复国主义者出发去巴勒斯坦的时候,他们难道不鄙视欧洲的犹太生活吗? 对于讲意第绪语的小镇犹太人,开创犹太国的好斗分子难道不比那些思想实际、设法逃往美国、没有像本-古里安①之流那样意识形态遭到损害的犹太移民更加反感他们吗? 无可否认,犹太复国主义提出的解决办法是移民,不是大屠杀;然而,这些犹太复国主义者用了一千种方式来表明他们对自己的出身的厌恶,最明显的是对犹太国官方语言的选择,他们选择了古老的《圣经》在历史上使用过的语言,而不是他们无能为力的祖先口中说的那种让人感到羞辱的欧洲通俗

---

① Ben-Gurion(1886—1973),以色列建国后的第一任总理。

语言。

所以：希特勒所屠杀的那数百万人都是这些犹太人无意识遗弃的，让命运决定他们的生死；摧毁耻辱的文明，他们不想在将来与之沾边；摧毁限制他们活力和发展的社会——这给未遭受苦难的美国犹太人以及以色列勇敢的建国之父们留下了一份遗产，不仅是悲伤的遗产，也是擦抹不掉的负罪遗产，这种负罪感是如此的深刻，以至于在此后的几十年中，如果不是未来几世纪的话，一直扭曲着犹太人的心灵。

大灾难之后是伟大的战后正常化时期，这时，以色列的出现成为欧洲幸存犹太人的避难所，这恰好与美国民族同化的进展同时发生；这是能量和灵感重现的时期，大屠杀本身依然只被多数公众隐约察觉，之后才开始在犹太人的言辞中蔓延滋生；在大屠杀被用作商业炒作之前，那时欧洲犹太人受苦受难最常见的标志是一个可爱的少女在阁楼里勤奋地为了父亲做家庭作业，那时还没找到沉思一切更加可怕事件的方式或者沉思这些事件还要受到压制，那时离以色列正式官宣六百万死难者纪念日还有很多年，世界各地的犹太人都希望自己以某种更具活力而不是受害者的形象著称于世。在美国，这是个鼻子整形手术、改名字、定额分配制度逐渐消亡的时代，郊区生活水平不断提升，大公司开始崛起，常春藤学校入学率开始飙升，享乐主义假日开始盛行，各种清规戒律逐渐减少，外貌酷似非犹太人的犹太孩子成批出现——这些孩子头脑糊涂、自信乐观，他们的生活方式是前几代焦虑的犹太父母想都不敢想的。犹太"隔都"（乔治·齐亚德是这样称呼它的）的出园化，信仰的巴斯德①化。"绿色的草坪，白皮肤的犹太人——你描写过的，在你的第一本书中细致地描写过。

---

① Louis Pasteur(1822—1895)，法国微生物学家、化学家，巴氏杀菌法和狂犬疫苗的发明者。

这就是他们大肆宣传的全部：一九五九年，犹太人的励志故事处在它的鼎盛时期，一切都是那么新鲜和激动人心，那么滑稽有趣。解放了的新犹太人，正常了的犹太人，那么滑稽可笑，那么奇妙精彩！非悲剧式人物的成功！布伦达·帕蒂姆金[1]取代了安妮·弗兰克，火热的性爱，新鲜的水果，十大联盟篮球赛——谁能想象出比这更加幸福的犹太人的结局？"

接着是一九六七年：以色列在"六日战争"中获胜。随之而来得到证实的，不是犹太人的去异化或者犹太人的同化或者犹太人的正常化，而是对犹太人的力量，是对大屠杀愤世嫉俗约定俗成的开始。就是在这里，随着犹太军事国的满足和胜利，犹太人在成为征服者之前是受害者，犹太人成为征服者仅仅因为他们是受害者，这成了犹太人的官方政策，分分秒秒、时时刻刻、日日夜夜地向世界提醒这一点。这是恐怖分子贝京[2]狡猾地策划的一场公共关系运动：建立以色列军事扩张主义，将之与对犹太人受害的记忆联系起来，使之从历史角度来看是正义的；使之理性化——符合历史正当性、一报还一报，仅仅是自卫而已，贪婪地并吞被占领地，将巴勒斯坦人再次赶出他们的家园。究竟是什么使以色列每次见机扩张边界的行为合法化？奥斯威辛。究竟是什么使轰炸贝鲁特平民合法化？奥斯威辛。究竟是什么使砸碎巴勒斯坦儿童的骨头、炸飞阿拉伯市长的肢体合法化？奥斯威辛。达豪。布痕瓦尔德。贝尔森。特雷布林卡。索比堡。贝尔塞克。"如此虚假，菲利普，如此残忍悲观的虚伪！保住大量领土对他们有一个意义，只有一个意义：那就是炫耀武力，使征服成为可能！统治这些领土就是行使迄今为止被剥夺的特权——压迫和奴役，统治别人。他们就是疯狂渴望权力的犹太人，仅此而已，除去为使权力

---

① Brenda Patimkin，罗斯小说《再见，哥伦布》中的女主人公。
② Menachem Begin(1913—1992)，以色列政治家，曾任以色列总理，1978 年获诺贝尔和平奖，1982 年发动了第五次中东战争。

瘾合法化而采用的受迫害神话以及对我们的迫害，他们与其他渴求权力的人没什么两样。有句家喻户晓的玩笑话一语中的：'大屠杀是最好的生意。'在他们的正常化时期，有小安妮·弗兰克那样天真的标志，这已经够辛酸的了。但是现在，在他们武装力量最强大的时代，在他们处在无法容忍的傲慢高峰时，白天十六个小时不间断地用'大屠杀'来攻陷全世界的观众，全国广播公司每周一次的播送都有梅丽尔·斯特里普在'大屠杀'中扮演的犹太人！来到这里的美国犹太领导人，他们非常清楚这种大屠杀生意。这些犹太组织的官员来自纽约、洛杉矶、芝加哥，面对那些依然拥有某些真理、拥有某些自尊、依然知道如何发出不同于宣传和谎言的声音的少数以色列人，他们说：'别跟我说巴勒斯坦人正如何变得通融，别跟我说巴勒斯坦人如何享有合法的诉求，别跟我说巴勒斯坦人如何受到压迫、如何遭受到不公。马上停止这一切！这些无助于我在美国筹集资金。告诉我我们如何受到威胁，告诉我恐怖主义的事情，告诉我有关排犹主义和大屠杀的事情！'这也解释了为什么要摆样子公审这个愚蠢的乌克兰人——通过增强身为受害者这一观念，来巩固以色列权力政治的基石。是的，他们不会停止把他们自己描绘成受害者，不会停止把他们自己与过去联系起来，但这并不是说好像过去已经被遗忘了——这个国家的存在本身就是这一历史的证据。至此，这种对于他们历史的过度诉说肯定会侵犯他们的现实感，当然也侵犯了我们的现实感。别告诉我们有关他们的受迫害历史！我们是世界上最后一批能够理解这一点的人！当然，乌克兰仇犹是真实的。我们知道原因很多，它与犹太人在那里的经济结构中所起的作用有关，与斯大林在农业集体化指派给他们的愤世嫉俗的角色有关——现在所有都已一清二楚。但是，这个愚蠢的乌克兰人是否就是'恐怖伊凡'一点儿也不清楚，都过了四十年，也不可能搞清楚。因此，如果一个国家还有点诚信，还尊重点法律的话，就应该放了他。如果必须复仇，那么就送他回乌克兰,让俄国人去修理他——那样做应该也够让人满意的。但是,在这里的法庭上审判他,通过电台、电视和报纸大肆宣传,这样做只有一个目的——制造一种贝京和沙米尔①式的公共关系花招,通过使犹太人受害的形象在下一个千禧年中永久化的办法,证明犹太军事力量合法、证明犹太统治合法。但是,公共关系是不是刑法公正体系的目的呢? 刑法公正体系有一个法律目的,没有公共关系目的。为了教育公众? 不,那是教育体系的目的。我重申:德米扬尤克来这里是为了维护那个作为这个国家生命线的神话。因为如果没有大屠杀的话,他们会在哪里,会是谁? 难道不是通过大屠杀他们才得以维持与世界犹太人的联系,特别是与有特权的、牢靠的美国犹太人的联系,利用他们因为没有遭受苦难且获得了成功而产生的负罪感? 没有与世界犹太人的联系,哪里来他们对于这片土地的历史索求呢? 没门! 如果他们失去了对于大屠杀的监管权,如果关于犹太人四处流散的神话被揭露是虚假的——那会怎样呢? 如果美国犹太人摆脱了自己的负罪感,恢复了理智,那会发生什么事情呢? 当美国犹太人意识到,这些人带着他们不可思议的傲慢,开始了一种完全荒谬、纯粹神话般的使命和意图的时候,会发生什么事情呢? 当美国犹太人意识到他们被兜售了一堆东西,意识到无论用何种文明标准衡量,这些犹太复国主义者都远不如散居海外的犹太人的时候,会发生什么事情呢? 当美国犹太人发现自己被愚弄了,发现他们对以色列的效忠是建立在非理智的负罪感和复仇幻想的基础上,尤其是建立在对于这个国家道德身份最天真的错觉的基础上时,那会发生什么事情呢? 因为这个国家没有道德身份。如果建国初期曾经有过的话,那么现在也已经丧失了。通过持续不断地使大屠杀制度化,它甚至已经丧失了对大屠杀的所有权! 以色列国已经从六百万遇难者银行里

---

① Yitzhak Shamir(1915—2012),以色列政治家,曾两次出任以色列总理。

提走了最后一点道德信用——在他们杰出的国防部长的命令下，他们打断阿拉伯儿童的手，这就是他们干的好事！即使对于世界犹太人来说，事情也非常清楚了：这是个建立在暴力基础上并且用暴力来维持的国家，一个马基雅维里国家，用暴力手段来对付被占领地上受压迫人民的起义，确实是马基雅维里世界中的一个马基雅维里国家，但又几乎像芝加哥警局一样神圣。他们已经为这个国家打了四十年的广告，说它对于犹太文化、人民和传统的存在至关重要，用尽所有狡猾的手段把以色列宣传成一个别无选择的现实，但事实上，它只是一种选择，可以用品质和价值来审视。当你敢于这样审视它时，你实际上会发现什么呢？傲慢！傲慢！傲慢！除了傲慢呢？什么也没有！除了什么也没有——就是更多的傲慢！现在，每天晚上全世界都能在电视上看到——一种施暴的原始能力，最终只能用谎言掩盖他们所有的神话！'回归法则'？似乎任何一个有自尊心的文明犹太人都想'回归'到这样一个地方去！'流散犹太人的回归'？似乎犹太品格的'流散'只能在这里的犹太条件下开始回归！'大屠杀'？大屠杀已经结束了。殊不知，三天前，犹太复国主义者自己在拉马拉的马纳拉广场正式宣布大屠杀已经结束。我将把你带到那里，带你看看写有法令的地方。看看那堵墙，以色列士兵把无辜的巴勒斯坦平民带到那里，用棍棒殴打他们，把他们打得血肉模糊。忘记那场旨在炒作、作秀的审判吧。大屠杀的结束被用巴勒斯坦人的鲜血写在那面墙上。菲利普！老朋友！你这一生都花在犹太人自我解放的事业上，让他们看清他们是在自欺欺人。自从你在遥远的芝加哥开始写那些故事以来，作为一个作家，你一生一直反对他们自吹自擂、自我定型的做法。你因此而受到攻击，也因此而受到诬蔑，犹太报纸抨击你的阴谋早就开始，迄今为止从未停止过。自斯宾诺莎以来，类似的造谣中伤其他犹太作家还没有遭遇过。我有夸大其词吗？我只知道如果一个非犹太人像他们公开侮辱你那样公开侮辱了一个犹太人，那么圣约之子反诽谤联盟①就会从每个教堂的讲坛上、每个脱口秀节目上高喊：'反犹太主义!'他们用最肮脏的语言谩骂你，用最奸诈的背叛行为指控你，然而你还依然感到对他们负有责任，为他们担心；面对着他们伪善的愚蠢，依然坚持做他们充满深情的、忠诚的儿子。你是你们民族的伟大爱国者，正因为如此，我所说的大部分话都使你生气，都冒犯了你。我从你的面部表情能看出，从你的沉默能听出，你认为我疯了，我歇斯底里、草率鲁莽、无法无天。可就算我是又怎样——难道你不会变成这样吗？犹太人! 犹太人! 犹太人! 我怎么能不一直想着犹太人呢？犹太人是我的监狱看守，我是他们的囚徒。正如我妻子会告诉你的那样，我最没有当囚犯的才华。我的才华适合当教授，不是当主子的奴仆。我的才华是教陀思妥耶夫斯基，不是低三下四，在怨恨和不满中沉沦! 我的才华是阐述他狂人般冗长的独白，不是变成极度恼怒的狂人，甚至在梦中都无法停止冗长的独白。如果我明白我正在对自己做什么，那么我为什么不制止自己？我可怜的妻子每天都会问我这个问题，我们为什么不回波士顿，是要等那导致咆哮的父亲送了命的中风再杀死咆哮的儿子不成？为什么不回去？因为我不会屈服，因为我也是个爱国者，热爱并憎恨我那些被打败的卑躬屈膝的巴勒斯坦兄弟，菲利普，不亚于你热爱和憎恨你那些自鸣得意、沾沾自喜的犹太人。你一言不发，你震惊于那个温文尔雅的齐亚德处在一种盲目的耗费精力的狂怒之中。你过于冷嘲热讽，过于老于世故，过于疑虑重重，因而没法心平气和地接受我即将告诉你的事情，但是，菲利普，你是一个犹太预言家，你一直是的。你是个犹太先知，波兰之访是你迈开的具有远见的、大胆的、历史性的一步。因为这一步，你现在不仅会受到新闻界的谩骂，还会受到威

———————

① Anti-Defamation Leagues of B'nai B'rith，1913 年成立，是为全世界犹太人服务的国际组织圣约之子会的一个分支机构。

胁、恐吓及可能的人身攻击。我毫不怀疑他们甚至会试图逮捕你——把你牵涉到某个刑事案件中去,将你投入监狱关押起来。这里的家伙残酷无情,而菲利普·罗斯胆敢公开猛烈抨击他们国家的谎言。四十年来,他们搜罗世界各地的犹太人,在十多个不同的国家买通、贿赂官员,以便染指更多的犹太人,把他们弄到这里来延续他们犹太家园的神话。现在,菲利普·罗斯来了,他尽一切可能鼓励这同一批犹太人停止鸠占鹊巢,离开这个虚幻的国度,免得这些顽固不化、权力饥渴、报复心强的犹太复国主义者把全世界犹太人都牵涉进他们的暴行之中,给犹太人带来万劫不复的巨大灾难。老朋友,我们需要你,我们都需要你,占领者和被占领者都需要你身为海外犹太人的勇敢和智慧。你没有卷入这场纷争,对这一切尚有把握。你为我们提供了一个愿景,一个可以解决当前难题的崭新的、灿烂的愿景——不是一种极端疯狂的乌托邦式的巴勒斯坦梦想或一种可怕的犹太复国主义的最终方案,而是一种经过深思熟虑的可行的历史安排,这才是正义。老朋友,亲爱的,亲爱的老朋友——我怎么来为你服务呢? 我们如何为你服务呢? 我们并非穷途末路。告诉我们必须做什么,我们一定会做到。”

五　我是皮皮克

拉马拉军事法庭位于监狱重重围墙的里面,它是由英国人在托管时期建造的,是个钢筋水泥地堡式的低矮建筑群,建造它的目的不会令人误解——只要看它一眼就知道它是惩罚性的。监狱高踞于城市边缘一个光秃秃的沙质小山顶上,我们在山脚下的环道转弯,随后驶近高高的链式围栏,围栏顶部安装了双层带刺的铁丝网,这是方圆四五英亩的监狱与下面道路隔绝的最外面的环形防线。乔治和我下了车,走到大门前,向三名武装警卫中的一人出示我们的证件。卫兵一言不发,检查了我们的证件,然后将它们递还给我们,我们被允许往监狱深处再行进一百英尺,来到第二个警卫室,警卫室的窗户里伸出一挺冲锋枪,瞄准车道上的一切东西。持冲锋枪的是一名板着脸、胡子未剃的年轻士兵,当我们将证件递给另一名卫兵时,他冷冷地把我们上下打量了一番,另一名卫兵将证件丢在他的办公桌上,做了个粗鲁的手势,表示我们可以继续前行。

"北非犹太兵,"乔治告诉我,我们继续朝着监狱的一个边门行进,"摩洛哥人。德系犹太人宁可保持他们的双手干净,让他们皮肤稍黑的教友兄弟去为他们干折磨拷打的事情。来自东方、仇恨阿拉伯人的无知青年为这些精明的德系犹太人提供了一批非常有用、多用途的无产乌合之众。当然,住在摩洛哥的时候,他们并不仇恨阿拉伯人。他们与阿拉伯人和睦相处了一千年。但是,白皮肤的以色列人教导他们如何去恨阿拉伯人，如何去恨他们自己。白种以色列人把黑皮肤犹太兵变成了自己的打手。"

边门有两名士兵把守，他们像我们刚才遇见的那几个士兵一样，看上去是从城市最糟糕的街区招募来的。他们一声不吭便让我们通过，我们走进了一个破破烂烂的法庭，里面的空间只够容纳二十来个观众，其中一半的座位已被以色列士兵占据。他们没带武器，但是很显然，他们赤手空拳平息骚乱大概也不用费多大劲。他们邋邋遢遢，倦容满面，脚上穿着作战靴，衬衣领子敞开，光着脑袋，伸展四肢懒散地坐着；不过，他们的手臂沿着木头长凳靠背两侧伸展开来，好像长凳是专供他们使用似的。我的第一印象是，他们是在职业介绍机构外面大堂里闲逛的恶棍，这种机构专门负责安置那些对付闹事者的年轻壮汉。

法庭前面有一个凸起的审判台，正面墙上用别针固定了两面巨大的以色列国旗，一名法官坐在中间。他三十多岁，身着军服，修长的身材，稍许谢顶，胡子刮得干干净净，装束利落；他听诉讼程序的样子像可以洞察一切，俨然一个温和明断之人——"我们"的人。

审判台底下第二排坐着的一位观众朝乔治打着手势，我俩悄悄地溜到他的身边。这一排没有士兵就座。士兵们三五成群靠后聚坐在法庭后门附近，我发现那扇后门通向被告关押区。在那扇后门关上以前，我瞥见了一个阿拉伯男孩。从三十英尺以外，你也可以从他脸上看出惊恐的神色。

我们坐到了那位诗人律师的身边，他的弟弟被指控投掷"莫洛托夫鸡尾酒"，乔治说他是个反对以色列占领的斗士。乔治作了介绍之后，他握住我的手，热情地紧紧攥住。他的名字叫卡米尔，高高的个子，留着八字须，骨瘦如柴，黑色眼睛激情似火、意味深长，他们常把这种眼睛称作"女人杀手"，他的举止使我想起乔治在芝加哥当学生时身上有的那股子温文尔雅、讨女人喜欢的气度。

卡米尔用英语对乔治解释说，他弟弟的案子还没有开庭审判。乔治举起一根手指向被告席的弟弟打招呼。这个男孩大约十五六岁，他脸上茫然的表情告诉我，至少在这一瞬间，他不是被恐惧而是被百般无聊弄得呆若木鸡。被告席上一共五名阿拉伯被告，四名少年，一名大约二十五岁的青年，早晨以来一直在审理青年的案子。卡米尔低声给我解释说，原告试图延长这个年纪稍长的被告的拘留关押令，他被指控偷窃了两百第纳尔①。但是，为原告作证的阿拉伯警察刚到达法庭。我朝着这名警察看去，他正在受到被告律师的盘问，让我感到吃惊的是，他不是阿拉伯人，而是正统派犹太人，络腮胡子，行动笨拙粗鲁，大约五十多岁，戴着一顶圆顶小帽，身着黑色律师服。翻译就坐在法官下方，处于诉讼的中间位置。卡米尔告诉我，他是德鲁兹教派穆斯林，以色列士兵，会说阿拉伯语和希伯来语。原告律师像法官一样是个穿军装的年轻军官，长相清秀，他的样子仿佛是在完成一项非常辛苦的任务，不过，翻译刚译了警察的一番话，一时间他似乎被逗乐了，法官也被逗笑了。

　　这是我两天之内第二次进法庭。犹太法官，犹太法律，犹太国旗。非犹太被告。数百年来犹太人幻想中的法庭，满足多年的渴望，甚至比对军队或国家的渴望更没想象力。总有一天，我们将决定正义！

　　好吧，让人惊讶的是，这一天终于来到，我们来了，来决定正义！非理想化地实现另一个充满希望的人类梦想。

　　我的两个同伴只将注意力短暂地集中在交叉询问上；很快，乔治手里拿着一叠便笺，正在给自己做笔记，与此同时，卡米尔再次冲着我的脸轻声说："我弟弟被他们注射了针剂。"

　　我开始以为他说的是"禁令"。

_____

① Dinar，中东地区常见的货币名称。

"什么意思?"我问。

"针剂。"他用大拇指压在我手臂的上方比划着说。

"为什么?"

"没为什么。为了削弱他的体质。现在他浑身疼痛。你看看他。他几乎抬不起头来。一个十六岁的男孩!"他边说边痛苦地摊开双手,"他们用注射针剂使他虚弱。"他的手势表示这就是他们干的,而且没法阻止他们,"他们利用医务人员。明天我要上诉到以色列医学协会。但他会指控我诽谤。"

"医务人员给他打针,也许,"我小声答复道,"是因为他病了。"

卡米尔笑了,像对玩着玩具而父亲或母亲即将在医院里死去的小孩那样微笑。随后,他凑近我的耳朵低声说:"是他们病了! 他们镇压民族主义核心力量反抗的原因就在于此。用不留痕迹的方式摧残拷问。"他朝证人席上的那个警察指了指说:"又是一种伪善。对案件的审判拖啊拖,只是为了增加我们的痛苦。这样的审判已经第四天了。他们以为,如果他们长时间让我们灰心丧气,我们就会逃到月球上生活。"

接着,卡米尔转身对我耳语,边说边用他的手握住我的手。"我到处会见来自南非的人们,"他低声说,"我跟他们交谈。我向他们提问。因为每天都变得特别像现在这样。"

卡米尔的耳语开始让我感到不安,同样让我感到不安的是我让自己扮演的角色,无论是出于什么变态和无法解释的原因。我们如何能为你服务? 要么卡米尔正在设法招募我成为一名反犹同盟,要么他正在试探我是否有用,就像乔治依据我对瓦文萨的访问作出推测那样。我想,一生中我一直像这样把自己置于困难境地,但是迄今为止,大体上都是虚惊一场。我究竟该如何摆脱今天这样的困境呢?

卡米尔的肩膀又抵向我的肩膀,他热烘烘的气息停留在我的皮肤上。"这不对吗? 如果以色列不是犹太人的,那么——"

"啪!"传来一声刺耳的小木槌击打声,法官向卡米尔提示他也许应该闭嘴了。卡米尔冷静地叹了口气,双手在大腿处交叉着,强忍住非难,沉默了大约两分钟。随后,他又凑到我的耳边。"如果以色列不是犹太人的,那么同样的美国犹太自由主义者还会对它的福祉有如此强烈的认同感吗? 他们难道不会像谴责南非那样谴责它对阿拉伯人民的行径?"

我又一次选择了沉默,但是我的沉默跟法官的小木槌一样并没能阻止他说话。"当然,现在拿南非做例子已经不妥当了。他们正在打断孩子的手,给囚犯注射针剂,人们不会联想到南非,他们会联想到纳粹德国。"

听到这里,我把脸转向他,好像突然有东西窜到汽车前面,我本能地刹车那样。他毫无恶意地凝视着我,水汪汪的眼睛深邃动情,可我却一头雾水。我只能同情地点点头,一边点头一边摆出最严肃的表情,为的是继续把这场戏演下去——但是,伪装的目的是什么? 就算我曾有目的,也因嘲弄者肆无忌惮的言辞激怒而忘记了目的,继续演了下去。我已经听得够多了。"喏,"我一开始小声说,但让人吃惊的是,话一出口我就突然失控,怒斥道,"纳粹没有打断孩子的手。他们是有组织地成批消灭人类。他们制定了死亡生产程序。有历史记载的事情请别乱比喻!"

说完,我腾地站起身来,但当我挤过乔治的双腿时,法官挥动木槌,这次敲了两次。后排就座的四名士兵立刻起身,我朝门口移动,但持枪的门卫挡住了我的去路。这时,敏锐的法官用英语清脆响亮地对法庭宣布:"我们的新殖民主义给罗斯先生带来了道德冲击。给他让一让! 他需要一些新鲜空气。"接着,他又用希伯来语说,挡路的卫兵让开了,我推开门,走进院子。但是,我还没来得及想好如何独自回耶路撒冷,这时,法庭里的人都跟在我后面从门里拥了出来,除乔治和卡米尔以外,其他所有人都出来了。他们被逮捕了吗? 我透过敞开的门朝里张望,看见被告席上的囚犯们已被带走,除审判台外,法庭里已空无一人。审判台上,陆军法官宣布休庭显然是为了与我那两位"失踪"的同伴私下交谈,他俩正站在法官座椅的旁边。法官此时正好在倾听,没有说话。说话的是乔治。唾沫四溅。卡米尔静静地站在他身旁,高高的个子,双手插在口袋里,一个进攻者,他的进攻性在伪装成克制的狡诈下并不显见。

被告律师,一个络腮胡子、头戴圆顶小帽的大个子男子,在离我仅几英尺的地方不停地抽烟。当我转向他时,他笑了,笑里藏刀。"这么说——"他说,好像甚至还没有开口交谈就已经陷入僵局,他用第一支烟的烟蒂点燃了第二支烟,发狂似的深深吸了几口,然后说,"这么说,你就是他们在谈论的那个人。"

鉴于他已经在法庭目睹我与弟弟是阿拉伯被告的当地名人亲密互动,我不得不因此假设,不管如何不正确,我的偏见(如果我有偏见的话)不可能与他的完全对立,因而他这样的公然鄙视让我不知所措。又一个对手。但是,是我的还是皮皮克的?结果证明,多多少少对二者都是。

"对,你一开口,"他说,"不管说什么,整个世界都在关注。犹太人开始拍打他们的胸膛。'他为什么要反对我们?他为什么不支持我们?'那一定是一种非常美妙的感觉,人们看重你支持或反对什么。"

"我向你保证,比在穷乡僻壤替小偷小摸辩护感觉更美妙。"

"一个二百五十英镑的正统派犹太律师!别小看我!"

"走开!"我说。

"你知道吗,这里的蠢货们因为我为阿拉伯人辩护而不断指责我,我通常不去理会。'这是一种谋生方式,'我对他们说,'像我这样不择手段的律师,你们还期待什么?'我跟他们说,阿拉伯人尊敬胖人,因为胖人能狠狠揍他们。但是,当乔治·齐亚德把他那些出名的左派分子带进这个法庭时,我感到自己几乎也像他们一样可鄙。至少你有自我发展的借口。你若没有得到第三世界的肯定,怎么能去斯德哥尔摩领奖呢?"

"当然。所有一切都是冲击诺贝尔奖的一部分。"

"那个外表光鲜的家伙,他们的法庭诗人,他有没有告诉过你着火的大楼?'如果从着火的大楼跳下去,你可能碰巧落在行人的背上。那是一起很糟糕的事故。你不会为此将他痛打一顿吧,但西岸发生着这样的事情。起先,他们落在别人的背上,为的是救自己,而现在,他们正痛打他们。'如同民间传说一般。绝对真实。他有没有握住你的手? 他会握的,当你准备离开时,非常激动地握住。卡米尔该获奥斯卡奖了。'你离开这里并且忘却,她离开这里并且忘却,乔治离开这里,就我所知,甚至乔治也会忘却。但是,挨打的人,他的感觉与在一旁数打几次人的人不同。'是的,他们非常看重你,罗斯先生。你是犹太人的杰西·杰克逊[①],抵得上一千个乔姆斯基。看,他们来了,"他说着朝乔治和卡米尔走出法庭进入院子的那扇门望去,"世界上最引人注目的受害者。他们的梦想是什么? 巴勒斯坦或者巴勒斯坦和以色列的梦想是什么? 改天请他们试一试,把真话告诉你。"

乔治和卡米尔加入我们时首先做的就是与大个子律师握手;他反过来给每人递上一支烟,当我拒绝时,他给自己点燃另一支并且开始哈哈大笑,瓮声瓮气的刺耳笑声并没有从气管里带出什么好消息,再来一千包烟,他也许永远不必忍受杰西·杰克逊和我这样的著名左派令人不快的幼稚举动了。"著名作家,"他对乔治和卡米尔解释说,"不知道如何利用我们的殷勤好客。"随后,他向我吐露,"这是中东。我们都知道如何带着微笑说谎。真诚不属于这个世界,但是,这些当地的青年装可怜一级棒。你会在阿拉伯人身上发现的一种品质,他们能非常自然地同时扮演两种角色,一种角色演得那么令人信

---

① Jesse Jackson(1941—),美国黑人民权运动家,政治家。

服——就像你写作那么得心应手——接着,过了一会儿,等某人走出房间,他们转身就成了角色的对立面。"

"那么你如何解释这种现象呢?"我问他。

"人的利益决定一切。这是非常,非常基本的道理。来自沙漠的道理。那片叶子是我的,我的牲口要吃它,否则它会死去。这是你我牲口的生死问题。利益冲突就是从这里开始的,它说明所有两面派都有其正当的理由。伊斯兰教中有一种'塔基亚'①思想,英语通常叫'异化',在什叶派穆斯林中尤其强势,但是贯穿于整个伊斯兰文化。教条地说,异化是伊斯兰文化的一部分,允许异化非常普遍。伊斯兰文化不期望你用危及你生命的方式说话,当然不期望你坦率真诚。你那样做会被视作愚蠢。人们说一件事,采取一种公开立场,其实,内心意见相当不同,私下用完全不同的方式行事。对此,他们有一种说法:'流沙'——*ramál mutabarrika*②。举个例子吧。尽管他们都气势汹汹地反对犹太复国主义,但是在整个托管期内,他们把土地卖给犹太人。不仅仅只是普通机会主义者这么做,他们的重要领袖也一样。不过,他们也有一个挺有意思的成语来证明这种做法的合理性——*Ad-daroori lih achkaam*③。'需要自有其规则。'异化,两面派,偷偷摸摸——这些品质你的朋友都看得很重,"他告诉我,"他们认为其他人不必知道他们脑袋里在想些什么,这点与犹太人有很大的不同,犹太人总是不停地给每个人讲述他们所想的一切。我过去常常认为,上帝把阿拉伯人交给犹太人来折磨他的良心,使他保持他的犹太良心。遇见乔治和诗人以来,我更深切地理解到这一点。上帝给我们送来了阿拉伯人,所以我们就能从他们那里学会如何矫

---

① Taqiya,指出于保护自己的性命或财产而假装信奉某个教派或做自己认为不正确的事。
② 阿拉伯语,流沙。
③ 阿拉伯语,需要自有其规则。

正我们的偏差。"

"那为什么，"乔治问他，"上帝要给阿拉伯人犹太人呢?"

"为了惩罚他，"律师回答，"你应该比谁都清楚这一点。为他叛离真主而惩罚他。乔治是个了不起的罪人，"他对我说，"他可以给你说一些有关离道反教的有趣故事。"

"我这个罪人可不比什穆埃尔°这个演员伟大。"乔治说，"在我们社区里，他扮演着圣人角色——一个维护阿拉伯民权的犹太人，由犹太人代理辩护，在法庭里至少还有点机会。甚至德米扬尤克也这样想。德米扬尤克解雇了他的奥布莱恩先生，雇用了谢夫特尔，因为他也自欺欺人，以为这样会有帮助。那天，我听说德米扬尤克告诉谢夫特尔，'如果一开始就有犹太人律师为我辩护，我现在根本就不会这么麻烦'。应该承认，什穆埃尔不是谢夫特尔。谢夫特尔是个反正统的超级明星——他会榨干那些乌克兰人的。他在这个特雷布林卡卫兵身上可榨取了五十万美金。这可有别于圣人什穆埃尔谦恭的做法。圣人什穆埃尔不在乎被告有多穷困潦倒，付他的酬金有多可怜。他干吗要在乎? 他在其他地方有收入。国家安全局在每个家庭都收买告密者，侵害我们这里的生活，难道这还不够吗? 像那样扮演毒蛇的角色，来对待饱受压迫的人民，难道这还不够吗? 想一想吧，人民被压迫得够惨了。不，甚至连民权律师都难逃一劫，沦为他们的间谍。"

"乔治这样说他的告密者对他们不公平，"那个犹太律师告诉我，"是的，他们是人数众多，但这有什么呢? 在这里，告密是一种传统职业，干这行的人非常老练。在这里，告密有着悠久和辉煌的历史，不仅可以追溯到英国人、土耳其人，还可以一直追溯到犹大。做个优秀的文化相对主义者吧，乔治——告密是这里的一种生活方式，跟任何社会的本土生活方式一样，也值得你尊重。你作为一个寻欢作乐的知识分子在国外呆了那么多年，你离开你自己的民族那么久，所以你，恕我直言，几乎是用一种以色列帝国主义走狗居高临下的恩赐的眼光来看待他们。你口中的告密能让人从所有羞辱中得到一点宽慰。告密可得到地位，告密可获得特权。你真不应该这么快地割断你的勾结者的喉咙，因为勾结是你们社会最受人敬重的成就之一。焚烧告密者的双手，用石头砸死他们，从人类学的角度来看，都属于犯罪——对于处在你那种境地的人来说，也是愚蠢的。因为拉马拉所有人都已经在怀疑其他所有人告了密，也许将来某天，有些头脑发热的人错把你当作勾结者，也把你的喉咙割断。假如我自己去散布谣言呢？我也许不会觉得那样不太愉快。"

"什穆埃尔，"乔治回答，"你想干啥就干啥，如果乐意，就去散布谣言吧——"

他俩继续相互调侃时，卡米尔站在一边默默地抽烟。他甚至好像没在听他们讲话，当然他也没有该听的理由，因为这场小小的表演显然是为了教育我而不是针对他的。

聚在院子另一端抽烟的士兵们开始朝法庭边门往回走，什穆埃尔律师扭头朝手边的土里吐了口痰后，没再骂我们任何人便匆匆离开了。

见什穆埃尔已经离开，卡米尔对我说："我把你当成另一个人了。"

这次又是谁？我疑惑不解。我等着听他更多的解释，可一时间没了下文，他的思绪显然又转到了别处。"有太多的事情要做，"他最后解释说，"可没有足够的时间。我们全都工作过度，紧张过度。失眠会使你愚蠢。"一个认真严肃的道歉，和他的其他所有一切同样让人不安。因为他的愤怒不是每隔两分钟在你面前爆发一次的那种，在我看来，有他在身边比有乔治在更加让人害怕，这就好像你紧挨着的是他们在城市挖掘工作中挖出的许多炸弹中的一枚，那种第二次世界大战以来埋在地下未爆炸的巨型炸弹。我想象——乔治可没给我带来类似的联想——如果卡米尔情绪失控,他会造成大量伤害。

"你把我错当成谁了?"我问。

他笑着回答,这让我大吃一惊。"你自己。"

我不喜欢他的这种微笑,我猜他这样的人是从来不开玩笑的。他知道他在说什么,还是说,他是在表示他再没什么可说的了? 这一切表演并非意味进行中的是一场儿戏,事实恰恰相反。

"是吗?"我假装友好地说,"我能看出你是如何被人误导的。但是,我可以向你保证,我就是我,不会是周围其他任何人。"

我的回答中有什么东西立刻使他严肃起来,可比他先前送我的那暧昧的一笑严肃多了。我真的没法理解他究竟想干什么。卡米尔好像在用只有他自己才懂的暗语说话,或者说他只是试图吓唬我。

"法官,"乔治说,"已经同意他弟弟进医院。卡米尔留在这里就是为了确保这点。"

"但愿你弟弟平安无事。"我说,但是卡米尔继续盯着我看,好像我是那个给他弟弟注射针剂的人。既然他已经为错把我当成别人表示了歉意,他似乎已经得出结论,那就是我甚至比那家伙还要卑劣。

"好,"卡米尔回答,"你有同情心,非常有同情心。当你目睹这里的恶劣行径时,想不同情也难。但是我要告诉你,你的同情将会怎样。你离开这里,过一个星期,两个星期,最多一个月,你会忘记一切。而什穆埃尔律师,今晚他回家,甚至还没等他到家门口,在他吃晚饭以前,与孩子一起玩耍以前,他将会忘记一切。乔治离开这里,也许连乔治也会忘记,不是今天就是明天,以前乔治忘记过一次。"他生气地回头指着监狱,但他的声音特别温和,"那些挨揍的人却有着不同的经历,完全不同于那些在一旁数挨了多少下的人。"说完,他转身走向关押他弟弟的犹太人监狱。

乔治想打个电话给妻子,告诉她他很快会与一个客人一起回家,于是我们走到监狱建筑群正面的一扇门前，那里没有站岗的卫兵，乔治伸手将门推开，走了进去，我紧随其后也跟了进去。我感到很惊讶，像乔治这样一个巴勒斯坦人，我这样一个完全陌生的人，竟能不受任何阻拦，大摇大摆地沿着走廊行进，尤其是，我记得没有任何人在任何地点查看我们是否携带武器。在走廊尽头的一个办公室里，三个大约十八九岁的女兵——以色列姑娘——正在打字，她们的收音机里播放着标准的摇滚乐曲。我们只要往敞开的窗户里投一枚手榴弹，就能为卡米尔的弟弟复仇了。怎么没有任何人警惕这种可能性？当乔治用希伯来语询问他是否可以用一下电话时，其中一个打字员抬起了头。她随和地点了点头说："祝你平安，乔治！"就在这时，我想，他一定是个同谋。

乔治用英语告诉妻子，他在耶路撒冷偶遇了我，这个自一九五五年后就没有见过面的老朋友。我望着灰暗小屋墙上的招贴画，之所以被那些女兵打字员张贴在那里，也许是为了帮她们忘却她们是在哪里工作。一张哥伦比亚旅游的宣传海报，一张小鸭可爱地在荷花池戏水的招贴画，一张静悄悄的田野里野花盛开的招贴画——我想，在整个过程中，我一直假装被这些画深深吸引，心无旁骛。他是个以色列间谍——他在暗中监视我，如果他不知道我不是那个他要监视的我，那么真不知道他算哪门子间谍？如果什穆埃尔自己也是为国家安全局工作的，那么他为什么要揭露乔治呢？不，他是巴勒斯坦解放组织的间谍。不，他不是任何人的间谍。没有人是间谍。我是间谍！

在言语的世界里，你会以为我比较游刃有余、驾轻就熟，但是，在这一切纷乱的强烈仇恨中，每个人都是言语行刑队，无边无际的怀疑，洪水般的嘲讽和怨言，整个生活就像一场邪恶的辩论，像无话不能说的交谈……不，我最好离开这里到丛林中去，我想，在那里，虎狼的吼叫就是虎狼的吼叫，你不会弄错它的意思。而在这里，我只能最粗浅地理解明争暗斗背后可能的含意,甚至我自己的行为,在我看来,也并不比他人的行为更合理可信。

我们一起下山,途经有卫兵把守的岗亭时,乔治痛斥自己把占领区的苦难强加于妻儿,他们都不具备前线生活所需的那种坚韧不拔的精神,尽管对于安娜°来说,丧偶的父亲就住在隔壁算是某种补偿,在美国时,日渐虚弱的父亲一直是她焦虑原因之一。她父亲年近八十,是个富裕的拉马拉商人,尽其所能送安娜读最好的学校:一九五〇年代,那时安娜十岁,上的是贝鲁特的一个基督教女子学校,随后又被送到美国,在那里,她遇见了乔治并且嫁给了也信基督教的他。安娜在波士顿一家广告公司里当了多年版面设计师,负责一个车间的宣传招贴、小册子和传单的生产,这种地下工作对她伤害很大,她每日服药,治疗扰得她心神不宁的病痛,还有每周发作的偏头痛。她挥之不去的恐惧就是以色列人会在夜间出现,不是逮捕她,而是将他们十五岁的儿子迈克尔°带走。

但是,乔治自己是否有选择呢? 在波士顿,他曾在"柯立芝教学大楼"的中东研讨班上坚持立场,与支持以色列的学生辩论;他固执地反对他那些犹太朋友,甚至不惜毁了他自己举办的晚宴派对;他给《波士顿环球报》专栏写文章;只要克里斯·莱登需要有人在他的节目上与以色列的内塔尼亚胡辩论三分钟,他就会去 WGBH①。可是在他美国终身教授头衔的保护下,以一种理想主义的方式反抗以色列的占领者对他来说,比想起那些年到处否认自己与反对以色列的运动有任何瓜葛,更让他良心不安。不过,在拉马拉,尽管忠于自己的职责,但他一直担心回以色列这件事对安娜特别是对迈克尔所产生的影响,后者的叛逆是他不曾预见到的,可听他的描述,我好奇他怎么会对此没有先见之明呢。不管当时置身于市郊牛顿自己卧室墙

---

① WGBH,波士顿当地的一家公共电视台。

上装饰的爱国涂鸦中让这份反对事业看起来何等英勇，现在的迈克尔感觉自己不过是个处于青春期的儿子，被愚钝的父亲强制过一种过时的生活，阻碍了他的自我实现。尽管万般不情愿，但乔治正在考虑接受他岳父提供的经济帮助，在安娜的一再坚持下，送迈克尔回新英格兰寄宿学校完成他剩余的高中学业。对于乔治来说——他认为这孩子已经够大了，可以留在国内，在这里艰难困苦的实际生活中接受教育，一起分担他们不可避免的苦难生活，承担起身为乔治儿子的后果——与迈克尔的争论更让人难以承受，因为它重现了当年那场让他与自己的父亲感情疏远、痛苦万分的冲突。

我的心向着迈克尔，不管他如何天真无知。父辈把这令人羞愧的民族主义强加在他们的子辈身上，每一代人，我想，都在把这种斗争强加给下一代。然而，这是他们的家族大戏，像一块巨石沉重地压在乔治·齐亚德的身上。一边是迈克尔，他的美国青少年直觉告诉他，他有权成为不知感恩的新一代，漠视传统，自由自在；另一边是他的父亲，令人心碎的父亲史上的又一位父亲，在年幼儿子的身上盲目自私地期待着一切，要他屈从于自己成年人的需求，去抚慰自己父亲的亡灵，而他的父亲他也曾用自己的自私自利冒犯过。是啊，为父赎罪占据了乔治的整个心灵，然而，任何努力尝试过的人都知道，为父赎罪是多么艰辛——用负疚的大砍刀从陈腐病变的下层灌木丛砍出一条路。但是乔治决心着手一劳永逸地解决自我分裂的问题，这意味着（情况常常如此）要放纵报复。这些人一心谋求折中，可乔治也想这样吗？他想过一种能够彼此相融的生活，像最初与我们一起生活的芝加哥时期的齐那样，现在他想在这里和他们一起复制过去和我们的那段经历——用一种冷酷的极简行为来压制内心的矛盾——但这根本行不通。在波士顿理智地选择走中间道路一样行不通。不管他采用如何剧烈的重塑试验，他的生活似乎都无法跟其他任何地方的任何人的生活融为一体。真是令人惊讶，像自我这样渺小的存在会包含互相竞争的次级自我，而这些次级自我本身又是由次级自我构成，依次递推。然而，更令人惊讶的是，一个成年人，一个受过教育的成年人，一个教授，竟然要寻求自治！

几个月来，我一直想着多重自我，从海乐神引发的精神崩溃开始，莫伊舍·皮皮克的出现重新诱发了这种想法，因而我对乔治的思考也许过于主观了。但是，我决心弄懂（不管我的理解如何片面）的是，为什么不管乔治（甚至在他像酒吧里的客人那样对像他的妻儿那样亲近的人感到绝望时）说什么，在我看来似乎都相当不合情理。我经常听说有人不能理解自己，无法克制自己，被自己的各种矛盾弄得焦头烂额，命中注定永远无法抵达属于他的那个地方，更不要说"做自己"了。也许这一切归结起来就是一种学术的、学者的性格被创造历史的疯狂欲望所取代，那种疯狂欲望——他性格上的缺陷而非坏心眼的驱使——造成了眼前所有这些不连贯：过度亢奋、狂躁饶舌、知识分子的两面性、判断力不足、花言巧语——事实上，那个和蔼可亲、细心敏锐、充满柔情的乔治·齐亚德已经完全变了样。或者说，也许归根结蒂是不公正所致：难道持久的严重的不公不足以把一个体面人逼疯吗？

我们通往那面沾满鲜血的墙（以色列士兵曾经把当地居民拖到那里，打断他们的骨头，迫使他们屈服）的朝圣之路受到了中央广场周边一圈无法逾越的路障的阻碍，事实上，我们不得不绕道穿过城外的群山才最终抵达乔治位于拉马拉市另一端的家。"我父亲过去常常流着眼泪怀念起这些山，甚至在春天他也会说自己能闻到杏花香，但其实这是不可能的，"乔治告诉我，"不可能在春天闻到——杏花是二月开的。我总是善意地纠正他的夸张说法。他为什么不能像个男子汉一样，停止因为那些树而哭哭啼啼的？"

一路上，上山、绕山、下山，沿着后山的路进城，乔治神色消沉，像这样自责又无奈地诉说着。也许一开始我就是对的，是自责悔恨（如果不是唯一导致他判若两人的决定性因素的话），加剧了这不幸的绝望从而败坏了一切，使夸大其词成了他的语言标准。他以一副吹毛求疵、尖酸刻薄的青少年的口吻，攻击了一通他那一生被毁的父亲那一番多愁善感的疯话，齐亚德博士的小男孩现在看来正在付出中年的全部代价，而且还远不止于此。

当然，除非这一切都是在演戏。

乔治的家是六栋石头房子中的一栋，一片片大花园将这些石屋隔开，别致古老的橄榄树丛稀稀落落地簇拥在周围，一直延伸到山下的小山谷——原先，在安娜童年的早些时候，这里曾是一个家族的大院，里面住满了她的兄弟们和表姐妹们，但是现在他们中的大部分人都已经移居他乡。天色已近黄昏，空气中有一股刺骨的寒气，石屋起居室狭窄的一端有一个小小的壁炉，壁炉里有几根木头在燃烧，尽管十分赏心悦目，但根本抵御不了四处弥漫的刺骨寒气。不过，屋内的布置却颇为活泼，沙发椅用色彩明亮的织物点缀，凹凸不平的石头地面上覆盖着几条现代几何图形的地毯。让我感到吃惊的是，任何地方都不见书的影子——也许，乔治感到他的书放在大学办公室里更安全——尽管沙发旁的桌子上胡乱放着一些杂志和报纸。我们靠近炉火就座，喝着热茶，安娜和迈克尔穿着厚厚的羊毛套衫，我用双手捂着茶杯取暖，想着波士顿之后的这个位于地面之上的地窖：地牢一般湿冷的气味尤为浓烈，另有一股烧煤油炉——也许年久失修——的味道，不过好像是从另一间屋子传来的。这个房间有多扇通向花园的法式玻璃门，拱形的天花板上一根长长的吊杆吊着一顶四叶风扇，离地面大约十五英尺，尽管晓得一旦天气变暖这里也许会讨人喜欢，此时此刻却绝不是能让人感到温馨舒适的地方。

安娜个子瘦小，她那没什么分量的身体似乎只是用来容纳那双惊人眸子的空壳，其他的乏善可陈。那双眼睛又圆又深邃，在黑暗中也能被看见,像狐猴的眼睛一般,镶在一张比男人拳头大不了多少的三角形脸上,骨瘦嶙峋的其他部位包裹在宽大的长款针织衫里,长衫下露出穿着儿童跑鞋的双脚。我想象他——这个我所认识的乔治——的另一半是某种比安娜更丰满柔韧的夜间生物,不过,也许大约二十年前,他们在波士顿相识、结婚那会儿,她更像是个活泼精神的小姑娘,而不是生活在黑夜里的猎物——如果你能称那种生活为生活的话——白天则不知所踪。

迈克尔已经比他父亲高出一头,精瘦精瘦的,面目清秀,长着深褐色的头发,大理石般的肌肤,他的腼腆(或许只是愤怒)使他一声不吭、一动不动。他父亲正在解释大流散,说这是他四十年来从一个犹太人那里听到的第一个独到的见解,它第一次承诺一种忠于历史和道德的解决方案,第一次承认划分巴勒斯坦的唯一合理办法不是转移此处原有的居民,而是转移对此处来说一开始就是外来的和敌对的人口……这期间迈克尔的眼睛自始至终盯着某个无形的点,那个点就在我的膝盖上方大约一英尺处,吸引着他的全部注意力。安娜似乎对我这个到她家做客喝茶、主张犹太人大流散的发起人不抱什么希望。我想,只有乔治深陷其中,只有他疯狂地渴望……除非这一切是在演戏。

当然,乔治明白这样的提议只会受到犹太复国主义者的嘲笑,而对于流散主义者来说,复国主义者的每一条神圣戒律都具有欺骗性。他继续解释说,就连那些本该是我的忠诚的拥护者的巴勒斯坦人当中,也有像卡米尔这样的人,他们想象力匮乏,无法把握这一提议的政治潜力,愚蠢地把大流散误解为犹太人的一种思乡活动。

"所以他就是这么认为的咯,"我说,斗胆打断他滔滔不绝的演说,在我看来,或许他一个人的声音足以使他的妻子沦为一双眼睛、他的儿子深陷沉默,"一个思乡的犹太人,幻想在百老汇的舞台上演一出有关犹太小镇的音乐喜剧。"

"对。卡米尔对我说：'一个伍迪·艾伦就够了。'"

"是吗？在法庭上？为什么是伍迪·艾伦？"

"伍迪·艾伦在《纽约时报》上有篇东西，"乔治说，"一篇专栏文章。你问安娜，问迈克尔。他们读过这篇文章，几乎不敢相信他们的眼睛，这里的报纸转载了，还把它评为伍迪·艾伦迄今为止创作的最优秀的搞笑段子。菲利普，这家伙不只在电影中是个废物。伍迪·艾伦认为犹太人没有能力搞暴力活动。伍迪·艾伦认为自己大概没读懂报纸——他就是无法相信犹太人会打断别人的骨头。再给我们来个段子，伍迪！犹太人第一次打断别人的骨头是出于自卫——说得好听点，第二次打断骨头是为了赢得比赛，第三次是为了他们自己开心，第四次已经是本能反应了。卡米尔对这类白痴没耐心，他当你是一路货色。不过，在突尼斯，没人在乎拉马拉的卡米尔如何看待菲利普·罗斯，甚至几乎没人在乎拉马拉的卡米尔对任何事情的任何看法。"

"突尼斯？"

"我敢向你保证，阿拉法特能够区分伍迪·艾伦和菲利普·罗斯。"

这肯定是我一生中听到的最奇怪的一句话。我决定顺水推舟。如果乔治想这样玩，那么我们就这样玩下去。不是我在写这玩意儿，是他们。我甚至不存在。

"与阿拉法特的任何会见，"我禁不住对他说，"一定是绝密的，理由很显然，但我会去见他的。在任何地方、任何时间，在突尼斯或者其他任何地方，但明天未免太仓促了。也许可以透露给阿拉法特，通过瓦文萨一方的斡旋，我很有可能下个月在梵蒂冈与罗马教皇秘密会见。如你所知，瓦文萨已经决定支持我的事业。他坚信，教皇将会发现，流散主义不仅提供了一个针对阿拉伯-以色列冲突的解决方案，而且也为整个欧洲实现道德重建和精神觉醒提供了一种工具。

他对教皇的这种大胆设想所持有的乐观态度远胜于我。教皇圣座若能支持巴勒斯坦，严斥犹太人非法侵占他人财产，这当然再好不过，可接受这一立场所导致的必然结果，邀请一百多万犹太人把西方基督教的中心当成自己的家却是另一码事。是的，如果教皇能公开呼吁欧洲邀请欧洲裔犹太人从他们流亡的以色列回来，呼吁欧洲忏悔它在根除和毁灭犹太人中的同谋关系，呼吁欧洲肃清自己一千多年的排犹思想，留给可以让犹太人彰显其势力范围的空间，让其开枝散叶、繁荣发展，在基督教的第三个千禧年来临之际，所有议会公开声明，曾经背井离乡的犹太人享有在他们的欧洲家园重新定居的权利，有权以犹太人的身份在这里生活，享有自由、安全而不遭他人排斥。如果真是如此，那简直太好了！但是，我有我的疑虑。瓦文萨的波兰教皇也许偏爱希特勒传给他的欧洲后裔的那个欧洲——教皇圣座也许真的不在乎消除希特勒小奇迹的影响，但阿拉法特不一样。阿拉法特——"我继续说道，盗用着我的身份盗用者的身份，罔顾事实真相，摆脱所有疑虑，确信我的使命——成为先知、救星、犹太人的弥赛亚（极有可能）——那无可争辩的正当性。

原来事情是这样办成的，我想。这就是他们办事的方式。你只要说出一切。

不，我没有停顿很长时间。我不停地说啊说，丝毫不克制自己的冲动，刻意显得胸有成竹，问心无愧。我告诉他们将在十二月召开的世界犹太流散主义者大会，召开地点是巴塞尔，这个选址恰如其分，因为九十年前，第一次世界犹太复国主义者大会曾在那里召开。当时的与会代表只有两三百个——我的目标是代表人数为先前的两倍，每一个欧洲国家都派犹太代表团参加，而在这些国家，德系犹太人将很快恢复几乎被希特勒毁灭殆尽的欧洲犹太人生活。我告诉他们，瓦文萨已经同意作主题发言或者派他的妻子代为出席，如果他最后得出结论自己不能安全离开波兰的话。突然间，我又说起了亚美尼亚人,我对亚美尼亚人一无所知。"亚美尼亚人是因为移居海外才受苦受难的吗？不,是因为他们呆在自己的土地上,才会遭到土耳其人的入侵和屠杀。"接着,我不由得开始赞美历史上最伟大的流散主义者,新流散运动之父欧文·柏林①,"人们问我从哪儿得来的想法。好吧,我听收音机听来的。收音机当时正在放《复活节游行》,于是我想,这是犹太式的天才创造,可与十诫媲美。上帝给了摩西十诫,接着给了欧文·柏林复活节游行和白色圣诞节,这两个庆祝基督神性的假日。神性是犹太人排斥基督教的核心,而欧文·柏林什么事情做得非常出色？他使这两个假日非基督教化！他把复活节变成时装表演秀,把圣诞节变成一个关于白雪的节日。基督的血和谋杀已成往事——耶稣钉死在十字架上的受难像被拿了下来,被戴上了系带的软帽！他把他们的宗教变成了劣等货。不过变得好,非常好,以至于非犹太人甚至没有察觉到这种变化。他们喜欢这种变化。每个人都喜欢。犹太人特别喜欢。犹太人憎恨耶稣。人们总对我说基督是犹太人。我从来不相信他们。这就好像人们过去常跟我说加里·格兰特是犹太人一样。狗屁！犹太人不想听有关耶稣受难的故事。你能怪他们吗？于是宾·克罗斯比②取代耶稣成了上帝宠儿,而犹太人呢,犹太人吹着复活节歌曲旋律的口哨走来走去！用这种方式来化解几个世纪的敌意有那么不光彩吗？真有人因此受到侮辱吗？如果被劣化的基督教是消除了犹太仇恨的基督教,那么,让我们为劣等货三呼好哇！如果用白雪取代基督耶稣能够使我们的民族迎合圣诞节,那么,就让它下雪下雪下雪吧！你明白我的意思吗？"我告诉他们,与"六日战争"相比,我更为复活节游行感到自豪;与以色列的核

---

① Irving Berlin(1888—1989),出生于俄罗斯的美国作曲家、作词家,代表作有《复活节游行》《白色圣诞节》。

② Bing Crosby(1903—1977),美国歌手、演员,他演唱的热门歌曲《白色圣诞节》打破了多项音乐纪录。

反应堆相比,我更能在白色圣诞节中找到安全感。我告诉他们,如果
以色列人到了相信他们的幸存不仅要靠打断敌人的手还要依靠投掷
核弹的地步,那么这将是犹太教的末日,即便以色列国幸存下来。"作
为犹太人的犹太人将会从此消失。犹太人为自救而使用核武器来摧
毁敌人,在那之后的一代人将再也不会称自己是犹太人。以色列人
将会用消灭其他民族的方式来拯救他们的国家,从那以后,他们将永
远面对道德上的死亡,那样的话,为什么还以犹太人的身份活下去?
现在他们的道德资本已经快撑不下去了。所有这些犹太人被安置在
这么一小块地方,四周环绕着巨大的敌意——如何能够在道义上幸
存?还不如做个边缘的神经症患者、焦虑的民族同化主义者,或者犹
太复国主义者鄙视的其他一切;宁可失去国家也不要因发动一场核
战争而失去你的道义。宁可要欧文·柏林,也不要阿里埃勒·沙龙。
宁可要欧文·柏林,也不要哭墙。宁可要欧文·柏林,也不要圣城耶
路撒冷!拥有耶路撒冷(全世界这么多地方)与一九八八年①的犹太
人身份究竟有何相干?耶路撒冷迄今为止是可能发生在我们身上的
最糟糕的事情。去年在耶路撒冷!明年在华沙!明年在布加勒斯
特!明年在维尔纽斯和克拉科夫!瞧,我知道人们称大流散为一种
革命思想,但我所提倡的不是一种革命,而是一种倒退,一种后转,恰
恰是犹太复国主义的前身。你返回十字路口,转上一条相反的路,复
国主义退得太远了,最终误入歧途。应该是犹太复国主义回到大流
散的交叉点上,而大流散回到犹太复国主义的交叉点上。"

　　我深切同情乔治的妻子。我不知道哪个更让她难以忍受,是我
那一连串激情澎湃的大流散废话还是乔治坐在那里侧耳倾听的样
子。她丈夫终于停下来了,不过是停下来听这个!不知是为了取暖

---

① 1988 年 11 月,巴勒斯坦全国委员会通过《独立宣言》,宣布耶路撒冷为巴勒斯坦国
　　首都。

还是让自己冷静下来,她像一个处于恸哭边缘的女人那样,用双手紧紧搂住自己,几乎难以察觉地开始来回晃动。她那双眼睛明确无误地传达出这样一条信息:像她这样迄今为止忍受了一切的人甚至都忍受不了我。没有你,我丈夫已经够受的了。住嘴!滚开!别让我见到你!

那好吧,让我来直接对话这个女人的恐惧。莫伊舍·皮皮克难道不会这么做吗?"安娜,如果我是你的话,我也会怀疑。我会跟你一样,认为这个作家是那种不能把握现实的作家,这些都是一个无知者荒唐可笑的臆想,甚至连文学也谈不上,更不用说是政治了,不过是一则寓言、一则童话故事罢了。你在想有一千个大流散注定失败的理由,我来告诉你,我知道那一千个理由,我知道百万个理由。但是,我也在这里告诉你,告诉乔治,告诉卡米尔,告诉任何在这里听讲的人,大流散不会失败,因为它一定不能失败,因为荒谬的不是大流散,而是取代它的另一种选择:毁灭。人们曾经对于犹太复国主义的看法就是你现在对于大流散的看法:一种不可能实现的梦。你在想我只不过是这里的疯狂的又一个受害者,两边都疯狂——这种疯狂、荒唐、悲剧般的困境也吞噬了我的理智。我明白我让你痛苦不堪,因为我激发了乔治心中的期望,可你认为这些期望是乌托邦的,是不可能实现的——而乔治内心深处知道那是乌托邦的。不过,我给你们看一样东西,是我几小时前刚刚收到的,看完后也许你会改变想法。它是奥斯威辛集中营一个年迈的幸存者给我的。"

我从夹克里取出那个装着斯迈尔斯伯格支票的信封,将它递给安娜。"这是某个像你一样绝望的人送给我的,希望能将这场疯狂的冲突引向一个正义、体面和可行的结局。这是他对大流散运动的捐赠。"

安娜看到支票时,开始轻声笑起来,仿佛这是谁私下里为逗她开心故意开的玩笑。

"让我看看，"乔治说，妻子一时不愿放手，乔治疲惫不堪地问道，"你为什么笑？虽然比起哭，我更愿你笑，可你为什么要那样笑？"

"因为幸福，因为开心，我笑是因为一切都结束了。明天，犹太人都将去航空公司售票处排队领取他们前往柏林的单程机票！迈克尔，你看！"她将儿子拉到身边，给他看那张支票，"你以后能一直在美好的巴勒斯坦生活了。犹太人要离开了。罗斯先生是带领犹太人走出以色列的反摩西式人物。这是机票钱。"可是，那个苍白高挑的漂亮男孩看也没看母亲手里的支票，咬着牙愤怒地扬长而去。安娜没有停下来——这张支票只是她用来发表批评意见的借口——"以后每一栋建筑上都会有一面巴勒斯坦旗帜迎风飘扬，每个人每天都可以站着向国旗行二十次礼。我们可以发行自己的货币，在自己的钞票上印上国父阿拉法特的头像，铸有阿布·尼达尔①侧面像的硬币在我们的口袋里叮当作响。我笑，"她说，"是因为巴勒斯坦的天国近在咫尺。"

"拜托给我吧，"乔治说，"这是通往偏头痛的康庄大道。"他边说边不耐烦地示意妻子将支票递给他，皮皮克的支票。

"又一个无法忘却的受害者，"安娜说，与此同时，她那双圆圆的眼睛盯着支票的票面仔细观看，仿佛从中她终于找到了为什么命运把她投入到这种苦难之中的线索，"所有这些受害者和他们可怕的伤痕。不过，请告诉我，"她问，好像这是个再简单不过的问题，就像孩子问为什么青草是绿色的那样，"在这么一块弹丸之地上能站多少个受害者啊？"

"可他是同意你观点的！"她的丈夫说，"这也是他来这里的原因。"

"在美国，"她告诉我，"我以为自己嫁给了一个已经忘却这一切

---

① Abu Nidal(1937—2002)，巴勒斯坦激进组织法塔赫革命委员会领导人之一。

苦难的男子汉，一个知道如何让生活变得丰富充实的有教养的人，没想到他却是另一个卡米尔，占领一刻不结束他就无法做个正常人。这些没完没了的小兄弟们宣称，他们不能活下去，他们没法呼吸，因为他们的存在蒙上了一层阴影！这些人在道德上幼稚天真！有着乔治那样的头脑的家伙把自己勒死在'忠诚'这样的假议题上！你为什么不忠于理性，"她转向乔治疯狂地高喊道，"不忠于文学？像你们这样的人，"也指我，"应该逃离这样落后的地方。你逃走了，你是对的，你们俩都应该逃离，尽可能远离地方狭隘主义、自我中心、仇外心理和哀痛悲悼，不被这些幼稚的、愚蠢的种族神话的感伤情调毒害，将你们的全部智慧和精力投入到一个广阔自由的新世界里，成为真正自由的年轻人，献身于艺术、书籍、理性和学术，献身于严肃的事业——"

"没错，献身于一切崇高和庄严的事业。瞧，"乔治说，"你不过是在描述两个自命不凡的研究生——即便在那时，我们也并不那么纯洁，也会认为你所描绘的这幅图景荒唐可笑。"

"听着，我的意思只是，"她轻蔑地回答，"你不可能像现在这样犯傻。"

"你只是喜欢大学里高级的愚蠢，胜过政治斗争中低级的愚蠢。没有人否认这些是愚蠢的，也许甚至是徒劳的。但是，人生活在这个地球上，不就是这样吗？"

"不论你有多少钱，"她说，再次对我说起我的支票时她毫不掩饰自己的高高在上，"你什么事情也改变不了。呆在这里，你会明白的。这些犹太人和阿拉伯人未来将一无所有，他们得到的将是更多的悲剧、苦难和鲜血。双方的仇恨太深，这种仇恨将一切都卷入其中。现在没有信任，再过一千年也不会有。'生活在这个地球上。'生活在波士顿也是生活在这个地球上——"她生气地提醒乔治，"难道拥有宽敞明亮的公寓、机智安静的邻居以及一份由好工作和养儿育女带来的简单文明的快乐就不是'生活'了吗？读书、听音乐、交朋友（根据对方的人品而不是祖先）难道就不是'生活'了吗？祖先！穴居人赖以生存的观念！巴勒斯坦文化、巴勒斯坦人民、巴勒斯坦传统的存活对人类进化而言真的是'刚需'吗？所有那些神话难道比你儿子活下去还重要吗？"

"他就要回去了。"乔治轻声地说。

"什么时候？什么时候？"她把那张支票在乔治的眼前晃了晃，"等菲利普·罗斯从发疯的犹太人那里再收一千张支票、开始往波兰空运犹太人，等菲利普·罗斯和教皇在梵蒂冈共议应对之策的时候吗？我不会为了更多的狂徒和他们的妄想牺牲自己的儿子！"

"他就要回去了！"乔治严厉地重复道。

"巴勒斯坦是个谎言！犹太复国主义是个谎言！大流散是个谎言！迄今为止最大的谎言！我不会为了更多的谎言去牺牲迈克尔！"

乔治打电话到拉马拉市中心，叫了辆车送我回耶路撒冷。司机是个饱经风霜的老头，尽管现在不过是晚上七点，但老头看起来困极了。我大声问乔治，他是否找不到比这老头更合适的司机了？

乔治先用阿拉伯语告诉司机目的地，然后用英语说道："他常过往路边检查站，那里的士兵认识他，你会安全回去的。"

"我看他有点儿疲倦啊。"

"别担心。"乔治说。事实上，他原本想自己送我回去的，但是，在他们的卧室——安娜已经在黑暗中躺平了——她警告乔治，如果他胆敢晚上开车往返于耶路撒冷，等他回来——如果他真能平安返回，没被军队打死或被维持治安的犹太人枪杀的话——他休想再见到她和儿子。"她那是偏头痛犯了，"乔治解释说，"我不想把事情搞得更糟。"

"我担心，"我说，"我已经把事情搞糟了。"

"菲利普，我们明天再说吧。有很多事情要讨论。明早我会来的。我想带你去个地方。我想让你见个人。明天你有空吗？"

我已经和阿哈龙有约了，还得想法子见见阿普特尔，但是我说："为了你，当然得有空。替我跟迈克尔道个别，还有安娜……"

"他正在卧室里握着他母亲的手呢。"

"也许今天的一切让他有点吃不消。"

"看上去确实有点。"他闭上眼睛，揉了揉前额，"都怪我太蠢了，"他呻吟道，"我这见鬼的愚蠢！"

在门口，他拥抱了我。"你知道自己在做什么吗？如果摩萨德发现你见了阿拉法特，你知道这对你来说意味着什么吗？"

"齐，安排我们会见！"

"啊，你是他们中最棒的！"他动情地说，"最最棒的！"

狗屁艺术家，我心想，戏子、骗子、冒牌货，可我跟他一样表里不一，以同样的热情回抱了他一下。

为了绕过拉马拉的路障（依然阻挡着通往市中心和那面泄露罪行的染血之墙的入口），出租车司机选了那条乔治来的时候绕山而行的路线。一旦驶离位于山谷边上的石屋建筑群，山路上就再也见不到任何灯光，也见不到任何汽车了。很长一段时间，我都把目光集中在出租车前灯照亮的路上，内心极为忐忑，一心只想安全回到耶路撒冷。他该不该开大灯？那些微弱的光线是大灯发出的吗？我心想，跟这个阿拉伯老头一起回耶路撒冷是个错误，跟乔治去他家也是，那么，我刚才所说所做的一切无疑全是。这一次罔顾理智和性命的一意孤行于我是个谜——仿佛现实已经不复存在，我停下来做了些什么，这会儿正被人载着，沿着这些黑暗的公路行驶，驶向等待我重新回归的现实，重新去做过去做的那些事。我还在场吗？是的，是的，我在，就藏在离轻微的不怀好意的愤世嫉俗后面不过一两英寸远的地方。不过，我敢发誓我一意孤行的轻率行为完全是无意的。在我看来，我误导乔治的程度并不过分，我俩就好比两个小孩在沙堆上玩耍，没有坏心思而完全是无心的——因为我一生中很少几次会真正讥讽自己想得太多，这就是其中的一次。我向什么屈服了？我怎么会到这里的？嘎嘎作响的车子，昏昏欲睡的司机，险恶不祥的道路……这些都是我的虚假与他的虚假的纠合、异化与异化较量的不可预见的结果……除非乔治还没有异化，除非这唯一的行为是我的行为！但是，他会不会把有关欧文·柏林的大话当真？不，不可能——他们的用意就是：他们想的是，这些作家怀抱幼稚的理想主义和无法计量的自我主义，通过与负责当地平等主义的独裁革命领袖握手而暂时登上历史的巨大舞台；他们想的是，除了满足作家的虚荣外，这赋予了他们生活的意义，这种意义他们似乎根本找不到十分贴切的字眼来形容（就算他差点能找到，也是五百次中有一次）；他们想的是，那种自我中心主义多好，没有任何东西可以与连续三四天沉浸于一个伟大无私、备受瞩目的事业中相媲美；他们的思路跟什穆埃尔律师之前的思路一样，什穆埃尔当时想：我最好在审判"被全世界宠坏的受害者"的关键时刻出庭，借此增强我获大奖的资本；他们想的是杰西·杰克逊，想的是瓦妮莎·雷德格雷夫[1]，他们如何在那些新闻照片里与他们的领导人比肩而立、满面笑容；他们想的是，如何与犹太人进行公关斗争，这种公关很有可能比恐怖手段更具决定性作用，《时代周刊》上一张跟犹太名人的合照也许值得领导人那宝贵的十秒钟。当然值！他们正在为我精心策划合照事宜，而我这有关大流散的疯狂想法压根儿无关紧要——杰西·杰克逊毕竟也不是葛兰西[2]。密特朗有斯泰伦，卡斯特罗有马尔克斯，奥尔特加[3]有品特，

---

[1] Vanessa Redgrave(1937—   )，英国女演员。

[2] Antonio Gramsci(1891—1937)，意大利共产主义思想家，他创立的"文化霸权"理论对后世影响深远。

[3] Jose Ortega(1945—   )，尼加拉瓜桑地诺民族解放阵线的领袖，现任尼加拉瓜总统。

阿拉法特即将有我。

不，一个人的性格不是他的命运，一个人的命运是他的生活对他的性格所开的玩笑。

我们还没有到达那些安装蹩脚埃菲尔铁塔电视天线的建筑群，但已经驶出山区，来到耶路撒冷南边的主路上，这时，出租车司机才开始对我说话。他说的是英语，但发音不那么自信，他问："你是犹太复国主义者吗？"

"我是齐先生的一个老朋友，"我回答，"我们在美国一起上大学。他是我的老朋友。"

"你是犹太复国主义者吗？"

这家伙是谁呀？我在想。这次我没理他，只是继续朝窗外寻找可以证明离耶路撒冷越来越近的确定无疑的标记，比如那些电视天线。只是会不会我们不是在通往耶路撒冷而是其他地方的路上？以色列安全检查站在哪里？直到现在我们还没有途经一个检查站。

"你是犹太复国主义者吗？"

"告诉我，"我尽可能随和地回答，"在你看来什么是犹太复国主义者？然后我会告诉你我是不是。"

"你是犹太复国主义者吗？"他直截了当地重复道。

"听着，"我厉声说，心想自己为什么不直接否认呢，"这关你什么事？请好好开车！这是去耶路撒冷的路，是不是？"

"你是犹太复国主义者吗？"

这时，出租车的速度明显慢了下来，路上一片漆黑，远处伸手不见五指。

"为什么减速？"

"破车子，开不动。"

"刚才还好好的！"

"你是犹太复国主义者吗？"

我们的车这会儿几乎没在动。

"换挡，"我说，"换低挡，给油。"

但是，车子就此停了下来。

"怎么回事！"

他不回答，拿着一只手电筒下了车，开始开开关关那只手电筒。

"回答我！为什么这样停在荒郊野外？我们在哪里？为什么不停开关那只手电筒？"

我不知道自己应该留在车里还是跳下车，不知道我的选择会不会改变事情的走向。"我说，"我高声喊着跟着他走到路上，"你听得懂我的话吗？我是乔治·齐亚德的朋友！"

可是我找不到他。他消失了。

这就是你在闹内乱的地方瞎逛的下场！这就是你不听克莱尔的劝把事情交给律师处理的下场！这就是你不像其他人那样现实点的下场！什么复活节游行！这就是你乱开玩笑的下场！

"喂，"我高声叫喊，"喂，你在哪里？"

没有回答。我打开驾驶座的车门，在黑暗中摸索着点火：他把钥匙留在车上了！我上了车，关上车门，启动汽车，在空挡猛踩油门，以防车子熄火。随后，我把车子开上公路，试图加速——附近一定有安全检查站！开出去不到五十英尺，就发现司机出现在车前灯暗淡的光束之中，一只手朝我挥舞示意停车，另一只手紧紧地攥着绕在膝盖处的裤子。我不得不猛打方向盘，以免撞到他，不过，我没有停下来让他上车开完剩余的路程，而是加大油门，猛踩加速踏板，可再怎么使劲也没法让这该死的车加速，仅仅过了几秒钟，发动机停止了运转。

在我身后，我看见手电筒的光不住地闪动，几分钟后，那个老司机上气不接下气地站在车子旁。我下车，把车钥匙还给他，他回到车里，试了两三次，发动了引擎，我们开始移动，起先不平稳，但后来一切似乎变得正常，我们又开始沿着公路前进，我决定相信方向是对的。

"你应该告诉我你得去拉屎。你突然停车，然后消失了，我会怎么想呢？"

"难受，"他回答，"肚子吃坏了。"

"你应该告诉我。我误解了。"

"你是犹太复国主义者吗？"

"你为什么不停地问这个问题？如果你口中的复国主义者指的是梅厄·卡哈尼①，那么我就不是。如果你是指西蒙·佩雷斯……"可是，我为什么要选择回答这位吃坏肚子、没什么恶意的老人呢？为什么要用他勉强听懂的语言认真回答他呢……我对现实的感知出了什么问题？"好好开车吧，"我说，"开到耶路撒冷。把我带到耶路撒冷就好，其他什么也别说。"

又开了不到三四英里，老头突然把车子开到紧急停车道，熄了火，拿起手电，下车走了。这次，我平静地坐在后座，等他在公路下面找个地方再拉一泡。我甚至大笑起来，对这样一件事我刚才怎么会如此害怕、大惊小怪！突然，我被朝出租车飞驰而来的车的车前灯照得睁不开眼。在离出租车前保险杠仅几英寸的地方，另一辆车停了下来，我已经做好了撞车的准备，甚至准备好大叫。随后，一阵嘈杂，到处是喊叫声，第二辆、第三辆接踵而至，一阵光得一切如同白昼，接着又是一阵光，我被人从车上拖了下来，拉到公路上。我听不清他们说得什么语言，在白昼般的光亮下，我几乎分辨不出任何东西，也不知道更怕什么，是落入阿拉伯强盗手里还是残暴的以色列占领者手里。"英语！"我一边被拖着在高速公路跌跌撞撞地走，一边高声说，"我说英语！"

---

① Mier Kahane(1932—1990)，生于美国的以色列正统派拉比，支持犹太复国主义。

我先被人扳直，随后被压在挡泥板上方，接着又被人拽起来转了个圈，后脑勺一侧被什么打了一下，这时，我看见头顶上有一架大型直升机。我听见自己在喊："别打我，上帝啊，我是犹太人！"因为我已经意识到他们正是我要找的能把我安全带回耶路撒冷宾馆的人。

　　即便我能够数，我也数不清有多少士兵用枪瞄准我——士兵数量甚至超过了拉马拉法庭上的，他们戴着头盔，全副武装，高喊着口令，即便能够听懂他们的语言，我也听不清他们在喊什么，因为直升机的声音。

　　"我在拉马拉叫了这辆出租车，"我大声跟他们解释，"司机停车去拉屎了！"

　　"说英语！"有人高声命令我。

　　"我是在说英语！他停车去拉屎啦！"

　　"什么？他？"

　　"司机！阿拉伯司机！"可是，他人呢，我是他们唯一抓到的人吗？"还有一个司机！"

　　"这么晚还叫出租车？"

　　"晚吗？我不知道。"

　　"拉屎？"有个声音问。

　　"是的——我们停车，因为司机要拉屎，他只打着手电——"

　　"拉屎？"

　　"对！"

　　提问的那个人开始大笑。"就这些？"他高声说。

　　"就我所知，是的，我也许会搞错。"

　　"你是错了！"

　　就在这时，士兵中有一个人走到我跟前。他看起来年轻、健壮，朝我伸出一只手，另一只手里握着一把枪。"给，"他把我的皮夹还给了我,"你弄掉了!"

"谢谢你!"

"实在太巧了,"他用非常标准的英语客气地说,"就在今天,今天下午,我刚读完一本你的书。"

三十分钟后,我安全抵达宾馆门口,是那个名叫盖尔·梅茨勒的年轻中尉开军用吉普送我的,那天下午他刚读完《鬼作家》。盖尔二十二岁,父亲是海法的一位成功的制造商,童年曾在奥斯威辛集中营度过,盖尔告诉我,他与父亲的关系完全像我书中的内森·祖克曼与他父亲的关系。在宾馆前面的停车场,我们肩并肩坐在吉普车的前排座位上,盖尔向我讲述了他父亲和他自己的故事,听他讲的过程中,我在想,在大以色列,唯一与父亲没有冲突的儿子就是小约翰·德米扬尤克。这对父子关系中存在着唯一的和谐。

盖尔告诉我,六个月后,他将完成长达四年的军官服役期。他还能保持理智那么久吗? 他不知道。他每天如饥似渴地阅读两三本书,原因就在于此——用阅读来消除他随时都会被这种生活逼疯的可能性。他说,在夜间,他梦见他服役期满后离开以色列,去纽约大学电影专业学习。我知道纽约大学电影学院吗? 他提到那里一些教师的名字。我认识这些人吗?

"你准备,"我问他,"在美国呆多长时间?"

"我不知道。如果沙龙掌握政权……我不知道。现在我休假回家,我母亲在我周围走动时总是蹑手蹑脚的,好像我刚刚从医院里出来,好像我缺胳膊少腿或者体弱多病似的。我的忍耐是有限的,于是,我就对着她大吼大叫。'你瞧,你想知道我是不是打过人? 我没打过。但我不得不花很大力气去避免发生这种事情!'她高兴了,她哭了,这使她感觉好多了。接着,我父亲开始对着我们母子俩大吼大叫。'打断手? 这种事情纽约城里每晚都有。遭殃的都是黑人。你们会因为他们在美国打断别人的手而逃离美国吗?'我父亲说,'把英国人弄来,把他们安置在这里,让他们面对我们正在面对的一切——他们的道德行为会规范吗? 加拿大人的道德行为会规范吗? 法国人呢? 一个国家不会按照道德理念行事的,一个国家是按照自身利益行事的。一个国家是为了维护自己的生存而行事的。'这样的话,也许我喜欢不分国家。'我对他说。他对着我哈哈大笑。'我们试过,'他告诉我,'这没法实现。'他的笑声就好像我需要他这样愚蠢的嘲弄似的,就好像一半的我不完全相信他所相信的东西! 不管怎样,我依然要面对那些女人和孩子,她们眼巴巴地看着我,拼命地叫喊。她们看着我命令我的部队带走她们的兄弟、儿子,她们所看见的是一个戴着太阳镜穿着皮靴的以色列魔鬼。当我说起这种事情时,我父亲非常反感,他饭吃到一半就把他的餐具摔碎在地上。我母亲开始哭泣。我也哭了起来! 我一生中所做的一切就是为了让父亲为我感到自豪。我当军官也是为了这个目的。我父亲在奥斯威辛集中营幸存了下来,那时的他比现在的我还小十岁。我如果不能在这种环境里幸存下来,那多丢脸。我明白现实状况。我不是傻子,不会相信自己很纯洁,生活很简单。生活在一片阿拉伯的海洋中是以色列的命运。犹太人宁可接受这种命运也不愿意一无所有,没有命运。犹太人接受分隔而居,阿拉伯人不接受。父亲提醒我,如果他们接受,那么他们也将庆祝建国四十周年。但是,他们必须面对所做出的每个政治决定,很显然,他们作出了错误的选择。我知道这一切。他们苦难的十分之九都怪他们自己的政治领导人愚蠢。我知道这点。不过,一看到自己的政府,我就想吐。你能不能帮我写封推荐信给纽约大学?"

一个大兵,手中握着枪。这个体重两百磅的兵头,还几天没刮胡子,黑不溜秋,胡子拉碴的,他的战斗服汗迹斑斑。然而,他越是多说他与父亲的不幸关系,以及他父亲与他的不幸生活,在我看来,他就越发显得幼稚无防。现在,他几乎用孩子般的声音提出了这样的请求。"这么说来——"我笑了,"原来你在那里救我的命,就是为了这个。你不让他们打断我的手臂,也是因为这个——为了我能给你写封推荐信!"

"不,不,不!"他赶紧回答,他没有幽默感,我的笑声让他感到痛苦,此刻,他比刚才甚至更加严肃了,"不——没有人会伤害你。对,在那里,当然,在那里是的。我不是说在那里没人想伤害你——有些士兵很野蛮。多数人是因为害怕,一些人是因为知道其他人在看着,他们不想做懦夫,一些人是因为心里想,'最好是他们而不是我们死,最好是他而不是我死'。但是,不,我可以向你保证——你永远不会有真的危险。"

"你是真正处在危险之中的人。"

"崩溃的危险? 你能感觉得到? 你能看出来?"

"你知道我能看见什么,"我说,"我觉得你是个流散主义者,可你甚至没意识到这点。你甚至不知道什么是流散主义。你不知道你真正的选择是什么。"

"流散主义者,我这样一个流散在海外的犹太人?"

"不,不,远不止这些。它的含义大得多。它的意思是:一个犹太人,对于他来说,真正的犹太人意味着散居海外,散居海外是正常的,犹太复国主义是不正常的——流散主义者就是那些相信唯一举足轻重的犹太人就是散居海外的犹太人,唯一能幸存下去的犹太人就是那些散居海外的犹太人,唯一是犹太人的犹太人就是那些散居海外的犹太人——"

经历了四十八小时的磨难之后,我怎么还会如此精神十足,这真是很难说清楚;但是,突然在这里、在耶路撒冷,我再次感到某种东西正迅速从我身上消失,似乎没有什么比扮演皮皮克的角色更加来劲。那种酣畅淋漓难以捉摸的感觉占据了我的心灵,我变得越来越滔滔不绝,我继续往下说,呼吁犹太人非以色列化,说呀说,顺着一种令人极其兴奋的冲动,这使我感觉不太能把握住自己,在可怜的盖尔看来,我似乎像他一样:一个忠孝的儿子在反叛精神和过失行为的两难中煎熬。

第二部分

六　他的故事

当我去前台取我房间钥匙的时候,年轻的酒店前台笑着说:"先生,钥匙在你那里。"

"要是在我这里,我就不会来取了!"

"早些时候,你从酒吧出来,我就把钥匙给你了,先生。"

"我没去过酒吧。我去过以色列的各个地方,就是没有去过酒吧。你看,我又渴又饿,脏兮兮的,需要洗个澡。我是步行外出的。给我钥匙!"

"对,钥匙!"他尖声尖气地说,假装嘲笑他自己的愚笨,然后转身去为我找钥匙,这时,我慢慢领会到刚才前台话的含义。

我拿着钥匙坐在大堂角落里的一张柳条椅上。大约二十分钟后,把我弄糊涂的那位前台蹑手蹑脚地走到我跟前,轻声问,是否需要他送我回房间;他担心我可能病了,并端来一瓶矿泉水和一个玻璃杯。我接过水,一口气喝光,看到他依然站在我的身边,一脸关切的样子,我要他放心,说我没事,可以独自回房。

快到十一点了。如果我再等上一个小时,他会自动离开吗?或者他会不会已经穿上了我的睡衣,上床睡觉了?也许办法是叫一辆出租车去大卫王酒店,漫不经心地问前台要来他的钥匙,像他拿走我的钥匙那样。对,到那里去,睡在那里。与她一起睡。明天他与阿哈龙见面,完成我们的谈话,而她和我继续推进这个事业。我只要继续我在吉普车里没说完的事。

我依然在角落的椅子上睡意蒙眬，迷迷糊糊地想，现在依然是去年夏天，这些被我当成事实的一切——拉马拉的犹太人法庭，乔治绝望的妻子和孩子，对他们假装莫伊舍·皮皮克，滑稽可笑的出租车旅程和拉肚子的司机，意外撞上以色列军队，对盖尔假装莫伊舍·皮皮克——都是服用海乐神后产生的幻觉。莫伊舍·皮皮克他自己就是一种海乐神幻觉，金克丝也是，这个阿拉伯酒店也是，耶路撒冷也是。如果这真是耶路撒冷，我会呆在我通常下榻的市宾馆平安居所，会跟阿普特尔和我在这里的所有的朋友见面的……

我突然惊醒，我的左右两旁各有一大盆蕨类植物，那位和气的前台又出现在我身边，问我是否肯定不需要他的帮助。我看了看手表，十一点半。"请你告诉我年月日。"

"一九八八年一月二十六日星期二，先生，半小时后，就是二十七了。"

"这里是耶路撒冷？"

他笑着回答："是的，先生。"

"谢谢你！没事了。"

我把手伸进夹克里面的口袋。那东西也是海乐神的幻觉，那张百万美元的现金支票？一定是。信封不见了。

我没有让服务生去叫经理或者保安主管，告诉他们有个冒充我的人，也许是疯子，也许还携带武器，已经进了我的房间；而是站起身来，穿过大堂，到餐厅去看看这么晚还有没有可能弄点东西吃。我先在入口处停下来，看看皮皮克和金克丝是否在那里就餐；早些时候，他从酒吧出来去前台取我的钥匙时，她很有可能与他在一起——也许他俩还没有在我的房间乱搞，而是在楼下餐厅里拿我的钱大吃大喝。干吗不这样做呢？

可是，除了远处角落里围着一张圆桌悠闲地喝着咖啡的四个男

168

人之外，餐厅里空无一人，甚至不见服务员的影子。四个人似乎正在兴头上，他们谈笑风生，只有当其中一人站起身来时我才认出他是德米扬尤克的儿子，另外三个这么晚还和他耗在一起的是他父亲的律师团，加拿大人丘马克、美国人吉尔、以色列人谢夫特尔。也许他们在一边用餐一边讨论明天的辩护策略，这会儿三人正在向小约翰道晚安。小约翰已经换下法庭上那身整洁的深色套装，穿着休闲长裤和运动衫。当我看见他手中一直拿着一瓶矿泉水时，我便回忆起自己在剪报中读到过的，除谢夫特尔的家和办公地点在距离这里四十五分钟车程的特拉维夫以外，其余的律师和德米扬尤克的家族成员都住在美国侨民酒店，他一定是把那瓶水带回房间去。

离开餐厅之后，小德米扬尤克径直走过我的身边，好像他是我在那里等待的人，我转身跟在他后面，心中的想法与我前天看见他从法庭出来走上街头是一样的：这年轻人不应该受到保护吗？集中营唯一的幸存者——其孩子、姐妹、兄弟、妻子或丈夫曾在那里被杀害，某个被虐致残或者致疯的人，难道不想随时准备借报复小德米扬尤克来实现对老德米扬尤克的复仇？难道没人准备把小德米扬尤克扣为人质直到他父亲供认？究竟是什么力量使他在这个国家安然无事，这很难说清，考虑到这个国家里居住着被大批杀死的那一代人的最后一代，而德米扬尤克的名字被指控与这场大屠杀紧密相关。难道整个以色列就没有一个杰克·鲁比①吗？

于是，我突然想到：你呢？

我在小德米扬尤克身后仅四五英尺，跟着他穿过大堂，上了楼，极力克制叫他停下来，跟他说话的冲动："瞧，你认为你父亲被人陷害，对此我没有异议。如果你不这么认为的话，你还如何能像现在这

---

① Jack Ruby(1910—1967)，美国得克萨斯州达拉斯的一个夜总会老板，以杀死肯尼迪总统的刺杀者而闻名。

样做你的美国好儿子？你对你父亲的信任并不会使你成为我的敌人。但是，这里某些人也许有不同的看法。像你这样到处乱晃实在是太危险了。你、你的姐妹还有你的母亲受的罪已经够多的了。但是，你也要记住，许多犹太人一样苦难深重。不管你如何自欺欺人，你将永远不会从这一切中恢复过来；同样，很多犹太人也不会完全从他们家庭所遭受的痛苦中恢复过来。你不能指望他们像你一样，穿着漂亮的运动衫和干净的休闲裤，手里一瓶矿泉水，在这里走来走去……我敢肯定，在你看来这稀松平常啊：一瓶矿泉水跟这些有什么关系？别无谓地触发记忆，别引诱那些愤怒和伤心的人失去理智，做出令人遗憾的事……"

当我的猎物绕过楼梯平台到走廊上时，我继续上楼，到达酒店的顶楼，我的房间就位于顶楼过道的中间。我尽可能轻手轻脚地走到我的房间门口，站在那里听了一会儿屋里的动静，与此同时，后面楼梯处有人正朝我这边看过来——我在跟踪小德米扬尤克的时候，他一直跟在我后面。一定是个便衣！是警察那边派来负责小德米扬尤克安全的。这个跟踪我的便衣会不会以为我就是莫伊舍·皮皮克？会不会他在跟踪皮皮克，以为皮皮克就是我？他会不会在这里调查为什么我们是两个人，调查我们在搞些什么阴谋诡计？

尽管听不见房间里有任何声音，尽管也许他来了——偷走或者毁掉了任何他觊觎的东西——又走了，但是我确信，即便他在房里的可能性极小，只身闯入依然是愚蠢之举，于是我转身往回朝楼梯的方向走去。就在这时，我的房间门打开一条缝隙，从里边探出来的正是莫伊舍·皮皮克的脑袋。事实上，那时我已经一步并作两步沿着走廊开始疾走，不过，为了不让他以为我害怕他，我停下来，甚至转过身朝他站立的地方走了几步，他的身体一半在房外一半在房里。当我走近些时，我被眼前这张脸吓坏了，我克制住不掉过头全速逃跑，向人呼救。他的脸就是我记忆中自己精神崩溃期间在镜子里看到的那张脸。他没戴眼镜，我在他的眼中看到了去年夏天我自己的那种惊恐万状、那种极端的恐惧，彼时，我一心只想如何杀死自己。他的表情是那种曾经使克莱尔万分惊恐的、属于我的悲伤表情。

"是你。"他说。只有两个字。可对他来说，这是一种指控，一种对"我就是我"的指控。

"进来吧。"他虚弱地说。

"不，你出来！带着你的鞋，"他脚上只穿着袜子，衬衫露在裤子外面，"带着你的所有东西，交出钥匙，从这里滚出去！"

他甚至不屑于回应，就转身回房。我走到门口，朝屋里张望，看看金克丝是否与他在一起。可我只看到他一个人，斜躺在床上，头顶是刷得雪白的拱形天花板，显得可怜巴巴的。几个枕头在床头板处挤作一团，被子掀开着，拖到了铺着瓷砖的地上。他身边的床上放着一本打开的书，是我那本阿哈龙·阿佩尔菲尔德的小说《齐莉》。房间虽小，但似乎没有被乱翻过的痕迹；我自己的东西从来都摆放有序，哪怕是住酒店，而这里的一切看起来原封未动。再说我也没有多少东西：拱形大窗户前小书桌上一个装有对阿哈龙的采访记录的文件夹，三盘采访的录音带，还有阿哈龙的几部英译作品。因为录音机放在旅行箱里，而箱子锁在壁柜里，钥匙又放在我的皮夹里，所以他不可能听过那些录音带。也许他已经翻过我放在中间抽屉里的衬衣、袜子和内衣内裤，也许我以后会发现他弄脏了它们，不过，只要他没在澡盆里献祭山羊，那我就算是幸运的了。

"听着，"我在门道里对他说，"我会去找酒店的侦探，他会报警，告你擅闯别人的房间。你侵犯了我的财产。我不知道你也许拿了什么——"

"我拿了什么？"他说着腾地一下坐起身，双手抱头，一时间，我看不清他那张极度悲伤的脸，它像极了几个月前的我的脸，让我心有余悸。他也看不见我，他委曲求全模仿我的样子，究竟是出于何种个人目的迄今依然是个谜。我明白，人始终试图改造自己，都有成为自己的反面的冲动。为了看起来不像自己，听起来不像自己，不受到同样的待遇，不吃同样的苦，他们变换发型、裁缝、配偶、口音、同伴、地址、鼻子、墙纸，甚至政体，只为了更像或更不像他们自己，抑或更像或更不像某个他们穷其一生致力于效仿或否定的模范典型。皮皮克甚至还没比大多数人走得远——令人难以置信的是，镜子中的他已经演变成了另一个人，供他模仿或幻想的东西所剩无几。我可以理解那种诱惑：压抑自我，通过某些有趣的新方式成为一个不完美的赝品——我也曾屈服于这种冲动，不单是在几小时前与齐的家人，随后又与盖尔一起时才这样，在我的作品里类似的情况更是俯拾即是：看起来像我，听起来像我，甚至声称有自传的成分，然而在伪装成我的表面之下，是完全不同的另一个人。

但这不是小说，这样行不通。"滚下我的床，"我对他大声说，"滚出去！"

然而，他已经把阿哈龙的《齐莉》拿在手里，给我看他读了多少。"这东西真是毒药，"他说，"书里讲的一切都是流散主义所反对的。你为什么把一个对我们来说一无是处的家伙看得这么重要？他永远不会放弃排犹主义，它是永恒的不可动摇的，是他的整个世界赖以存在的基石。他被大屠杀彻底毁了——你为什么想鼓励人们读这种充斥着恐惧的东西？"

"你还是没听懂我的意思——我只想你赶快离开。"

"让我吃惊的是，所有人里面只有你，在写了那么多书之后，会去想强化犹太人身为受害者这一刻板形象。去年我在《时代周刊》上读了你与普里莫·莱维①的对话，还听说他自杀后你精神崩溃了。"

"你从谁那里听来的，瓦文萨？"

---

① Primo Levi(1919—1987)，犹太裔意大利小说家，化学家。

"从你哥哥那里，从桑迪那里。"

"你与我哥哥也有接触？他从来没有提起过这事。"

"进来，关上门。我们有许多事情可以谈。我俩是千年冤家纠缠不清了。你不想知道这整件事有多诡异，不是吗？你一心只想摆脱纠缠。可是，菲利普，这事可以追溯到总理大道小学。"

"这么说你也去过总理大道了？"

他开始轻声唱起来，是轻柔的男中音——熟悉的歌声让我不寒而栗——几小节总理大道小学的校歌，歌词是根据三十年代初那首《前进吧，威斯康星》的旋律填的……"我们将全力以赴……争取胜利……经受考验，啦啦啦……"他神色悲伤，对着我淡淡一笑，"还记得那个护你穿过总理大道和顶峰大道交叉口的警察吗？一九三八年——你开始上幼儿园那一年？还记得他的名字吗？"

趁他说话时，我回头朝楼梯口瞥了一眼，让我欣慰的是，我在那里看见了我在找的人。他停在楼梯平台那里，是个穿着衬衣的矮壮男人，留着乌黑的平头，脸上像戴着一张面具般没有任何表情，至少从远处看去似乎如此。这会儿，他望向我这里，毫不掩饰他在那里以及他觉察到事情有些可疑的事实。他就是那个便衣。

"艾尔，"皮皮克又说了一次，头靠回枕头上，"条子艾尔。"他若有所思地说。

皮皮克躺在床上喋喋不休时，那个便衣没等我向他示意，就开始沿着走廊朝我所处的敞开的门前走来。

"你以前经常跳起来拍他的手臂，"皮皮克提醒我，"他会伸直手臂去叫停来往的车辆，你们这些孩子在过马路时就会跳起来拍他的手臂。每天早晨，喊着'嗨，艾尔！'跳起来拍他的手臂。那是一九三八，还记得吗？"

"记得。"我说。便衣走近时，我笑着让他知道，尽管我需要他，但是形势还没有到失控的地步。他靠近我的耳朵，咕哝了几句，他说的

173

是英语,但是,因为口音很重,一开始根本听不清他的轻言细语。

"什么?"我低声问。

"要我帮你吗?"他低声回应。

"哦,不用——谢谢,不用。抱歉。"我走进房间,关紧房门。

"不好意思,打扰了。"我说。

"还记得艾尔吗?"

我在靠窗的那张安乐椅上坐下,如今跟他一起关在房间里,我反倒不清楚还能做些什么。"你看上去没什么精神,皮皮克。"

"抱歉,你说什么?"

"你看上去气色很差,身体状况欠佳。这事对你没什么益处——你看着就像遇上大麻烦了。"

"皮皮克?"他现在坐在床上,轻蔑地问道,"你叫我皮皮克?"

"别太计较这个。我还能叫你什么呢?"

"废话少说——我是来拿支票的。"

"什么支票?"

"我的支票!"

"你的支票?得了吧。有没有人告诉你有关我在丹伯里的姑祖母的事情,皮皮克?我祖父姐姐的事。我们的米玛·吉查,她的事想必还没人跟你说过吧?"

"我要那张支票。"

"你发现了条子艾尔的秘密,有人教会了你总理大道的校歌,现在该是你了解米玛·吉查的时候了,了解家庭的过去,了解我们如何拜访她以及从她家回来后给她打电话报平安。你对一九三八年那么感兴趣——这大概是一九四〇年的事情。"

"你偷的不是我的支票,也不是斯迈尔斯伯格的——你偷的是犹太人民的支票。"

"别说了,请你别说了,够了!米玛·吉查也是犹太人,这你知道吗——听我说!"我不确定自己到底在做什么,不过,我对自己说,如果能由我来掌控局面,让我不停地说下去,使他精疲力竭,然后从那里开始……开始什么呢?"米玛·吉查——一个长相酷似外国人的老派女人,人高马大,爱使唤人,精力充沛,她戴假发,披方巾,身着黑色长裙,去丹伯里看望她是很棒的外出旅行,差不多和国外旅行一样令人激动。"

"我要那张支票。现在就要。"

"皮皮克,冷静。"

"少跟我扯皮皮克那一套!"

"那你就听着! 这有趣极了。每六个月左右一次,我们分乘两辆车,周末去看望米玛·吉查。她丈夫是丹伯里的帽商,过去曾与我祖父——有段时间也是帽商——同在纽瓦克的渔夫帽制帽厂工作,但在制帽厂搬到康涅狄格州后,吉查便举家搬迁到丹伯里。大约十年后,吉查的丈夫在非工作时间运送一批成品帽往发货仓库时发生事故,被升降机卡住并死在了里面,留下吉查一人独自过活。所以,我们一年中会一起北上去看望她两三次。那些日子,我的姑妈伯父、堂表兄弟还有祖母,大家挤作一团,在这段五小时的车程里来来回回。不管怎么说,这是我童年岁月里最有犹太—意第绪味道的事件——我们能一路开回加利西亚老家,顺道北上拜访丹伯里。米玛·吉查的家是一片阴郁与混乱——照明差,总开着火,疾病常伴左右,新的悲剧一触即发——她的家人也跟她那活泼、健康、美国化的一家子全挤进新买的斯蒂庞克轿车的邻居不同。米玛·吉查一直无法摆脱丈夫那场事故留下的死亡阴影。她总是言之凿凿我们会在北上的路上死于车祸,当我们安全到达时,她又言之凿凿我们会在南下归途中死于车祸,所以,我们习惯星期天晚上一进家门,甚至没等上个厕所或者脱下外套,就马上给米玛·吉查挂电话,给她报平安,让她安心。不过,在那些岁月里,在我们的世界里,打长途电话是件稀罕事——

除非有紧急情况，否则绝不会想到打长途。然而，我们从米玛·吉查那里回到家时，不管多晚，母亲总要拿起电话，拨通接线员，理直气壮地要求接长途，接康涅狄格的米玛·吉查，与莫伊舍·皮皮克直接通话。即便是母亲拿着电话，哥哥和我也常将我们的耳朵凑到话筒边，因为听那个非犹太人接线员试图念准'莫伊舍·皮皮克'这几个字实在是太刺激了！她总念错，母亲则心平气和、精准地纠正道：'不，接线员，不，是叫莫伊-舍……皮-皮克听电话，莫伊舍……皮皮克先生。'当接线员终于勉强说对时，我们就会听见电话那头切入米玛·吉查的声音——'莫伊舍·皮皮克？他不在！他半小时前就离开了！'说完砰的一声挂断电话，电话公司根本来不及弄清我们在搞什么鬼，更不要说把我们这一帮人投进监狱了。"

这个故事——有可能只是它够长——似乎使他镇静了一点。他躺在床上，仿佛一时间对谁也不构成威胁，甚至对他自己也一样。他说话时双眼紧闭，一副非常疲惫的样子，"这故事跟你对我做的事有什么关系，有任何关系？难道你想不出你今天对我做了什么吗？"

那时，我觉得他有点像我某个误入歧途的儿子，现实中并不存在的儿子，某个一事无成的巨婴。他继承了有着传奇色彩的父亲的姓氏和长相，因不怎么喜欢父亲带给自己的那种窒息感，便浪迹天涯，学习自由呼吸。他度过了数十年的摩托生涯，这期间除了学会扒拉几下电吉他之外一事无成。之后他出现在老宅子前，哭诉自己的无奈，在历经了二十四小时激烈的训话和骇人的泪水之后，最终还是回到孩提时代的房间。一时间，他再无辩驳之力，父亲温和地坐在他的身边，虽然心里一边数落儿子的过失，一边想"我在你这个岁数，早就……"，可大声说出口的却是些搞笑的事，实际上并不好笑，就为了哄这个混小子回心转意，至少要哄得他拿着那张他想得到的支票，然后到某个修车厂从事修理工作。

支票。这张支票可不是谁的幻觉，但它不见了。这一切都不是幻觉。这比海乐神还糟——这一切正在发生。

"你在想皮皮克是我们的替罪羊，"我说，"替罪羊的替罪羊——但是，不，皮皮克是普洛透斯①，是一百种不同的事物，就此而言非常人性。莫伊舍·皮皮克根本不存在，他不可能存在，可我们却声称他如此真实以至于都能接电话。对于一个七岁的孩子来说，这多滑稽可笑啊，但米玛·吉查会说'他半小时前就离开了'，而我突然间变得跟接线员一样蠢，相信我的姑祖母。我可以看见皮皮克离去。他想留下来跟米玛·吉查多聊会儿，去看望她让他确信自己并不孤单。丹伯里没什么犹太人，可怜的小莫伊舍·皮皮克一开始是怎么找到米玛的？说也奇怪，吉查可以是个让人宽慰的存在，好像天底下没什么让她担忧的事。她像个屠龙者那样对付那些让人忧心的事情——也许这正是她无所忧惧的原因。我想象着他们用意第绪语交谈，米玛·吉查和莫伊舍·皮皮克。他是难民的孩子，戴着一顶故国难民的帽子，她从煮饭锅里弄东西给他吃，拿出她已故丈夫的旧衣服让他穿，有时悄悄塞给他一块钱。但是，自从她新泽西的亲戚开始周末定期造访之后，在他碰巧来看她，在桌边向她诉苦时，不管是哪天，她都会坐在那里盯着厨房的挂钟，接着突然跳起来，说：'快走快走，莫伊舍，看看都什么时间了！上帝保佑，他们到的时候你可不能再呆在这儿了！'慌乱之中，知道吗，他抓起帽子，跑掉了。皮皮克跑啊，跑啊，一直不停地跑啊，直到五十年后他终于来到耶路撒冷，持续不断的奔跑已经使他如此疲惫，如此孤单，他抵达耶路撒冷后唯一能做的就是找一张床，随便什么床，甚至是别人的床……"

我把我那宝贝儿子哄睡着了，我的故事像一剂打入他体内的麻醉药。我依然坐在靠窗的椅子上，希望这剂药能杀死他。我年轻时，

---

① Proteus，希腊神话里的海神，以变化多端著称。

那些比我更有才的犹太人常指责我写那些危及犹太人生命的短篇故事——我能那样写吗！写那种像枪一样致命的故事！

我看了他一眼，久久地、贪婪地、好好地看了他一眼，在他回看我时我不太能用这样的眼神。这个可怜虫。我们之间的相似实在惊人。他的裤腿因为他的睡姿收拢在腿上，我能看见他甚至有着跟我一样的细长脚踝——或者说我的跟他的一样。时间静静地流逝。我成功了。我把他累垮了，把他弄得精疲力竭。这是我一整天中第一次安宁的时刻。于是，我想，噢，原来我睡觉是这副模样。我没承想自己在床上看起来这么修长，也许只是因为这张床很短。不管怎么说，这就是女人们醒后在思考做了什么，跟谁做的时候所看到的景象。今晚如果我在这张床上死去，我看起来就是这副样子。这就是我的尸体。尽管我死了，可我依然活生生地坐在这里。我死后还坐在这里，也许是在我出生之前。我坐在这里，像米玛·吉查的莫伊舍·皮皮克，我不存在。我半个小时前就离开了。我坐在这里为我自己 shivah①。

这甚至比我想象的还要奇怪。

不，不是那些乱七八糟的东西。不，只不过是外表相似的另一个人，这种相似放在诗歌里类似一种近韵，这就是它带来的启示，除此之外，没别的了。

我拿起身边桌上的电话，非常非常轻声地叫总机接线员帮我接通大卫王酒店。

"请接菲利普·罗斯。"当大卫王酒店接线员的话音传来时，我说。

电话是金克丝接的。

我小声叫了她的名字。

---

① 希伯来语，守丧。

"亲爱的,你在哪里? 我都快要疯啦!"

我有气无力地回答:"还在这里。"

"哪里?"

"他的房间。"

"天哪! 你没找到它吗?"

"哪儿也找不到。"

"那就算了——离开吧!"

"我在等他。"

"别等! 别!"

"我的一百万呢,该死!"

"你听起来很糟糕——你听起来糟糕极了! 你又一次承担了太多。你承受不了那么多的。"

"有多少压力我就承受多少。"

"可是太多了。情况有多糟? 是不是非常糟?"

"我正在休息。"

"你听起来真吓人! 你很痛苦! 回来吧! 菲利普,回来吧! 他会把一切都颠倒过来! 会变成你偷了他的支票! 他是个道德败坏、冷酷无情、极端利己的家伙,为了取胜,他什么话都说得出口!"

这话值得一笑。"他? 想吓我?"

"他吓到我了! 回来吧!"

"就他? 他怕我都怕得尿裤子了。他以为这一切都是一场梦。我会让他见识见识什么是梦。我搞乱了他该死的脑子,而他还不知道是怎么回事呢。"

"亲爱的,这是自杀。"

"我爱你,金克丝!"

"真的吗? 我对你不再是一文不值了吗?"

"你穿了什么?"我轻声地问,眼睛依然盯住那张床。

"什么?"

"你身上穿的什么?"

"就牛仔裤,还有胸罩。"

"牛仔裤脱下来。"

"现在?"

"脱下来。"

"你疯了! 如果他回来……"

"脱下来。"

"好,好。"

"脱了?"

"脱了。"

"脱到你的脚踝处就好了。"

"是在脚踝处。"

"你的内裤。"

"你也脱了。"

"啊,"我说,"好的,脱了。"

"脱了? 它出来了?"

"我在他的床上。"

"你是个疯子。"

"在他的床上,我把它掏出来了。啊,它出来了,好极了。"

"它很粗吗?"

"很粗。"

"很大吗?"

"非常大。"

"我的乳头硬得像石头——"

"不要停,说下去。"

"我是你的,不是别人的——"

"永远都是?"

"永远都是。"

"继续说。"

"我崇拜你硬邦邦的大家伙。"

"继续。"

"我的嘴含着它——"

躺在床上的皮皮克睁开了眼睛,我挂断电话。

"感觉好点没?"我问。

他像一个陷入深度昏迷的人那样看着我,仿佛什么也没看见,随后又合上了眼睛。

"药吃得太多了。"我说。

我决定不再打给金克丝,把这事了结。我已经有了主意。

当他苏醒过来时,他的额头和脸颊上汗水淋淋。

"要不要我去叫医生?"我问,"要我给金克丝小姐打电话吗?"

"我只要你,我只要你……"但是,泪水从他眼睛里流了出来,他说不下去了。

"你要什么?"

"要你偷去的东西。"

"瞧,你是个病人。你很痛苦,对吧? 你在服用止痛片,这种药扭曲了你的思想。问题就出在你服用的剂量太大,对不对? 经验告诉我问题出在这里。我知道他们如何指使你好好表现。喏,我特别不想把一个杜冷丁成瘾者送进监狱。但是,如果这能使你不来烦我,我就不管你病有多重或者有多痛苦或者这药会使你举止有多疯狂,我会把它当成我的分内事,确保它发生。如果我发现我不得不这样做,那我绝对不会对你手下留情的。可是,我必须这样做吗? 你需要多少钱才肯离开这里? 与金克丝小姐远走高飞,设法获得一些安宁? 因为这另一件事是一场愚蠢的闹剧,它毫无意义,不可能有什么结果,你肯定会失败的。你们两人很有可能以自作自受可笑愚蠢的灾难而告终。你们想到哪里,我都愿意支付你们的路费。两张头等舱来回机票,你俩想到哪里就到哪里。还可以支付些其他费用,以帮助你们渡过难关,理顺各种关系。怎么样,够合情合理了吧? 我不会告你们的。你离开吧。求你了,我们来协商一个解决办法,结束这件事情。"

"就这么简单,"此刻,他似乎不像刚缓过劲来那样睡眼惺忪,但他的上嘴唇上依然满是汗水,脸上没有一点血色,"'莫伊舍·皮皮克被收买了! 国家图书奖得主再次获奖!'"

"犹太警察会不会是一个更人性的解决办法? 像这种乱象,用钱解决问题不一定总是件丢脸的事。我给你一万美元。这钱不少了。我在这里认识个出版商"——我怎么没想到给他挂个电话! ——"明天中午前我会筹到一万美元现金交到你手里——"

"'除非你在天黑以前离开耶路撒冷。'"

"没错,天黑以前!"

"乘以十,差额你补。"

"没有差额。就这么多。"

"没有差额?"他开始哈哈大笑,"没有差额?"突然,他坐直了身子,仿佛完全苏醒了。要么是药效突然消失,要么是药性突然发作,不过,皮皮克恢复了原来的样子(不管他原来是什么样子)。"你在总理大道小学跟达钦小姐学过算术,你告诉我没有差额?"说到这里,他开始手舞足蹈,仿佛他是个犹太滑稽演员,两只手一会儿挥向左边,一会儿挥向右边,以区别这和那,那和这,"当减数是一万,被减数是一百万时? 你在总理大道小学整个学习期间,算术始终得 B。减法是算术运算的四大基础之一。让我来帮助你复习一下。它是减法。一个数减去另一个数的结果称作差额。这种运算的符号是我们的朋友减号。是不是有点想起来了? 与加法一样,只有质数才能被减。

比如,美元减美元运算起来就非常容易。菲尔,算术就是用来运算美元减美元的。"

他到底是何方神圣?是一半聪明一半愚蠢,一半疯狂一半理智,还是一半鲁莽一半狡诈?无论如何,他离这两面都很近。

"达钦小姐?我必须坦白,"我说,"我已经忘记达钦小姐了。"

"在哥伦布纪念日,你为哈娜·达钦扮演哥伦布。四年级。她非常喜欢你,你是她曾经执导过的扮演哥伦布的最佳演员。她们都非常喜欢你。你母亲,你姑祖母米玛,你姑姑霍尼,你祖母芬克尔——你孩提时代,她们常围在童床边,看你母亲给你换尿布,她们常轮流亲吻你的屁股。自那时起,女人就在排队吻你的屁股了。"

好吧,此时我俩都笑了起来。"你到底是干什么的,皮皮克?你在玩什么把戏?你有风趣的一面,是不是?很显然,你远不是个蠢蛋,你有个绝色佳人陪伴,她精力充沛。你不缺乏胆量或勇气,你甚至还有点头脑。我虽不愿这么说,但你对以色列辛辣、机智的批评表明你绝不仅仅是个疯子。这是否仅仅是一场有关信念的恶作剧?有关大流散的争论不总是像你说的那样滑稽可笑。这争论似乎非常有道理,特别是在认识到并确认犹太教产生犹太复国主义以及其他主义的犹太教欧洲中心论方面。然而,在我看来,它恐怕同时也是幼稚的想入非非。请你告诉我,这一切到底是怎么一回事?是身份盗窃?这是最愚蠢的现行骗局。你肯定会被逮捕。你是谁?就我所知——如果我错了你可以纠正——你从来没有盗用过我运通卡里的钱。那么你靠什么生存?单靠你的小聪明?"

"你猜。"哦,他现在简直容光焕发,几乎像在调情。你猜。他该不会是个双性恋吧?完全不像刚才在过道里的那个家伙!他不会是想搞我吧!菲利普·罗斯干菲利普·罗斯!恐怕这种自慰形式甚至对我也太过诡异了吧!

"我没法猜。我对你一无所知,"我说,"我甚至有这样的感觉:

没有我在身边,你对自己也一无所知。有点彬彬有礼,有点聪明,有点自信,也许甚至有点吸引人——金克丝一类的人不是从天而降的——不过,主要是个从来没有明确生活目标的人,多半是一种不连贯、不得志、非常模糊的、没有形状的、支离破碎的存在。一种雕琢过度的虚无。我不在这里的时候,是什么东西煽起你的欲望?在'我'的底下难道不至少有一点你吗?你的生活目的除了想让人们认为你是某个其他人之外还有什么?"

"你呢,你在此之外还有什么目的?"

"好,我明白你的意思,不过,我问你的问题含义还要宽泛得多,不是吗?皮皮克,真实生活中你是干什么的?"

"我是有执照的执法人员,"他说,"你觉得怎样?我是私家侦探。看吧!"

他的身份证。上面的照片很像我拍的一张丑照。执照号码7794号,一九九〇年一月六日失效。"……正式私家侦探……有法律授予他的相应权力。"还有他的签名。我的签名。

"我在芝加哥开了一家侦探公司,"他说,"我和三个伙计。就这些人。小公司。我们从事其他人所从事的几乎所有业务——偷窃案、白领和蓝领犯罪、失踪案、婚姻监视。我们还接测谎检测、贩毒案、凶杀案。我侦办过各种人物失踪案。菲利普·罗斯以侦办人物失踪案闻名于整个中西部。我去过很多地方,远至墨西哥和阿拉斯加。二十一年来,我签约的失踪人口都找到了。所有凶杀案都归我管。"

我递还身份证,看着他把它放回到皮夹里。皮夹里是否还有另外一百张假证件,上面都有那个名字?我觉得还是不问为好——"所有凶杀案都归我管"这句话突然引起了我的兴趣。

"你喜欢侦办危险的案子。"我说。

"一天二十四小时,一周七天,我都得面对挑战。我喜欢过惊险刺激的生活,总是积极向上——它可以使我的肾上腺素一直处于上升状态。除此之外的任何事情我都觉得乏味没劲。"

"不得不说,我很震惊。"

"看得出来。"

"我看得出你是个受肾上腺素支配的怪胎,但确切来说,我可不曾想过称你为执法人员。"

"犹太人没可能当私家侦探吗?"

"不是。"

"像我这样或者你这样长相的人没可能当侦探吗?"

"不是,甚至是跟这无关。"

"你就是认定了我是骗子。你营造了一个轻松的世界——你是说真话的菲利普,我是说谎的菲利普;你是诚实的菲利普,我是骗人的菲利普;你是理性的菲利普,我是疯狂的精神变态者。"

"我喜欢失踪案那部分。我喜欢它是你的专长这一点。在眼下这是很机智的一招。你怎么会干起侦探工作的?既然我们谈到这事,那就告诉我吧。"

"我这个人一直愿意帮助别人。从孩提时代起,我就无法忍受不公正的事情。它会使我发疯。现在还是这样。而且永远会是这样。不公正会困扰我的情绪。一个犹太孩子,生长在战争年代,我觉得一定与这段经历有关。在那些岁月里,美国对待犹太人并不总是公正的。高中时被人狠揍了一顿,就像乔纳森·波拉德那样。我甚至可能走波拉德的老路。出于对犹太人的热爱,我会那样做的。我有波拉德幻想,自愿为以色列工作,为摩萨德工作。在国内,联邦调查局、中央情报局都不肯雇用我。永远搞不清是何原因。有时,我想,是不是你的原故,因为他们认为这太麻烦,这家伙在公众眼里是个十足的冒牌货。不过,我永远都不会知道个中原因。儿童时代,我常常为我自己画连环漫画。'联邦调查局里的犹太人。'波拉德对我非常重要。

德雷福斯案①对于赫茨尔就像波拉德间谍案对于我一样重要。通过我的项目负责人的关系，我获悉，联邦调查局用测谎仪测试波拉德，给了他一份列有美籍犹太知名人士的名单，叫他指认其他间谍。他拒绝了。这家伙的其他所作所为令我厌恶，但这件事例外。我生活在成为第二个波拉德的恐惧之中。我生活在那将意味着什么的恐惧之中。"

"这么说来，从你所说这一切我是否可以得出这样的结论：你当侦探是为了帮助犹太人？"

"喏，你对我说，你对我一点也不了解，你处于劣势是因为我对你了如指掌。现在我要告诉你，想方设法了解更多的情况是我的职业要求，不仅仅了解你的情况，而且也了解每个人的情况。你要我对你坦诚。我这不是在努力做吗？只不过我所遇到的是接二连三的不信任。你要我接受测谎仪的测试吗？我可以顺利通过。好吧，跟你在一起我没法泰然自若。这事我也感到惊讶。我为此写信道歉。有些人不顾你是谁，就是要作践你。我得告诉你，你是我一生中如此作践我的第二个人。在我这一行，我对一切事情都见怪不怪，我阅尽了人间沧桑，必须得学会对付一切事情。像这样被作践以前只发生过一次，那是在一九六三年，我遇见总统的时候。他来芝加哥，当时我做些保卫工作。在通常情况下，我是由私人承包商雇用的，但这一次，我也被公家雇用。雇用机构是市长办公室。当总统与我握手时，我说不出话来，怎么也开不了口。通常不会发生这种事情。语言是我的主要谋生手段，我成功的百分之九十也是靠语言。语言和大脑。这也许是因为我那时常想着他水上滑板上的妻子自慰，因而有负疚感。知道总统对我说了什么吗？他说：'我认识你的朋友斯泰伦。你

① Dreyfus case，法国历史上著名的冤案。1894年，法国犹太裔上尉德雷福斯被错判为德国间谍，引发世界范围的反犹太运动浪潮，十二年后才获得彻底平反。

得南下到华盛顿来,定个时间与我们和斯泰伦夫妇共进晚餐。'随后,他说,'我非常欣赏你的《放手》。'那是一九六三年八月。三个月后他被人用枪暗杀了。"

"肯尼迪把你和我搞混了。这位美国总统以为市长的保镖就是小说家呢!"

"这家伙每天握百万次手。他把我当作另外一个名人。这并不困难——有我的名字、我的书,还有就是人们总错把保镖当成其他人。这是我工作的一部分。有人渴望保护。比如,像你这样的人,也许会觉得受到威胁。你乘车跟着这些人四处活动,假装你是他们的朋友什么的。当然,也有人会对你说,他们想让人一看就明白你是保镖,那你就扮演保镖的角色。帅气的黑套装,太阳眼镜,还有一把枪。保安打手的行头。这就是他们想要的形象,你照办就是了。他们要的是显而易见——他们喜欢闪光灯,喜欢它的闪闪发光。芝加哥有个长期客户,一个大承包商和开发商,富得流油,许多人都盯上了他,他喜欢抛头露面。我得跟着他去拉斯维加斯。他和他的豪华轿车还有朋友们,他们喜欢大张旗鼓。那些女人上厕所的时候,我得看着她们。得趁她们不知道的时候跟进去。"

"难吗?"

"我那时二十七八岁,做起来不难。现在情况变了。那时候,我是整个中西部唯一的犹太保镖。我在那里开天辟地。其他犹太青年都在上法学院。这是他们家庭所希望的。难道你老爸不希望你上法学院而是去芝加哥当一名英语教师吗?"

"谁告诉你的?"

"克莱夫·卡米斯,你兄弟的朋友。现在是新泽西州的大律师了。你去研究院攻读文学的时候,你父亲让克莱夫把你叫到一边,恳求你转学法律。"

"我自己也不记得发生过那种事情。"

"肯定发生过。克莱夫把你带到莱斯利街的卧室。他说,你教英语根本无法谋生。但是你告诉他,你根本不会学法律,让他别再提了。"

"噢,我忘了这件事。"

"克莱夫记住了。"

"你也见过克莱夫·卡米斯?"

"全国各地的律师那里我都有业务,我跟许多律师事务所有很密切的业务关系。我们是他们的独家代理。他们会把所有的案件都交给我们,他们需要在芝加哥查案。我们会把案子交给他们,他们会把案子交给我们。我跟大约两百个警察局有非常好的业务关系,业务范畴主要在伊利诺伊州、威斯康星州和印第安纳州。与县警察部门关系也很好,在各县都有极好的抓捕记录。我为他们抓住了不少犯人。"

我得告诉你,我开始相信他了。

"咳,我那时从来没想去做犹太人的事情,"他说,"在我看来,这一直是我们的一个大错。依我看,法学院只是另一座'隔都'。你的所作所为,你的写作、书籍、学校、对物质世界的一切鄙视也是如此。书对于我来说也太犹太了,只是另一种躲避非犹太人恐惧的方式。你知道吗,即便在那个时候,我已经开始有大流散的想法了。想法很粗,还没有完全形成,但是,那种本能从一开始就有了。这里的人叫它'同化',目的就是为了贬低它——我把它称作像人一样生活。为了去朝鲜,我报名参军。我想上朝鲜打仗,但一直没能如愿。他们让我在本宁堡①当了一名宪兵。我在那里的体育馆强身健体。我学会了指挥交通。我成了一名手枪专家。我喜欢上了武器。我学习武术。你离开了后备军官训练队,因为你反对巴克内尔军事基地,我成

---

① Fort Benning,美国陆军的训练基地。

了他们在佐治亚州有史以来他妈的最好的宪兵。我教训那些该死的红脖子①。我鼓励自己，别害怕，别逃跑——在他们讨厌的游戏中打败他们。通过这种手法，我培养了一种强大的自尊心。"

"这种自尊心后来怎么了？"我问。

"请你别过分羞辱我。我没带枪。癌症他妈的把我折磨个半死，还有镇痛药，你说得对，它们对大脑没好处，它们毁了你的本性，最值得一提的是，我对你感到敬畏——这是真的，而且一直是这样，应该是这样。我知道我的地位是与你相对而言的。我愿意听你的，用一生中从未有过的方式服从你。跟你有关的事情我有点力不从心。但是，我碰巧也理解你的尴尬处境，比你认为的要深刻得多。你也遭人作践，菲尔，对于一个典型的犹太偏执狂来说，这并不是一种非常容易对付的情况。这就是我现在要说的问题——你偏执的反应。我跟你解释我是谁，我从哪里来，其原因也在于此。我不是来自异域的外星人。我不是精神分裂妄想症患者。不管你想来有多么滑稽可笑，我也不是米玛·吉查的莫伊舍·皮皮克。远不是这样。我是菲利普·罗斯。我是个来自芝加哥的犹太私家侦探，患有癌症，命中注定要死于这种病，不过要等作出自己的贡献之后再死。迄今为止，我对自己为人民所作的事情于心无愧。为需要保镖的人当保镖我也不觉得羞愧。保镖是砧板上的肉任人宰割，但是我提供给别人的都是最好的服务。我做了许多年婚姻监视工作。我知道这是侦探工作轻松的一面，在人们脱掉裤头光着屁股的时候把他们逮个正着，我知道这不是当因为杰出而拿奖的小说家——但这不是我那个菲利普·罗斯。我是这个菲利普·罗斯：这个菲利普·罗斯走到帕尔默酒店服务台经理处，向他出示我的警徽，或者找个其他借口，那样我就能查阅住宿登记册，确认奸夫淫妇登记入住，看看他们住进了哪间客房。

---

① Redneck，指脖颈晒得红红的美国南部贫苦农民，尤指其中观念狭隘保守者。

我这个菲利普·罗斯为了进入他们的房间,会说我是送花的,必须亲手送到客人手里,因为对方给了我一百块要我务必送货上门。我这个菲利普·罗斯会找到女服务员,编造一个借口:'我忘了带钥匙,这是我的房间,你可以到楼下去核查,但这确实是我的房间。'我这个菲利普·罗斯总能弄到钥匙,进得去房间——从未失手。"

"就像在这里一样。"我说,但这没阻止他说下去。

"我这个菲利普·罗斯冲进房间,在他们反应过来之前,用美能达相机拍好了照片。你干这事,没人会奖励你,但我从不感到羞愧。我耗费了我的年华,攒了一笔钱,开了自己的侦探公司。剩下的都是历史了。人不见时菲利普·罗斯负责找到他们。我这个菲利普·罗斯一直在跟那些绝望的人打交道,绝不仅仅是在某部小说里才这样。犯罪是绝望的。报告犯罪的人是绝望的,仓促潜逃的人是绝望的,所以我的生活是铤而走险的,日日夜夜地冒险。孩子离家出走,我把他们找回来。他们逃跑,被人拖下水,进入了社会渣滓的世界。他们需要一个栖身之地,于是有些人就利用了这一点。我患癌症之前的最后一个案子涉及一个十五岁的女孩,她住在高地公园①那边。她母亲找到我,她当时情绪很糟,泪流满面,泣不成声。唐娜在九月份注册进了高中,开学头两天还正常上学,随后就失踪了。结果她是跟一个臭名昭著的重刑犯跑了,那家伙还被警方悬赏通缉,是个十恶不赦的恶棍,多米尼加人。我在卡柳梅特城②找到了这栋公寓楼,这家伙的祖母住在那里,我对这栋楼进行了监视。我只能这样做。我连续监视了好几天。有一次,我直挺挺地连续坐了二十六个小时没有休息。但是,什么也没有发生。你得有耐心,极大的耐心。甚至连读报纸都有风险,因为如果瞬间发生了什么,你就有可能错失良机。在那

---

① Highland Park,洛杉矶最古老的街区之一。
② Calumet City,伊利诺伊州的一座城市。

里,连续数小时,你得有创见。你躲在机动车里,缩头缩脑的,假装像其他人一样悠闲地探出身子。有时你在机动车里方便——实在是没办法。与此同时,从罪犯的角度思考问题,他会怎样反应,他准备做什么。当你是罪犯的时候,你可以愚蠢,可以不思考;但是,如果你是侦探,你就得有足够的聪明才智,想罪犯所想。最后,他终于在他祖母的公寓楼露面了。当他出来时,我步行跟踪他。他去做毒品交易。随后,他来到一辆车前。我假装路过那辆汽车,发现她坐在里面——我敢肯定她就是唐娜。后来发现原来她在车里面吸食毒品。长话短说,汽车追捕持续了二十五分钟。我们沿着支路以每小时大约八十英里的速度追赶,穿越了印第安纳州的四个城镇。这家伙被指控十六项不同的罪名,逃避警察、拒捕、绑架——他罪孽深重。我盘问了那个女孩。我说:'唐娜,你感觉如何?'她说:'我不知道你在说什么,我叫佩珀。我是加州人,到这里才一个星期。'这个漂亮的十五岁高中生具备了一个惯犯的智力水平。她的说法无懈可击。她离家出走十一个月,有一张伪造的出生证、驾驶执照、一大摞假证件。她的行为暗示了那男的在利用她卖淫。我们在她手提包里发现了避孕套,在车里找到了性爱器具和其他一些东西。"

我想,他全盘照抄了电视节目的情节。如果我多看点《洛城法网》,少读点陀思妥耶夫斯基,我就会明白眼下的状况,就会瞬间明白这到底是怎么回事。也许,十五个电视剧的主题,还有一打侦探电影的中心思想都被运用在这里了。好笑的是,很有可能有个非常受人欢迎的电视节目,吸引每个人在周五晚上留在家里观看,涉及的不仅仅是专门寻找失踪儿童的私家侦探,而且是犹太私家侦探,讲女高中生(甜蜜的啦啦队队员,父母古板,思想独立)和吸毒成瘾的拉皮条的诱拐者(肮脏的舞女,如民间传说的祖母,皮肤上尽是麻点)的那一集也许就是皮皮克跳上飞机到特拉维夫耍我之前看的最后一集。也有可能是以色列航班上放的一部电影。也许,美国三岁以上的人都知道侦探如何在他们的汽车里拉屎，如何把汽车叫作"机动车"，"性爱器具"指的是什么，只有《波特诺伊的怨诉》年迈的作者还得去问。像这样欺骗愚弄我对他来说一定非常开心。但是，为了敲诈勒索，这样欺骗伪装不是太冷酷无情了吗？敲诈勒索是这种作秀的借口和这种行为所包含的一切的真正的乐趣吗？如果这不仅仅是一场骗局，而是对我职业的戏仿——就是现在人们说的嘲讽呢？是啊，假如我的这个皮皮克生来就喜欢开玩笑，那么他不就是讽刺精神的肉身，而这整件事不就是一种讽刺性模仿，一种对作家的嘲讽吗？我怎么能错过这个机会呢？是啊，是啊，他当然就是讽刺精神本身，到这里来戏弄一下我和其他过时的信徒，搞混什么是重要的，什么是真实的；到这里来转移视听，使我们不去关注犹太人不忍去想的那些残暴行径；他带着他的巡回演出来到耶路撒冷，让每个人痛苦地大笑。

"什么是性爱器具？"我问他。

"她有一个振动器。车里有一根皮革金属棒。我忘了我们还查获到什么其他器具。"

"皮革金属棒是什么玩意？一种人造阴茎？我猜目前人造阴茎在黄金时段卖十美分一打。就像过去的呼啦圈那样。"

"他们用皮革金属棒来施虐和受虐，用来做抽打和惩罚一类的事情。"

"后来唐娜怎么啦？她是白人吗？我没有赶上看这出戏。谁扮演你，罗恩·莱布曼还是乔治·席格？或者你正在扮演他们给我看？"

"我不认识什么作家，"他回答，"难道作家都是这样想的，认为外面所有人都是在演戏？天哪！你小时候过分虔诚地听那种儿童节目——你和桑迪也许太喜欢听了。星期六早晨播送。记得吗？也是一九四〇年。东部标准时间上午十一点。嗒-咚-嗒-嗒嗒嗒，咚-嗒-嗒嗒嗒，咚-嗒嗒-嗒-咚。"

他哼起了《让我们假装》片头曲的前奏,那是一个在三四十年代备受美国儿童欢迎的半小时童话节目,我和我哥哥不过是数百万粉丝中的两个罢了。

"也许,"他说,"你对现实的感知还停留在《让我们假装》阶段。"

对他这句话我甚至懒得回应。

"哦,我这是在老生常谈,是不是? 我让你感到厌倦了吧? 好吧,"他说,"既然你已经快六十了,《让我们假装》也不再放了,应该有人不厌其烦地跟你解释:一,这个世界是真实的;二,风险很高;三,除你以外,没有人在假装。我在你的脑子里待了很久了,然而直到此时此刻我才明白作家是怎么一回事:你们这帮人认为一切都是虚假的。"

"我不认为这一切都是虚假的,皮皮克。我认为——我知道——你是个真正的骗子,真正的冒牌货。故事声称讲的是'它',而讲'它'是需要一番心血的,这时候虚构就应运而生了。五岁的孩子也许会把故事当真,但是当你年近花甲之时,破解编造故事的病征就变成了另一个中年特长。当你年近花甲之时,'它'的表现就是'它'。故事就是一切。懂我的意思了吗?"

"除了相关性,其他没什么不好理解的。人年纪越大越愤世嫉俗,因为脑袋里堆满了扯淡的东西。可你刚说的那些跟我们有什么关系?"

我听到自己在不由自主地大声问:"我为什么要跟这个人聊这些,我真想跟他讲道理吗? 为什么?"

"为什么不呢! 那你为什么要跟阿哈龙谈,"他边说边举起阿哈龙的书挥舞,"而不跟我谈呢?"

"有一千条理由。"

突然,他妒忌得大发脾气,因为我非常认真地与阿哈龙对话,而不是与他对话。"说一条理由出来听听!"他高声喊道。

我想，因为阿哈龙和我两人泾渭分明，显然没有任何相似之处；因为我们可以是任何关系，但绝不可能是大家误解的你我那种冒充关系；因为阿哈龙和我各自体现了对方经历的反面；因为各自都认可对方身上那个他不是的犹太人；因为几乎水火不容的定位方向造成了我们差异极大的生活和创作，这些不同定位都受到二十世纪对照鲜明的各种犹太传记的影响；因为我们同是分化极大的遗产继承人——因为所有这些犹太人相互对立的命题，对，我们有许多可谈的，我们是亲密无间的朋友。

"说一条理由来听听！"他又一次叫板。但是，对于这个话题，我只是保持沉默，理智地等待变化，继续暗自思索。"你认可阿哈龙自称的那种人，那么你为什么拒绝认可我呢？你做的一切就是抗拒我。抗拒我，无视我，侮辱我，诽谤我，对我大声痛骂，胡言乱语——还偷我的东西。为什么一定要这样恶狠狠的？你为什么要把我视作敌人——我不明白。为什么这种关系在你这儿充满挑衅？只要我们团结就能大有所成，为什么一定要消极破坏呢？我们可以建立创造性的关系，我们可以成为合作伙伴——两种人格协同工作，而不是愚蠢地一分为二。"

"听着，我有很多人格，用也用不完。而你的全部就是过量的一种人格。到此为止吧。我不想与你合作。我只希望你离开。"

"至少我们是朋友吧！"

他听上去那么可怜，我忍不住笑了。"永远不可能。深刻的、无法弥合的明显差异远远超越了外表的相像——不，我们也不可能成为朋友。就这样。"

让我惊讶的是，因为我刚说的那些，他看上去要放声大哭。或许正好碰上药效退了。"瞧，你还没告诉我唐娜后来怎样了，"我说，"再跟我多说点，然后我们就结束这个小错误，你觉得呢？那个高地公园高中十五岁的女施虐狂后来怎么啦？那出戏是如何收场的？"

当然，这又把他惹恼了。

"戏！你真以为我看了有关私家侦探的片子？根本就没有表现真实侦探生活的片子，一部也没有。如果让我在《夏威夷神探》①和《60分钟》②之间选，我在任何时候都会选看《60分钟》。要不要我告诉你点事情？唐娜原来是犹太人。后来我发现，她离家出走的原因是因为她母亲。我不想详细说这件事，你不会在乎的。但是，我确实参与了那些案子——得病前它们是我的生活。我会尽力找出这些孩子离家出走的原因，尽力使他们留在家里。我会尽力帮助他们。这事非常有意义。不幸的是这个拐骗唐娜的多米尼加人——他的名字叫赫克托，唐娜跟他有问题——"

"他有操控她的能力，"我说，"直到今天唐娜还试图与他联系。"

"情况好像是这样。这是真的。她也被指控接受赃物，拒捕，躲避警察——她被关在看押中心。"

"从看押中心被释放后那天起，她会再次逃跑，"我说，"多么动听的故事！正如他们所说的那样，每个人都能产生共鸣。就从你开始。她不想再当犹太博士和他夫人的唐娜，她想当赫克托的多米尼加的佩珀。所有这一切自传式的幻想，它是不是全国性的、世界性的？也许这种每个人都在看的东西已经激励了人类的一半人口渴望大规模的灵魂转生，也许这就是你要表现的东西——渴望通过那些电视节目激起人类灵魂转生的念头。"

"白痴！"他吼道，"我要表现的东西就在你眼前！"

我想，这真是毫无意义。没有一点意义——就是意义。我能在那里停止。我本可以从那里开始。没有什么比这看起来有意义，也没有什么比这更无意义。

---

① *Magnum P.I.*，1980年开播的美国电视剧。
② *Sixty Minutes*，美国哥伦比亚广播公司(CBS)的一档新闻杂志节目。

"那么,最后赫克托怎么啦?"我问他,希望如果此刻我能引导他讲完某件事情,任何一件事情,那么也许就有机会让他从我的床上起来,离开我的房间,用不着我打电话到楼下服务台寻求帮助。在那一刻,我恨不得看着这个可怜疯狂的无赖最终遇上麻烦。这不仅是因为他毫无意义,而且是因为在观察了他近一个小时之后,我被迫相信他没有暴力倾向。在这方面,我们不是不同的:我们的暴力倾向都是口头上的。事实上,鉴于他对我生活的疯狂介入及其造成的一系列后果,我已经相当克制,没有对他更刻薄些;我敢肯定,这些事将来会一直困扰折磨我的。

"赫克托?"他说,"赫克托被保释了,他已经保释出狱。"他毫无预兆地大笑起来,但是那笑声像他迄今为止发出的其他声音一样绝望和疲惫,"你和赫克托,我直到现在才看出你俩的共通之处,好像我从你那得到的痛苦还不够多——你想方设法作践我,需要赫克托在旁边助纣为虐。他给我打电话,跟我说话,威胁要我的命——赫克托告诉我他杀了我。这事就发生在我入院之前。我抓捕过许多人,这你是明白的,把许多人投进监狱。他们打电话给我,跟踪我,但我不东躲西藏。如果有人想找我算账,我毫无办法,但我也不会小心提防。我把对他们说的话也对赫克托说了。'书上面有我,伙计。我是菲利普·罗斯。来吧,来整我吧。'"

听到这儿,我将双臂举过头顶,大声嚷叫,拍起手来,一次,两次,直到我发现自己在为他鼓掌。"好啊! 你太了不起了! 多好的结局! 多么令人难忘! 电话里的那个是虔诚的犹太救星、犹太政治家西奥多·赫茨尔的翻版,然后在审判庭外面对面的是一个脸红耳赤的狂热仰慕者,现在又有了这一绝招——不会小心提防的侦探。'书上面有我,伙计。我是菲利普·罗斯。来吧,来整我吧。'书上面!"所有的笑声从我内心深处咆哮而出,其实,从第一次听到这个荒唐的代言人宣称存在那天起,我就该一直笑。

但是，他突然在床上尖叫道："我要支票！我要我的支票！你偷走了那一百万！"

"我弄丢了，皮皮克。我在从拉马拉回来的高速路上弄丢了。支票没了。"

他惊呆了，直愣愣地看着我，看着在这个世界上最能使他想起自己的人，这个他视作自己一部分的人，他完整人的一部分。这个人已成为他存在的唯一理由，他的映象，他的饭票，他的潜力，他的公众形象，他的不在场证明，他的未来，他为自己寻求庇护的人，他称为自己的另一个人，他否认他自己身份的人，他另一半生活的突破……然而，他看到的却是那张跟他一模一样的假面背后失控的嘲笑，他最可怕的敌人，连接他们之间的纽带就是仇恨。但是皮皮克怎么会不知道我恨他胜过他恨我呢？他难道真会期待，当我见到他时我会爱上他，和他一起经营事业，和他建立一种意义非凡的关系，就像麦克白和他的妻子那样？

"我丢了支票。这也是个好故事，在令人难以置信方面，几乎可以与你的故事相媲美。支票丢了，"我又对他重复了一遍，"一百万美元在沙漠之尘中飘荡，越过沙漠，也许现在在通往麦加的半途中。有了那一百万，你本来可以在巴塞尔召开第一次流散主义者大会，把第一批幸运的犹太人运回波兰，在梵蒂冈城内建立匿名反犹组织的一个重要分部，在圣彼得教堂的地下室里召开各种会议，每晚座无虚席。'我的名字叫欧金尼奥·帕切利①。我是个正在康复的仇犹分子。'皮皮克，谁在我需要的时候把你送到我的面前？谁为我制造了这种神奇礼物？知道海涅喜欢说什么吗？他说，有一个上帝，他的名字叫阿里斯托芬。你证明了这句话。他们在哭墙敬拜的人应该是阿里斯托芬——如果他是以色列的上帝，那么我会每天去三次犹太

---

① Eugenio Pacelli(1876—1958)，即庇护十二世，天主教会第 260 任教皇。

会堂!"

我在笑,像有些国家的人在葬礼上哭丧那样在笑,全心全意地放纵自己笑。那些人撕破自己的衣裳,抓破自己的脸膛,撕心裂肺地嚎哭,然后哭泣声越来越低,他们昏厥了过去。他们扭动双手抓住棺材,尖叫着要跳进挖好的坟坑。告诉你,我就是以这种方式在笑,你可以想象一下那个画面。从皮皮克的脸部表情——我们的脸部表情——来判断,这是值得一看的一幕。上帝为什么不是阿里斯托芬?我们会离真相越来越远吗?

"向现实投降吧!"这是我再开口时对他说的第一句话,"这是我的经验之谈——向现实投降,皮皮克。世界上没有比这更珍贵的了。"

对于接下来发生的事情,我想我更应该报以大笑。作为老式喜剧新近选定的皈依者,我本应该欢呼雀跃,高呼"哈利路亚!",赞美创造了我们的上帝,用泥土塑造了我们的上帝,独一无二的喜剧全能,我们至高至尊的救世主,阿里斯托芬们,但是出于太过世俗的原因(精神完全瘫痪),看见皮皮克制造出的这不亚于趣味性十足的阿里斯托芬勃起的一幕,从他裤子的拉链处像兔子一样蹦出来,从《利西翠姐》[1]横空而出的巨根,我只能目瞪口呆,让我更加吃惊的是,他开始加速旋动刺激,调正位置,用一只手握住小球似玩偶般的顶端,好像他在扳动战前汽车的变速杆。随后,他翘着它一下子扑倒在床上。

"这就是现实。像石头一样坚硬!"

他轻得不可思议,仿佛癌症已经蚀透了他的骨头,仿佛他的体内已被掏空,他像莫蒂默·斯纳德[2]一样枯槁。他扑倒在床的那一瞬间,我恰好抓住他的手臂,并且一下打在他的两个肩胛之间,又一下

---

[1] Lysistrata,阿里斯托芬所作的一部希腊喜剧,故事以雅典与斯巴达之战为背景,讲述了两地女性为平息杀戮,发动"性罢工",迫使男性放下武器。

[2] Mortimer Snerd,美国腹语大师埃德加·伯根创作的一个著名的人偶角色。

更重地打在他的脊梁尾骨处，我将他甩出了房门（谁把门打开了?），并把他屁股朝外推进走廊。随后，就在一瞬间，在过门槛的时候，我们各自都愣住了，我们突然悟出了对方的畸形错误。这时，房门好像又活了，弹回来助我一臂之力——门关上了，锁上了，事后我敢发誓，门开门关跟我几乎毫无关系。

"我的鞋子!"

他嚷着要他的鞋子，这时我的电话响了。这样看来，我们并不孤单。这家位于东耶路撒冷的阿拉伯酒店，它没有驱逐德米扬尤克的儿子和德米扬尤克的律师们，没有撤离所有住客、被犹太人当局封锁起来，以便罗斯与"罗斯"之间这场为争夺霸权而进行的斗争能够不受干扰地激烈进行，直至决出灾难性的结果。不，这铃声是一种抱怨，历经风雨从外部世界来到这里，来抱怨从这场初始梦中衍生出来的无节制行为。

他的鞋子在床边，科尔多瓦革制的，鞋面上有襻儿，牌子是布鲁克斯兄弟，那些毕业于普林斯顿大学、任教巴克纳尔大学的衣冠楚楚的莎士比亚教授脚上穿的就是这种鞋子，从我第一次羡慕人穿这种鞋子开始，我就一直穿它们。我弯腰捡起皮皮克的鞋子，发现沿着鞋子后侧弯处，鞋底磨去很多，完全像我所穿的鞋子的鞋底。我看了看我的鞋子，又看了看他的，随后打开房门，又迅速关上房门，关门速度之快，以至于当我将科尔多瓦鞋扔进走廊的时候，我只瞥见了他头发的一部分。他冲向房门时，我看见了那部分头发，当房门再次关上时，我意识到那部分头发与我自己对侧的头发一模一样。我举起手摸摸我的头皮，确认一下我的发现。他是根据我的照片模仿的! 我自言自语地说，这绝对是另外一个人，他已经黔驴技穷，穷途末路了。我展开双臂瘫倒在凌乱的床上，刚才他还躺在这张床上勃起他的阴茎。此人不是我! 我在这里，完美无缺，头发还是长在应该长的一侧。然而，尽管如此，尽管甚至有更明显的差异——比如，我们的中枢神经系统不同——他还是会那样子走下楼梯,走出酒店,招摇地穿过大堂,穿过耶路撒冷的大街小巷,当警察最终因他裸露性器官有伤风化而抓到他将他送入监狱时,他会对警察说:"我沉浸在写作构思之中。我叫菲利普·罗斯。你们来抓我吧!"

"我的眼镜!"

我发现他的眼镜就在我身边的床上。我将眼镜一折两段,用力朝墙壁投掷过去。让他做个睁眼瞎!

"眼镜碎了!滚吧!"

我的电话一直响个不停,我再也不像虔诚的阿里斯托芬信仰者那样哈哈大笑,而是带着无信仰的无知的愤怒浑身颤抖。

我拿起电话,一声不吭。

"菲利普·罗斯?"

"不在。"

"菲利普·罗斯,一九三九年至一九四五年间上帝在哪里?我敢肯定,他在创造天地万物。我敢肯定,他与摩西一起在西奈山。我的问题是一九三九年至一九四五年间他在哪里。那是玩忽职守,因为即便是他,尤其是他,也不能得到宽恕。"

电话里对方用厚重严肃的故国口音对我说话,嗓音嘶哑、粗鲁、患肺气肿病似的,听起来好像发自某种巨大虚弱的东西。

与此同时,有人在我的房门上轻轻地有节奏地敲击。刮脸,理发,两毛五分。① 如果门口是皮皮克,那么电话那头也会是皮皮克吗?会有多少个皮皮克?

"你是谁?"我在电话里问道。

"我唾弃这个一九三九年至一九四五年间度假的上帝!"

我挂了电话。

---

① Shave and a haircut, two bits,美国习语,形容一种有喜剧效果的敲门声。

刮脸,理发,两毛五分。

我等着,等着,可是那敲门声就是不消失。

"谁呀!"我终于轻声问道,声音那么轻,我想,也许门外的人都听不见。我几乎认为自己没有发问是够聪明的。

轻轻的回应声似乎是透过钥匙孔飘进来的,一股金属丝般的细微凉气随之钻了进来。"要我揍你吗?"

"滚开!"

"我要把你们两个都揍扁了!"

我朝楼下的露天病房或者公共诊所看去,它设在一个开阔的运动场上,这使我想起纽瓦克布卢姆菲尔德大街上的校体育馆,学生时代在那个体育馆里,纽瓦克竞争激烈的高中——意大利高中、爱尔兰高中、犹太高中、黑人高中——橄榄球队一天连赛两场。但是,这个运动场是我们校体育馆的十倍,观众人山人海,像杯赛一样。成千上万激动的球迷穿着舒适的衣服,喝着一杯杯热气腾腾的咖啡温暖他们黝黑的身躯。四面八方舞动着白色的三角旗,涌动的人潮有节奏地反复叫喊:"给我一个 M! 给我一个 E! 给我一个 T! 给我一个 E!"与此同时,场地上身着白色工作服的医生们用医务人员默默无声的方式敏捷地四处穿梭——透过望远镜,我能够看见他们严肃热诚的脸膛,也看到那些像石头一样静静躺着的人们,每个人都挂着静脉滴注,他们的灵魂在慢慢流逝,成为下一个轮床上的尸体。可怕的是他们每个人(甚至是女人和小孩)的脸都是特雷布林卡集中营伊凡的脸。欢呼的狂热球迷在看台上看不见任何东西,只能看见用带子扣在轮床上的一具具尸体浮肿的脸,像气球一样巨大、愚蠢、善良的脸;不过,借助望远镜,我能从那张露出的脸上看出浓缩人性的一切,那就是仇恨。然而,激动的人群则充满着希望。"从现在开始,一切都将不同了! 从现在起每个人都会变得和蔼可亲! 每个人都将像德米扬尤克先生那样属于一个教会！每个人都将像德米扬尤克先生那样养护一个花园！每个人都会像德米扬尤克先生那样努力工作,晚上回到一个温馨的家庭!"只有我独自一人拥有望远镜,独自一人目睹正在发生的灾难。"那是伊凡!"但是,喝彩声、纵情的欢呼声中,没人能听见我的喊声。"给我一个O！给我一个S!"我依然在叫喊:"那是伊凡！来自特雷布林卡的伊凡!"这时,他们将我从座位上轻轻提起,滚动在所有球迷戴的白色羊毛帽子柔软的流苏上,在一堵低矮的砖墙上传送我的身躯(此刻已经用印有一个蓝色大M的白色三角旗裹了起来),砖墙上刷了"警戒线,非运动员莫入";随后,我被传送到两名等候的医生手中,医生把我紧紧地绑在我自己的轮床上,随着乐队奏起快节奏进行曲,我被推到运动场中央。当静脉滴注针扎入我的手腕时,我听见大赛前那种巨大的欢呼声。"谁在比赛?"我问看护我的那位身着白色工作服的护士。她是金克丝,金克丝·波塞斯基。她拍拍我的手,低声耳语:"灵魂转生大学。"我开始尖叫起来:"我不想比!"但是,金克丝笑着安慰我说:"你一定得比——你是首发前卫!"

我挣扎着从床上坐起来,耳中响着"前卫"的警报,不晓得我是在哪间巨大黑屋里苏醒过来的。起先,我推断这是去年夏天,我需要灯光寻找床边的药品盒。我需要第二个半片海乐神,才能挺过夜晚剩余时光。但是,我不太情愿开灯,因为害怕发现爪子印,不仅床单和枕套上有,而且墙壁和天花板上也都布满了。这时,电话铃又开始响起来。"什么是真正的人类生活?"那个肺气肿的老犹太人用疲惫浓重的口音问我。"我不知道。什么是真正的人类生活?""没有这种生活。只有获得真正生活的冲动。一切不真实的东西就是人类真正的生活。""好吧。我为你找到了一种答案。告诉我今天的意义是什么。""犯错。一错再错。犯错、玩忽职守、欺诈、幻想、无知、弄虚作假、恶作剧,当然是不负责任的恶作剧。任何人生活的普通一天就是这样。""错在哪里?"在他床上,我想,继续做梦,我躺在某人的床上,此人刚刚死于高度传染的疾病,随后,我自己也将死亡。因为我把自己与他一起关在这个小房间里,因为我在离他仅一臂的距离嘲笑和指责他,因为我告诉这位自我遗忘、妄自尊大的冒名顶替者,对于我来说,他只不过是莫伊舍·皮皮克,因为我没法理解他不是在开玩笑,所以莫伊舍·皮皮克谋杀了我,我气绝身亡,流干了鲜血,直到我像飞行员一样从燃烧的座舱被弹出,结果发现二十五年中我第一次梦遗了。

我完全醒了,我终于离开了床,在黑暗中穿过房间,来到书桌前的拱形窗户前,想从房间内观察下面的大街,看看是否瞧见他。我看见的(不在酒店这面挨着的狭窄街道,而是远处的两条街道)是路灯灯光下的一排公交车和几百名士兵,每个士兵的肩上都背着一支步枪,他们等着上车。行动的命令一发出,我甚至没有听见皮靴踩人行道的声音,士兵们就一个接一个如此轻松自如地缓步行进。大街的那边有一道高墙,这边是一个街区长短的建筑,顶上是波纹铁皮,一定是车库或仓库,一栋 L 形大楼使街道成了隐蔽的死胡同。一共有六辆公交车,我站着观察,直到最后一名士兵拿着武器登上车,车开始发动了,很有可能朝着西岸开去。镇压骚乱的接替部队,武装的犹太人,皮皮克的观点使第二次大屠杀迫在眉睫,皮皮克的主张能通过匿名反犹组织的慈善机构使这种行动成为多余……于是,我决定——两点刚过——离开耶路撒冷。如果马上动身,那么我还有足够时间去准备三四个问题完成访谈。阿哈龙的家在一个发展村里,位于耶路撒冷西部约二十分钟车程处,就在去机场的公路边上。黎明时分,我会叫一辆出租车在那里短时间停一下,那样我就可以把最后准备的问题交给阿哈龙,随后继续前往机场和伦敦。

你为什么不就假装是他的合伙人呢?你的错误就是喜欢嘲弄人。你得为弄碎那副眼镜付出大代价。

到了那天晚上两点，我被前一天无可比拟的混乱弄得精疲力竭，因此，在所有这一切混乱之中再也没有能力估量任何事情的虚实真伪。上面三句话是我为黎明出发做准备时轻轻说出声儿的，却被我当成是门外我的皮皮克说的话。那个疯子回来了！他带了武器！这真令人惊讶——而且更加吓人——随后，我明白了，我听到的是自己的声音，我错把自己的声音当作他的声音，只有我在自言自语，就像任何孤独的旅行者发现自己远离家园，半夜里躺在一个陌生的宾馆里横竖睡不着一样！

我突然处在一种可怕的状态之中。自从去年夏天精神崩溃以来，我努力找回的一切都开始在一种巨大恐惧的袭击面前迅速消退。我突然害怕极了，我控制不了多久自己的情绪，我会不由自主地进入某种新的精神崩溃的噩梦之中，除非我能用强力阻止流失我剩余的一点点自我克制。

我所做的就是把柜子移到门前，不是因为料想他会回来，敢于再次使用我的房门钥匙（钥匙仍然在他的口袋里），而是担心我也许会发现自己自愿去开门，允许他最后提出一些修好两人关系的建议。我当心自己腰部的劳损，就慢慢把柜子从原先床对面的位置移开，翻起房间中央的那块东方地毯，尽可能无声无息一点一点地顺着地砖移动柜子，直至它挡住门道。现在，我让他不可能攻击我，不管他要求再次进屋的请求多么有趣，多么吓人，或者多么真心诚意。用柜子挡住房门是我能够想出用来保护自己的愚蠢的第二好的预防措施；第一好的预防措施就是逃跑，逃得离他十万八千里，因为我的无能显而易见，不能独自与这种不可抗拒的疯狂的挑衅抗衡。但是，此时此刻，我想把自己关在屋里，坐等事件的结束，等到天大亮，酒店重新恢复生机时，我就能在服务员的陪同下离开房间，跳上停在酒店门口的出租车离开，在这之前，我会一直坐等。在接下来的两小时中，我一直坐在窗前的书桌边，心中非常明白，潜伏在楼下大街上的任何人能非常清楚地看到我。我不想麻烦去拉上窗帘,因为一块布料根本抵挡不了神枪手的子弹。我可以将书桌从窗前挪开,搬到附近的墙壁处,但是理智不允许我这样做,我不能再进一步移动屋内的陈设了。我可以坐在床上,构思我给阿哈龙的剩余提问,但是为了维持我剩余的那一点平静心情,我选择坐等,我一生一世都这样坐着,坐在椅子里,坐在书桌前,坐在台灯下,用我熟知的最为扎实的方式证明我奇怪的存在,用一连串词语暂时驾驭我难以控制的专横的混乱思绪。

在《到香蒲之地去》中(我写道),一位犹太女人和她成年的儿子——她与非犹太丈夫所生打算回到她的出生地偏僻的鲁塞尼亚农村。那是一九三八年的夏天。他们越走近她的家乡,非犹太人暴力的威胁就越甚。母亲对儿子说:"他们人多,我们人少。"接着,你写道:"异教分子这个词在她心中就冒出来了。她笑了,仿佛听见了一种遥远的记忆。她父亲有时,尽管只是偶然,使用这个词表示无可救药的愚钝。"

和你书中的犹太人共处一个世界的异教徒通常象征着无可救药的愚钝,象征着危险的原始社会行为——异教徒打老婆,是酒鬼,粗俗、残忍的半野蛮人,他们"无法控制自己"。很显然,关于你书中所描述的这些非犹太人居住的地方,可以说的远不止这些——还有关于犹太人的能力,在他们自己的世界里,也是愚钝和原始——即便是一个非犹太人的欧洲人也不得不承认,犹太人之所以会有这样的想象,其力量根植于真实的经历。或者我们可以说,异教徒可以被描述为"自然朴实的灵魂……充满健康活力"。令人妒忌的健康。就如《到香蒲之地去》中那个母亲在谈及她流着异教徒血的儿子时说的那样,"他不像我这样提心吊胆。他血管里流淌的是不同的平静之血"。

我想如果不研究异教分子在民族神话中所占据的地位,我们就不可能对犹太人的想象有所了解。在美国,像兰尼·布鲁斯、杰克·梅森等喜剧演员们已在一个层面上对民族神话有所挖掘,而犹太小说家们却在另一个层面上对此也有所开发。其中伯纳德·马拉默德在《伙计》中对异教分子进行了最为细致的刻画。书中的异教分子弗兰克·阿尔派恩是个穷困潦倒的小偷,抢劫了犹太人博伯不景气的食品杂货店,后来又企图强奸博伯勤奋的女儿,最后在皈依博伯式受苦受难的犹太教的过程中,以象征形式与异教分子的野蛮脱离关系。索尔·贝娄在第二部小说《受害者》中塑造了一位纽约的犹太主角。他受到了一个名叫奥比、与周遭格格不入的异教徒的折磨,尽管奥比破坏了利文撒尔来之不易的平静,且从知识分子层面上来看还是比较温文尔雅的,但和阿尔派恩一样,他酗酒、流浪。在所有贝娄作品中令人印象最深刻的非犹太人就是汉德森——自我探索的雨王,他为了恢复自己的心理健康,带着他已经迟钝了的本能去了非洲。与阿佩尔菲尔德一样,贝娄也认为真正"朴实的灵魂"不是犹太人,也不是所描写的犹太人对于重新获得原始能量的探索。令人吃惊的是,梅勒也和阿佩尔菲尔德一样——我们都知道,在梅勒的作品中,当一个人是性施虐狂时,他的名字就叫瑟吉厄斯·奥肖内西;当他是杀妻者时,他的名字叫斯蒂芬·罗杰克;当他是凶恶的杀人犯时,他不叫莱普克·布哈特尔或者古拉·夏皮罗,而叫加里·吉尔摩。

写到这里,我终于不堪焦虑,关上书桌上的台灯,坐在黑暗之中。

很快,我看清了楼下的街道。街上站着一个人! 一个人影,一个男人,他快速奔过灯光暗淡的人行道,离我的窗户不到二十五英尺。尽管他弯腰弓背,但我还是认出了他。

我站在桌边,猛地推开窗子,高喊:"皮皮克,莫伊舍·皮皮克,你这个狗娘养的!"

他转身朝敞开的窗户张望,我看见他的两只手中各拿着一个大石块。他将石块举过头顶,高声反骂我。他戴着面罩,用阿拉伯语骂人。随后,他继续奔跑。他身后尾随着一个人影,接着是第三个、第四个,每一个的一只手里都拿着一块石头,脸上都戴着滑雪面罩。石头取自一个金字塔形的石头堆,很像一个锥形纪念石堆,就位于酒店对面的一个小胡同里。四个人拿着石头来回奔跑,直到石堆被搬完。街道又变得空荡荡的,我关了窗户,回头继续工作。

在你新近翻译的小说《不朽的巴特法斯》中,巴特法斯无礼地问他垂死情妇的前夫,"我们这些大屠杀的幸存者都做了什么? 我们那超乎寻常的经历改变了我们吗?"实际上,小说的每一页都以某种方式在提出这个问题。在巴特法斯孤独的渴望和后悔中,在他克服自己的冷漠而被挫败的努力中,在他对与人交往的热望中,在他沿着以色列海岸缄默不语的游荡中和在肮脏的咖啡馆里神秘的遭遇中,我们都能感觉到紧随灾难之后生活所带来的痛苦挣扎! 对于那些战后直接在意大利从事走私和黑市交易的犹太幸存者,你这样写道:"没有人知道要怎么过劫后余生的生活。"

我最后一个问题是你《不朽的巴特法斯》中所专注的问题引发的。这个问题也许过于宽泛,不过,请你好好想一想,想好了再作回答。从你对一个在战后欧洲游荡的无家可归的年轻人身上,从你在以色列四十年里所获知的情况看,你有没有在那些幸存者的经历中发现明显的模式? 那些大屠杀的幸存者做了些什么,在何种方式上被不可避免地改变了?

七　她的故事

　　他什么也没拿，我放零星衣物的柜子抽屉里甚至连一只袜子也没少，在寻找那张对他来说意味着一切的支票时，他没有弄乱一件物品。在床上等我回来时，他拿了《齐莉》来读，而这本书似乎是我的所有物中他唯一敢碰的——我的身份除外。在我打点行李准备离开的时候，我开始怀疑他是否的确搜查过房间，一时间我颇为不安，甚至好奇他是否真的来过这里。但如果他没来要回他认为属于他的那张支票，他又何必冒着惹恼我（或许比这更严重）的风险私闯进来呢？

　　我穿好夹克衫，收拾好行李，只等黎明到来。我只有一个目的，那就是消失。其余事情我能不能琢磨个名堂出来，那还得等我成功逃离后再说。我对自己说，以后别写这件事情。现如今，即便容易上当受骗的人也对所谓的客观性不屑一顾，他们全盘接收的最新观点是，除了自己的体温外，不可能存在任何忠实报道，既然一切都是讽喻，我又有什么机会使任何人相信这件事是真实发生的呢？跟阿哈龙告别时，叫他千万别吱声，忘却这一切。即便在伦敦，当克莱尔回来后问起发生什么事时，也告诉她一切安好。"没发生任何事情，他从没露面。"否则，你可以用余生去解释这两天发生的事，但所有人只会相信你所说的不过是你自己的故事版本而已。

　　放在我的夹克衫内侧口袋里的，是叠成三折的酒店信笺，上面有我用清晰的大写字母抄写下来的给阿哈龙的最后几个提问。包里放着我们先前的对话文稿和录音带。尽管发生了这一切，但我还是设法完成了采访工作，虽然也许没有达到我在纽约的预期……我突然想起阿普特尔。能在离开耶路撒冷的路上去他的寄居处看看他吗？说不定会发现皮皮克已经在那里等着，在可怜的阿普特尔面前冒充我呢！

房间里的灯熄了。我已经在黑暗中坐了半个小时，在大窗户边的小书桌旁等待着，整理好的行李就靠在腿边。我看到那些戴着面罩的人又开始在楼下搬运石头了，他们好像在对我一个开展教化，在刺激我拿起电话去通知军队或警察。我想到这些石头是用来砸开犹太人的脑袋的，但是我也想到，我属于其他地方，这种争夺领土的斗争不是我的斗争……我数着搬运中的石头数目，数到一百时，再也忍受不住。我给服务台打电话，要他们接通警察局，却被告知电话占线。"这是紧急情况。"我回答。"发生了什么事吗？您病了吗，先生？""拜托，我有急事报告警察。""一有空闲线我就接通，先生。今晚警察非常忙。罗斯先生，您丢东西了吗？"

我正要挂电话时，听到房门外有个女人的声音。"让我进来，"她低声说，"我是金克丝·波塞斯基。有可怕的事情要发生。"

我假装不在房里，可是她开始轻轻敲门——她一定偷听到我在讲电话。

"他打算绑架德米扬尤克的儿子。"

可我只有一个目标，我不愿理她。什么都不做就不会犯任何错。

"这会儿他们正在策划绑架德米扬尤克的儿子！"

门外是皮皮克的金克丝，窗下是戴着滑雪面罩搬运石头的阿拉伯人——我闭上眼睛在头脑中构思乘飞机离开时留给阿哈龙的最后一个问题。生活在这样一个社会里，会被各种新闻和政治纠纷轰炸。然而，作为一个小说家，总的说来，你是把以色列的日常纷争放在一边的——

"罗斯先生，他们真的打算绑架！"

——为的是思考迥然相异的犹太人处境。这种日常纷争对于一个像你这样的小说家来说意味着什么？作为一个公民——

这时，金克丝在轻声哭泣。"他戴着这个。瓦文萨给他的。罗斯先生，你一定要帮帮忙……"

——生活在这样一个自我暴露、自我主张、自我挑战、自我传奇化的社会是如何影响你的写作生活的？这个生产新闻的现实曾经触发过你的想象吗？

"这样他会完蛋的！"

一切情况都要求我保持安静和克制，但是我控制不了自己，说出了自己的心里话："好极了！"

"这会毁掉他已经做的一切。"

"好极了！"

"你得负部分责任。"

"没什么可负的责任！"

与此同时，我趴在地上，试图透过柜子底下看看她从门下塞了什么东西进来。最后，我终于能够用我的鞋子将它够过来。

那是一块相当于我手掌大小的锯齿状织物，像一小块纱布那样没有重量——一块布制的"大卫星"①，以前我在那些欧洲被占领时街头行人的照片上看见过，用一点黄色布料把犹太人标记为犹太人。跟皮皮克的那些过激行为相比，这种意外本不该使我感到恼怒，可是，我却怒了，我怒不可遏。冷静！呼吸！思考！他的病态是他的，不是你的。用现实的幽默态度对待它——然后离开！但是相反，我屈服于自己的感情。克制，克制，可是我克制不了——我似乎没法把这个悲剧纪念物的出现只当作一种无害的消遣。绝对没有他不能变

---

① Star of David，即六芒星，是犹太教和犹太文化的标志。

成闹剧的东西。连这都不肯放过的亵渎者。我对他忍无可忍。

"这个疯子是谁！告诉我这个疯子是谁！"

"我会告诉你的！让我进来！"

"所有事情！真相！"

"我所知道的一切！我会告诉你的！"

"就你一人？"

"是的，就我自己。我向你发誓就我自己！"

"稍等。"

冷静，呼吸，思考！但是我没有做到。我做了我决定在安全离开之前不去做的事情。我将那个大柜子从门口慢慢移开，留出刚够开门的空间，然后打开门，把这个皮皮克派来诱惑我的同谋放了进来。她穿得像要去酒吧找一夜情，跟那些想借一夜情来忘掉死亡和濒临死亡的肿瘤科护士们一样，那时候的金克丝还是个死心塌地、未弃邪归正的仇犹分子。一副大大的墨镜罩住了她的半张脸，一条黑裙显得她非常苗条，凹凸有致。裙子很便宜。嘴上厚厚的唇膏，凌乱的浅色装饰性穗丝。鉴于她足够突出的身材，我不仅推断出她不怀好意，而且断定不单单是因为我的坏脾气使我不能冷静、呼吸、思考，我让金克丝越过我的障碍是因为我自己也没安好心，而且这样由来已久了。当她侧身挤过房门随后反身将我俩锁在房里——将他锁在门外？——时，朋友们，我突然想到，我根本不应该离开纽瓦克的前门廊。我从未如此渴望，不是渴望她，我还没到那种程度，而是渴望我的生活，没有伪装、假冒和双重身份介入前的生活，没有自嘲和自我理想化（以及把嘲弄理想化，对理想化的嘲弄，把理想化理想化，对嘲弄的嘲弄）前的生活，轮流重视超客观和超主观（以及有关超主观的超客观，超客观的超主观）前的生活，那时候外就是外，里就是里，一切都划分得清清爽爽，也没有无法解释的事情发生。在我离开莱斯利大街的前门廊，品尝了小说之树的禁果之后，一切——不管是现实

212

还是我自己——都不再与以前一样了。

"罗斯先生,他正等着梅厄·卡哈尼的消息。他们打算行动。必须有人阻止他们!"

"你为什么带这东西来?"我生气地将黄色的大卫星扔到她脸上。

"我来告诉你。瓦文萨给他的。在格但斯克。菲利普哭了。现在,他把它戴在衬衫里面。"

"我要真相!真相!为什么在凌晨三点带着这颗星和这个故事来到这里?你是怎么做到的?怎么通过楼下的服务台?怎么在这个时辰穿越耶路撒冷?路上危险重重,而你却穿得像耶洗别①。这是个充满仇恨的城市,暴力将很可怕,而且已经非常可怕了,瞧瞧他是怎么把你派到这里来的!瞧瞧他是怎么让你扮成邦德电影中的荡妇模样!这家伙有皮条客的本能!别说那些疯狂的阿拉伯人了——你穿成这样,就是一群疯狂虔诚的犹太人,也会用石头把你砸死的!"

"可是他们打算绑架德米扬尤克的儿子,还要把他大卸八块,直到德米扬尤克供认!此时此刻,他们正在起草德米扬尤克的供词。他们对菲利普说:'你,作家——好好写!'先脚趾,再手指,然后是眼珠子,他们会一直折磨他的儿子,直到他说出真相。你应该听听那些戴着圆顶小帽的教徒都说了些什么——而菲利普坐在那里写供词!卡哈尼!菲利普是反对卡哈尼的,称他是野蛮人,可他却坐在那里等那个他在这世上最痛恨的野蛮狂热分子的电话!"

"请诚实地告诉我,他为什么要你穿着这种衣服到这里来,还带着黄色的大卫星?怎么会有他这种人的?真是诡计多端!"

"我跑了!我告诉他:'我再也听不下去了。我不能看着你毁了一切!'我跑走了!"

"跑到我这里来了!"

---

① Jezebel,《圣经·旧约》中以色列国王亚哈的妻子,以邪恶淫荡著称。

"你一定要把支票还给他!"

"我丢了支票。我没了那张支票。这事我对他说过了。发生了意外。当然,你男朋友的女朋友是能够理解这一点的。支票没了。"

"可是,正是因为你留着这笔钱他才发疯的! 既然你知道斯迈尔斯伯格的这笔钱不是给你的,你为什么还要接受!"

我将黄色的大卫星塞到她手里。"拿着这东西,滚吧!"

"可是德米扬尤克的儿子!"

"小姐,我从纽瓦克的贝丝以色列医院出生,作为贝丝和赫尔曼·罗斯的儿子来到这世上,可不是为了保护德米扬尤克这家伙的儿子的。"

"那么就保护菲利普吧!"

"我现在做的就是在保护菲利普!"

"可他做他正在做的事情是为了向你证明他自己。为了让你对他青眼相加,他已经丧失了理智。你是他崇拜的英雄,不管你喜欢不喜欢!"

"拜托,长着他那样的大家伙,不需要把我当英雄。他够好心了,跑到这儿来给我看他的家伙! 你知道这件事吗? 他不太受戒律的约束,是不是?"

"对,"她小声咕哝,"噢,是的。"说到这里,她瘫倒在床边,泪流满面。

"不行,"我说,"喂,喂,你们别想轮流纠缠我——*起来! 滚出去!*"

可是,她哭得那么可怜,我只能回到窗边的安乐椅中,坐在那里,直到她在我的枕头上哭累了。她一边哭一边紧攥着那块犹太星,这使我感到厌恶和愤怒。

楼下街道上戴着面罩的阿拉伯人已经不见踪影。我似乎也不是生来去阻止他们的。

当我再也不能忍受看她拿着那块星星时，我就走到床边，从她手中抽出布块，然后拉开皮箱，将它塞了进去。我依然保留着它。我会一边看着它一边写作。

"是一种植入物。"她说。

"什么？你在说什么？"

"那不是'他的'，是一种塑料植入物。"

"噢？给我详细说说吧！"

"所有的都从他身上切除了！他无法忍受没有它。于是他就接受了手术，植入了塑料棒。你笑什么？你怎么能笑！你在讥笑别人难以忍受的痛苦！"

"我根本不是在笑这个——我是在笑所有这一切都是谎言。波兰，瓦文萨，卡哈尼，甚至连癌症也是个谎言，德米扬尤克的儿子也是个谎言。还有他如此引以为豪的大家伙，说说清楚，你俩是在哪个阿姆斯特丹的小商品店里发现那个愚蠢笑话的？这是金克丝和皮皮克主演的《地狱机械舞》[①]，和你们两个疯子在一起的每一分钟都是笑话——谁不会笑呢？我得承认，他那家伙真大！不过，我想华沙火车站那些波兰人狂热欢迎他们的犹太人归来那一幕才是我的最爱。大流散！大流散是马克斯兄弟[②]电影里的情节——格劳乔把犹太人卖给科尔总理[③]！我在英国居住了十一年，是文明、世俗、世故的英格兰，不是狭隘闭塞、遍地主教的波兰。当第一批十万犹太人拖着他们的全部家当拥进滑铁卢站时，我真想在那里目睹这一盛况。到时候记得邀请我，好吗？当第一批十万大流散者撤离，自愿把他们罪恶的犹太复国主义的家园还给受苦受难的巴勒斯坦人，并且踏上英格兰

---

① *Hellzapoppin*，一部美国音乐喜剧，1938 年在百老汇上演，1941 年被翻拍成电影。

② Marx Brothers，马克斯三兄弟，影史上最成功的喜剧组合之一，后文提到的格劳乔是大哥。

③ Chancellor Kohl，指赫尔穆特·科尔，1982 年至 1998 年任德国总理。

绿色宜人的土地时，我想目睹英格兰非犹太人欢迎委员会在车站上拿着香槟酒等候。'他们来啦！又一批犹太人！太好啦！'这不对，我的感觉是欧洲希望少一些犹太人，越少越好。而大流散，亲爱的，完全忽视了他们的厌恶之深这一点。不过这对于一个匿名反犹组织的创始会员来说应该不是什么新闻了。可怜年迈的斯迈尔斯伯格差点被大流散的创始人骗走一百万美元——好吧，我觉得这个斯迈尔斯伯格脑子也不大清楚。"

"斯迈尔斯伯格先生如何处理他的钱财，"她反驳道，脸色很快阴沉下来，露出一副孩子受挫时的沮丧相，"应该由斯迈尔斯伯格先生来决定！"

"那你去告诉斯迈尔斯伯格先生，要他作废那张支票好吗？去跟他玩你那套女人求情的把戏吧！它在这里不会起作用的，所以还是在他身上试试吧。告诉他，他支票给错人了，给了另一个菲利普·罗斯。"

"我不行了，"她悲叹道，"该死的，我不行了。"她从被挤到床角内侧墙壁处的镀锡铁皮台面上抓起电话，要酒店总机的接线员接通大卫王酒店。条条道路通向他！我想从她手里夺过电话，但已经太迟了。造成我思路混乱的因素很多，她在那张床上直接的感官诱惑就是其一。

"是我，"电话接通后她说，"……和他在一起……对，是的……他的房间！……不！不行！不能跟他们一起！……我不能继续下去了，菲尔。我已经处在崩溃的边缘。卡哈尼疯了，是你说的，不是我……不！……我快不行了，菲尔，我快不行了！"说到这里，她把电话塞给我，"你得阻止他！你一定得！"

出于某种原因，连接这部话机的墙壁离房门最远，电线不得不从卧床上拉过来，我不得不直接倾身压在她身上去对着话筒说话。也许，这也是我愿意对着话筒说话的原因。不可能有其他任何原因。

此刻,任何透过大窗户观察我们的人都会以为我俩是同谋。亲近和刺激似乎成了一个词,都源于一个单音节爆破音的词根"金克丝"。

"听说你想出了什么鬼主意?"我对着话筒说。

对方的回答既冷静又意味深长,声音是我自己的克制而温和的声音!"是你的主意。"他说。

"你再说一遍!"

"是你的主意。"他说,我挂断了。

可我刚挂,电话就又响了。

"别接!"我对她说。

"好吧,不接,"她说,"就该这样。"

"对。让它响去吧。"

回到书桌边那张安乐椅的路途漫长而充满诱惑,可以为卑鄙的欲望找出许多借口托辞,借以掩饰谨慎和理智,巨大强烈的内心冲突被压缩到一个非常狭小的空间,压缩成我整个成人生活的一种合成体。在那个房间里,我尽可能坐得离我们这个轻率莽撞的同谋远些,我说:"先不管你是谁,这个到处假扮我的古怪家伙是谁?"我以手指示意她别去碰那个铃声大作的电话,"注意听我的问题,回答我,他是谁?"

"我的病人。我已经告诉过你了。"

"又一个谎言。"

"不可能一切都是谎言。别再那样说了!这样对任何人都没有帮助。你把一切你不相信的事情都称作谎言,以此保护自己免受真相的伤害。一切你忍受不了的事情,你都说'这是谎言'。但那是否定,罗斯先生,是否定生活本身!你口中的谎言就是我该死的生活!这电话可不是谎言!"她拿起电话,对着话筒大声嚷道,"我不干了!已经结束了!我是不会回去的!"话筒里传来的声音让她因恼火而涌上脸膛的血液又回流到脚上去,好像她被人倒拎过来,"沙漏"一词不再只是对她身材的比喻。她温顺地将电话递给我。

"是警察。"她说。她吓坏了，说这两个字的时候，就像一个刚被肿瘤科医生告知病情是"晚期"的病人那样。"别跟警察说，"她说，"他会完蛋的！"

耶路撒冷警察是在回复我先前打过的那通电话。因为那帮运石头的人已经跑了他们才来找我——或许之前所有线路确实都被占用，可我依然认为那是不可能的。我向警察描述了一下当时从窗户看到的情况。他们要我说一说现在楼下街上的情况。我告诉他们，街上空无一人。他们问了我的姓名，我说了。我把我的美国护照号码告诉了他们。我没有往下说，没说有人持有假护照，冒名顶替我，以及此时此刻大卫王酒店里有人正密谋绑架和折磨德米扬尤克的儿子。我想，让他去试试吧，如果她没在说谎，如果他决心要像他的反英雄乔纳森·波拉德那样，不管付出多大代价，也要成为犹太人的救星的话。又或者，即便是出于个人动机，如果他已经下定决心效仿那个为了博取朱迪·福斯特的欢心而开枪暗杀里根总统的年轻人，也让他试试吧。让他的想象在没有我的干扰下驰骋，这次要他不只是越过我这个障碍还要迎头撞上耶路撒冷的警察。单凭我自己是无法为这场愚蠢无谓的闹剧筹划出比这更令人满意的结局的。用不了两分钟他们就会在他对历史重要性的争取中逮住他，莫伊舍·皮皮克就会寿终正寝。

她闭上眼睛，交叉双臂，护在两乳之上，而我在距离她仅几英寸的上方与警察通话。她一直保持着这种姿势，纹丝不动，像一具木乃伊一样。我从房间一头走到另一头，重新坐回椅子上，一边看着那张床一边想，她或许是在等殡仪馆的人把她抬走。这使我想起我的第一任妻子。大约二十年前，她在刚好是金克丝的这个年纪，在纽约的一场车祸中不幸身亡。当初我们相恋，爱得死去活来，后来她伪造了医院的怀孕测试报告，威胁我如果我不娶她为妻，她就自杀，于是我们奉子成婚,开始了历时三年灾难性的婚姻生活。再后来,我违背她的意愿跟她分开生活,分居六年后她还是不同意离婚。一九六八年她突然出车祸死了,那一年我在中央公园,她遭受致命伤害的事故发生地游荡,对着自己背诵约翰·德莱顿那组残忍得恰如其分的小对句,它是这样说的:"这里躺着我的妻子:让她躺着吧!/现在她安息了;我也安宁了。"

金克丝比她高半英尺,体格更加健壮,更具吸引力,但是看着她像在等待安葬一般安详地躺在那里,我惊讶地发现,她长了一张好看的北欧人的脸,跟我那死了很久的仇敌很像。万一她死而复生,起来复仇……万一她是始作俑者,训练并伪装了他,教会他模仿我的举止、我说话的腔调……以她向二号街药剂师出示假尿样的同样邪恶的决心,策划了有关身份盗用的一系列阴谋诡计……这些都是一个挣扎着保持警觉的半瞌睡的人半清醒的头脑里涌动的思潮。这个穿黑裙的女人横躺在床上,活像我第一任妻子尸体的幽灵,与皮皮克是我的幽灵差不多;然而,此时此刻,一种梦幻般的扭曲搅乱了我的思想,我只能断断续续地组织起我理智的抗衡。我感到自己被许多不可理喻的事件所麻痹,连续二十四小时没有睡觉的我与蒙眬微弱的知觉笨拙地周旋。

"万达·简·'金克丝'·波塞斯基——睁开你的眼睛。万达·简,告诉我真相。是时候了!"

"你要走了吗?"

"睁开你的眼睛。"

"把我装进你的包里,带我走,"她呻吟着,"带我离开这里。"

"你是谁?"

"哦,你知道的,"她疲惫地说,眼睛依然闭着,"搞砸了的非犹太姑娘。没什么新奇之处。"

我等着听更多的情况。她再开口时,脸上没有一点笑容:"带我走吧,菲利普·罗斯!"

这是我的第一任妻子。我必须被拯救,你必须救我。我快溺死了,而这是你造成的。我是个搞砸了的非犹太姑娘。带我走吧!

大约这个时候,我们睡了不过几分钟,她睡在床上,我睡在椅子里,像过去那样与复活的妻子争吵。"你死而复生,还要大叫大嚷你的态度道德和我的态度不道德? 难道你在那边也光想着抚养费? 你一直盯着我的收入,理由是什么? 你依照哪些可能的根据得出结论有人欠了你一条命?"

接着,我又被放逐到这个没有她的有形世界,带着我的肉身和万达·简童话般美好的肉体存在。

"醒一醒!"

"啊,是的……我在这里。"

"怎么搞砸的?"

"还能怎么样啊? 家庭。"她睁开眼睛,"下层社会。喝啤酒。打架。愚蠢的人们。"她似梦非梦地说,"我不喜欢他们。"

她也不喜欢他们,她恨他们。我是最后一个绝佳机会。带上我吧,我怀孕了,你一定要带我走。

"在天主教家庭长大?"我问。

她用胳膊肘撑起身子,极其夸张地眨巴着眼睛。"我的天哪,"她问,"你是哪一个?"

"唯一的那一个。"

"想赌上你的一百万吗?"

"我想知道你是谁。我想知道这到底是怎么回事——我要真相!"

"父亲波兰人,"她轻声道,一点一点地说出实情,"母亲爱尔兰人,真有意思,祖母也是爱尔兰人,天主教学校——教堂,一直到我大概十二岁。"

"后来呢?"

听到"后来呢"这情真意切的问话,她笑了。这是一种亲昵的笑容,真的,只是嘴角缓缓地弯了一下,某种只能用毫米来衡量的笑容。但是,在我的书中,它就是一种性魔力的缩影。

我无视它——要是你能把仍然没能起身离开视作无视的话。

"'后来呢?'后来我学会了如何卷大麻烟,"她说,"我离家出走,去了加利福尼亚。染上了毒品还有嬉皮士的那一套。十四岁。搭便车。这没什么稀罕的。"

"后来呢?"

"'后来呢?'嗯,我记得在旧金山参加了一次印度教克利须那教派的活动。我非常喜欢那次的活动。它洋溢着热情。人们一起跳舞,大家都情不自禁地被那种情绪感染,但我没有。我跟那些基督教徒在一起。在这以前,我一直去参加弥撒。我猜我对跟某种宗教扯上关系感兴趣。你到底又想弄明白点什么?"

"你觉得我想弄明白什么? 他!"

"天啊,我还以为你是对我这个小姑娘感兴趣呢。"

"那些基督教徒,你跟他们在一起。"

"没错……"

"请继续。"

"好吧。当时有一个牧师,一个充满热情的小个子男人……我身边总有这样的人……我想我看上去像个流浪儿。一副嬉皮士的装扮,一条长裙和一件乡下人的外套,留着长发。你已经见过了。嗯,仪式结束时这家伙做了个献身呼召,我第一次参加这种仪式,他问愿意真心接受耶稣的人请站起来。其夸张的说教是如果你想要和平安宁,如果你想要幸福美满,那么你就要真心接受耶稣,把他当作你个人的救星。我与我的一位女性朋友坐在第一排。我站起身来,环顾半个教堂,发现就我一个人站着。他从圣坛上下来,为我祈祷,说我将受到圣灵的洗礼。现在回想起这件事，我觉得自己只是换气过度。但我当时受到了某种触动，产生了某种深刻的感受，而且开始在用某种语言交流。我相信这是想象出来的，因为跟上帝对话理应是不需要语言的。眼睛闭着的时候，我的确感到一阵兴奋，某种超脱于身边一切纷乱的感觉，完全沉浸在自己的世界里，能够忘却自我和自己正在做的事，仅此而已。这种状况持续了几分钟。他将手放在我的头顶，我激动万分，我想这时的我非常脆弱，什么事情都可能发生。"

"为什么？"

"平常的理由。每个人的理由。因为我有那样的父母。家里几乎没人关心我。没人。所以，当我走进一个地方，突然成了明星，每个人都关心我，需要我，我如何能抵御这种力量？我当了十二年的基督教徒，从十五岁到二十七岁，是那些找到了上帝的嬉皮士中的一个。它成了我的生活。事实上，我重新回到了文法学校——自我辍学后就一直没去过学校——十六岁时在旧金山念完文法学校。我那时就有这么丰满的乳房，跟那些小孩子们比邻而坐。"

"你的十字架，"我问，"是在上学之前不是之后戴的？"

"有时好像是那样。我们一起工作时，医生们老在我身上蹭来蹭去。不管怎么说，我的学校生活一塌糊涂。随后，突然，时来运转，一切开始顺利了。我读《圣经》，喜欢所有那些死后赎罪之类的故事。我原本已经感觉很糟糕，这似乎在证实我糟糕的感觉。我一无是处，一事无成。上帝就是一切。这种感情可以是非常强烈的。想一想吧，有人爱你那么深，愿意为你去死！这是大爱。"

"你是认真的。"

"噢，绝对是，全身心的。是的，是的。我喜欢祷告。我会变得非常激动，我会祷告，我会热爱上帝，我会变得心醉神迷。记得那时，我训练自己在街上走路时不看任何东西，只是笔直朝前看，敛心默祷时我不想分神。但是这不能持久，太难了，注意力会慢慢消散——随后,我就会充满负罪感。"

她所有那些"像""行"和"你知道吗"的口头语哪里去了？前天那个花枝招展、说话粗鲁的护士哪里去了？此刻的她款语温言,像个听话的十岁孩子,叽里呱啦一阵天真无邪的童声,像个甜美机灵的十岁女孩,刚刚发现成为知情人的愉悦。女孩体重约七十磅,伶牙俐齿,还没到青春期,在家中帮助她母亲烤蛋糕,她的嗓音不知疲倦,热情非凡。星期天下午帮父亲洗车的时候,也一直说个不停。我以为我听见的是那位坐在课桌前乳房丰满、找到了上帝的嬉皮士的声音。

"为什么有负罪感?"我问她。

"因为我爱上帝没有爱到上帝该被爱的程度。我的罪过是对世俗的东西感兴趣。尤其是随着年岁的增长,越来越感兴趣。"

我看见我和她在俄亥俄州的扬斯敦一起擦盘子。她是我的女儿还是妻子？这就是现在模糊前景的荒谬背景。在这个阶段,我的思想是一种难以控制的东西,但是,在我看来,我能继续保持清醒,以及她和我——和他——次日凌晨四点依然沉浸在这个一无是处的冗长故事中——我甚至受它蛊惑、陷得更深,这实在是一个奇迹。"哪些东西?"我问她,"这世上的哪些东西?"

"我的相貌。那些鸡毛蒜皮的事情。我的朋友。娱乐消遣。虚荣。我自己。我不应该对自己感兴趣。我决定从事护士工作的原因就在于此。我不想做护士,但是,护士的工作是无私的,让我能忘我地为别人做点什么,既能服务上帝,也能与上帝保持良好的关系。我回到中西部,在芝加哥加入了一个新的教会,新约教会。我们所有人都试图遵循基督关于尘世生活的告诫。什么互爱互助,关心你的兄弟姐妹。但这全是胡扯,事实上根本没有发生,不过是说说而已。有些人尝试这么做,但他们从未成功。"

"那么,是什么事情导致你不信基督教的?"

"是这样的,我在一家医院工作,开始跟同事有更多的接触。我喜欢别人对我产生兴趣,因为我是个流浪儿,可二十五岁对于一个流浪儿来说太老了。后来我认识了一个叫沃尔特·斯威尼的人,他死了,死时只有三十四岁。他很年轻,总是激情满怀。他认为上帝要他禁食。苦修非同儿戏,你瞧,某一类基督教徒认为上帝让我们受苦受难是为了使我们成为他更好的仆人,要摆脱他们称之为渣滓的东西。是啊,斯威尼摆脱了渣滓,继续禁食来净化自己,以便更加接近上帝。然后他死了。我发现他跪在他的公寓里。我迄今不能忘掉那一幕,它成了我的全部体验。跪着死去。去他的吧!”

“你跟沃尔特·斯威尼睡过?”

“是的。他是第一个。从十五岁到二十五岁,我一直洁身自好。十五岁那年我就不是处女了,但是,从十五岁到二十五岁,我甚至没有约会过。我和斯威尼有了关系,结果他死了;我又和另外一个家伙有了关系,他是教会里的一个有妇之夫。这也和那件事有关,特别是因为他妻子是我的一个好朋友。我没法这样生活下去。我再也没法面对上帝。于是,我不再祈祷。时间不长,大概两个月吧,但是也够长的了,我体重掉了十五磅。因为这些事,我在折磨自己。我喜欢性交。性方面的禁忌,我从来都想不通,现在仍然想不通,这有什么好大惊小怪的? 谁在乎呢? 在我看来这些禁忌极为愚蠢。我去看了心理医生,因为我有自杀倾向,但这家伙能力不行,他是基督教人际关系治疗工作室的,名叫罗德尼。”

“什么是基督教人际关系治疗工作室?”

“哦,就是罗德尼跟人谈心,更多的胡编乱造! 可之后我又遇见一个家伙,他不是基督教徒,我跟他发生了关系。然后慢慢地,我也不知道怎么说得更清楚一些,总之我完全摆脱了教会。”

“这么说,是性让你脱离了教会。是男人。”

“也许是男人把我卷进教会,没错,或许也是男人帮我摆脱了它。”

"你离开了男人世界，后来又回到了男人世界。不管怎么说，这就是你说的故事。"

"是啊，这的确是我所离开的那个世界的一部分。我离开的还有我那个悲惨的家庭世界，那个生活乱糟糟的世界。后来当我又够坚强的时候，我能够靠自己的力量做许多事情。我去上了护理学校。对我来说，这是脱离基督教之后迈出的一大步。在我看来，基督教部分是关于不要思考，要向长者讨教应该做什么，要向上帝求助。在我二十多岁的时候，我意识到上帝不会回答，长者并不比我聪明，我能够自己思考。不过，基督教还是帮我摆脱了许多疯狂的念头，使我回到学校，帮我摆脱了毒品，摆脱了男女乱交。谁知道我本来会在哪里完蛋的？"

"这里，"我说，"这里可能就是你完蛋的地方——你肯定会完蛋的地方。和他、他乱糟糟的人生一起完蛋。"

你到这里不是来帮助她了解她自己的，别再往下谈了，你不是犹太人际关系治疗工作室的。今晚看来只能这样了。一个患者来了，呆上一小时，向你述说他最爱的谎言，袒露自己后一走了之，接着又来一个患者，躺在这个枕头上，开始述说她最爱的谎言。将日常生活故事化，讲给你听你在菲尔·多纳休①节目上听到的诗歌，还有其他也许是她从多纳休节目上听来的东西。我坐在那里假装自己从没听过这搞砸了的非犹太姑娘的故事，搞砸了的非犹太姑娘的山鲁佐德故事，就好像三十年前我受的类似的病态折磨还不够一样。我坐着，听着，仿佛这样做就是我的命运。在故事面前，任何故事面前，我都如痴如醉，也不管我是在听还是在讲。一切起源于故事。

"基督教将我从许多疯狂中拯救出来，"她说，"但是，没有使我摆

---

① Phil Donahue(1935—　)，美国著名脱口秀节目主持人，在欧普拉成名前，日间脱口秀节目是多纳休的天下。

脱仇犹的念头。当我还是一个基督教徒的时候,我以为我真恨犹太人,而在过去,仇犹只是我们家一个愚蠢的家庭习惯。知道我为什么恨犹太人吗?因为他们不必忍受基督教那些狗屁不通的东西。什么自我死亡,杀死你自己,受苦受难可以使你成为上帝更好的仆人。他们嘲笑我们所有甘愿受苦的行为。只允许上帝通过你而生存,那样你就仅仅是一个容器,于是我成了一个容器而犹太人成了医生、律师、有钱人。他们嘲笑我们的苦难,他们嘲笑上帝的苦难。但别误解我的意思,我喜欢做无名小卒。我是说我既爱它又恨它。我能够成为自己相信会成为的那种人,一堆狗屎,而且受人赞誉。我穿格子裙,扎马尾,洁身自好,而那些聪明的中产阶级犹太人,他们做爱,他们受到良好的教育,圣诞节期间南下去加勒比海度假,我恨他们。这种仇恨从我信基督教开始,在我到医院工作后变本加厉。现在,从匿名反犹组织那里我了解到我为什么恨他们。他们的凝聚力,他们的优越感——非犹太人称之为贪婪的东西,我恨它们。他们偏执多疑、心存戒备,又一向足智多谋、小心谨慎——犹太人让我抓狂,仅仅因为他们是犹太人。不管怎么说,这就是我从耶稣基督那里得到的遗产,直到我遇见了菲利普。"

"从耶稣基督到菲利普。"

"是呀,表面上看是那样。历史重演,只不过是跟他一起,不是吗?"她听起来很惊讶。一次不可思议的经历,属于她的经历。

那么我的呢?从耶稣基督到菲利普——到菲利普。从耶稣基督到沃尔特·斯威尼到罗德尼到菲利普到菲利普。我是世界末日的下一个解法。

"你是现在才醒悟,"我问,"他只是你旧病复发上的一环吗?"

"我只是随波逐流,嗱,漂到这里,当了名护士,七年了——我都已经告诉你了,我告诉你我杀了人——"

"对,你说了。"

"但和他一起我不知道如何脱身。我从来不知道如何脱身。这些家伙一个比一个古怪，我不知道如何摆脱他们。我的问题是我很容易情绪激动，走火入魔。我用了很长时间才对不现实的一切不再抱幻想。我想我依然热爱那些对我感兴趣的人，就像他对我仇犹情绪感兴趣那样。对，他的确取代了耶稣基督。他打算像教会那样净化我的灵魂。我想，我需要黑白分明，非此即彼。可现实很少如此，我意识到整个世界全是灰色地带，而这些疯狂的教条主义者，他们像某种保护带一样，你知道吗？"

"他是谁？这个疯狂的教条主义者是谁？"

"他不是骗子，他不是冒名顶替者，你全弄错了。他的整个生活就是犹太人。"

"他是谁，万达·简？"

"对，万达·简就是我。十全十美的小万达·简，她得做个隐形人，做个用人。斗士金克丝，亚马孙的金克丝，能独立思考、自己找答案、自己作决定、捍卫自己，将垂死之人抱在怀里并目睹人类所能经受的各种苦难的金克丝，无所畏惧的金克丝·波塞斯基，像大地母亲那样对待垂死之人，而万达·简是微不足道、胆小如鼠的。别叫我万达·简。这一点都不好笑。这名字使我想起曾经和我一起在俄亥俄州生活过的人们。你知道比起犹太人，我总是更加憎恨谁吗？想知道我的秘密吗？我恨那些该死的基督教徒。我跑啊跑，跑啊跑，直到跑了一圈又绕回来。是不是每个人都是这样，还是只有我是这个样子？天主教的教义如此深入我心。疯狂和愚蠢如此深入我心。上帝啊！耶稣啊！犹太教成为我的第三大宗教时我甚至还不到三十五岁。我有方法跟随上帝。我应该轻快地走向明天，走向伊斯兰教徒，跟他们绑在一起。他们听起来沉着冷静，对女人很有一套。《圣经》。我没读过《圣经》——我会打开《圣经》，随手一指，指到哪一句话，哪一句话就是给我的答案。答案！这就像游戏一样。这整件事就是一场疯狂的游戏。不过，我解放了自己。我解脱了。我感觉好多了。我重生了，成了一个无神论者。哈利路亚！所以啊，生活不是十全十美的，而且我是个仇犹分子。如果这就是我最糟糕的归宿，考虑到我的起点，看在上帝的分上，这就是一种胜利。谁没有憎恨的东西？我在伤害谁吗？一个信口开河编派犹太人的护士。那又怎么样呢？忍了吧！但是，不行，仍然无法忍受他们的后代，无法忍受任何来自俄亥俄州的东西，这就是我与菲利普和匿名反犹组织纠缠在一起的原因。我刚与一个犹太疯子同居了一年。竟然还不知道。万达·简直到一小时前他给梅厄·卡哈尼——这个宗教狂们的绝对领袖，犹太复仇者本尊——打电话时才幡然醒悟。我坐在耶路撒冷的一个宾馆房间里，三个戴着圆顶小帽的疯狂的狗杂种一起尖叫着要菲利普写下德米扬尤克的供词，尖叫着他们要去抓德米扬尤克的儿子，要将他剁成碎片，然后邮寄给他父亲，我还是不理解。直到他给卡哈尼打电话时我才恍然大悟，原来我生活在一场仇犹的噩梦之中。我在匿名反犹组织学到的一切全都付诸东流。一屋子声嘶力竭的犹太人密谋杀害一个非犹太人的孩子——我开拖拉机的波兰祖父过去一直对我说，这就是他们在波兰国内一贯的做法！也许，你们知识分子能对这种事情不屑一顾，认为这不上台面，但这你认为不过是蹩脚谎言的疯狂之事对我来说却是真实的生活。我所认识的大多数人日常遇见的就是这些疯狂的事情。这又得提及沃尔特·斯威尼了。跪着死去——是我发现他那样死的。想想吧，那是怎样一种情景！你知道，当我告诉菲利普我发现沃尔特·斯威尼跪着祷告、死于饥饿时，我的菲利普说了什么吗？'基督教，'他说，'异教徒。'随后，他啐了一口唾沫。我只是从一个走向另一个。罗德尼。想知道罗德尼基督教人际关系治疗是怎么回事吗？一个甚至高中都没毕业的家伙，万达·简去他那里寻求治疗。是啊，我接受了治疗，是的。对，你猜着了！别跟我谈什么阴茎植入物。别逼我说那个。"

她说"植入物"时,我想到了有个探险家在完成了他划时代的旅程之后,用插皇家旗子的方式,宣称他所见到的土地都属于皇室——此后,他被他们铐上锁链,以叛国罪的名义砍下了头颅。"你还是把一切都告诉我吧。"我说。

"当事情是真的千真万确,千真万确,千真万确的时候,你却认为一切都是谎言。"

"给我说说阴茎植入物的事情。"

"他是为了我才那样做的。"

"这我相信。"

这时,她开始哭泣,饱满的泪珠沿着她的双颊流淌下来,像她那华丽外衣下的躯体一样饱满。她像一个遭遇重重困难的孩子,压抑在心头的泪水夺眶而出,印证了她生性温柔,这种柔和的天性此时哪怕对我来说都是毋庸置疑的。那个胡言乱语的疯子不知怎么地为自己搞到了绝色佳人,一个不折不扣的圣人,有着菩萨心肠,而她无私的生活却出了大错。

"他担心,"她说,"他哭啊哭。真是太糟了。他担心失去我,担心我投入别人的怀抱,那人还能干那事。他将失去我,他说。我会让他独自在癌症的痛苦中死去的——我还能说什么呢?当一个人痛苦成那种样子,万达·简还能说'不'吗?如果阴茎植入能给他继续抗癌的力量,那么像我这样见过各种场面的护士,怎么可能对他说'不'呢?有时我想,我是唯一遵循上帝教诲的人。当我感觉他将那玩意插入我体内时,我有时就是这么想的。"

"他是谁? 告诉我他是谁?"

"另一个搞砸了的犹太青年。搞砸了的异教姑娘的搞砸了的犹太男友。一只歇斯底里的野兽,就是他,也是我,是我们。一切都跟他母亲有关。"

"不一定。"

"他母亲爱他不够深。"

"可这已经超出我的小说范畴了。"

"那我就不知道了。"

"我很久以前写了一本书。"

"这我知道。不过我没看。他给我了,可我没看。我得靠听力。学校最难的就是这部分,阅读。所有的 d 和 b 我都搞不清楚。"

"就像'double'里的一样。"

"我有诵读困难。"

"你要克服许多困难,是不是?"

"你说得对极了。"

"跟我说说他的母亲。"

"他母亲常常将他锁在门外,让他呆在他们公寓外面的楼梯平台上,那时他只有五岁。'你不住这儿了。'她对她儿子说,'你不是我们的小孩。你是别人家的。'"

"这件事发生在哪里,在哪个城市?发生这一切的时候,他父亲在哪里?"

"不知道,他对父亲一点也不了解,只说父亲总是被母亲关在门外。"

"可是,他父亲做错了什么?"

"谁知道呢?袭击,武装抢劫,谋杀。无法描述的罪行。我猜他母亲是知道的。他常常咬紧牙关,在楼梯平台上等着母亲开门。但是她跟他一样固执,就是不让步。她不可能受制于一个五岁的小男孩!一个悲伤的故事,是不是?然后天黑了,他败下阵来,开始像狗一样呜咽着,恳求让他吃晚饭。她会说:'到你所属的人那里吃晚饭去吧!'他又哀求了六七次,母亲估计儿子已经得到足够的教训了,于是就开了门。菲利普的整个童年都离不开那扇门。"

"所以这是导致他成为亡命之徒的原因?"

"是吗？我认为这是他成为侦探的原因。"

"也许两者兼有之。门外怒气冲冲的男孩，他孤独无助，不公正的惩罚让这个五岁孩子的内心涌动着怎样的怒气！在那个平台上，他内心孕育着怎样的叛逆精神！被排除在外，被摒弃，被驱逐，成为家里的怪物。我孤苦伶仃，遭人厌恶。不，这不是我的小说，我没有走得那么远。我想他是从另外一本书里看来的——被父母关在门外受罚的小孩。有没有听说过俄狄浦斯王？"

我真是难以克制，心里感到痒痒的，爱慕这个躺在我床上的可人儿。她带着梅·韦斯特①的俏皮劲，用她那含情脉脉的惊讶的语气对我说："亲爱的，即便像我们这样有诵读困难的人也是知道俄狄浦斯王的。"

"真不知道该拿你怎么办。"我实话实说。

"你也不好对付呀！"

接着是一阵沉默，充满着我俩未来在一起的种种幻想。很长一段时间的沉默，很长一段时间的目光扫视，从椅子到卧床，又从卧床到椅子。

"那么，他怎么会选中我来冒充呢？"我问。

"怎么会？"她哈哈大笑，"你在开玩笑吧。"

"是啊，怎么会呢？"此时，我也笑了。

"哪天你朝镜子里瞧瞧，他还能选中其他什么人吗，选迈克尔·杰克逊吗？我都没法相信你们两个的存在，看着你俩在我眼前来来往往，这可不是件容易事儿。这实在是太诡异了，我想我是在做梦。"

"这么说吧，也不完全是。就他而言，他还得在这上面花些功夫。"

---

① Mae West(1893—1980)，1930 年代中期美国红极一时的好莱坞女星，有"银幕妖女"之称。

"也不用花太大功夫。"这时我又看到了她独特的笑容,如我之前所说,那慢慢上扬的嘴角于我而言是性感魅力的象征。读到这样的告白,甚至连小孩都会明白:从我搬开柜子让如此装扮的她溜进我房间的那一刻起,我就一直在挣扎,竭力抵挡她的诱惑,压抑被唤起的淫欲。她斜躺在床上,衣冠不整、头发凌乱,一副急不可耐的样子。当她呻吟着"把我装进你的包里,带我离开"时,亲爱的,你别以为这对我来说很容易。但是,在津津有味地听她讲述自己(在新教徒、天主教徒和犹太人中)寻求庇护却屡屡受挫的长河小说时,我尽可能保持最大程度的怀疑。应该承认,她不乏魅力,但她的话实在没什么说服力。我告诉自己,在任何不像现在这么极端的情况下(比如,像她当护士时在芝加哥单身酒吧里厮混那样,跟她套近乎调情)听她说了五分钟之后,我本该尴尬到不会在这个并没有不断重生的女人身上试试自己的运气。可即便如此,她的微笑足以使我的性器官充血勃起。

我不知道该拿她怎么办。一个由最残酷荒谬的庸常打造出的女人躺在酒店床上对着一个有所有理由远离她的男人微笑,这个男人无论如何不能跟她发生关系,这个男人正在冥界与珀尔塞福涅[①]为伴。当这种事情发生在你的身上时,你不由得对爱神厄洛斯的神话深度产生敬畏,即荣格口中的"真实事物的不可控性",注册护士口中的"生活"。

"你知道吗,我们不是难以区分的。"

"这个词! 就是这个词! 他一天要用它一百次。'我们难以区分。'他对着镜子这么说,'我们难以区分。'"

"可我们不是难以区分的,"我告诉她,"根本不是。"

"不是吗? 那是什么呢,你有一条不同的生命线吗? 我懂手相,有次搭便车时跟人学的。我读手相而不是书。"

---

① Persephone,希腊神话中的冥后。

我在耶路撒冷做了一件也许是一生中最愚蠢的事情。我从靠窗的椅子里起身，穿过房间来到床边，握住她伸出的那只手，将我的手放在她的手里，放在那只曾经无处不在、无所顾忌、离经叛道的护士的手里。她用大拇指轻轻地抚弄我的手掌，然后逐一触摸掌心每个柔软的角落，这样子至少持续了一分钟，在仔细研究我的手掌的同时一直不停地"嗯……嗯……"着。"怪不得，"她终于非常非常轻地对我说，仿佛怕惊醒床上躺着的第三个人，"智慧线惊人的长和深，是你手上最强有力的一条，由想象而不是金钱、情感、理智或才智所掌控。你的命运线上有极其好斗的成分，在火星丘那里有一点隆起。实际上，你有三条命运线，这极为罕见，大多数人一条也没有。"

"你的男友有几条？"

"只有一条。"

我心想，如果你想引来杀身之祸，如果你决心像沃尔特·斯威尼那样跪着死去，那么，这就是最好的办法。这个看手相的人是他的宝藏。这个正用手指测探你命运线的正在康复的仇犹分子是那个疯子的珍品！

"所有这些源于金星丘的纹路融入了你的生命线，暗示了你被各种各样的感情困扰得有多深！手掌这面那些清晰可见的纹路——看见了吗？——贯穿生命线。实际上，它们并没有相互交叉，这意味着激情不会给你带来不幸。如果它们相互交叉，我会说你的性欲会导致堕落和腐败。但这不是事实。事实是你的性欲相当纯洁。"

"谁知道呢。"我回答。心里想着，如果你干了这事，他会追你到天涯海角，然后宰了你。你应该逃跑。你不需要她回答你所有的问题。她的回答不管真假都对你毫无用处。这是他的圈套，就像她抬起头看着你的脸、带着作为她的生命线的微笑说道："这全是胡说八道，不过有点好玩——你知道吗？"冷静，呼吸，思考。她认为你手里拿着斯迈尔斯伯格的百万美元支票，所以站在你这边。任何事情都

233

可能发生,而你将是最后一个知晓的人。

"这种手是……一个,我的意思是,如果我一点也不了解你,如果我是在看一个陌生人的手、不知道你是谁,我就会说这是一个……嗯……一个伟大领袖的手。"

我本该逃走。相反,我植入了自己,然后逃走了。我操了她,然后跑了。两者兼有之。真是最荒诞的庸常啊。

八 真实事物的不可控性

这是迄今为止的皮皮克的阴谋诡计。

一个中年美国犹太人入住耶路撒冷大卫王酒店的套房,他公开建议,以色列人口中较有影响力的那一半居民、最早定居该国的核心骨干、德系犹太人,回到他们的故乡,恢复一九三九年至一九四五年间被希特勒差不多毁灭的欧洲犹太人生活。他辩解说,这个他称之为"大流散"的后犹太复国主义政治计划,是避免"第二次大屠杀"的唯一办法,如若出现"第二次大屠杀",要么三百万以色列犹太人将被他们的阿拉伯敌人屠杀,要么他们的敌人被以色列的核武器大批杀死,这种胜利犹如失败一样,将永远摧毁以色列生活的道德基础。他认为,在传统犹太人慈善财源的帮助下,他能够筹集资金,聚集各处有影响力的政治意愿,在二〇〇〇年以前制订并实施这个计划。他对照犹太复国主义的历史,将他可能实现不了的梦想与赫茨尔建立犹太国的计划相比,以证明他的计划有希望,而赫茨尔犹太复国计划在它那个时代,被赫茨尔的无数犹太批评者认为不值一提,即便不是疯狂的也是荒谬可笑的。他容许数量相当可观的欧洲反犹人士持续制造麻烦,但建议实施宏大的犹太复兴计划,复兴数以千万计依然无能为力的犹太人,让他们在传统仇犹主义的诱惑面前,在犹太人一旦重新扎根欧洲之前,学会克制自己对他们犹太同胞的反感。他打电话给即将实施匿名反犹组织计划的部门,让匿名反犹组织的一名分

235

会创始会员陪同，进行改宗和筹款的旅行。这名陪同是个美国护士，波兰和爱尔兰后裔，信奉天主教，她自称是"正在康复的犹太仇恨者"。他身患癌症，住进了这个护士工作的芝加哥医院，而她受到了他思想的影响。

这个大流散的捍卫者、匿名反犹组织的创始人原来早年当过私家侦探，在芝加哥开过一家小型侦探事务所，专门从事失踪案件的侦查。他的政治理念以及他对犹太人和犹太思想幸存的关切似乎可追溯到他的抗癌时期，当时他感到自己受到上帝的召唤，立誓将所剩无几的生命献给更加崇高的事业。（除此之外，美国犹太人乔纳森·波拉德被判在美国国防部从事敏感工作期间给以色列充当间谍一案——波拉德间谍行动一受到牵连，他在以色列特勤局的组织者们就冷酷地将他抛弃——也对他思想的形成产生了巨大影响，使他更加为流散在海外的犹太人担心，在他看来，犹太国可以随意消耗、随意剥削他们的资源，马基雅维里式地利用他们的绝对忠诚。）他的早年生活鲜为人知，人们只知道他年轻时自觉地不去涉足任何可能表明他犹太身份的社会活动或职业。他的助手兼情人谈到，童年时他的母亲对他管教甚严，但另一方面有关他生平的传记却是一片空白，甚至相关概述似乎是靠无历史依据的想象拼凑而成的，涉及大流散的无稽之谈和夸大其词亦是想象的产物。

巧的是，此人外貌酷似美国作家菲利普·罗斯，称自己也叫菲利普·罗斯，且不反感利用这个无法解释的（如果说不全是荒诞无稽的）巧合来引导人们相信他就是作家菲利普·罗斯，以此促进大流散事业。通过这样的诡计，他就能说服路易斯·斯迈尔斯伯格（一位年迈且身有残疾的大屠杀受害者，在纽约做珠宝生意发了财之后，郁郁寡欢地回到耶路撒冷）捐给他一百万美元。当斯迈尔斯伯格亲自将支票送给大流散鼓吹者菲利普·罗斯时，他实际上见到的只是作家菲利普·罗斯，作家菲利普·罗斯两天前到达耶路撒冷，为了采访以色列作家阿哈龙·阿佩尔菲尔德。当作家菲利普·罗斯在耶路撒冷一家咖啡店与阿哈龙共进午餐时,斯迈尔斯伯格正好碰见他,错将支票给了他。

至此,两个外貌酷似者的轨迹已经在离耶路撒冷法庭的不远处相交。法庭内,美籍乌克兰人、汽车工人、被美国司法部从克利夫兰市引渡到以色列的约翰·德米扬尤克正在受审,他被指控为特雷布林卡集中营施虐成性的看守,即大肆屠杀犹太人、受害者口中的"恐怖伊凡"。德米扬尤克审判以及以色列占领区内阿拉伯人抗议当局政府,这两起事件被全球媒体竞相报道,两个菲利普·罗斯也正是在这样的动荡背景下狭路相逢。第一次交锋的结果是,作家菲利普·罗斯警告大流散鼓吹者菲利普·罗斯马上放弃他的假冒者身份,否则他将向当局指控他盗用他人身份。

作家菲利普·罗斯依然沉浸在痛苦之中,与大流散鼓吹者的会面令他激愤,因此,当斯迈尔斯伯格出现在咖啡馆时,他一时冲动就假装自己是斯迈尔斯伯格认为的那个菲利普!他收下了斯迈尔斯伯格的信封,当然,在接收时他并没有意识到这笔捐款数额惊人。那天晚些时候,他与研究生时期的一位巴勒斯坦朋友一起旁听了位于被占领地拉马拉的一个以色列法庭的庭审,这次旁听令他心烦意乱。在拉马拉,作家菲利普再次被错认成大流散鼓吹者菲利普,他惊恐万分,因为他不仅纵容这种错误再次发生,而且事后在朋友家吃饭时更是意外地大肆鼓吹大流散,强化了错误本身。傍晚时分,作家菲利普在从拉马拉开往耶路撒冷的出租车上偶遇了一个排的以色列士兵,在他们对他和他的阿拉伯司机的搜查中丢失了(或者被没收了)斯迈尔斯伯格的那张支票。

七个月前,作家菲利普曾遭遇一场精神崩溃,起因可能为在一次糟糕的外科手术后服用了一种有害的安眠药物。所有这些加上由此引起的不协调的自我颠覆行为让他如此不知所措,以至于他开始担心自己是否要旧病复发了。正在发生的一切如此让人难以置信，甚至导致他在这个迷失的极端时刻问自己这一切是在发生中吗，他是不是在他康涅狄格乡下的家里经历着其中一场幻觉，那些幻觉曾经以其无懈可击的说服力在前一个夏天将他带到自杀的边缘？他的自控力几乎变得像他对另一个菲利普·罗斯的影响力那样不堪一击。事实上，他拒绝将另一个菲利普·罗斯视作"另一个菲利普·罗斯"或者他的"替身"，而是开始称他为莫伊舍·皮皮克，一个败人兴头但无伤大雅的意第绪绰号，源于他朴素童年世界的喜剧日常，直译就是"摩西的肚脐眼"，他希望这个称谓至少能起到约束作用，避免他对另一个菲利普的危险性和影响力做出偏执的评估。

从拉马拉回来的路上，一名年轻的排长把作家菲利普从令人毛骨悚然的士兵突袭中解救出来，因为他认出菲利普就是他那天碰巧读到的一本小说的作者。为了弥补作家受到的不公平待遇，这位盖尔排长亲自驾驶吉普车将他送回位于东耶路撒冷阿拉伯居住区的酒店，路上他不打自招，对着这位他显然十分尊敬的作家表示对自己违心地充当以色列军事政策下的工具人角色很是不安。面对年轻军官的自责，作家菲利普再次阐述了大流散的观点，在他看来这种阐述与他在拉马拉的说教一样荒唐可笑，但是他依然热情高涨，在吉普车上娓娓道来。

到了酒店，作家菲利普发现，莫伊舍·皮皮克轻而易举地使前台误以为他就是菲利普·罗斯，从而拿到钥匙进入他的房间，然后躺在他的床上等他回来。皮皮克要求罗斯将斯迈尔斯伯格的支票交给他，于是双方爆发激烈的争吵，接着插入一段貌似友好甚至亲密的冷静期，其间皮皮克透露了他在芝加哥当私家侦探的冒险经历，可是，当作家菲利普再次重申斯迈尔斯伯格的支票遗失时，皮皮克的怒气再次爆发，结果这场闹剧以皮皮克的暴怒收尾：他歇斯底里大发作，当他被推出房间、赶进走廊里时，他对着作家菲利普露出他勃起的阴茎。

作家菲利普被这一连串突如其来的混乱弄得精疲力竭，他决定次日凌晨乘飞机逃离以色列，前往伦敦。他用柜子堵住房门，既为防止自己无力面对皮皮克的挑衅，又以防皮皮克再回来。他坐在房间靠窗的书桌边，构思采访阿哈龙的最后几个提问，打算黎明去机场时将这些问题留给阿哈龙。从房间的窗口，他能看到几百名以色列士兵在附近一个死胡同里登上公交车，前往正在发生骚乱的西岸城镇，还看见，楼外几个阿拉伯男人鬼鬼祟祟地跑来跑去，从街道的一端将石块搬运到另一端。在完成给阿哈龙的提问后，他决定有必要将搬运石头这件事报告以色列当局。

然而，就在他尝试给警察打电话但没接通时，他听见皮皮克的同伙对着堵住的房门泣诉，向他解释皮皮克（她坚持叫他菲利普）已经回到大卫王酒店，正在跟正统派犹太教的好斗分子阴谋绑架德米扬尤克的儿子，打算逮住他后将他肢解，再邮寄给德米扬尤克，从而迫使后者承认自己就是"恐怖伊凡"。她从房门底下塞进一块星形布头，是欧洲犹太人在战时被迫佩戴的那种，告诉作家菲利普，自从瓦文萨在格但斯克将它当作礼物送给莫伊舍·皮皮克后，他就一直将它戴在衣服里面。作家菲利普受到极大的侮辱，他情绪失控，再次陷入了他原打算借逃离来摆脱的那种极度疯狂的状态。

在她答应向他透露有关莫伊舍·皮皮克的真实身份之后，他移开堵门的柜子，放她进来，结果发现她也在逃离皮皮克。她之所以横穿整个耶路撒冷来见作家菲利普，并非是急于找回斯迈尔斯伯格的支票，尽管一开始她也略做尝试，或者是期望说服作家菲利普阻止绑架德米扬尤克的儿子，但她真正希望的是寻求一个让她免受"仇犹噩梦"困扰的庇护所，而矛盾的是，正是在这场"仇犹噩梦"中她无法停止对那个给她下套的狂热分子的照拂。她挑逗似的在作家的床上舒展肢体（展开，伸展，摊开，屈服）——她的脑袋是那天晚上第二个不可能在他的枕头上求得补偿的脑袋。她那一身暴露的装扮使作家无法确定她的动机以及他自己的动机，她编造了自己受奴役的一生以及一系列转型：从缺爱无知的天主教孩子到无脑乱交的嬉皮士流浪儿，从无脑乱交的嬉皮士流浪儿到无脑信奉基督的纯洁原教旨主义者，从无脑信奉基督的纯洁原教旨主义者到被死亡毒害的仇犹肿瘤科护士，从被死亡毒害的仇犹肿瘤科护士到逆来顺受的仇犹复健者……从这逃离俄亥俄州之行的最后一站，从这里，她将要走向什么样的新的苦行呢？万达·简·"金克丝"·波塞斯基的下一次转型会是什么？精神眩晕、感情枯竭、营养不足、色迷心窍的作家菲利普的下一次转型又是什么？作家菲利普十分草率地将自己植入她体内，发现自己几乎爱上她了，处境岌岌可危。

这就是到此为止的故事情节：作家菲利普趁女人还深陷忧伤的时候离开了她，他手提箱子，蹑手蹑脚，以免影响她事后的休息。而他自己之所以从此处情节偷偷溜走，是因为情节本身完全缺乏说服力和严肃性，过多地依赖于不太可能发生的关键巧合，缺乏内在的连贯性，甚至没有任何最为精细的、类似有严肃意义或目的的证据。至此为止，整个故事的情节琐碎，编排刻意，因为作家的品位总的来说过于古怪，各种离奇事件充斥着各个角落，让情报工作无以立足，从而也无法发展成为一种视角。好像故事风暴中心极为相似的事件还不够牵强附会，于是就有了斯迈尔斯伯格的支票被任意遗失（偶然出现的支票，偶然出现的路易斯·B.斯迈尔斯伯格本尊，美国俄裔犹太佬之扭转乾坤），这使得整个行动沿着令人难以置信的轨迹发展，为了强化作家的感觉，故意将故事构思成一场闹剧，而且是一场恶作剧，不理会他的对手有关犹太生存问题的争议之声。万一存在异议且该异议的重要性不容忽视呢？凭什么他的自述可以保证他的斟酌兼具广度和深度？大男子主义式的营生。阴茎的植入。一眼就看穿的荒唐透顶的冒名顶替。冠冕堂皇的说理分析。飘忽的人设。歇斯底里的偏狂。诡计,悲痛,护士,以及对"难以区分"生出的诡异自豪感,所有这些加起来造就了这样一个人,他努力成为一个真实的人却不得其法,既不知道如何成为虚构人物也不知道如何在生活中坐实自己。他再也不能把自己描绘成一个完整和谐的人物,或者把自己塑造成一个令人费解的、难以破解的谜,甚或仅仅作为一种无法预测的讽刺力量而存在,或者构思出一个可以引发成年读者认真思考的有连续性的完整情节。他作为一个对手的存在,他的存在本身,完全依赖于作家菲利普,像寄生虫那样凭一己薄力从作家菲利普那里来盗取哪怕一丁点可以取信于人的东西。

但是,作家菲利普又为什么反过来从他身上偷盗呢?当出租车载着作家安全穿越在通往机场公路的耶路撒冷西部群山之中时,这个问题一直困扰着他。这假冒他的想法初衷源自一种审美冲动,通过强化这个纸老虎的存在,他能够富有想象力地去理解他,变客观为主观,主观为客观,毕竟作家们拿了报酬就是干这种事的,想到这一点他心中颇感宽慰,也就能理解他在拉马拉乔治家和盖尔吉普车里的所作所为,以及与护士一起关在房间里的那场激情表演。护士投身于如涨潮般的快感,伴随着从喉咙发出的无言助奏达到高潮,水流般起伏的喉音既沙哑又含混,有点儿像雨蛙的颤音也有点像猫咪的呼噜声,再清楚不过地传达出了高潮下的极乐状态,即便好几个小时之后,那声音依然像塞壬迷人的歌声一样在他的耳边回响,这是勇敢、自然、放肆的活力战胜了多疑和恐惧,也是艺术家不知疲倦的游戏精神和强健有力的喜剧人体质。想到这些行为背后封存着他真正的精神自由,想到他的假冒是他坚强意志的独特化身,想到他在人生的这个阶段没理由感到困惑或羞耻,那该多令人欣慰。想到比起病态地(与乔治,盖尔或者金克丝)游戏于各种突发状况,或者被对他造成极大威胁、他急于摆脱的极端思想侵蚀,他正是以假冒作为反抗来直面莫伊舍·皮皮克的挑战,那该多令人欣慰。想到在一个他没有任何作家控制权的权力范围内,他没有太自贬身份或太丢自己的脸,所犯下的那些大错或误判大都出于对敌人病痛的过分同情,而非由于(他自己的)脑子受到偏执多疑的过分扰乱而无法想出一个可以碾压皮皮克智商的有效的对抗策略,那该多令人欣慰。假设在与这个冒名顶替者(用现实模式)进行的叙事竞赛中,这位真正的作家可以作为富有创见的冠军轻松胜出,在技巧之娴熟、呈现之微妙、结构之巧妙、讥讽之复杂、智识之趣味、心理之逼真、用词之精确及全局之真实上一骑绝尘,那该多令人欣慰,多顺其自然。但是,相反,耶路撒冷表彰生动现实主义的金质奖章却颁给了一个叙事白痴,后者通过无视各类竞赛的传统评判标准拔得头筹。他的策略就是虚假到骨子里,对幻想艺术进行歇斯底里的拙劣模仿,利用变态反常(也许甚至是精神错乱)进行夸张,以夸大其词为创作原则,渐进式地透支一切,剥离具体的思想和感官依据——然而他却获胜了! 好吧,让他去吧。别把他当成那存世不多靠蚕食同类活下来的可怕的梦淫妖[1],别把他当成那着了魔的失忆症患者,他藏在你身上好躲避他自己,因为他只有在体验别人时才能体验自己,别把他当成什么或半生或半死或半疯或半假或半变态的东西,认为这半什么的东西是某种成就,而他就是种成就,并殷勤地把胜利赋予他。皮皮克的阴谋占了上风。他赢了,你输了,打道回府吧——放弃那枚表彰生动现实主义的勋章,不管它是如何不公正地被颁给一个百分之五十的人,好过在为恢复自己的稳定的斗争中败北,最后沦落为百分之五十的自己。不管你是留在耶路撒冷还是回到伦敦,在皮皮克的谋划下,德米扬尤克的儿子都将被或者不被绑架和折磨。如果这件事在你在这里时发生,新闻报纸不仅会把你说成恶作剧者,而且还会在后续报道中刊登你的照片和简介。然而,如果你不在这里而在那里,那么当他被追踪至他

---

[1] Incubus,传说中趁人在睡梦中与人交合的妖魔。

在死海的洞穴,和他的俘虏以及胡子拉碴的同伙一起被逮住时,那里只会因此产生一阵小小的骚动而已。他决定将那个你第一次看见无人保护的小德米扬尤克时一闪而过的念头付诸行动,这可不怪你。不管他如何努力将获奖阴谋归咎于你,并一再声称,一旦他的审讯开始,他只是芝加哥的受雇枪手、私家侦探,做替身,表演特技,演你这出关于正义与复仇的自我陶醉的情景剧也不过是为了赚点小钱而已。当然,会有一些人非常乐意相信他,这对他们来说并不困难:他们会(以毋庸置疑的同情口吻)将这事归罪于你服用海乐神后的精神错乱,就像《化身博士》里的杰基尔怪海德服用了他的药物那样,他们会说:"他从来没有从那场精神崩溃中恢复过来,结果可想而知。肯定是因为那场精神崩溃,不然即便是他,也写不出那么烂的小说。"

可是,我根本逃离不了这个为阴谋所驱动的世界,没法进入我自己设计的更加和谐、微妙、可能、自觉自愿的叙述中。我没能到达机场,甚至没能到达阿哈龙的家,因为在出租车里,我想起黎巴嫩战争期间,那时我生活在伦敦,从英国报纸上看到的一幅政治漫画。那是一幅可憎的大鼻子犹太人漫画,画中的犹太人站在由阿拉伯人的尸体叠起来的金字塔上,双手无奈地摊在胸前,耸着肩膀,好像要否认自己的责任。据称,那是针对当时的以色列总理梅纳赫姆·贝京的讽刺漫画。事实上,漫画写实、精确地呈现出纳粹报纸上经典的犹太佬形象。是这幅漫画改变了我的想法。车子离开耶路撒冷还不到十分钟,我就叫司机调头回大卫王酒店。我想,当他开始切掉德米扬尤克儿子的脚趾,把它们一个一个地邮寄到德米扬尤克的牢房里时,《卫报》就可以大显身手了。德米扬尤克的律师们已经公开挑战了司法程序的尊严,敢于在犹太法庭上对三个犹太法官宣布:对约翰·德米扬尤克在特雷布林卡集中营所犯罪行的起诉和德雷福斯审判大同小异。绑架事件不正强调了这一断言吗?哪怕德米扬尤克在美国和加拿大的乌克兰支持者以及他在西方新闻界左翼和右翼的捍卫者，都没有这么直白的表示——也就是说，任何姓名最后两个字是"尤克"的人都不可能从犹太人那里得到公正的审判，德米扬尤克只是犹太人的替罪羊，犹太国是一个目无法纪的国度，在耶路撒冷举行的"摆样子公审"旨在使犹太人受害的神话永久化，犹太人的目的就是复仇。为了激起世界人民对他们当事人的同情，支持他们对偏见和预判的申辩，德米扬尤克支持者们是不能通过他们自己进行炒作，因而莫伊舍·皮皮克为了跟我泄私愤而计划实施的阴谋就成了一记妙招。

如果不是因为清楚我就是他想要藐视的挑战，清楚这种疯狂的绑架比他自己一意孤行地执着于我对一个事业造成的潜在伤害更加致命而义愤填膺，我本可以让司机直接开往耶路撒冷警察局而不是大卫王酒店。如果我没觉得每次都被这个各方面都远不如我的对手用狡诈的手段羞辱智取，没在考虑不周的情况下接受斯迈尔斯伯格的支票从而更凸显了自己的愚蠢，以及后来错上加错，没能把握西岸冲突的激烈程度，天黑后在拉马拉公路上被一帮无心秉公执法的以色列巡逻兵逮住的话，我也许不会感到此时此刻我（单枪匹马）有责任彻底挫败这个狗娘养的。迄今为止，这就是他的病状，我的也一样。我从一开始就过分夸大了他的威胁。我对自己说，你不必召集一个以色列海军陆战队来消灭莫伊舍·皮皮克。他的一只脚已经踏进了坟墓，只需要对他轻轻一推，很简单：毁了他。

毁了他。我义愤填膺，足以认为我能毁了他。我当然知道我应该毁了他。机会来了，就在我俩之间，面对面决一死战：真菲利普对假菲利普，负责的对乱来的，认真的对浅薄的，有韧性的对不堪一击的，灵活多变的对偏执单一的，功成名就的对郁郁不得志的，有想象力的对逃避现实的，有文化素养的对没文化的，明智的对狂热的，根本的对多余的，有建设性的对毫无用处的……

出租车在大卫王酒店外的环形车道等我，与此同时，在这凌晨时分，酒店门外的武装保安陪着我来到大堂前台。我对前台重复了我对保安的话：罗斯先生在等我。

前台笑着说："你兄弟？"

我点点头。

"双胞胎！"

我又点点头。为什么不呢？

"他走了。不住在我们这里了。"他看了看墙上的时钟，"你兄弟半小时前离开的。"

与米玛·吉查的话一模一样！

"他们都走了？"我问，"我那些正统派的兄弟也都走了？"

"他一个人，先生。"

"不，不可能。我是来见他和我那些兄弟的。三个戴着圆顶小帽的大胡子男人？"

"今天没来，罗斯先生。"

"他们没有露面？"我问。

"我想没有，先生。"

"他四点半走的，没再回来，也没有留言？"

"什么也没留下，先生。"

"他有没有说他去哪里了？"

"我想是罗马尼亚。"

"好吧，凌晨四点半。梅厄·卡哈尼晚上有没有碰巧来见我兄弟？你知道我说的是谁吧？梅厄·卡哈尼拉比？"

"我知道卡哈尼拉比是谁，先生。卡哈尼拉比不在酒店里。"

我问我是否可以用一下大堂那边的投币公用电话。我拨了美国侨民酒店的电话，要求接通我原来的房间，并告诉那里的工作人员，我们已经结了房费，我妻子这会儿在睡觉，早上退房。可却被告知她已经离开了。

"你敢肯定吗?"我问他。

"先生和夫人。他们两人都离开了。"

我挂了电话,等了一分钟,又给酒店打电话。

"德米扬尤克先生的房间吗?"

"请问是谁?"

"监狱打来的!"

过了一会儿,我听见一声焦虑刺耳的"喂"。

"你好吗?"我问。

"喂? 你是谁? 你是谁?"

他在那里,我在这里,他们都走了。我挂了电话。他们走了,他安全了。他们逃离了他们自己的阴谋!

那个阴谋的目的是什么呢? 只是盗窃? 整个骗局仅此而已? 恶作剧? 两个疯狂的某某人开的玩笑?

我站在电话边,心想这整场灾难或许到此戛然而止,比任何时候都更加困惑,是否这某某两个自己在逃避这个世界,或者这个世界本身正在躲避某某两个,或者这某某两个伪造一切只是为了迷惑我……可为什么迷惑一个人会成为任何人的目标,这是最令人困惑的问题。现在看来,我也许永远也找不到答案——好像从一开始吸引我的就只是问题本身! 他们是只想要我以为他们所有的虚假都是真实,或者他们自己想象的那些都是真实,或者他们通过使所有事所有人,从他们自己开始,不真实来制造一种皮兰德娄①效果,并从中感到兴奋? 这是什么样的骗局啊!

我回到前台。"我要住我兄弟的那个房间。"

---

① Pirandello(1867—1936),意大利剧作家、小说家,1934 年获诺贝尔文学奖。作品以探讨虚假与真实、形式与本质的关系著称。

"我给你安排一间没人住过的房间吧，先生。"

我从皮夹里抽出一张五十美元的钞票。"他那间就行。"

"罗斯先生，请出示您的护照。"

"我父母非常喜欢这个名字，所以给我俩起了一样的。"

他仔细看过我的照片，在登记簿上记下护照号码，没作任何评论就将护照还给我。随后，我填好登记卡，拿了五一一套房的钥匙。这个时候，保安已经回到酒店入口处。我给了他二十美元支付出租车司机，并告诉他找下的零钱自己留着用。

接下来的半小时，直至黎明时分，我搜查了皮皮克的房间，在所有的抽屉里都没发现任何东西，书桌上没有，记事便笺上也没有任何记录，没留下任何杂志或报纸，床底下、扶手椅的靠垫后面还有衣柜里同样了无痕迹。当我掀开床罩和床旗，我发现床单和枕头都是新熨好的，还散发着洗涤过的香味。昨天早晨客房打扫过之后还没人睡过，浴室里的毛巾也没用过，只有掀起马桶座盖时我才发现他居住过的蛛丝马迹。一圈弯曲的黑色阴毛，大小相当于十四点①的"&"符号，粘在搪瓷马桶的边缘。我用两片指甲夹住它，随后将它放进办公桌抽屉里的一个宾馆信封里。我试图在浴室的地板上找到属于她的一缕头发、一根睫毛、一小片趾甲，可是，地板已经被打扫得一尘不染，什么也没留下。我站起身来在脸盆里洗手，就在那里，在脸盆口热水龙头的正下方，我发现了一些男人细微的胡子碴。我小心翼翼地用手纸将它们抹下来——零零星星总共大约十撮——把手纸叠成四折，放进第二个信封。当然，胡子碴可能是任何人的——也可能是我自己的：他在我的宾馆房间里四处窥探时，可能发现了胡子碴，为了证实我们是一模一样的，把这些胡子碴弄到这里来充作是他自己的。他之前干过类似的事情，这次又怎么会例外呢？也许那圈阴毛

---

① Fourteen-point，指字号的点数，14 点相当于四号宋体。

也是我的，它当然可以被当作是我的，毕竟仅凭肉眼很难区分一圈弯曲的阴毛到底是谁的，但我还是留着它——如果他能伪装成作家，那我就能假装是侦探。

我在写作时，这两个信封、那块六芒星以及他手写的"匿名反犹组织十大信条"就放在我手边的书桌上，证实了他们到过这里（我必须不断地打消自己的疑虑），那些荒谬、粗俗、幻影般的闹剧不过是这一事实的表象罢了。信封和信封里的东西提醒我：这种幽灵般、半疯狂的表象就是它无可争辩的逼真的真实性的标志，当生活看上去很不像应有的那种样子时它也许最像它应有的样子。

我这里也有一盘录音带，让我吃惊的是，我是在那些我打算在回伦敦途中听的阿哈龙与我的对话录音带中发现它的，它就放在我的录音机里。录音机锁在美国侨民酒店的柜子里，自从我撇下在床上睡觉的金克丝，带着提包悄悄离开房间后，我还没有打开或使用过它。我根本无法解释在我回到房间之前，这盘磁带是如何进入我的录音机里的，我只能认为皮皮克运用了他寻找失踪人员的技术撬开了柜子的锁。录音带标签上的字迹看上去很像是我的，当然，这是他写的。带子里的声音也是他的，是一个几乎摧毁了一切的人卑鄙无耻的胡话唠叨，是疯狂、病态、残忍的指责，听上去只会让人觉得不真实。标签上写着："匿名反犹组织训练带第二盘。'那六百万人真的死了吗？'匿名反犹组织版权所有，1988。未经同意不得复制。"

我让这部告白的读者去推测他的目的，这样读者们也许可以共同感受一下耶路撒冷那一周带给我的困惑，那个困扰我的"菲利普·罗斯"带给我的极度困惑，那家伙（正如这盘录音所证明的那样）你根本说不清他有多像真正的江湖骗子！

他在这里，这个冒充别人的惯犯，以我的特征为模型铸成、体现一个我的大致形象的面具——在这里，他又一次以冒充他人为乐。他这张嘴里到底有多少根舌头？他这个人里到底有多少个人？多少

伤痛？多少难以忍受的伤痛！

那六百万人真的死了吗？别胡扯了！犹太人又想占我们的便宜，好使他们的新宗教——大屠杀狂热——保持鲜活。读一读那些修正主义分子的文章。真正可下结论的就是根本就不存在毒气室。犹太人喜欢数字。他们喜欢操纵数字。六百万。他们现在不再谈六百万了，是吗？奥斯威辛主要是一个盛产合成橡胶的工厂。那里味道难闻原因就在于此。他们没有把犹太人送往毒气室，而是把他们送到那里去劳动。因为正如我们现在发现的那样，那里没有毒气室。是化学气味，那是硬科学。弗洛伊德，那是软科学。加利福尼亚大学伯克利分校的马森现在已经证明弗洛伊德的基础研究是假的，因为他不相信那些女人说她们受到了虐待，性虐待。因为他说，这是社会不会允许的，于是他把它变成了儿童的性欲。这个西格蒙德。精神分析的全部依据都是错误的。你可以不管它。爱因斯坦，当然了，他被称为"炸弹之父"，他还有奥本海默。现在人们都在痛骂他们——你们为什么要创造出那种东西？所以你可以不管爱因斯坦。马克思（咯咯笑），嗯，你知道马克思后来怎么了。埃利·维瑟尔①。又一个犹太天才。只是没人喜欢埃利·维瑟尔，就像他们不喜欢索尔·贝娄一样。如果你能在这附近，在芝加哥地区，找出个喜欢索尔·贝娄的人，我给你五千美元。那家伙一定有些不正常。他们知道他在房地产上赚了不少钱。芝加哥有华沙以外最多的波兰人口。三件

---

① Elie Wiesel(1928—2016)，从大屠杀中幸存下来的美国犹太作家，代表作《夜》，1986年获诺贝尔和平奖。

事把波兰人团结了起来：信奉罗马天主教、恐惧俄国人、仇恨犹太人。他们为什么仇恨犹太人？那些俄国沙皇经常把他们到处惹是生非的坏蛋犹太人送到波兰，他们是钱商，"隔都"居民。犹太人非常丑陋。那些鼻科医生，等等。仔细看犹太人，从臀部往下仔细看，尤其是膝盖部位，实在是糟糕，又大又长又扁的脚，弯曲变形，罗圈腿——这大多是因为近亲繁殖。犹太人没有朋友，甚至连黑人都恨犹太人。黑人一生中在他们那由政府出资建造的居住区里能见到五个白人。爱尔兰或意大利警察——这正在发生变化——他们能看到犹太房东，犹太食品杂货店老板，犹太中小学教师，犹太社工等。当然，他们现在的房东是联邦政府。但是，他们感到犹太人从黑人那里赚了很多钱，而犹太人除了夸夸其谈没给他们任何东西。黑人转而反对犹太人，*每个人*都讨厌犹太人。犹太人受一种叫佩吉特氏病①的折磨。人们不知道这个。看看特德·科佩尔②，看看其他人，小混蛋伍迪·艾伦、迈克尔·华莱士③。骨骼粗大，双腿弓形。女人们有所谓的"希伯来驼背"，她们的指甲非常坚硬，像岩石一样。她们的下巴松弛。你注意看年纪大一些的犹太女人，她们的下巴松弛，看上去好像傻子一般。她们恨我们的原因就在于此，因为我们不是那样的，因为我们的下巴肌肉结实。我们有可能会有点胖，但下巴还是坚挺的。明白了吧，犹太人是什么样的人。犹太人就是生在波兰的阿拉伯人。他们变得沉重。基辛格。他就是一副沉重的样子。沉重的鼻子。沉重的五官。他们不喜欢我们，原因就在于此。

① Paget's disease，指变形性骨炎，亦指乳晕乳头炎性癌变。
② Ted Koppel(1940—　)，美国著名新闻节目主持人。
③ Mike Wallace(1918—2012)，曾为美国王牌电视新闻杂志节目《60分钟》的主持人。

看看菲利普·罗斯,天哪,真是一副又丑又傻的样子! 一个十足的呆子! 当他谈及《我作为男人的一生》里的那东西时,那时他只是芝加哥大学一个神经质的搞砸了的研究生,我就停止读他的东西了——哦,天哪,他们怎么是这个样子! 肮脏,噢,天哪,你看看他们! 他欲火焚身,渴望非犹太姑娘,于是抓住一个女招待,一个精神病患者,一个离了婚有两个孩子的女人,他以为这样做很了不起。傻瓜一个。现在他正再次回到犹太人中间来,因为他想拿诺贝尔奖。犹太人显然知道怎么拿诺奖,维瑟尔、辛格、贝娄都拿到了,至于格雷厄姆·格林,当然他没拿到。艾萨克·斯特恩①——跟莫扎特、舒伯特比起来,斯特恩就是不行。不理解。嗯,不管怎么说……我们说到哪里啦? 希特勒没有打算灭绝犹太人。万湖会议。英国历史学 A.J.P.泰勒在这方面做了很多工作。他说相关文献不存在。希尔伯格②,一个十足的犹太无赖,说他能读到文献,他懂密码——呸,见他的鬼去吧! (咯咯笑)当然,犹太人擅长密码、符号、数字占卦——犹太姑娘热衷于数字占卦、占星术,诸如此类的玩意,什么预测未来的,她们的生活全都一团糟。顺便提一下,德国人的确有种族灭绝的能力,但他们不必那样做。他们想利用他们干活。我说啊,德国人的确有残酷的天性,可是我们也有。我们灭绝了印第安人。但事实是,德国人利用他们干活——根本没有毒气室。没有死去六百万犹太人。整个欧洲没有六百万犹太人。人们质疑六百万这个数字,这是原因之一。现在死亡人数已经减少到十五至三十

———
① Isaac Stern(1920—2001),美国小提琴家。
② Paul Hilberg(1926—2007),美国历史学家,被公认为对大屠杀研究作出了杰出贡献。

万,犹太人的死是因为战争结束时德国的供应系统中断,因为坏血病、斑疹伤寒肆虐集中营。你我都知道国务院不希望这些病流传到美国。没有人希望它们流传到任何地方。犹太人出现在荷兰边境和瑞士边境时,他们被撵走了。没有人欢迎犹太人到他们国家来。为什么?犹太人有种倾向——正如我说过的,甚至黑鬼也讨厌犹太人——一种离间社会其他团体的倾向。但当他自己遇上麻烦时,他却要别人帮忙解决。可别人为什么要帮助他呢?犹太人来自拿破仑时代东欧的"隔都",他们被解放了,可是,天哪,他们变得肆无忌惮。一旦看上什么东西,就据为己有。犹太人用勋伯格据有了音乐。他们没有创作任何他妈的有点价值的音乐。好莱坞,一堆狗屎!为什么?犹太人据有了它。我们听说犹太人如何创建了好莱坞。犹太人并没有创造力。他们创造了什么?啥也没有。绘画。毕加索。你读过理查德·瓦格纳论犹太人的文章吗?犹太人的肤浅!他们所有的艺术都失败了,原因就在于此。他们不吸收居住国民族的文化。虽然表面上看他们很受欢迎,比如赫尔曼·沃克和那个一脸蠢相尽写脏书的混球梅勒,但这不会持久的,因为没有与社会文化的根联系在一起。索尔·贝娄是他们的诺奖提名人。天哪,他是个糊涂虫,对不?(咯咯大笑)他拿奖后出席记者招待会时戴着的那顶帽子,既遮住了他的光头,也向世界表明他是个犹太佬(咯咯笑)。罗斯。罗斯是个见鬼的自慰者,一个下贱的人,在厕所里自慰。阿瑟·米勒,他看起来难道不像个收废品的吗,一个废旧杂货店的老板?伙计,就他妈的长相而言,犹太人真的很难看。总是拉长着脸,蠢不拉几的,知道吗,他会捍卫你的权力,谁知道那是什么意思。犹太人的文化产出一直非常非常低,非常非常差劲。嗯,当然还有华尔街。知道吗,逮捕那个股票交易人伊凡·博斯基①和其他人是非犹太人败坏神奇犹太人名声的阴谋,犹太人给我们带来了繁荣。这全是胡说八道。他们没有给我们带来繁荣。他们仅仅生活在一个濒临通货膨胀边缘的社会里。他们所有的思想都在断定通货膨胀即将来临。如果你没有通货膨胀而有通货紧缩,那他们就玩完了。文化方面?狗屎!他们也许拥有文化机构,但是他们创造不出任何东西。看看那堆狗屎吧!电视上任何粗制滥造的东西,上面都有犹太人的名字。诺曼·李尔②就是其中之一。隐藏在一个非犹太人名字后面的是另一个双腿弓形相貌古怪的人。我在国家卫生研究所里认识的一个家伙对整整一群拉比做了研究。大约二十、二十五年前,他说,这些人有特殊的犹太疾病,这是由于他们之间的近亲通婚过于频繁,导致孩子们受到九种特殊的犹太疾病的困扰——忧郁症就是其中之一。他们总是把那样的人藏起来,因为,你知道吗,犹太人都是天才。他们都是小提琴演奏家,核物理学家。当然,还有像伊凡·博斯基那样的华尔街天才。(窃笑,咯咯笑)你知道吗,你永远听不到有关白痴的事情,这真的是因为近亲繁殖。他们都是怪人疯子。他们继续在他们中间生孩子。当然,基辛格,还有其他很多人,他们结婚,生两个孩子,然后摆脱妻子,去追求丑陋的非犹太姑娘,他们的簿记员。(嗤笑,咯咯笑)真是他妈的可怜可悲,是不是?天哪,他们付给妓女那么多钱!好了,我们跳过这些吧。首先,存在着犹太黑手党。我来试着给大家

① Ivan Boesky(1937—),美籍俄商,华尔街传奇人物,别名"股票套利之王""恐怖伊凡"。
② Norman Lear(1922—),美国电视制作人,1970 年代制作了不少情景喜剧。

说明一下雅各布·鲁宾斯坦，人称杰克·鲁比，这家伙干掉了奥斯瓦尔德，没错，他是在芝加哥西部活动的犹太黑手党成员。阿瑟·米勒。他把玛丽莲·梦露当摇钱树，他和比利·怀尔德，还有谁来着，托尼·柯蒂斯，把她拖进了那部电影《热情似火》，我相信当时她怀孕了，她失去了那个孩子。看看那部电影，很显然她怀孕了。当然了，米勒从中分了一杯羹——一番名副其实的**捍卫你的权力**的下流操作。真正的血吸虫。娶了非犹太女人为妻的犹太人总是说她们愚蠢。有没有哪个女性朋友嫁给了犹太人？我所认识的最仇犹的人就是那些嫁给犹太人的女人。她们会对你说，兄弟，犹太人是他妈的疯子！我认识一个妓女，她与一个犹太人生活了八九年。她说，他只有十次或者十五次是身心放松的，我们才能好好做爱。他总是想到自己是个犹太人，可却在操一个非犹太姑娘。你应该看看他父母是如何对待她的，把她当作狗屎一样！天哪，这些犹太人，他们有着各种各样的麻烦。他们所做的就只是哼哼唧唧发牢骚。乔纳森·波拉德。我认识一个家伙，他与那个家伙一起上高中。波拉德说，当他在印第安纳州的南本德上高中时——他父亲那时是圣母大学医学院的教授——黑帮常常偷袭他，把他痛打一顿。伙计，这全是胡说八道！他老爸很有钱，还帮他在斯坦福大学搞到了奖学金——典型的犹太人诡计，知道吗，也许他会说没钱。上斯坦福大学，上华盛顿大学，他是个疯子！以色列人以为他疯了，居然自告奋勇。他们对他很好，这家伙告诉了我们一些情况，不过这家伙他妈的是个疯子。不管怎么说，我们说到哪里啦？犹太人总是发牢骚，总是提起仇犹的事情。我从来没有看到一篇有关犹太人的文章——有关好莱坞明星、政客或者其他任何人的文

章——上面说，天哪，他能卖热狗，而他就是不谈高中阶段
他去上小提琴课时黑帮在路上偷袭他，不谈他上热狗学院
时如何亲身经历仇犹，如何在热狗学上成绩优异可在热狗
店却找不到一份工作，当然，这全都是狗屎！当然，关于学
业能力倾向测试，我们现在发现，那些在布鲁克林和其他犹
太居住区办学的拉比会出售学业能力倾向测试资料，那些
犹太人都是他妈的天才，进哈佛大学、耶鲁、普林斯顿一类
的学校，原因就在于此。知道吗，我跟他们一起工作过。天
哪，你永远没法让他们干活，他们总是守着电话，他们懂得
拉关系，伙计，他们从不干任何正经工作。（咯咯笑）天哪，
他们都是疯子。他们有数以百万计的美元，用于与仇犹主
义斗争。所以，仇犹主义已经转入地下。很多那些三K党、
纳粹组织中的疯子怪人都是特务。犹太人安进去的特务。
我的朋友参加过在犹太会堂举行的这类活动。犹太人把他
们引诱进去，给他们看大屠杀的照片，你知道吗，尸体，然后
给他们看某个男人的照片（哈哈大笑），男人身着纳粹军服
高声呐喊——他是犹太人的走狗。是的，它是供犹太会堂
用的。如果我穿上纳粹军服，高声呐喊，他们就会把我拍下
来放在每个会堂里，用那些破玩意赚钱。天哪，你有没有跟
一个叫法拉堪①的家伙谈过话？他们说犹太人的那些话让
人难以置信。说我们受犹太人控制。我们并没有**那么**受犹
太人控制。我们受他们的宣传控制，但是，当数字出来时，
你宁愿要乡村歌手肯尼·罗杰斯和威利·纳尔逊赚的钱，
而不要史翠珊的钱。史翠珊。**她**有那种长相。我在加利福

---

① Louis Farrakhan(1933—　　)，伊斯兰民族组织的领导者，被圣约之子反诽谤联盟视
为反犹主义者。

尼亚州的一个朋友非常熟悉电影界(咯咯笑),他跟犹太人相处得不那么愉快。你知道吗,那里有一小股非犹太人残余分子。迪士尼通常是他们的家。但现在它已经被夺走了。他们会告诉你任何有犹太人参与的生意都充满回扣、贿赂、取舍、拉帮结派,但拉帮结派会毁了你。他们会雇用傻瓜小叔子。为什么?因为生意是岳父投资的。天哪,他们摇头,但不会解雇他。于是,这个小叔子只是坐在写字台边上或者花很长时间吃顿午饭。但是,如果他过多掺和生意上的事情,那会毁了一切的。犹太人不相信银行,他们有私人基金。我从自己的从商经历中明白了这一点。天哪,我一生中与那么多犹太人打过交道。他们所有人都有犹太律师,所有人都是厉害的生意人,所有人都是这个或那个,对不对?我的老板知道如何对待他们,他说这就是代价,操你的。他对待他们就像对待**狗屎**那样。(哈哈大笑)他们进来时,他对他们马上就像对狗屎一样。我心想他为什么要这样做?他说,我过去对这些该死的人非常好,可是你不能对他们好。他叫他们写信,他们不愿意。他们喜欢该死的电话。因为如果他们开价买某样东西,电话里他们会说我出三十四万买它,随后他们会进来跟你说,呃,你知道吗,我在电话里跟你说的是三十二万,他们会让你头晕,他们做生意厉害,树敌不少。他们知道人们不喜欢他们。为什么?因为他们的**所作所为**!但你还是不能说伊凡·博斯基或这群人中其他任何人的坏话。如果你说了他们任何坏话,那你就因此(低声)成了**个仇犹分子**。难怪仇犹活动转入了地下——**必须得这样**。伙计,你怎么能不仇犹呢?当你看见他们都在打电话,操纵事务,找更好的工作,或者帮助他们的朋友。天哪,他们生来就有善于交际的基因,天生有这种活跃的基因，实在让人惊讶！当然，如果你解雇他们——尤其是如果你让一个犹太人解雇另一个犹太人，天哪，我猜不可能有这种事情。他们是非常古怪的人。喏，犹太人身上我真正不喜欢的东西就是他们不理解非犹太人的思想。你能对非犹太人说，"我们受苦了"，我们同意，德国人的确对你们呼来喝去的。然后你想出了六百万这一招，靠这六百万来跟波恩政府要钱，然后你说这说那，然后人们开始一点点减那六百万，甚至把六百万减少到八十万。他们不理解非犹太人的想法。你有没有见过任何有关犹太人的宣传，说他们没有遭罪是因为他们有信仰？"幸存者。"每个人都幸存下来了。有那么多奥斯威辛"幸存者"！当然，没有人质问你幸存下来是否因为你出卖了朋友？"幸存者"都写书。你是否注意到这些书都似曾相识？因为它们互相抄袭。内容之所以雷同，是因为犹太人控制中心说，这是奥斯威辛的书写提纲，写吧！哦，他妈的狡诈的魔鬼。狡诈！

早上快八点时我的电话响了。五点半左右最后一次核查了德米扬尤克的儿子之后，我就在电话旁的椅子里睡着了。我梦见我的水费账单欠下了一百二十八万美元。在经历了所有这一切后，我脑袋里突然想到的居然是这个。

醒来时，我闻到某种浓烈的腐烂味。我闻到了霉臭和屎臭，闻到了潮湿陈旧的烟囱墙壁的味道，闻到了精液发酵的味道，闻到了穿着我的裤子睡觉的她身上那种浓重的、挥之不去的羊膻臭，她接电话时握住听筒的那只手的中指的微咸味，既讨人喜欢又讨人厌。我没洗过的脸与她的脸并列。我浸入了她，浸入了每个人。我身上全是他们的味道。那个拉屎的司机，胖律师，皮皮克，他的味道似熏香和干涸的血液。我闻到了过去二十四小时的分分秒秒，闻到了遗忘在冰箱里的食品盒的味道,那种放在冰箱里三个星期后突然啪地打开的味道,要等到我在棺材里腐烂之时我才会再次发出如此刺鼻的味道!

房间里的电话不停地响着,可没有一个我认识的人知道我在这里。

一个男人的声音传来:"罗斯?"又一次,一个带有口音的男人声音:"罗斯?你在那里吗?"

"是谁?"

"梅厄·卡哈尼拉比办公室。"

"你找罗斯?"

"这是罗斯吗?我是新闻秘书。你为什么给拉比打电话?"

"皮皮克!"我叫起来。

"喂?你是罗斯吗,那个自我憎恨的犹太同化主义者罗斯?"

"皮皮克,你在哪里?"

"你也给我滚!"

我洗澡。

三个字。

我穿干净的衣服。

七个字。

我不再有味道。

六个字。

二十个字,我不再知道我是否还像我的尸体那样恶臭熏天。

这,我想,我的头脑已经,首先,彻底清除了它过密储存的各种各样微不足道的焦虑,德米扬尤克就是这样的。过去一切腐败的东西只会突然销声匿迹。只有美国发生过。只有孩子、朋友、教堂、花园和工作发生过。指控呢?呃,他们还不如给他开出欠下了一百二十八万美元的水费账单。即便他们有他签过字的水费单,即便他们在水费单上贴上他的照片,它又怎么可能是他的水费单呢?怎么可能有人用了那么多水呢？应该承认他洗澡了，给草坪洒了水，浇了花园，洗了车，家里有洗涤烘干两用机，还要用水做饭，浇室内的盆栽，每周清洗地板，他们一家五口，五个人用水——但所有这些加起来要一百二十八万美元？你寄给我克利夫兰市的账单，你寄给我俄亥俄州的账单，你寄给我他妈的整个世界的账单！在这个法庭里你看着我，在所有指控下，一天结束时照样小口抿着玻璃杯里的茶水，杯中大约有三四盎司的水。我不是说我渴了不喝水，我当然要喝水的。夏天时，我外出归来或者给花园除草之后要喝个痛快。但是，在你看来，我像不像一个能够浪费水多达一百二十八万美元的人呢？你觉得我像一天二十四小时一个月三十天一年十二个月，年复一年不想别的事只想着水的人吗？水从我的鼻子和嘴巴里流出来了吗？我的衣服里里外外都湿透了吗？我走过的地方出现水坑了吗？我坐过的椅子底下有水吗？对不起，你抓错人了！某个犹太人，如果我能这样说的话，在我的水费单上加了六个零，仅仅因为我是乌克兰人，因为我应该很蠢。我的水费单是一百二十八万——一一二八！一定弄错了。我只是一个普通的郊区水消费者，我不应该因为这张巨额水费单而受到审判！

我离开房间，想在赶去旁听审判之前弄点东西吃吃，这时我突然想起了阿普特尔，一想到他，我心中就开始疑惑，我是否已经背弃了他。一想起他的软弱、孤独、恐惧和脆弱的存在，我就返回房间给他打电话，至少要使他确信我没有忘记他，只要一有可能，我就会回来看他……但问题是我已经见过他，前天我已经与他一起吃过饭：阿哈龙和我一起在蒂肖博物馆就餐，而阿普特尔和我一起在几个街区以外埃塞俄比亚街上的素菜馆吃饭，过去，我俩总是一起在那里就餐。斯迈尔斯伯格在给我他那张巨额捐款支票的时候，阿普特尔又在告诉我他害怕去老城区他的商铺，担心那里的阿拉伯人会用刀子捅死他。现在他甚至害怕离开自己的房间。甚至在床上躺着,他也是醒着的,整夜提心吊胆,担心如果他哪怕是眨一眨眼睛,阿拉伯人就会从窗户里偷偷溜进来,把他给活吞了。他哭喊着求我带他回美国,他完全失控了,声嘶力竭地尖叫,他无能为力,只有我能救他。

我答应了。在与他共进午餐的时候,我答应了。他将住在康涅狄格州我的谷仓里。我告诉他,我会在空闲的谷仓里为他造一间宽大的新房,房顶上开一扇天窗,房间里放一张床,把四周的墙壁用白漆粉刷一新,他可以安全地生活在里面,画他的风景画,睡觉时再也不用担心被人活吞了。

在电话里,他一边感激得痛哭流涕,一边提醒我前天所做出的所有许诺……所以,我怎么能够告诉他做出承诺的人不是我?我甚至有把握那是皮皮克。但不可能有那种事情!一定是阿普特尔在大声说梦话,迫于阿拉伯人造反的压力;一定是一个孤立无助、扭曲内向的灵魂的歇斯底里大发作,因为可怕的往事的纠缠让他永远不能放松,甚至在没人造反的情况下也时刻等待着被斩首;一定是阿普特尔苦苦盼望那种他永远也不可能明白的安逸,渴望失去家庭的重新团聚,渴望失去生活的重新回归;一定是这个脸色苍白的小男人歇斯底里幻觉的中断,他的整个生存因为过度忧虑而不断萎缩;一定是退缩、渴望还有担忧在作祟——因为如果不是那样而的确是皮皮克故意回来假扮我,或者不是阿普特尔渴望摆脱生活小小的束缚和极度的失望,不是阿普特尔说了谎,阿普特尔假冒了阿普特尔,为了让我在惊恐之余明白他必须作为阿普特尔而存在是多么地虚妄,而是皮皮克真的以找到阿普特尔并带他去吃午饭并像这样玩弄阿普特尔毁了的生活为己任的话,那就表示我没有夸张任何事情,表示我所面对的就是一种恶魔似的捉摸不定的企图,一个戴着我的面具的非人,为了颠倒黑白能染指一切。皮皮克更看不起谁,现实还是我?

"我不会像个孩子似的——别担心,菲利普表兄。我会就呆在谷仓里,哪儿也不去!"

"好吧,"我说,"好吧。"我只能这样说。

"我不会成为累赘的,我不会麻烦任何人。我不需要任何东西,"阿普特尔向我保证,"我会绘画,我会画美国的乡村。我会画你跟我说过的石墙。我会画高大的枫树。我会画谷仓和河堤。"

他继续喋喋不休,他已经五十四岁了,他的整个生活改变了方向,变成了赤裸裸的需求,变成了神话故事,危及了完美的隐居生活。我想问他:"这事有没有发生,阿普特尔? 他有没有带你去吃午饭,告诉你石墙的故事? 是不是暴力使你充满了恐惧,不管你明白与否,这一切都是你编造的?"但是即便阿普特尔被无忧无虑的生活梦想迷惑而越陷越深,我还是听见自己在问皮皮克:"你真的对他这样做了? 你当真激起了这个几乎不能保持情绪稳定的弃儿对一个美国伊甸园的美好幻想,让他以为在那里他就会得到拯救,远离苦海和喧闹? 回答我,皮皮克!"对此皮皮克回答说:"我克制不了,不管是作为一个大流散主义者还是作为一个普通人,我别无他选。他说的每个字都充满了他的恐惧。我怎么能拒绝他一生追求的东西呢? 你为什么如此愤怒? 我做的这件事有那么糟吗? 这事很平常,任何一个犹太人都会为其处境困难胆战心惊的亲戚做这样的事。""那么现在你也是我的良知了?"我高声说,"你,你打算教育我要体面、负责、讲道义? 还有什么是你那张臭嘴不会去玷污的? 我要一个认真的回答! 还有什么是你不会玷污的? 还有谁是你不会误导的? 勾起虚幻的希望,播下混乱的种子,这么做你很开心吗?"

我需要认真的回答,从莫伊舍·皮皮克那里得到回答。那之后,地球实现和平,人类和睦相处如何? 我需要认真的回答——因为谁不希望得到认真的回答呢?

"阿普特尔,"我想说,"你跟现实失联了。昨天我没有带你去吃午饭。我与阿哈龙共进午餐,我带的是他。如果昨天午餐时有谁对你说了这一番话,那个人不是我,也不是耶路撒冷那个假冒我的人,也许是你自己——也许这是你想象中的一次对话?"

但是,他说的每个字都饱含恐惧,以至于我不忍心说其他,只能重复"好的,好的"。我想让他自己从这种幻觉中清醒过来……可如果它不是幻觉呢?我想象用自己的双手从皮皮克的嘴里抠出他的舌头。我想象自己……但是我不能再进一步想象那种可能,这不同于阿普特尔的幻觉,原因很简单:这样下去我会发狂的。

我离开房间时那天早晨的《耶路撒冷邮报》已经放在了我的门口,我拣起报纸,迅速浏览了第一版。第一条主要新闻是关于以色列一九八八年的年度预算——"担心出口,阴影笼罩新的国家预算"。第二条主要新闻有关三位法官将受到审判,另外三个因受到腐败的指控正面临纪律惩处。这两则报道之间刊登了一张国防部长造访哭墙的照片,就是前天乔治想带我去参观的那堵石墙,照片下方是有关西岸暴力事件的三则消息,一则注明发自拉马拉,标题是"拉宾视察血腥殴打之墙"。在头版的下半页,我注意到"巴勒斯坦解放组织"、"穆巴拉克"和"华盛顿"等字样,但没有"德米扬尤克"的名字,也没找到我的名字。在乘电梯下楼的时候,我飞快翻阅了剩余九页报纸。我能找到的唯一一处提及审判的消息登在电视节目栏里:"以色列2台,8:30,德米扬尤克审判——现场直播。"就这些。晚上没有任何灾难性的事件发生在任何德米扬尤克身上。

然而,我决定不在酒店吃早餐,而是立刻前往法庭,确定皮皮克不在那里。自从昨天中午与阿哈龙一起共进午餐以来,我一点东西也没吃过,不过,我可以在法庭入口大厅外的咖啡店随便吃点,够我撑一阵了。从电视节目单上我发现,审判开始的时间比我想象的要早得多,我不得不在第一时间赶到那里——我一心一意要在今天将他赶走,取而代之,掌控全局,如有必要,我将在法庭里从早上一直呆到下午,以挫败任何他或许仍在策划的阴谋诡计。今天一定要除掉莫伊舍·皮皮克(如果他碰巧昨天夜里没被除掉的话)。今天就是完结之日:公历 1988 年 1 月 27 日＊犹太教历 5748 年 11 月 8 日＊伊斯兰历 1408 年 6 月 9 日。

这些日期在《耶路撒冷邮报》标识的下面一字排开:1988,5748,1408。这些年份只有最后一个数字相同,其他都不同,从开始的地方就开始不同。当 5748 和 1408 之间的差距不是什么几十年或者甚至几个小世纪而是 4340 年时,就无怪乎"拉宾视察血腥殴打之墙"了。父亲被争强好胜、耀武扬威的长子取代,遭到他摒弃、压制、虐待、驱逐、回避、恐吓以及诋毁为敌人,在侥幸躲过因身为父亲之罪而遭毁灭的命运之后,他复活了自己,振作精神,为财产权奋而与次子进行血腥的斗争,而次子的内心正充斥着妒忌,遭人剥夺和忽视的不满以及屈辱感。1988,5748,1408。这个悲惨的故事全在这些数字中,后继的一神论者与先祖之间的宿怨无法平息,而先祖的罪行是,罪孽是,在忍受了最无以名状的蹂躏之后不知何故依然碍手碍脚。

犹太人碍手碍脚。

我刚走出电梯,两个少年,一个男孩和一个女孩,从他们原先就座的大堂里突然站起身,呼唤着我的名字朝我走来。那个女孩一头红发,脸上长着雀斑,有点矮胖,她一边靠近我一边腼腆地微笑;那个男孩个子跟我一般高,皮包骨头,一脸严肃,似乎比较老成,面颊消瘦,有几分学者的风度,他举止有点尴尬,好像要翻越一连串低矮的栅栏才能到达我这里似的。"罗斯先生!"他用强有力的声音招呼我,在大堂里似乎显得过于大声,"罗斯先生! 我们是约旦山谷利雅得·哈纳汉高中二年级的学生,我叫塔尔,这是德博拉。"

"噢?"

德博拉凑上前来向我致意,同时开始像发表公开演讲似的说话。"我们是一群高中学生,在我们的英语课上读了您的故事,发现它们很有煽动性。我们读了《狂热者埃利》和《信仰的卫士》。这两则故事引起了我们对于美国犹太人境况的疑问。我们想您是否有可能访问我们的学校。这是我们老师的邀请信。"

"我现在有急事，"我边说边接过她递给我的信，信封上的地址是用希伯来语写的，"我会阅读这封信并尽早答复。"

"上星期，我们班上的每个学生，所有的学生，都给您写了信，寄到酒店来的。"德博拉说，"我们没有收到回信，于是整个班级选塔尔和我乘公交车来这里当面邀请您。如果您能接受我们班的邀请，大家会非常高兴的。"

"我从来没有收到你们班的来信。"因为他收了那些信。肯定是这样！我在想有什么事情可以阻止他不去学校，就他那些有煽动性的故事来回答同学们的提问呢？他是被别的事情缠身吗？一想到他已接到演讲邀请，但认为这份邀请太微不足道，以至于不愿花时间谢绝，我简直惊呆了。学生不是他的风格。学生不会成为新闻标题。而且他们没有钱。所以，他把学生留给了我。我能听到他在安抚我。"我不敢涉足文学。你是作家，我非常尊重这一点，不想僭越。"想到他收到并打开人们以为他们是写给我的信的时候，我确实需要镇定一下。

"首先，"塔尔对我说，"我们希望知道作为一个犹太人您是如何在美国生活的？如何解决您故事中提出的那些冲突？什么是'美国梦'？故事《狂热者埃利》似乎表明在美国做犹太人的唯一办法就是当狂人。这是不是唯一的办法？走上读经台读经文是怎么回事？在以色列，在我们的社会里，人们对宗教狂热者都抱着负面的看法。您谈到忍受苦难——"

塔尔当场劈头盖脸地一通提问，德博拉见我不耐烦，就打断他的话，用柔和的、娇滴滴的、有点蹩脚的英语说道："我们学校非常漂亮，离加利利海不远，那里树木茂盛，遍地花草，是戈兰高地脚下一处再美不过的地方了，简直像天堂一般。我想您会喜欢它的。"

"您的文笔优美，"塔尔继续说，"让我们印象深刻，但它没有解答我们头脑中的所有疑问。犹太人身份和部分从属于另一个民族之间的冲突，西岸和加沙的形势，波拉德案中双重忠诚的问题，以及他对美国犹太社区的影响——"

我举起一只手阻止他继续往下说。"我很感谢你的关注。不过，现在我得到其他地方去。我会给你们老师回信的。"

可是，这男生一大早乘头班车从约旦山谷赶到耶路撒冷，在大堂里忐忑不安地等我醒来，他的提问才刚开始，他头脑发热，是不会就此罢休的。"什么最重要，"他问我，"国籍还是犹太人身份？请给我们谈谈您的身份危机。"

"现在不行。"

"在以色列，"他说，"许多年轻人有身份危机，他们贸然加入新的宗教——"

在距离我们仅一英尺的沙发上坐着一位面容相当严肃、举止异常稳重的人。他穿了一件深色双排纽扣大衣，系着一根深色领带，这样的装扮在这个国家里并不多见。他腿上搁着一个公文包，一直在观察我们，眼看我试图脱身，他立马站起来，朝德博拉和塔尔走过来，跟他们说了几句话。我很吃惊，因为他说的是希伯来语。从他的外貌和穿着来看，我估计他可能是北欧、德国、荷兰或者丹麦人。他跟这两个少年说话时声音很轻，但又很有权威，塔尔过分激动地用希伯来语回复他，他耐心地听塔尔说完才转过他那铁板一样的脸，用带英国口音的英语对我说："对不起，请原谅他们的鲁莽和提问，请接受他们的邀请，权把这当作你在这里受人尊敬爱戴的标志吧。我叫戴维·萨普斯尼克°，珍本收藏家。我的办公室在特拉维夫。我也是来麻烦你的。"他递给我一张名片，自称是旧书和珍本交易商，经营德语、英语、希伯来语和意第绪语书籍。

"每年一次教你的故事《狂热者埃利》,对高中学生来说总是一种不寻常的体验,"萨普斯尼克说,"我们的学生被埃利的困境所震撼,尽管他们天生鄙视一切狂热的宗教行为,但也都同情他进退两难的处境。"

"没错。"德博拉表示赞同,塔尔则气鼓鼓的,在一旁一直不吱声。

"你来访问,学生们最高兴不过了。但是他们知道这不太可能,所以这个小伙子抓住机会,就在这里向你提问。"

"这还不是我一生中所遇到的最糟糕的质问,"我回答说,"我是因为今天早晨有急事。"

"我敢肯定,如果您从您的角度出发,回答他的问题,给全班学生一个集体的答复,那就足够了,学生们会受宠若惊,万分感激的。"

德博拉开口了,显然,像塔尔一样,她感到这个不速之客唐突的介入有点霸道。"但是,"她对我恳求道,"同学们更喜欢您能亲自来访。"

"他已经给你解释过了,"萨普斯尼克说,态度还是像对塔尔那样生硬无礼,"他在耶路撒冷有急事。这就足够了。一个人不可能同时身处两地。"

我伸出一只手说:"再见!"德博拉先握了我的手,随后塔尔依依不舍地也与我握了手,最后他俩转身离去。

谁不能同时身处两地?我?这个萨普斯尼克是何许人也?他为什么要将这两个年轻人从我身边赶走?是否他想自己强行介入呢?

我面前的这个人长着一张驴脸,一对浅色的小眼睛深深凹陷,前额刻板有力,浅棕色的头发笔直往后梳,紧贴着他的脑壳——一副军官模样,可能是个殖民军官,在桑德赫斯特受过训练,托管时期曾与英军一起在这里服役。我决不会把他当作什么从事意第绪语珍本交易的书商。

萨普斯尼克分明看透了我的心思,他说:"你在想我是谁,我想要什么。"

"那我就有话直说了,如果你不介意的话。你说的没错!"

"只要十五分钟我就能把一切说清楚。"

"我没有十五分钟。"

"罗斯先生,我希望得到你的才华的支持,与仇犹主义斗争,我知道你对于这种斗争并不是漠不关心的。德米扬尤克审判并非与我的目的无关。你行色匆匆,难道不是去那里吗?"

"是吗?"

"先生,以色列的每一个人都知道你正在这里干什么。"

就在此时,我看见乔治·齐亚德走进宾馆,朝前台走去。

"对不起,"我对萨普斯尼克说,"请等一会儿。"

乔治在前台拥抱了我,我发现他的情绪还像前天傍晚我离开他时那样。

"你看起来还不错,"他低声说,"我以为情况非常糟糕。"

"我很好。"

他抱着我不放。"他们拘留你了,审讯你了,有没有打你?"

"他们从没拘留过我。打我?当然没有。你想哪儿去了!乔治,放心吧!"我对他说。我只能用拳头顶着他的肩膀,才能挣脱他的拥抱,最终保持一个手臂的距离。

前台那个年轻的接待员不是我入住时值班的那个,他对我说:"早上好,罗斯先生!您感觉如何?"又非常快活地对乔治说,"这儿不再是大卫王酒店的大堂了,成了罗斯拉比的拉比讲堂。他的书迷是不会让他孤单的。每天早上,他们排着队来,学生、记者、政客——我们从来没有遇见过这种情况,"他笑着说,"上一次遇到还是小萨米·戴维斯①的哭墙之行。"

---

① Sammy Davis. Jr.(1925—1990),美国著名演员、歌唱家。

"你这么说我可担当不起!"我说,"我可没那么重要。"

"以色列的每个人都想见见罗斯先生。"那个接待员说。

我挽着乔治的手臂,带着他离开服务台和那个接待员。"你现身的最佳地点就是这里吗?"

"我必须亲自过来。这里的电话不能用。一切都被窃听、被录音,然后被用来审判你和我。"

"乔治,住口! 没人会审判我。也没人打我。这一切都是无稽之谈。"

"这是个军国主义国家,靠武力建国,靠武力维持,崇尚武力和镇压。"

"请别再说了,我不这么认为。住嘴,现在别说。少喊口号。我是你的朋友。"

"喊口号? 难道昨晚他们没有向你表明这是个警察国家吗? 他们能毙了你,菲利普,当场毙了你,然后把责任推给阿拉伯司机。这些家伙是暗杀老手。这可不是喊口号,这是真理。他们为全世界的法西斯政府训练刺客。对于被谋杀的人他们没一点内疚。他们无法容忍犹太人中的反对派。他们能够杀害他们不喜欢的犹太人,就像杀害我们中的任何一个人那样容易。他们能够这样做,而且他们的确这样做了。"

"齐,齐,你言重了,伙计。昨晚的问题出在司机身上,是他开开停停,而且一直闪他的手电筒——这是一场误会。司机憋不住想拉屎,引起了巡逻的怀疑。这一切都不代表什么,也不意味着什么,它什么都不是。"

"对你而言,同样的事情发生在布拉格就有意味,发生在华沙,也有意味——只有发生在这里,你,甚至是你,都不能理解这意味着什么。他们想吓唬你,菲利普。他们想吓死你。他们讨厌你在这里宣扬的东西——你在挑战他们犹太复国主义者谎言最核心的东西。你处在他们的对立面。他们想使反对派'中立'。"

"这么着，"我说，"从头跟我说清楚。没道理是这个样子。让我先摆脱那个家伙，然后你我得好好聊一聊。"

"那个家伙？他是谁？"

"特拉维夫一个古书收藏家，珍本书商。"

"你认识他？"

"不认识。是他来这里见我的。"

在我解释的当口，乔治大胆地朝大堂萨普斯尼克坐着的沙发看去，那家伙正等着我回去。

"他是警察，国家安全总局的。"

"乔治，你疑心太重，会把事情搞砸的。他不是警察。"

"菲利普，你是无辜的！我不会让他们粗暴地对待你，不会的！"

"可是，我没事呀！请别再说了。喏，事情在这里就是这个样子。这一点我不说你也知道。路上会发生粗暴的事情。我是在错误的时间到了一个错误的地方。怎么说呢，情况有点乱，不过，这恐怕只是你我之间的事情。你不必负责。如果有人要承担责任，那人就是我。你我得谈一谈。对于我来这里的原因，你有点搞不清。因为发生了一些不寻常的事情，而我呢，又处理得不够聪明。昨天，我把你和安娜弄糊涂了——在你家里，我的举止行为很愚蠢，几乎让人无法原谅。现在我们别谈这事。跟我一起走吧——我得去参加德米扬尤克审判，你跟我一起去，在车里我会跟你解释这一切的。事情失控了，而主要过错方是我。"

"菲利普，就在德米扬尤克审判为应对全球媒体，请各方面专家仔细审查各种手稿、照片、回形针印痕、墨迹以及纸张年代，权衡呈堂证供之时，就在以色列法庭在电台、电视和世界媒体面前装模作样地表演之时，西岸到处都在执行死刑。那里没有专家，不经审判，也没有司法正义，用真枪实弹屠杀无辜的人。菲利普，"他说，此时他的话音非常轻，"雅典有你可以对话的人。雅典有人相信你所相信的事情，相信你想做的事情，某个相信犹太人大流散、相信应公正对待巴勒斯坦人的有钱人。雅典有人肯帮助你。他们是犹太人，但也是我们的朋友。我们可以安排一次会面。"

我想我正在被说服，被乔治·齐说服，加入巴勒斯坦解放组织。

"先等下，打住，"我说，"我们得谈一谈。你是在这里等还是到外面？"

"在这里，"他苦笑着说，"对我来说，这里非常理想。他们不敢在大卫王酒店的大堂里殴打一个阿拉伯人，不会在所有崇尚自由的美国犹太人面前殴打一个阿拉伯人，因为美国人用金钱维持着他们的法西斯政权。我在这里比我在拉马拉的家还要安全得多。"

我犯了个错误，我不该转身对萨普斯尼克客气地解释说我不能继续谈了。可他没有给我哪怕是说一个字的机会，整整十分钟，他站在离我胸膛不足半英尺的地方，作了一个名叫"我是谁"的演说。每当我后退半英寸想躲开他，他就朝我靠近一英寸。我明白除了吼他或揍他或逃跑之外，我就只能听他把话说完。这个有着日耳曼气质、英俊的特拉维夫犹太人身上透露出一种不协调的威严，像英国上流社会那些有教养的人一样操着一口无可挑剔的英语，他在大堂里以学究般的博学所进行的那一番演说，那种行云流水一样的掉书袋行为，让人觉得荒唐的同时也不免心生同情。如果不是急着要去其他地方，我可能会比此时更感兴趣。事实上，就目前而言，我所得到的乐趣已经远胜于自己所预期的。但我明白这也是我的职业弱点，我所有的错误都由此造成。我为收集各种素材不遗余力。一想到可能会收集到什么破格的素材，我就有点如痴如醉，站在那里心潮澎湃地听着截然不同于我的经历的故事，几乎情不自禁地像个五岁的孩子听某个陌生人讲天方夜谭，好像这是一周的新闻回顾那样，傻乎乎地享受着轻信的所有乐趣，而不是做我该做的，即发挥我了不起的怀疑精神或者

270

赶紧逃命。半惊异于皮皮克,半惊异于金克丝,现在又来了一个被半个奇人乔治·齐亚德识破真身为以色列秘密警察的夏洛克专家。

"我是谁?我是许多孩子中的一员,像你的朋友阿哈龙一样,"萨普斯尼克对我说,"我们是欧洲那十万犹太流浪儿。谁会接纳我们?没有人!美国?英国?没有人!在经历了大屠杀和流浪之后,我决定成为一个犹太人。那些伤害我的是非犹太人,那些帮助我的是犹太人。在那之后,我热爱犹太人,培养起一种对非犹太人的仇恨。我是谁?是三十年来收藏四种语言的书籍的人,是毕生熟读所有最伟大的英语作家的人。尤其当我还是希伯来大学一名青年学生的时候,我就学习了二十世纪上半叶在伦敦舞台上演次数仅次于《哈姆雷特》的莎士比亚剧本。第一幕第三场的开场白,第一句台词,将近四百年前夏洛克用来介绍自己登上世界舞台的那五个字让我感到震惊。没错,迄今为止四百年来,犹太人民生活在这位夏洛克的阴影之下。在现代世界里,犹太人永远在接受审判,今天犹太人仍然在接受审判,以以色列人的身份受审——这场对犹太人的现代审判,这场永远不会结束的审判,就是从对夏洛克的审判开始的。对于世界观众来说,夏洛克是犹太人的具体体现,就像山姆大叔代表了美国精神那样。只是在夏洛克这里有一种不可抗拒的莎士比亚现实,一种可怕的莎士比亚活力,这是你们这张山姆大叔名片所不具备的。我研究了那五个字,被仇恨和复仇扭曲了的犹太人,野蛮、讨厌、邪恶的犹太人,就是靠那五个字作为我们的幽灵进入西方文明的意识之中。那五个字包含了两个千禧年来对犹太人的所有仇恨,将犹太人钉在了耻辱柱上,直到今天依然决定着犹太人的命运,只有所有作家中那个最伟大的英语作家才可能具备把它们挑拣出来并加以戏剧化的先见之明。你还记得夏洛克的开场白吗?你还记得那五个字①吗?'三千

---

① 原文为 three words,这里根据汉译过来的字数做了调整。

达克特①。'五个毫无美感的生硬音节。犹太人被一个天才奉上神坛，而'三千达克特'一下子让他们背上了永恒的恶名。十八世纪扮演了五十年夏洛克的那位英国演员，他那个时代的夏洛克，是一个名叫查尔斯·马克林的人。据说马克林先生发'三千达克特'中的两个 th 和两个 s 时，发音是那么地油腔滑调，仅凭这几个字就立马唤起所有观众对夏洛克一族的仇恨。'Th-th-th-three th-th-the-thous-s-s-sand ducats-s-s。'当马克林磨刀霍霍，准备从安东尼奥的胸口割下一磅肉时，正厅后座的观众晕倒了——这可是在理性时代的巅峰时期啊。令人佩服之至的马克林！维多利亚时期对夏洛克的理解是，作为一个受冤屈的犹太人夏洛克的复仇是合法的，这一时期对夏洛克的塑造，从基恩夫妇到亨利·欧文爵士再传到我们国家，在情感的传承上是一种粗俗的冒犯，不仅有违鼓舞了莎士比亚和他同时代人的真挚的厌犹之情，也有违那段欧洲长期迫害犹太人的显著历史。可恨该恨的犹太人，他们的艺术之根可追溯到约克郡露天剧场上演的历史剧《耶稣受难》，他们在作为历史恶棍之持久不亚于戏剧恶棍方面无人能及：长着鹰钩鼻的高利贷者，吝啬、拜金、自私自利的堕落分子，上犹太会堂准备杀害善良基督徒的刽子手——这就是欧洲的犹太人，一二九〇年被英国人赶走的犹太人，一四九二年被西班牙人驱逐的犹太人，被波兰人吓坏了的犹太人，被俄国人屠杀、被德国人焚烧、被英国人和美国人在特雷布林卡的焚烧炉熊熊燃烧之时摒弃的犹太人。旨在人性化、美化犹太人的那层维多利亚毒漆根本骗不过欧洲人那双看透了'三千达克特'的慧眼，过去骗不了，以后也骗不了。罗斯先生，'我是谁？'我是一个住在地中海最小国家——可世人依然认为它太大——学究气十足的店主，一个快退休的爱书之人，不知从何而来的无名小卒，从学生时代起就做着剧团经理的美梦，夜里躺在床

---

① Ducat，旧时在欧洲许多国家通用的金币或银币名。

上想象自己是'萨普斯尼克仇犹剧团'的舞台监督、制作人、导演、主人公。我梦见场场客满,梦见起立欢呼,梦见我这个饥饿肮脏的小萨普斯尼克,这个成千上万流浪儿中的一员,以马克林式的客观冷静,以真正的莎士比亚精神来演绎那个令人恐惧的残忍犹太人,他的恶行就源于他所信奉宗教与生俱来的腐败。每年冬天,他带着他的仇犹剧目在文明世界的首都巡回演出,表演保留节目中优秀的欧洲仇犹大戏,夜夜演出奥地利戏剧、德国戏剧、马洛和其他伊丽莎白时代剧作家的作品,而且总以杰出名作那样的预言收尾:不知悔改的犹太人夏洛克被从天使一样的基督徒鲍西娅所身处的和谐世界里驱逐出去,这是希特勒式无犹欧洲的梦想。今天有一个无夏洛克的威尼斯,明天就有一个无夏洛克的世界。夏洛克被剥夺了他的女儿,他的全部财产,被他的基督徒好人强迫皈依:犹太人退场。这就是我。至于我需要的东西,这个给你。"

我从他那里接过他递给我的东西,两本用仿制皮革装订的笔记本,每本大约一个皮夹大小。一本是红的,封皮上用白色草写体印着"我的旅行"四个字。另一本封面是棕色的,上面有点划痕和霉斑,上面的金色字母可辨出是"国外旅行",看上去有点异域风情,不像是西式的,邮票大小的、旅行者在途中可能会遭遇的各种旅行方式以半环绕的式样镌刻在这几个字周围——一艘乘风破浪的航船;一架飞机;一辆由梳着长辫子的苦力拉的黄包车,车上载着一个撑阳伞的女人;一头大象,赶象人坐在象头上,乘客坐在象背上有凉篷的座椅里;身穿长袍的阿拉伯人骑着一只骆驼。在封面底部的边缘镌刻着极为精美细致的六种形象:一轮满月、布满星星的天空、一个平静的环礁湖、一艘大型平底船、一条凤尾船……

"战后,"萨普斯尼克说,"安妮·弗兰克日记以后,再没有发现过如此精美的东西。"

"它们是谁的?"我问。

"把它们打开，"他说，"读一读。"

我打开那本红色笔记，翻到顶上标着"日期""地点"和"天气"的那一页，上面对应写着"1976年2月2日""墨西哥""晴朗"。日记是用蓝色水笔写的，字大、清晰，开头是这样的："航行一路顺风。有点颠簸。准时到达。墨西哥城有五百万人口。向导带着我们浏览了城市的一些街区。我们访问了一个建在火山岩上的住宅区。每栋住宅的价格从三万美元至十六万美元不等，房子看起来时尚美观。花很艳丽。"我跳过了几页。"1976年2月14日，星期三，圣侯索德普里亚。我们吃了早中饭，随后去游泳池。这里有四个泳池。每个泳池的水据说都有治疗效果。然后我们去了水疗馆。姑娘们在脸上都敷着泥巴面膜。随后我们进入浸礼池①或者浴池。玛丽莲和我共用一个浴池。这个浴池叫作'家庭浴池'。这真是一次快活的经历。我所有的朋友都应该到此一游，甚至我的一些敌人也应该来看看。真是太美妙了！"

"这些，"我对萨普斯尼克说，"该不会是安德烈·纪德写的吧。"

"上面写了这些是谁写的——在开头。"

我把笔记本翻到开头。有一页的标题是"海上计时"，一页关于"改变时钟""经度纬度""英里与海里""晴雨表""潮汐""美元兑换外国货币"的信息，下面一页的标题是"身份证明"，除了几格空行外，都被记日记的人用同一支水笔填满了。

　　　　我的名字：莱昂·克林霍弗

　　　　我的住址：纽约东十街七十号，NY10003

　　　　我的职业：家电制造商（昆斯）

---

① Mikvah，正统犹太教教徒按传统在安息日前或妇女行经期后举行洁净礼时所用的水池。

身高：5-71/2　　体重：170　　出生年：1916

肤色：白色　　头发：棕色　　眼睛：棕色

个人特征

特征介绍：＿＿＿＿＿＿＿＿＿＿＿＿＿＿＿＿＿＿＿

社会保险号码：＿＿＿＿＿＿＿＿＿＿＿＿＿＿＿＿

宗教信仰：＿＿＿＿＿希伯来＿＿＿＿＿＿＿＿＿＿

紧急联络人

姓名：＿＿＿＿＿＿玛丽莲·克林霍弗＿＿＿＿＿＿＿

"现在你明白了吧。"萨普斯尼克严肃地说。

"我明白了，"我说，"没错。"接着打开他给我的那本棕色的笔记本。"1979年9月3日，那不勒斯。多云。早餐。重游庞贝。非常有趣。很热。回船上。写卡片。喝饮料。遇见两位很好的英国年轻人：巴巴拉和劳伦斯。安全操练。天气变好。去船长奢华的（非法的）房间参加鸡尾酒会。"

"这是阿基莱·劳伦号劫船事件中的，"我问，"克林霍弗夫妇吗？"

"是他们杀死的克林霍弗夫妇，没错。英勇的巴勒斯坦自由战士朝坐在轮椅中毫无防备的犹太残疾人士头上开了一枪，然后把他扔进了地中海。这些都是他的旅行日志。"

"那次旅行的日志？"

"不是，几次比较愉快的旅行记录。那次的已经遗失了。也许当他们把他从船上扔进海里时，那本日记还在他的口袋里。也许英勇的自由战士用日记纸擦了他们英勇的巴勒斯坦屁股。不是，这些日记记录的是几年前他和妻子、朋友一起的愉快旅行。这两本日记是从克林霍弗夫妇几个女儿的手中转到我这里来的。我早就听说了这些日记，于是就跟他们的女儿接触。我飞到纽约去见她们。以色列这边有两个专家，一个专家与司法部部长办公室的法医调查小组有联系，他们向我保证，日记的笔迹是克林霍弗的。我带回了他办公室档案中的文件和信件，上面的笔迹跟日记里的笔迹在任何细节上都十分吻合。水笔、墨水、日记本的生产日期，我有权威的文件可以证明它们真实可靠。克林霍弗的女儿们请我做她们的代表，帮她们为已逝父亲的日记找一个以色列出版商。她们想在这里出版这些日记，以纪念父亲，把这作为他热爱以色列的一种象征，并要求将销售所得捐给耶路撒冷的哈大沙医院，她们父亲生前最喜欢从事此类慈善事业。我告诉这两位年轻女士，当年奥托·弗兰克战后从集中营回到阿姆斯特丹，发现了小女儿写的日记，弗兰克一家在他们的阁楼里躲过了纳粹法西斯的迫害。他同样要求私下出版这部日记，只是为了一小群荷兰朋友，作为对她的纪念。正如你熟知的那样，你自己曾在一部文学作品里让安妮·弗兰克作为女主人公登场，安妮·弗兰克的日记就是以这样一种温和谦逊的方式第一次出现在世人面前。当然，我会按照克林霍弗两个女儿的愿望去做。但是，我碰巧也知道，《莱昂·克林霍弗旅行日记》像小安妮的日记一样，一定会有非常多的读者，世界范围的读者——如果我的确能得到菲利普·罗斯的帮助的话。罗斯先生，《安妮·弗兰克日记》第一版前言是由埃莉诺·罗斯福——那个极受你们敬重的战时总统的遗孀——撰写的。罗斯福夫人的几百个字和安妮·弗兰克的话成了犹太人受苦受难、犹太人幸存历史一个极其重要的词条。菲利普·罗斯也能为殉难的克林霍弗夫妇做同样的事情。"

"对不起，我做不到。"然而，当我想递还两本日记时，他不接受。

"把它们通读一遍，"萨普斯尼克说，"我把它们留给你读一遍。"

"开什么玩笑！我可担不起这样的责任。拿回去吧。"

他再次拒绝收回。"莱昂·克林霍弗，"他说，"很容易成为你一本小说中的人物。他对你不陌生。他写日记的风格你也不陌生，简单、笨拙、真诚，他享受生活，爱他妻子，为他的孩子感到骄傲，他忠于他的犹太同胞，他热爱以色列。尽管受到移民家庭背景的种种局限，但他们还是在美国生活中取得了成就，我知道你对此的感受。他们是你众多小说主人公的创作源泉。你了解他们，理解他们；你没有让他们带上感伤的色彩，你尊重他们。只有你才能赋予这两部旅行日记人文关怀，而这种人文关怀将会向世界真正揭示出一九八五年十月八日阿基莱·劳伦号谋杀案究竟是谁干的，谁被杀了，等等。没有一个犹太作家会像你那样描写这些犹太人。我明早再来。"

"明早我不可能在这里。听着，"我生气地说，"你不能把这些东西留在我这里！"

"我想不出其他更可靠的人托付给他这两本日记。"说完他就转身离开，留我一个人站在那里手捧着这两本日记。

斯迈尔斯伯格的百万美元支票。莱赫·瓦文萨的六芒星。现在又是莱昂·克林霍弗的旅行日记。接下去还会发生什么？令人佩服之至的马克林戴的假鼻子？犹太人的珍宝，不管是什么，只要还没钉牢的，都直接朝我飞来！我马上走到酒店前台，要了一个足以放进这两本日记的信封，并在信封上写了萨普斯尼克的名字，把我自己的名字写在左上角。"那位先生回来时，"我对接待员说，"把这个信封给他，好吗？"

他点点头，示意要我放心，他会转交的，可他刚把信封放进我房间的那个文件格，我就想起来一旦我出发前往法庭，皮皮克就会突然出现，宣称这个信封是他的。尽管大量证据表明我最后胜利了，那两个家伙已经放弃骗局逃之夭夭，但是我依然无法使自己确信他没有躲在附近，对刚才所发生的一切一无所知，也不能百分之百确定他不在法庭上，没有跟他那些正统派的同谋一起准备愚蠢地绑架德米扬尤克的儿子。如果皮皮克回来偷这些……管他呢，那是萨普斯尼克运气不佳，不是我运气不好！

然而，我还是回到前台，要接待员把我刚寄存的信封还给我。接待员面带着几乎难以察觉的嘲讽看着我，这表明他像我一样看出了其中他人未曾察觉的潜在的可笑之处，我撕开信封，将红色日记（"我的旅行"）放进我夹克衫的一个口袋里，棕色日记（"国外旅行"）放进另一个口袋，随后与乔治一起快速离开酒店。在此期间，乔治一直沉浸在怨恨中，只有上帝知道是什么有关补偿和复仇的难耐的幻想让他痛苦万分，他坐在靠近门口的椅子里，一根接一根地抽着烟，望着这家四星级犹太酒店庄重迷人的大堂里忙碌的一天再次活跃起来。大堂里，那些富足的住客和随机应变的服务员当然完全没意识到他们实事求是应对自如的存在带给他怎样的痛苦。

当我们走进明媚阳光里的时候，我观察了一下沿街停靠的几辆汽车，看看皮皮克是否在其中一辆上，像他在芝加哥当侦探那样躲藏在他的"机动车"里。我看见一个人站在酒店街对面希伯来男青年会大楼的屋顶上。那有可能是他！他可能在任何地方——一时间，我看见他出现在所有的地方。她可能已经告诉他我如何诱奸了她，我想，他将永远是我的恐怖分子。在今后的岁月里，就像他盛怒之下会用瞄准器上的十字丝瞄准我那样，我也会同样瞄准站在房顶上的他。

九 伪造，偏执，假情报，谎言

踏进出租车前，我很快打量了一下司机，他是一个土耳其人模样的小个子犹太人，比皮皮克或我矮一英尺半，他头上硬直的黑发比我俩的头发加在一起还要浓密十倍。他连最基本的英语都没掌握好。我们上了车之后，乔治不得不用希伯来语对他重复我们要去的目的地，车里就好像只有我们两个一样。于是，在酒店去法庭的路上，我对乔治说了前天我应该对他说的一切事情。乔治静静地听着，让我吃惊的是，他听到耶路撒冷还有另外一个"我"时，似乎不惊讶也一点不怀疑；但与此同时，他认为世界上只有一个三十年前与他一起做研究生的罗斯。当我试图为他分析我一时冲动在他妻子和儿子面前假装是个大流散狂热分子，狂热崇拜欧文·柏林时，他甚至不感到心烦意乱（他这个人动辄血管振动，很少享受片刻安宁）。

"你没必要道歉，"他用平静挖苦的口气回答，"你还是你，跟过去一样，总是令人瞩目。我怎么会忘记呢？你是个演员，一个逗人开心的演员，为了获得朋友们的赞赏，永无休止地表演。你是个讽刺家，总是在寻找笑料，怎么可能期待一个讽刺家为了一个胡言乱语、大叫大嚷、喋喋不休的阿拉伯人而压抑自己呢？"

"这些天来，我不知道自己是什么，"我说，"我所做的一切都很愚蠢——愚蠢费解——我很遗憾。安娜和迈克尔最不需要的就是这些。"

"但是你需要的是什么呢？你的喜剧治愈。一个受压迫民族的问题对像你这样伟大的喜剧艺术家有关系吗？这场戏必须演下去。不必再多说了。你是个非常有趣的表演者，以及一个道德白痴！"

于是，在到达法庭前的剩余几分钟里，我们两人没再多说话，乔治是个骗人的疯子还是个狡猾的骗子——或者他本身就是个伟大的喜剧艺术家——是否存在着他所说的那个阴谋网（或者一个如此失控并一直处在精神崩溃边缘的人是否可能成为这个阴谋网的代表），我现在实在没法找到答案。雅典有你可以对话的人。雅典有人肯帮助你。他们是犹太人，但也是我们的朋友……犹太人资助巴勒斯坦解放组织？他一直在跟我说的就是这个吗？

到了法庭，甚至还没等我来得及给司机付车费，乔治就已经从他那边车门下了车，我想我可能再也见不到他了。然而，当我一两分钟后悄悄溜进法庭时，他已经在那里了，坐在法庭的后面。他一下抓住我的手，低声说"你可是假情报方面的陀思妥耶夫斯基"，说完他才越过我开始为他自己寻找座位。

那天早上，听众还没坐满半个法庭。根据《耶路撒冷邮报》报道，所有证人都出庭作了证，这是法庭总结陈词的第三天。我能清楚地看到，德米扬尤克儿子正坐在第二排，就在法庭中央的左侧，与他父亲就座的椅子成一条直线，两名看守一左一右守着德米扬尤克，辩护律师的桌子就在其前面。我看见德米扬尤克儿子身后一排座位几乎全都空着，于是就走到那里，迅速坐了下来，因为庭审已经开始了。

我已经在法庭门口取了一副耳机，于是就把它戴在头上，转动调频旋钮至庭审的英语同声翻译。然而，过了两三分钟后我才能够理解其中一位法官——以色列最高法院的大法官莱文——在对证人席上的证人说些什么。他是这天第一位证人，体格结实，表情坚定，是个六十七八岁的犹太人，脑袋硕大——像一块沉重的巨石，上面架着一副厚厚的眼镜，看上去一点儿也不协调——四平八稳地安在一个建筑水泥块般的躯干之上。他穿着一条宽松的便裤,让人感到意外的是,上身套了一件无领无扣红黑两色的运动衫,这有点儿像干净利落的年轻运动员去约会的装束,他的手是劳动者的双手,码头工人的双手,看上去像铁钉一样坚硬,那双手紧攥着讲桌的边缘,就像一个斗志昂扬、憋着一股劲、紧张又凶猛的重量级拳击手,在听见比赛钟声响起的瞬间像射出的子弹一样疾冲过去。

他的名字叫伊利亚胡·罗森堡,这并非是他第一次出席德米扬尤克的庭审,因为我到达耶路撒冷的那天,德米扬尤克的剪报材料中的一张惊人照片引起了我的注意,照片上德米扬尤克面带友善微笑热情地主动伸出手去与罗森堡握手。这张照片大约摄于一年前,在审判的第七天,当时原告律师要求罗森堡离开证人席,走到大约二十英尺以外的被告席去作辨认。罗森堡被法庭作为七个证人之一传来作证,这七人都宣称认识美国俄亥俄州克利夫兰市的约翰·德米扬尤克,当他们被关押在特雷布林卡集中营时就已经认识这个"恐怖伊凡"。据罗森堡说,他和伊凡当时都二十刚出头,有近一年时间两人每天劳动时离得很近,伊凡是操作毒气室的卫兵,监视那些犹太囚犯("死亡突击队员")的一言一行,这些囚犯的工作就是搬运毒气室里的尸体,清除毒气室里的粪便和尿液,为下一批犹太人进毒气室做准备,粉刷毒气室四周的墙壁,外面的墙壁和里面的,为的是掩盖血迹(伊凡和其他卫兵在驱赶犹太人进入毒气室时使用刺刀、军棍和铁管,经常弄得鲜血飞溅)。二十一岁的伊利亚胡·罗森堡,是那三十个左右还活着的犹太死亡突击队员之一,他们的工作就是每次毒气室运作完后,用担架搬运——一直用最快的速度奔跑着——赤裸裸的、刚刚被杀害的犹太人尸体,把它们运到户外"烤",由囚犯"牙医"拔掉它们的金牙上交德国国库,然后将尸体巧妙地叠起来焚化,孩子和女人放在最下面,男人堆在上面,那样更便于点火。

十一个月以后的今天,令人感到惊奇的是,在法庭作总结陈词期间，这次由被告提出再次传唤罗森堡。法官正在对罗森堡说："你要仔细听好对你的提问，只能回答与问题相关的事情。你不能参与辩论，也不能失去自控，不幸的是，在你作证期间，曾不止一次发生这样的事情——"

但是，正如我说过的那样，在我进入法庭的头几分钟，我无法集中精力听耳机中传来的英语翻译，因为德米扬尤克的儿子就在我前面一排，我要保持高度警戒，我坐附近，要起保护作用——如果这种保护确实能得到保证的话——使皮皮克的阴谋不能得逞，也因为我口袋里还装着那两本日记。它们是莱昂·克林霍弗的日记吗？我尽量不引起任何人注意地把它们从两个口袋里取出，拿在手里不停地翻来翻去，把它们放到我的鼻子前面，飞快地，先是一本，然后是另一本，闻闻纸张的味道，那种类似旧图书馆书架上弥漫的淡淡的好闻的腐味。我把那本红色的日记搁在大腿上翻看，从某一页中间开始看了一会儿。"1978 年 9 月 23 日。前往南斯拉夫的途中。杜·布罗夫尼克①。途经墨西拿和海峡。使我们想起 1969 年的墨西拿之旅。在热那亚，又有一批人上了船。今晚的演出精彩极了。每个人都一阵阵咳嗽。我不知是何原因，天气完美。"

"原因"和"天气"之间用逗号隔开——我问自己，昆斯的一个家电商会熟练地在这里加一个逗号吗？像这样草草地简单写日记，会很注意标点符号吗？除陌生地名外，任何地方都没出现任何拼写错误？在热那亚，又有一批人上了船。故意在那里安排一次活动？也许预感到七年后会发生什么事情？预示着当那批人在某个意大利海港——甚至可能在热那亚——登上阿基莱·劳伦号时，隐藏的三名巴勒斯坦恐怖分子将会杀害这同一个记日记的人？或者这只是简单记一笔一九七八年九月船上发生的事情——有一批人在热那亚登

---

① 原文为 Du Brovnik，正确的拼写应该是 Dubrovnik。

船,对于克林霍弗夫妇来说,根本没预料到后来会发生可怕的事情。

尽管分了心,没跟上法官对坐在我前面未遭绑架,未受伤害的德米扬尤克的儿子的开场介绍,尽管因萨普斯尼克强给的两本日记分了心——日记是不是被伪造,萨普斯尼克是不是骗子,造假者的同伙,疯狂的犹太幸存者的同谋,或者这起阴谋不知情的受害者,以及有关这两本日记的情况是否确如他所说,如果他所言非虚,那么我作为犹太人是否真的有责任为它们写序,那样也许会引起不仅仅是以色列出版界的兴趣,我依然试图琢磨出为什么我在出租车里如实告诉乔治的一切偏偏会被他认为是"假情报",我越想越不安。

一定是因为乔治认为,首先,我们那个小个子出租车司机跟书商萨普斯尼克一样,都是以色列秘密警察中的一员,不管我俩在哪里碰到,他都一直在把我的注意力引向这些警察;一定是因为他认为,不仅我俩处于严密监视之下,而且我一上车就推测出了这一切,继而巧妙编造出第二个菲利普·罗斯的故事,为的是用胡言乱语干扰出租车司机的思路。否则,我不知道如何解释"假情报"这个词,以及为何他在气鼓鼓地骂我是"道德白痴"后没几分钟就深情地握住我的手。

应该承认,从表面上看,第二个我的故事是让人难以接受,不管是第二个谁,都难让人接受。很大程度上,正是因为我自己也很难接受,才导致我在处理一切跟皮皮克有关的事情上不停翻车,或许还在翻。尽管要相信像皮皮克这样厚颜无耻欺骗成性的家伙确实存在或者想象他获得不管何种成功困难之极,但我依然认为让乔治接受这个冒名顶替者不太可能的存在是相对容易的,相反他应该比较难相信:(一)我当真是某种政治阴谋的倡导者,逆历史而动,狂热推崇大流散思想;(二)大流散很可能成为巴勒斯坦国家运动的一种希望源泉,尤其可能成为一种值得给予经费资助的全国性运动。不,除非是失去理智的绝望的狂热分子,明白自己无能为力,为一个濒临彻底失败的事业奋斗太久了,否则像乔治这样聪明的人是不会对这样一个虚假的想法倾注如此狂野的热情的。而倘若乔治真是瞎了眼，真被苦难打倒，真因无力的愤怒而扭曲了心智，那他肯定早就没资格拥有能够让他来见我并安排雅典密会的地位和影响力。可反过来说，也许现在由于我这位芝加哥旧友的思想已被绝望逼至发狂，他开始生活在自己一手打造的幻梦之中，"雅典化"他的巴勒斯坦世外桃源，而那些支持巴勒斯坦解放组织的有钱犹太人跟当初那个孤单小孩的幻想朋友一样不真实。

对于经历了过去七十二个小时的我而言，说这里的情况可能把乔治逼疯了，这并不算太骇人听闻。然而我还是摒弃了这种想法。多乏味的结论啊。不是每个人都疯了。矢志不移不是发疯，受人蒙骗不是发疯，甚至心怀狂热幻想也不是，欺骗，使诈，愤世嫉俗，所有这些都远谈不上是发疯……等下，那个，欺骗，它就是解答我困惑的关键！当然是这样！不是我欺骗了乔治，是乔治欺骗了我！我被那个可怜受害者悲剧般的传奇故事骗了，这家伙被不公和流亡逼得几近疯狂。乔治的疯狂是哈姆雷特式的——一场表演。

没错，这样一切就可以解释通了！著名的犹太作家来到耶路撒冷，赞成将以色列德系犹太人口大规模迁回他们欧洲的出生地国家的想法。这种想法对一个巴勒斯坦好战分子和梅纳赫姆·贝京来说，也许都显得很不现实，但是，一位著名作家想出这样的想法，这对他们二者也许不会显得不太现实，相反，一位著名作家想象自己狂热无知的末日妄想与现实中各种或胜或败的政治角力之间存在着某种联系，这他们根本不觉得奇怪。当然，从政治上讲，这位著名作家是一个笑话；当然，这人的任何想法都不会促使在以色列或其他任何地方的任何人采取任何行动，但他是个文化名人，他在全世界流通的某专栏上占有方寸之地，因此这位认为犹太人应该滚出巴勒斯坦的著名作家不应被忽视或嘲弄而应受到鼓励和利用。乔治认识他。他是乔治的一个美国老朋友。用我们的苦难，乔治，说服他。读书写作之余,这些著名作家都喜欢在一个豪华酒店呆上五六天,沉思历史上受压迫人民种种动荡不堪的悲剧。寻找他,找到他,告诉他他们是如何折磨我们——正是呆在最豪华的酒店里的这些人,理所当然能特别敏锐地感觉到不公正的恐怖。如果早餐盘里的一把脏叉子就会引起对客房用餐服务的强烈抗议,那么可以想象他们对于电击棒的义愤。夸夸其谈,胡言乱语,展示你的伤口,给他享受名人之旅——军事法庭,沾满鲜血的哭墙——告诉他你会带他去跟阿拉法特本人谈。让我们看看乔治能为罗斯先生小小的宣传噱头激起何种报道。让我们助这个妄自尊大的犹太人登上《时代周刊》的封面!

那么另一个犹太人呢,那个妄自尊大的冒名顶替者呢?所有这些假设或许都能解释为什么乔治在出租车里骂我是个道德白痴,以及仅仅几分钟后在法庭后面小声吹捧我为假情报方面的陀思妥耶夫斯基。我的所有假设的确能给乔治表面上的混乱行为——在市集偶遇我,尾随我,追着我不放,不管我表现得多诡异他都极为认真地对待我——提供一个答案,但有一点说不通、不合逻辑,那就是无处不在的皮皮克。乔治似乎怀疑是我编出来迷惑以色列密探出租车司机以及当地巴勒斯坦情报机构——倘若它真对我有丁点儿兴趣的话——的这一切,其真实性已经通过我和皮皮克在两家酒店的入住登记证明了。如果巴勒斯坦情报机构的高层非常清楚大流散主义者和小说家是两个不同的人,清楚大卫王酒店的菲利普·罗斯是冒牌货,美国侨民酒店的才是正品,那他们为什么——更加确切地说,他们的密探乔治·齐亚德为什么——还在我面前假装这两个是同一个人呢?尤其是他们明白,我和他们都知道另一个人的存在!

不对,皮皮克的存在强有力地质疑了我正试图使自己确信的那种貌似有理的说法,即不是乔治·齐亚德疯了,而是在这一切混乱之下还隐藏着一种更合情合理、更有趣的解释。当然,除非他们早就安插了皮皮克——从我第一次与皮皮克接触,在伦敦假装皮埃尔·罗热采访他的时候，这一切就已经策划好了，除非皮皮克从一开始就一直在为他们工作。肯定是这样！情报机构一直就是这么干的！他们碰巧遇见一个长得跟我一模一样的人，我猜这人实为二流侦探，为了点钱替他们耍起某种产生轰动效应的把戏——向只要肯听的人大谈特谈那一套伪装得很蹩脚的反犹太复国主义胡话，即所谓的大流散主义。他受我的老朋友乔治·齐亚德指挥，乔治是他的教练，他的联系人，他的中枢。他们最想不到的事情是，在这所有一切纷乱之中，我也会出现在耶路撒冷。或者说，也许他们就是这么策划的。他们用皮皮克作饵。但是引诱我干什么呢？

咳，我究竟在干什么！我究竟干了些什么！我究竟还要干些什么！他们不仅仅在操纵皮皮克，他们也在操纵我，而我却蒙在鼓里！自从我来到这里，他们就一直在操纵我！

我就此打住。我一直在思考的一切——而且，更糟的是，热衷于相信的一切——使我震惊和害怕。我煞费苦心正在对现实作出一种合理解释，为其注入理性，那种精神病医师常从重度精神分裂患者那里听到的理性。我克制住自己，从那个我盲目前往的深渊惊恐地后退，因为我意识到，为了使乔治比疯子和失控者"更合情合理、更有趣"，我正在把自己变成疯子。宁可让现实不可控，让生活读不懂，让理智参不透，也好过用实为疯狂的幻想强行赋予未知因果关系。我想，宁可这三天所发生的事情对我永不可解，也好过（像我一直在做的那样）认定那是决心对我进行思想控制的国外情报人员的阴谋。这样的事想必我们以前都听说过。

罗森堡先生再次受到传唤，就一份六十八页的文件作答。在这长达一年审判的最后时刻，这份文件被华沙历史研究所发现。这是一份一九四五年有关特雷布林卡集中营和那里犹太人命运的报告，是罗森堡逃离特雷布林卡集中营近三十个月后在波兰军队当兵时，亲手用他的母语意第绪语书写的。罗森堡在宿营地克拉科夫一些波兰人的鼓励下回忆死亡集中营的往事,用了两天时间写下了他的回忆录,随后将手稿交给克拉科夫的女房东瓦塞尔太太,请她转交给适当的机构,派不管什么样的历史用途。直到庭审那天早晨他才见到他那本特雷布林卡回忆录,原稿的复印件是在证人席上递给他的,辩护律师丘马克要求他核验签名并且告知法庭是不是他本人的。

罗森堡说这是他的亲笔签名,原告律师没有反对意见,于是,这份一九四五年的回忆录,按莱文法官说的,"就其中所记一九四三年八月二日特雷布林卡起义事件,特别是,"莱文继续说,"伊凡死亡一事对证人进行询问。"

伊凡死亡?坐在我正前方的德米扬尤克的儿子,在从耳机中听到这四个翻译过来的英语单词时,开始不住地点头,可除此之外法庭里察觉不出一点动静,一点儿声音也没有,直到丘马克自信地、实事求是地开始用他那加拿大口音的英语,与罗森堡一起复审这份回忆录的相关内容。很显然,这份回忆录是在欧洲战争结束后近几个月内写成的,罗森堡写到了伊凡的死亡,而在审判的第七天他却表示,不如说发誓,自己怀着极端的恐惧和厌恶凝视这同一个人那双"凶残的眼睛"。

"我想直接跟罗森堡先生确认相关内容,这上面写到'几天后,起义毫无理由地定在了八月二号这一天'——你能在文件第六十六页找到这句话吗?"

随后,丘马克带着罗森堡读那段有关一九四三年八月二日中午炎热天气的文字描述,天气如此酷热,"小伙子们"(罗森堡就是这样描述他那些死亡突击队同伴的)从凌晨四点一直干到现在,因痛苦而哭泣,在搬运掘出的尸体去焚化时连人带担架一起倒下来。起义定在下午四点,但此前十五分钟,手榴弹的爆炸声和紧接着的几声枪响表明,起义已经开始了。罗森堡大声朗读意第绪语文本,随后被译成希伯来语，描述其中一个小伙子什穆埃尔如何率先冲出集中营，大声呼喊起义暗号："柏林革命！柏林起义啦！"另外两个小伙子，门德尔和哈伊姆，随之向集中营的乌克兰卫兵猛扑过去，夺取了他手中的枪。

"先生，这些是你写的，而且它们准确无误，"丘马克问，"这就是当时发生的情况，对不对？"

"如果法庭允许的话，"罗森堡回答，"我想我需要解释一下。因为我在上面所说的，是我听到的，而非亲眼所见。这两者之间有巨大差别。"

"可是，先生，你刚才读给我们听的，说什穆埃尔率先离开集中营，是你亲眼看见他离开集中营的吗？"

罗森堡说没有，他没有亲眼看见，回忆录中的大部分内容都是他在叙述别人的所见所闻，是他们在翻过铁丝网，安全逃进森林后相互转告的。

"可是，"丘马克说，他不愿意让罗森堡在这个问题上自说自话，"你没有在上面写明这些是他们在逃进森林后说的，你所写的就是当时所发生的，你也承认了一九四五年你的记忆力比今天强。我认为，既然你这样写了，那么你一定是亲眼所见。"

罗森堡再次试图说明，他的回忆录是出于需要，根据他作为一名起义参与者所能观察到的，根据其他起义者事后在森林里告诉他的有关他们的所作所见撰写而成的。

齐夫·塔尔，那位头戴圆顶小帽，眼镜向下架在鼻梁中间给人一种睿智的刻板印象的大胡子法官，最终打断了丘马克和罗森堡之间的重复对话，问证人："你为什么不在日后指出，你在森林里看到、听到如此这般——你为什么写得像亲眼见到一样？"

"也许这是我的过错，"罗森堡回答，"也许我应该注明这一点，但实情是这一切都是我听来的，而且我不断重申，起义过程中我没有注意周围发生的一切,因为身处枪林弹雨中我就只想尽快逃离那个地狱。"

"这很自然,"丘马克说,"每个人都想尽快逃离地狱,但请允许我继续,你有没有看见那个卫兵被大家勒死后扔进井里——你看见了吗?"

"没有看见,"罗森堡说,"我是在森林里听说的,不只我听说了,所有人都听见了,而且有很多版本,不只这一种……"

莱文法官问证人:"你倾向于相信那些人,那些跟你一样为获自由逃离集中营的人所说的话?"

"是的,尊敬的法官,"罗森堡说,"这是我们伟大胜利的象征,听到发生在那些家伙身上的事情,对我们来说,是一种梦想成真。我当然相信他们已经被杀、被勒死了——这对于我们来说是一种胜利。先生,您能想象吗,这种成功,这种梦想成真,人们成功地杀死了他们的行刺者,他们的刽子手? 难道我要怀疑这种事情吗? 我全身心地相信它! 希望它是真的,我希望它是真的。"

所有这一切又被解释了一遍,然而,丘马克还是那个问题——"我刚才读给你的这些,先生,你是不是亲眼所见?"直到最后大法官起身反对。

"我认为,"公诉人说,"证人已经多次回答了这个问题。"

但是法官们同意丘马克继续,甚至塔尔法官也再次打断,或多或少依然围绕他仅仅几分钟前刚问过的那个话题向证人提问:"你是否同意,从你所写的内容可以看出,单凭阅读你所写的东西根本无法分清其中哪些是你亲眼所见,哪些是你道听途说,这点你是否同意? 换言之,任何一个读过这本回忆录的人都会倾向于认为你目睹了一切,这点你同意吗?"

就在提问没完没了地围绕着罗森堡究竟是用什么方式写了他的回忆录时,我想的是他的写作手法有什么难理解的。罗森堡不是一个善于遣词造句的人，也不是历史学家、记者或者作家，一九四五年时的他也不是大学生，没学过亨利·詹姆斯的自序，自然无从得知矛盾观点的戏剧化效果，以及矛盾证词的讽刺性使用。他仅仅是一个二十三岁、受过教育、从纳粹的死亡集中营里活下来的波兰犹太幸存者，拿着别人给的纸和笔，在十五到二十小时左右的时间里，在克拉科夫一个出租房的餐桌边写了一个从严格意义上说不是他在特雷布林卡集中营独特的个人经历而是别人叫他写的东西：一篇特雷布林卡集中营的回忆录，一篇集体的回忆录。在这篇回忆录中，他简单地，也许丝毫未加思考地总结归纳了其他人的经历，成为他们所有幸存者的代言人，在第一人称复数和第三人称复数之间来回切换，有时是在同一句话里。这样一个人手写的回忆录，几次就写好了的东西，要说它在叙事意识的区分上欠考虑，这我是不会感到惊讶的。

"现在，"丘马克说，"现在，整个问题的真正核心，罗森堡先生，是你于一九四五年十二月所写的这下一行文字。"他要罗森堡先生朗读下面的文字。

"随后，我们进了机房，到伊凡那里去，他——正在那里睡觉，"罗森堡中气十足、不紧不慢地从意第绪语翻译过来，"古斯塔夫用一把铁铲砸向他的脑袋。他永远地躺在了那里。"

"换言之，他死了？"丘马克问。

"是的，没错。"

"先生，你在一九四五年十二月二十日是这样写的？"

"没错。"

"我想，这会是你的回忆录中一条非常重要的信息，是不是，先生？"

"当然，这会是一条非常重要的信息，"罗森堡回答，"如果情况属实的话。"

"那么，先生，当我问你这整整六十八页文件——我问你对特雷布林卡集中营发生之事你的描述是否准确时，我一开始盘问你时，你说——"

"我的回答依然是没错，但里面有我听来的内容。"

坐在我前面的德米扬尤克的儿子直摇头，难以相信罗森堡认为一九四五年记录下来的目击者证词可能基于不可靠的证据。被告的儿子心想，罗森堡在说谎，他在说谎，因为他难以平息自己的负疚感，因为其他人都死了而他自己活了下来，因为纳粹命令他对自己犹太同胞的尸体所做的那些事和他的逆来顺受令人作呕，因为那些生存所需的偷窃行为（所有人每时每刻都在偷）——从死人那里，从垂死之人那里，从活人那里，从病人那里，从对方和每个人那里——而且有必要行贿摧残他们的人，有必要背叛他们的朋友，有必要对每个人说谎，有必要像受到鞭笞、精疲力竭的动物那样默默忍受各种屈辱。他在说谎，因为他禽兽不如，因为他已经变成了用成千上万具犹太儿童尸体引火焚烧的恶魔，只有将他的罪行强加在我父亲的头上，他才能为自己的恶魔行径开脱。我无辜的父亲是只替罪羊，不仅仅是那数以百万计死者的替罪羊，而且也是所有罗森堡们的替罪羊，这些罗森堡为了生存行可怖之事，现在那可怖的负疚感让他们无法生活。于是罗森堡说，另一个人是恶魔，德米扬尤克是恶魔。我是抓住恶魔的人，是认出恶魔并目睹他被杀的人。坐在这里的，俄亥俄州克利夫兰市的约翰·德米扬尤克，就是罪恶滔天的恶魔本身，而我，特雷布林卡的罗森堡，则一身清白。

或者这与德米扬尤克儿子的想法相去甚远？罗森堡为什么要说谎？因为他是个仇恨乌克兰人的犹太人，因为犹太人要报复乌克兰人，因为这是一个所有犹太人将所有乌克兰人送上审判台并当着全世界面羞辱后者的阴谋诡计。

又或者这也根本不像是德米扬尤克儿子的想法？这个罗森堡为什么要造我父亲的谣？因为他是一个爱出风头的自大狂，他想在报纸上看到自己的照片，想成为他们伟大的犹太英雄。他在想，等我处置了这个愚蠢的乌克兰人后，他们就会把我的照片印在邮票上。

罗森堡为什么造我父亲的谣？因为他是个骗子。被告席上那个人是我父亲，所以他说的必须是真话，证人席上那个是别人的父亲，那么他说的必须是假话。也许，对做儿子的来说就是这么简单：约翰·德米扬尤克是我的父亲，只要是我的父亲，他就是无辜的，因此，约翰·德米扬尤克是无辜的。也许，这无外乎一种孝道逻辑下的幼稚怜悯。

在我身后某一排的乔治正在思考什么？四个字：公共关系。罗森堡是他们大屠杀的公关先生，特雷布林卡焚化炉里冒出的黑烟……那黑暗背后的黑暗是他们仍然力图向世界掩盖的阴暗邪恶的勾当。真是太讽刺了！无耻地炫耀利用从他们自己殉难者燃烧的尸体上升起黑烟！

他为什么说谎？因为所谓的公共关系，就是制造谎言——为了一周的薪水，他们说谎。他们称之为"形象塑造"，只要这么叫能起作用，能满足客户的需要，能为宣传机器服务，他们就这么叫。万宝路有万宝路的代言人，以色列有它大屠杀的代言人。他为什么说他说的那些话？问问广告公司为什么要说那些广告词。因为烟幕遮蔽一切，遮蔽大屠杀。

或者乔治正在思考我和我的用处，思考使我成为他的公关先生？如果没有我出于义愤的威胁，也许他正在安静地、泰然自若地休息，同时心里暗想：对，这一切都是一场争取电视播出时间和专栏空间的战斗。谁控制了尼尔森收视率谁就控制了世界。一切都是公关宣传，是看我们中间谁能想出更加夺人眼球的喜剧效果，使他的主张更加受人欢迎。特雷布林卡是他们在作秀，集中营起义是我们在作秀——但愿最出色的宣传机器获胜。

或者他正在想，一厢情愿、不怀好意、完全现实地想，要是我们有那些尸体就好了。没错，我想，也许在这场起义的背后隐藏着一种病态绝望的对血腥混乱的渴望，他们需要一场大屠杀，需要堆起来的尸体，以此戏剧性地向全世界观众断定这一次谁是受害者。也许这就是为什么孩子首当其冲。他们为什么没有派成年人与敌人战斗，而是让那些小孩拿着石头去挑衅以色列军队的火力。没错，为了让广播电视忘记他们的大屠杀，我们将上演我们的大屠杀。在我们孩子的尸体上，犹太人将让人们永久记住大屠杀，电视观众最终将理解我们的困境。把孩子送上前线，随后召集各大广播电视公司——我们以牙还牙，打败专门制造大屠杀的人！

我在想什么呢？我在想他们在想什么？我在想皮皮克，想他在想什么？分分秒秒都在想他在哪里。即便在跟着庭审的进度时，我也在四处搜寻他的影子。我想起了楼厅观众席。要是他跟那些记者和电视台的人一起，从楼厅往下看我该怎么办？

我转身回头看，但从我的座位，除了楼厅的栏杆外什么也看不见。我想，如果他在楼上，他会在想：罗斯在想什么？罗斯在做什么？我们该怎么绑架这个恶魔的儿子如果罗斯从中作梗？

法庭四角有穿着制服的警察和便衣，手里拿着步话机，站在法庭的后面，不时在过道里来回走动——我要不要叫住一个警察，带着他一起上楼去抓皮皮克？可是，我想，皮皮克已经走了，一切都结束了……

这就是我在没有思考事情的反面和别的事情时思考的事情。

至于罗森堡在向法庭解释特雷布林卡回忆录为什么会出现错误时被告在想什么，只有坐在被告旁边的以色列律师谢夫特尔最清楚。在丘马克盘问罗森堡的整个过程中，德米扬尤克一直一张接一张地递纸条给谢夫特尔，我猜纸条是被告用蹩脚的英文写成的。德米扬尤克草草写下，然后越过律师的肩膀递给谢夫特尔，在我看来，谢夫特尔在将纸条放到桌上其他东西的上面之前似乎就只是大致看了下。*

*（注：顺便提一下，警卫对谢夫特尔是有益的，可以保护他免受袭击。也许我在耶路撒冷所犯错误中最不可思议的就是小看了这次煽情审判的高潮，那就是犹太人疯狂报复的极度宣泄。我起先以为，它一旦爆发，正如过去所发生的那样，一定会对准一个非犹太人，而不是对准——甚至犹太冷嘲热讽者中最不愤世嫉俗的人也能够预见这一点——另一个犹太人。

一九八八年十二月一日，在德米扬尤克助理律师的葬礼上——助理律师是在德米扬尤克定罪后加入了谢夫特尔的律师团，帮助准备向最高法院上诉，结果仅仅几个星期就神秘地自杀了——一个名叫伊斯罗尔·耶赫兹凯利的七十岁老头，大屠杀的幸存者伊斯罗尔·耶赫兹凯利走到谢夫特尔跟前，对着他高声叫喊"一切都是因为你"，同时将盐酸泼到律师的脸上。盐酸彻底损坏了他左眼角膜的保护层，谢夫特尔的那只眼睛几乎瞎了，直到他八周后来到波士顿，在哈佛大学一个外科医生那里接受一个四小时的细胞移植手术，才最终恢复了视力。谢夫特尔在波士顿休假和后来的康复期间，约翰·德米扬尤克的儿子一直陪伴左右，小德米扬尤克既是他的护士又是他的司机。

伊斯罗尔·耶赫兹凯利呢，他被判故意伤害罪。一名耶路撒冷法官认为他"不知悔改"，判他三年有期徒刑。法庭精神病专家的报告说他"没有精神错乱，只是轻微偏执"。伊斯罗尔·耶赫兹凯利的大部分家人都在特雷布林卡被杀害。）

我心想，在乌克兰裔美国人的社区，如果这些纸条被收集起来发表，那将会对德米扬尤克的同胞产生类似萨科和万泽蒂笔下著名的

"监狱来信"那样的影响，或者对文明世界的良知产生影响，即萨普斯尼克很肯定，倘若有我的序加持，克林霍弗的旅行日记能产生的同样的影响。

我想，这一切非作家的写作，所有这些日记、回忆录以及几乎零技巧的随笔，采用了千分之一的书面语资源，然而，它们所记载的证据对于案子非但不缺乏说服力，事实上恰恰因为它们如此直白和原始的表现力而更加地切中要害。

此时，丘马克正在问罗森堡："既然你在回忆录中写了一九四五年伊凡被古斯塔夫所杀，你又怎么会来到这个法庭指认这位先生呢？"

"丘马克先生，"他很快回答，"我说过我看见他杀了他吗？"

"不要用另一个问题回答问题。"莱文法官提醒罗森堡。

"他不会是死而复生吧，罗森堡先生？"丘马克继续追问。

"我没有这么说过。我没有。我本人没说过亲眼看见他被杀，"罗森堡说，"丘马克先生，我乐意他被杀——但我没看见，我没有看见他被杀。那只是我的想入非非。当我听见这个消息，我乐坏了——不只古斯塔夫，其他人也告诉我他被杀了——我想，我想相信这个消息，丘马克先生，我想相信这个畜牲不再存在，不再活着。但不幸的是，我非常遗憾，我希望看见他被撕成碎片，因为他把我们的人撕成碎片。我真心实意地相信他被解决了。你能理解吗，丘马克先生？这是人们最希望听到的消息。这是我们的梦想，希望他跟他的同伙一起完蛋。但是，他设法逃脱了，逃走了，活了下来——他的运气多好！"

"先生，你亲手用意第绪语——不是德语，不是英语，而是你的母语——写下他被古斯塔夫用铁铲砸在头上，永远地躺在那里。这是你写的。你告诉我们一九四五年的时候你声称你所写的都是实情，而现在你说这些都不是真的？"

"不,是真的,回忆录里说的都是真的——但是,那些年轻囚犯告诉我们的不是真的。他们想吹嘘。他们在表达他们的梦想。他们最渴望的就是宰了这个家伙——可是,他们没能做到。"

"那么你为什么没有写明,"丘马克问他,"杀死这个家伙是那些年轻人的想入非非,我是后来在森林里听说他是如此这般——或者被另一种方法杀死的。你为什么不全部记录下来,将所有这些版本都写下来呢?"

罗森堡回答:"我喜欢写这个特别的版本。"

"在讲这个版本,这个男孩子们想杀死他,每个人都想成为英雄手刃恶人的版本时,你身边还有谁?"

"当时在森林里讲这个版本时,周围有很多人,在我们各找出路之前有好几个小时我们都围坐在一起。先生,在森林里,人们席地而坐,每个人都讲他自己的故事,我全盘接受。我记住的就是这些,我接受了这个版本,我真想笃信事情就是这样发生的。但事实不是这样。"

我望着德米扬尤克,发现他微笑着回头看,当然不是在看我,而是在看坐在我前面的他忠实的儿子。荒唐的证词让他觉得好笑,非常的好笑,他甚至因此而带着一种胜利者的表情,好像罗森堡说他在一九四五年精确记录的他的消息来源本身在他不知情的情况下被不精确地记录就是必要的无罪之证,他几乎可以无罪释放了。难道他会蠢到相信这个? 他为什么笑,为了振作他儿子和支持者的士气,为了表达他对听众的鄙视? 他的笑怪异神秘,对于罗森堡来说(每一个人都能看出这一点),这种微笑令人作呕,就像前年德米扬尤克对他伸出的友好之手和热情的"问候"一样。如果罗森堡的仇恨易燃,如果在证人席附近划一根火柴,那么整个法庭就会熊熊燃烧起来。罗森堡码头工人的粗壮手指紧抓住讲台,他咬紧下颌,好像极力克制着满腔怒火。

"现在，"丘马克继续说，"按照你的版本，即伊凡被杀的版本：他被人用铁铲砸在脑袋上。那么，先生，你觉得这个被人用铁铲砸过的脑袋上是否应该留下一个疤或者某种严重的裂痕，如果伊凡在机房里遭遇过那种袭击的话？"

"那是当然，"罗森堡回答，"如果依照我的版本，确信他已经被砸中，那么他已经死了——哪来的伤疤呢？但是他不在那里。他不在那里——因为他不在那里。"此刻，罗森堡的目光越过丘马克，他指着德米扬尤克，直接对他喊话，"如果他当时在那里，他现在就不会坐在我对面了。这位英雄还在龇牙咧嘴笑呢！"罗森堡厌恶地高声嚷道。

但是德米扬尤克不再只是龇牙咧嘴笑，他大笑起来，笑罗森堡的话，笑罗森堡的怒吼，笑法庭，笑这场审判，笑这些指控之荒谬，笑这个来自克利夫兰郊区有妻儿的福特雇员，教堂成员，被朋友珍重、受邻居信任、为家人爱戴的顾家男人怎么会如此残暴，笑这种人被错认为是心理变态的食尸鬼，四十五年前作为那个邪恶的、残忍杀害无辜犹太人的"恐怖伊凡"在波兰的森林中潜行觅食。他之所以这样大笑，要么因为他是无辜的，根本没有犯过这些罪行，一年来噩梦般的法庭闹剧，以色列国的司法体系让他和他可怜的家庭经历的所有这一切，使他别无他择只能大笑；要么因为他确实犯下了这些罪行，因为他就是"恐怖伊凡"，"恐怖伊凡"不仅仅是心理变态的食尸鬼，而且是魔鬼本身！因为，如果德米扬尤克并不是无辜的，那么除了魔鬼本身，还会有谁像这样对着罗森堡放声大笑呢？

德米扬尤克一边大笑着，一边突然从椅子里站起身来，对着辩护律师桌上的公用话筒朝罗森堡喊道："你是个骗子！"然后笑得更大声了。

德米扬尤克说的是希伯来语——第二次，这个被指控是"恐怖伊凡"的男人用犹太人的语言对着这位自称是特雷布林卡集中营里受他迫害的犹太人说话。

接下来说话的是莱文法官,说的也是希伯来语。从头戴耳机里,我听到了译文。"被告的话,"莱文法官说,"已经被记录在案——这句话的意思是'你是个骗子'——已经——记录在案。"

仅仅几分钟后,丘马克结束了对罗森堡的盘问,莱文法官宣布休庭至十一点。我尽可能迅速离开法庭,因为我感到孤独失落、精疲力竭、不可理解,木木然就像正在离开某个我深爱的人的葬礼。我从未目睹过德米扬尤克和罗森堡之间如此可怕的对抗,如此充满痛苦和凶恶,两种生命的冲撞如此极度敌对,就像在这个充满裂痕的星球上,任何两种物质都会发生撞击摩擦。也许因为我刚见到的所有一切都是那么可恶,或者只是因为我无意禁食将近二十四个小时了。然而,我尽力守住我的位置,因为观众都朝着休息大厅旁边快餐部里的咖啡售货机蜂拥而来;我的头脑里乱糟糟的,各式各样的词汇和图像参差不齐地叠加在一起,让人心烦意乱,脑子里这令人不快的大杂烩包括罗森堡为澄清自己而该说的话,从被毒气毒死的犹太人嘴里拔掉的上交给德国国库的金牙以及一本英语初学者的希伯来语入门读物——从这上面德米扬尤克在监牢里自学了"你是个骗子"的正确说法,与你是个骗子交织在一起的是三千达克特。当我将新以色列镑递给快餐部收钱的老头时,我能够清晰地听见令人佩服之至的马克林油腔滑调地说道"三千达克特",让我吃惊的是,收款的老头竟然是那个跛脚的幸存者斯迈尔斯伯格,我从皮皮克那里"偷来了"他的百万美元支票,然后弄丢了。我身后的人群拥挤不堪,刚付完咖啡和小圆面包的钱,我就被人挤到了一边,只能在被挤向通往户外的开放大堂时努力不让咖啡洒出来。

看来现在我也开始产生幻觉了。正坐在快餐部一个圆凳上摆弄收银机的是另一个秃顶老头,光脑袋呈鱼鳞状,他不太可能是那个不满以色列的退休纽约犹太珠宝商。我是见鬼了吧,活见鬼了,我想，大概是因为没有吃东西，几乎没怎么睡，还是因为一年中第二次精神崩溃？如果不是精神崩溃的话，我又怎么会确信只有我本人对监视德米扬尤克的安全负有责任？如果不是的话，在那些证词、在德米扬尤克大笑和罗森堡大怒之后，那个荒唐皮皮克的愚蠢闹剧怎么还能继续干扰我的生活？

就在此时，我听见大楼外面有叫喊声，透过玻璃门，我看见两名荷枪实弹的士兵正全速朝停车场奔去。我跟在他们后面奔出大厅，朝着大约二三十人围观的地方跑去，不知那里发生了什么事情。当我听见围观人群中有个人正在用英语高声叫喊，我完全明白了：他在那里，最糟糕的事情发生了。到现在我已经成了十足的偏执狂，用我的偏执断定这场灾难的蔓延不可阻挡，我们对彼此的愤怒被我们俩八爪鱼般纠缠在一起的偏执搅成了一场真正的大灾难。

可是，那个高声叫喊的人看上去几乎有七英尺高，个子比皮皮克和我都高，像一棵高大的树木，像一个巨大的红头怪物，长着拳击手套形状的下巴。他碗状的前额因他的怒火而变得通红，他在空中挥舞的双手看上去像一对钹——你可不想让你那对小耳朵夹在那两只大手的锵锵声之中。

他的两只手分别攥着一本白色小册子，举过围观者的头顶拼命挥动。尽管人群中有些人也拿着那本小册子，正在翻阅，但是多数册子散落在人行道上，被人踩在脚下。那个犹太大个子的英语水平有限，但是他的嗓门很大，宛如瀑布飞溅，越来越响，好像他身体的每一英寸都投入了其中，他说话的效果就像是有人在演奏乐器。他是我见过的嗓门最大，声音最响的犹太人，他正在对一个神职人员，一个圆脸的上了年纪的天主教神父高声嚷嚷，尽管这位神父中等身材，体格相当敦实，但是相比之下，却显得非常渺小，像一尊易碎的天主教神父小雕像。他坚守着自己的阵地，尽最大努力不被这位犹太巨人吓倒。

我弯腰捡起许多小册子中的一本,白色封面的中央是一把蓝色的三叉戟,其中间那根叉子的形状呈十字形,大约十二页,上面一个英语标题"乌克兰基督教的千禧年"。这位神父一定是在把册子散发给那些刚刚离开法庭到户外来呼吸新鲜空气的人。我阅读了小册子第一页的第一句:"一九八八年是对全世界乌克兰基督教徒有意义的一年——它是基督教传入乌克兰大地的千禧年。"

人群大部分是以色列人,他们似乎既不理解小册子的内容也不清楚这场争执到底为了什么,因为他的英语太差了,甚至连我也过了好一阵子才听懂那个犹太巨人在叫喊什么,我明白了他在用乌克兰人的名字攻击神父,他把这些提到名字的乌克兰人说成是残暴大屠杀的唆使者。其中一个名字我分辨出来是赫梅利尼茨基,我记得此人好像是类似于扬·胡斯或加里波第之类的民族英雄。五十年代中期,我初到纽约时就住在曼哈顿下东区的乌克兰工人阶级中间,依稀记得在一年一度的街区聚会上,数十名小孩身着民族服装在街头跳舞,赫梅利尼茨基和圣弗拉基米尔的名字就出现在当地商店橱窗里有彩色蜡笔画的招牌上以及东正教乌克兰教堂的外面,教堂离我住的地下公寓不远,就在拐角处。

"书中的刽子手赫梅利尼茨基哪里去啦?"这是我最终听清那个犹太巨人在叫喊的话,"书中的刽子手班德拉①哪里去啦?刽子手狗娘养的佩特利乌拉②哪里去啦?杀人犯!屠夫!所有乌克兰仇犹分子!"

神父藐视地将头一歪,反驳道:"佩特利乌拉?如果你懂点常识的话,他自己是被人谋杀的。他是殉难者。在巴黎,被苏联特务谋杀的。"事实上,他是个美国人,这个乌克兰东正教神父听口音更像是纽

---

① Bandera(1909—1959),二战期间"乌克兰民族主义组织"的领袖。
② Petliura(1879—1926),乌克兰政客,曾组织乌克兰民族主义者成立"乌克兰人民共和国"并自任领袖,失败后流亡法国,后遭一犹太无政府主义者刺杀身亡。

约人，好像是专程从纽约一路来到耶路撒冷，也许甚至是从第二大道和八街来的，专门来散发他的小册子，向出席审判德米扬尤克的犹太人宣传乌克兰基督教的千禧年。难道他也精神不正常吗？

随后，我意识到是我自己精神不正常，才会把他当成一个神父，实际上这更像是一场伪装，一场旨在制造骚乱的表演，为的是转移警察和士兵的注意力，吸引人群……我摆脱不了皮皮克是这一切的幕后指使的念头，就像皮皮克摆脱不了我永远在他背后的念头一样。这个神父是皮皮克的诱饵，皮皮克阴谋诡计的一部分。

"不对！"犹太巨人高声叫喊，"佩特利乌拉被谋杀了，是的——被犹太人！因为他杀害犹太人！他被勇敢的犹太人杀了！"

"请听我说，"神父说，"你想说的已经说过了，你的话从这里到美国卡纳西的所有人都能听到——能否允许我对这里善良的人们说句话，他们也许想要听听别人怎么说。"他转身背朝犹太巨人，继续他的演说，显然他们开始争吵前，他一直在演讲。他一开口，正如皮皮克所预料的那样，听众就越聚越多。"大约公元八六〇年，"神父对人群说，"两个亲兄弟，西里尔和美多德，他们离开位于希腊的修道院，开始在斯拉夫人民中间传布基督教。我们的先祖没有字母，没有文字，两兄弟为我们创造了一种字母，即以其中一个兄弟的姓名命名的西里尔字母。"

犹太巨人再次介入旁观者和神父之间，再次开始对着神父用惊人的大嗓门喊道："希特勒和乌克兰人！两兄弟！一回事！杀犹太人！我清楚！母亲！姐妹！每个人！乌克兰屠夫！"

"听着，孩子，"神父说，他那紧攥厚厚一叠册子在胸前的手指渐渐发白，"以防你们没有听说过，我告诉你，希特勒不是乌克兰人民的朋友。希特勒将一半的国土拱手送给纳粹化了的波兰。希特勒将布科维纳送给法西斯罗马尼亚，将比萨拉比亚送给——"

"不对！住嘴！希特勒送了你大礼！希特勒送了你大大的大礼！

希特勒,"他大声说,"送你犹太人让你杀!"

"西里尔和美多德,"神父再次勇敢地背对着犹太巨人,继续朝着人群说,"将《圣经》和'弥撒圣祭'译成斯拉夫语。他们出发去罗马,请求教皇阿德里安二世批准他们用翻译好的斯拉夫语做弥撒。教皇阿德里安同意了,我们的斯拉夫语弥撒,或者说乌克兰礼拜仪式,就这样举行了——"

有关西里尔和美多德兄弟的内容太多了,犹太巨人实在难以听下去。他向神父伸出他那双巨人般的手,这时我突然意识到他不是脑垂体失灵而是犹太人千年梦想的产物。我们对于乌克兰基督教问题的最后解决办法不是犹太复国主义,不是大流散主义,而是巨人主义——泥人主义!五个在人群边持枪观望的士兵拥上前来干涉和保护神父,但是,该发生的事闪电般地发生了,还没等士兵能够阻止任何事情,一切就已经结束,每个人都在笑并且开始离场——他们之所以笑,不是因为来自纽约的神父被举到空中,狠狠地摔在地上,被犹太巨人用两只沾满泥土的大靴子从一个世界送进另一个世界,而是因为两百多本小册子在我们头顶上飞舞,事情就这样结束了。犹太巨人夺过神父手中所有的册子,将它们尽可能往高处抛撒,然后就到此为止了。

当人群散回到法庭时,我站在那里看着神父开始收拾他的小册子,有几本散落到五十英尺以外。我看见犹太巨人依然一边叫嚷着,一边沿着街道向前走去,街上依旧车水马龙,耶路撒冷依旧像其他地方一样,只是又开始了新的一天,风和日丽的一天。当然,神父与皮皮克毫无瓜葛,我决心挫败的阴谋也只存在于我的头脑之中。不管我想什么或者做什么都是错的,道理很简单,我意识到,对于在这个世界上那个皮皮克先生是他的冒名顶替者的人来说,不会有什么是对的——只要我和他都活着,这种精神上的混乱就会压倒一切。我将永远弄不清究竟发生什么事情或者我的思想是否荒谬,一切我无

302

法立刻明白的事情都将会对我有一种怪诞的意义,即便我根本不知道他在哪里,再也听不到有关他的消息,只要他还在四处活动(正如他正在做的那样),只要他带给我的生活哪怕是最肤浅的意义,我将永远摆脱不了各种夸张的想法或者难以容忍的混乱的困惑,甚至,比永远摆脱不了他还要糟糕的是我将永远不能摆脱自己,没有人比我更清楚这是一种没有限制的惩罚。皮皮克将一生一世缠着我,我将永远生活在模糊不清的房子里。

神父继续一本一本从地上捡起小册子,当他敢于藐视犹太巨人,奋起与之抗争的时候,我以为他的年纪并不大,而实际并非如此,捡书这个动作对他来说并不轻松。他是个非常虚弱,非常顽固的老头,尽管与犹太巨人的争执并没有以暴力结束,但他也因此变得十分虚弱,好像受到一次真实的重创。也许弯腰去捡地上的小册子使他头昏眼花,他看上去面如土色,而刚才面对犹太巨人时他却看起来勇敢、精神多了。

“为什么,”我对他说,“到底为什么在今天这个日子带着这些小册子到这里来?”

他已经跪在了地上,那样捡起来更容易。他跪着对我说:“为了拯救犹太人,”当他对我重复这句话的时候,他似乎恢复了一点力气,“拯救你们犹太人。”

“你还是多为你自己操心吧!”尽管不情愿,但我还是往前一步,主动向他伸出手,因为我看不出他怎么才能自己站起来。两个旁观者,两个身着牛仔裤的年轻人,看起来的确很像不好惹的顾客,年纪轻轻,身形矫健,目中无人,就站在一英尺以外观察着我们。人群里的其他人都已散去。

“如果他们判一个无辜的人有罪,”在我努力回忆以前在哪里见过这两个身着牛仔裤的年轻人时神父对我说道,“其结果就像耶稣被钉死在十字架上一样。”

"哦，看在上帝的分上，别再老生常谈了，神父，别再提耶稣被钉死在十字架上了！"我边说边扶着他站直身子。

他答话的时候声音在颤抖，这倒不是因为他上气不接下气，而是因为我恼火的回应把他激怒了。"两千年来，犹太人为此付出了代价——不管是对是错，他们为耶稣被钉死在十字架上付出了代价。我不想让对约翰的审判有同样的结果！"

就在这时，我感觉自己在离开地面。我正在被人从原先站立的地方移到另外某个地方。我不知道正在发生什么，但是我感到好像有两根铁管正分别插进我的身体两侧，把我支起来，驾着我离开。我的双脚在空中乱踩，随后我的脚着地了，我看见那两根铁管实际上是那两个身着牛仔裤的男人的手臂。

"别喊！"他们中一人说。

"别乱动！"另一个人说。

"老实点！"第一个人说。

"可是——"我开始说话。

"别出声！"

"你话太多了。"

"你对每个人都说个不停。"

"你说呀说呀说呀！"

"说呀说呀说呀说呀说呀说——"

他们将我塞进一辆汽车，有人开车把我们带走。这两个家伙把我浑身上下搜了个遍，检查我是否携带武器。

"你们抓错了人！"我说。

司机大笑。"好极了！我们就是要这个抓错的人！"

"是吗，"极度恐惧之中我不由自主地说，"这不是在开玩笑吧?"

"开我们玩笑，"司机回答，"还是开你玩笑?"

"你是谁?"我大声喊道，"巴勒斯坦人? 犹太人?"

"哎呀，"司机说，"这个问题我们还想问你呢！"

我想最好还是别吱声，尽管"想"这个词已经根本无法形容此时此刻我的思路历程。我开始呕吐，这可不会让抓我的人更喜欢我。

车子将我拉到一个破烂不堪的居民区里的一栋石头房子里，就在中央商场的背面，离我那天偶遇乔治的地方不远，离阿普特尔的住处也非常近。那里大约有六七个犹太教正统派小孩，光脑袋锃亮，在街头玩游戏，看起来天真无邪，他们尚年轻的母亲们就站在不远处，大多挺着孕肚，手里拿着刚买完东西回来的购物袋，聚在一起聊得热火朝天。紧靠着这些女人的是三个梳着辫子的小姑娘，她们穿着白色长筒袜，满不在乎地朝我这边张望，看着我被人推进一个狭窄的胡同，然后又被推着进了一个小院，院子里横七竖八的绳子上晾着刚洗好的内衣内裤。我们转上一段石头楼梯，经过一扇未上锁的门，到了后廊，那里看上去像一个牙医或者医生诊所简陋的接待室，一张桌子上凌乱地放着一些希伯来语杂志，有一个女接待员在打电话。随后，我穿过另一扇门，进入一间很小的浴室，有人轻轻打开电灯，叫我洗漱。

我花了很长时间浸湿我的脸和衣服，反复漱口。他们允许我这样独自洗漱，显然是不希望我恶臭难闻，我的嘴没被塞住，眼睛没被蒙上，也没有人用枪把子敲击浴室的门催我快点——所有这一切都给了我一线希望，暗示我这些不是巴勒斯坦人，而是皮皮克的犹太人，犹太教正统派的同谋，皮皮克躲着他们，欺骗了他们，他们把我同他混淆了。

梳洗完毕之后，我被人带走，此时身后没有太多的推搡，他们带着我走出盥洗间，沿着走廊来到一段狭窄的楼梯，二十三级矮矮的台阶把我们引到二层，转过中央楼梯平台，四间教室成斜角一字排开。屋顶上有一扇天窗，窗子上油烟乌黑，不透光亮，脚下的地板磨损得厉害，坑坑洼洼的。这个地方充斥着呛人的难闻烟味，烟味带我回到大约四十五年前,回到位于我们当地犹太会堂楼上的犹太学校。二十世纪四十年代初,每周三天下午的晚些时候,我与朋友们在那里兴味索然地学习一小时希伯来语。那里负责教学的拉比是个烟鬼,我很清楚地记得,纽瓦克犹太会堂的二楼,除了味道与这里一模一样外,环境看上去与这里也不相上下——破破烂烂,单调沉闷,有点像令人讨厌的贫民窟。

他们把我推进一间教室,随后关上了门。我再次一个人。没有人踢我、打我、捆住我的双手或者锁住我的双脚。在黑板上,我看见用希伯来语写的一些话。九个字。我一个字也不认识。在希伯来语学校读了三年之后又过了四十年,我甚至连字母表上的字母也认不出来了。教室前方有一张难以形容的木头桌子,教室后面一把供教师坐的板条椅子,桌上一台电视机。一九四三年,我们没那种玩艺,坐的也不是这种可移动的模压塑料椅,而是那种用钉子固定在地板上的长凳,在倾斜的木制书桌上从右往左地做我们的功课。一天一小时,一周三天,在公办学校学习了六个半小时后马上又回来这里学习反方向书写,那感觉就好像太阳从西边升起,树叶在春天掉落,好像加拿大在南、墨西哥在北,好像先穿鞋子再穿袜子。然后,我们逃回到我们舒适的美国世界,拨乱反正,那里的一切都貌似合理、清晰可辨、可以预见、明白易懂、有益实用,从左到右明明白白地展现在我们面前,而反着进行是自然的、符合逻辑和自身规律的唯一毋庸置疑的特例就是在球场的沙地上。二十世纪四十年代初期,从右到左的读与写,对我来说,就跟棒球击球手把球击过外野手的头顶,然后逆向从二垒、一垒回到本垒,从而拿到三垒安打一样匪夷所思。

我没有听见门栓转动的声音,当我急忙跑到窗前核查时,发现窗户非但没有上锁,而且一扇窗的底部是开着的。我只要将它全部推开,就能够爬出去,全身扒在窗台上,随后往下跳十至十二英尺,就能落到楼下院子里,跑个二十码,就能进入小巷,一旦到大街上,我就可以大声呼救——或者直奔阿普特尔的住处。只是如果他们开枪怎么办？如果我摔伤了，他们抓住我，将我拖回屋里怎么办？因为我依然不知道绑架我的是何人，我没法判断哪种危险更大：逃跑还是不逃跑？他们没有用铁链将我锁在没有窗户的地牢里，这并不一定意味着他们是好人，或者他们对不合作不以为然。可是，与什么合作呢？我想，就这么待着吧，会弄清究竟的。

我无声无息地将那扇窗户全部打开，可是，当我探头估计窗户离地的距离时，一阵钻心的疼痛从我脑袋的左侧撕裂般地掠过，人的心脏能跳多快我的心脏就开始跳得有多快。我不像一个人，我此刻更像一台引擎，被某种超出我的控制能力的东西迅速驱动起来。我像开窗时那样无声无息地关上了窗户，让窗户底部虚掩的缝隙跟我发现时一样大小，然后回到教室中央，像第一个到教室的勤奋学生一样，在黑板前离开教师讲台和电视机两排的一个座位上坐下，心中确信我不必从楼上跳下去，因为我没啥可害怕犹太人的，但同时又为自己有这种天真的想法感到震惊：犹太人不能打我，让我挨饿，折磨我吗？没有犹太人能够杀我吗？

我再次走到窗前，尽管这次我只是探头朝院子里看了看，希望有人碰巧朝教室张望，从而看见我，并且理解我不出声用不管何种手势传达我被迫呆在教室里的意思。我心想，不管发生在我身上的是何种事情，而且此事迄今已经持续了三天，都可以追溯到过去，追溯到我第一次在那间通风不良的小教室里我的座位上坐下。纽瓦克的教室可是原创的，而这间耶路撒冷教室却是个简陋的翻版。在那些昏天黑夜的时光中，在学校上了整整一天课之后来到希伯来语学校的我简直无法集中注意力，因为在公办学校里，我的心情不知怎么的总是轻松愉快，清楚明白，我真正的未来以上千种方式呈现在眼前。但是，在希伯来语学校学习能有什么结果？教师是孤僻的外国人，薪水可怜的难民，学生呢——我们中最优秀的与最蹩脚的混在一起，百般无聊、坐立不安的美国孩子,十岁、十一岁、十二岁的孩子,年复一年被关在这里,一肚子怨气——春去秋来冬又至,各种季节的变化刺激着我们的各种感官,向我们频频招手,引诱我们自由自在地去享受我们身为美国人的各种乐趣。希伯来语学校根本不是什么学校,而是交易的一部分,我们的父母切断与他们父母关系的一种交易,他们抚慰老一辈的一种手段。他们的父母想让孙辈按照他们当犹太人的方式成为犹太人,像他们一样被千年古老的方式所束缚——一根束缚试图摆脱传统的年轻人的锁链。而年轻一代想的却是,用我们历史上三千年来没人敢尝试过的方式当一名犹太人,用美国英语说话思考,只用美国英语,这样一定会产生各种对犹太传统的背弃。我们被欺骗的父母只是美国传统压力下的中间人,在犹太小镇出生的老一辈和纽瓦克出生的下一代之间协调,受到两边的夹击,他们告诉老一辈"听着,这是个新世界——孩子必须靠自己奋斗",与此同时,教训下一代说,"你们必须,一定要这样做,你们不能背弃一切!"多么可怜的妥协!在最难以想象的糟糕环境下、在最难以想象的蹩脚教学下学习三四百个小时能产生什么样的结果?为什么,为了一切——有结果就是一切!那种其意义我再也无法破解的密文暗语四十年前曾给我留下了不可磨灭的印记;就是从这写在黑板上的谜一样的单词演化出了我书写的每一个英语单词。是呀,所有一切都是从那里起源的,包括皮皮克。

我开始制订计划。我会告诉他们有关皮皮克的故事。我会为他们分辨皮皮克的目的和我的目的之间的区别。我会回答他们有关乔治·齐亚德的任何提问——有关我们间的会面和谈话,甚至有关我自己"大流散"的长篇议论,我没有任何需要隐瞒的东西。我会告诉他们有关金克丝的事情,告诉他们哪怕是最后一点他们想知道的事情。"我没犯任何错误,"我会告诉他们,"也许只是没能报告警察,说皮皮克可能要绑架德米扬尤克的儿子,即便是这一点,我也能做出解

308

释。我解释一切。我到这里来只是为了采访阿哈龙。"但是，如果把我关在这里的人的确是皮皮克的同谋，如果他们一意孤行，像劫持我这样去绑架德米扬尤克的儿子，那么上面的话我绝对不会说！

我究竟应该提出什么正当的理由——谁会理睬这个理由呢？前来审问我的人将相信我不是任何党派的同谋，我没有插手任何阴谋诡计，在这里没有任何勾结，皮皮克和我或者齐亚德和我之间不存在任何猫腻，我没有为了任何个人、政治或宣传的目的而设计陷害任何人，没有任何企图，没有设计任何计谋去帮助巴勒斯坦人或去危害犹太人或用任何方式去介入这种斗争。我如何能使他们相信这里不存在任何手段、任何隐藏的目的、任何支撑一切的不可告人的计划，相信发生的这些事情荒唐可笑、毫无意义，相信不存在任何根据我本人某种邪恶或阴暗的动机形成的模式或步骤，相信这根本就不是一个富有想象的创见，可以让我作解释性的批评，而只是一团乱麻、一摊浑水以及一个该死的愚蠢的烂摊子！

我记得，在六十年代中期，有位波普金教授在精心论证后提出了一种理论，表明一九六三年十一月二十二日刺杀肯尼迪总统的并非只有一个李·哈维·奥斯瓦德，而是还有第二个奥斯瓦德，一个奥斯瓦德的替身，刺杀前几周，他故意鬼鬼祟祟出现在达拉斯街头。"沃伦委员会"①否定了这些有第二个奥斯瓦德的说法——时不时地有人证明奥斯瓦德本人出现在其他地方——认为这是认错人了，但是，波普金争辩说到处都有出现替身的事例，这些报道证据确凿，不容否定，尤其是一系列事件的报道，说有人看见颇像奥斯瓦德的人在一家枪支商店里购物，并炫耀地在当地一个射击场里试枪。波普金下结论说，第二个奥斯瓦德确有其人，是杀手之一，而第一个奥斯瓦德扮演了诱饵的角色，或者也许不知不觉成了替死鬼。

---

① The Warren Commission，1963 年 11 月 29 日成立，主要调查肯尼迪总统遇刺事件。

我想，这就是我将要面对的，某个阴谋天才，对他而言，很难想象像我或者奥斯瓦德这样的人会只身一人，无所图谋。我的皮皮克会承袭我的波普金，而这次的替死鬼将是我。

我独自在那间教室里度过了将近三个小时。我没有从窗口跳进院子，没有逃离，而是打开教室未上锁的那扇门，看看是否有可能就这么原路返回。最后，我还是回到第二排座位上，坐在那里，做起我身为职业作家一生中一直做的事情：我试图思考。首先，如何让一个有点极端，如果说不完全是荒谬的故事可信；其次，讲完故事后，如何强化自己、为自己辩护，避免那些被冒犯者从故事中读取某种意图，这种意图或许更多是跟他们自己而非作家的堕落反常有关。作家朋友们会理解的：当我说，除了在这儿可能产生的危险以及由此激发的可怕想象这点不同外，准备在那间教室对我的审问者讲述我的故事，在我看来，就像在等待阅读对你新书的评论，而这个书评人是整个书评界中最愚蠢、最笨拙、最肤浅、最迟钝、固执、音痴、耳背、麻木、老调重弹的呆瓜。达标的希望渺茫。这样谁不会考虑从窗口跳下去呢？

大约在我被关押的第二个小时的中间，当还没有人来把我绑起来或者打我一顿或者用手枪对准我的脑袋开始向我提问时，我开始琢磨，我是不是某种恶作剧的受害者，没有比这更危险的了。皮皮克雇了三个暴徒还有一辆车把我吓得灵魂出窍——这至少得花他两百美元，谁知道呢，也许还不到这个数目的一半。他们一阵风似的将我劫走，又扔下我，随后高高兴兴地走了，而在他们工作的那半小时内，再没有比吐在他们鞋尖上更糟糕的表现了。这真是太皮皮克了，一次带有私家侦探所有特征的头脑风暴，在我看来，他喜欢卖弄挑衅的能力用之不竭。我很清楚，这间教室的某个地方一定有个窥视孔，此刻他正躲在后面监视着我可耻地被我自己而不是别人关押。我偷了他的一百万，这是他对我的报复。我偷了他的金克丝，这是他对我的嘲弄。我弄碎了他的眼镜,这是他对我的惩罚。也许金克丝与他在一起,光着屁股坐在他的大腿上,勇敢地将自己植入他的植入物,有意偷窥我一眼以挑逗他。我是他俩的西洋镜,一直都是。这种报应的创造性深不可测,深不见底。

但是,在研究了黑板上的九个单词后,我排除了以上可能。我仔细研究了每一个词,仿佛看的时间够久、看得够认真,我也许就会意外恢复对遗忘的希伯来语的记忆,会领悟一种秘密的信息。但是,我所能记住的希伯来语唯一的特点是其下端的点和线标志着元音,上端的记号通常是辅音。除此之外,其他所有对希伯来语的记忆都已忘得一干二净。

我受几乎生来就有的冲动驱使,取出我的笔,在美国侨民酒店账单的背面慢慢抄下了黑板上的那几个字。也许它们根本不是什么单词。我抄写汉字也没这么笨拙过。曾花费了数百个小时练习的字母此刻影踪全无,也许那些时光只是一场梦,然而在这场梦中,我发现自己永远地被这一切所困扰,我多么希望是反过来的情形啊。

下面就是我煞费苦心抄下的单词,心想以后(如果还有以后的话)这些符号也许能提供我究竟在何处遭到绑架、是谁绑架了我等确切线索。

וַיֹּאמֶר יַעֲקֹב לְבָנָיו וְיֵאָסֵף
סוּף אֶל גַּו אֲפוֹת הַסָּחַר

随后,我开始大声讲话,连我自己也吓了一跳。我一直试图使自己确信自己一切正常,还没因为恐惧而变得愚蠢荒唐,我身上还有足够的力气来静待事态的发展,看看我真正面对的是谁是什么。但是,我却听见自己在对着空荡荡的教室说:"皮皮克,我知道你在那里。"自从我在车里问绑架我的人是巴勒斯坦人还是犹太人以来,这是我

第一次开口说话。"偷了身份不算,还要绑架。皮皮克,案情对你可是越来越不利了。如果你想寻求和解的话,现在仍有可能。我不想起诉你,你也别再来烦我,如何? 说话,说你在那里!"

但是除了我没人说话。

接着,我采取一种更务实的方法:"放了我需要多少钱? 你说个数!"

尽管此时可以提出一种几乎无可辩驳的理由,且由我本人提出,那就是他没有回答是因为他与绑架我一事毫无关系,而且根本不在附近,很有可能在前天夜里已经离开耶路撒冷,但这在我喊话他之后长时间的静默同时也坚定了我的信念:他在那里,只是他不作回应,要么是因为我还没找到激起回应的方法,要么是因为他太乐于欣赏眼前的景象而不愿介入或不打断或想隐藏这张他用它在耶路撒冷四处招摇撞骗的脸,直到我羞辱难当,痛哭流涕跪着求饶。当然,我明白,如果这次带有所有皮皮克式闹剧特征的劫持完全是他人的杰作,这个人根本不是在胡闹,与皮皮克相比,他对我构成了更加极端的威胁。事实上,他此刻正监视着我,他远非只想与我建立某种独特亲密怪异的关系(这种关系也许至少使他对我温和的恳求宽容些),他的图谋超出了我可能作出的任何恳求、提议或乞求。因为我担心,严密监视坐在模压塑料椅子上的我的人,也许会是一个比皮皮克更令人反感的监视者,良心泯灭,无视我的任何请求,对他来说我的名字和我的脸根本不算什么,我发觉我特别想听到皮皮克回应我的声音。我原先计划黎明出逃,依据是这一计划通常会被认为不合情理,完全缺乏严肃性,不可能的巧合,缺乏内在的连贯,缺乏任何类似于严肃意义或目的的东西,皮皮克的这个古怪阴谋使我感到厌恶,在我看来,它背信弃义、欺诈诡骗,但是现在看来,它似乎是我唯一的希望。我是否仍然是他蹩脚书中的一个荒唐可笑的人物?

"皮皮克,你和我在一起吗? 你在这里吗? 这是不是你的馊主意？如果是的话，就直说。说话呀！我从来就不是你的敌人。回想一下所发生的事情吧！仔细想一想所有的细节，好不好？求你了！难道我没有权利说明我是遭到挑衅才这样的？难道你完全没有过错？不管我的存在已经给你在我们相遇前的那些岁月造成了什么痛苦——可那又怎么能让我负责呢？那对你造成伤害了吗？长得像我真的比像多数人认为的那样更恼人吗？不是我叫你到耶路撒冷来假装我俩是同一个人的——说句公道话，我不能承担那种责任，你听见了吗？对，你听见我了——你不回答，因为这不是你敌视我的理由。我的冒犯之处就是我对你不尊重。我不愿接受你提出的我们作为合伙人一起干番事业的建议。我粗鲁刻薄。我目中无人。从见到你那一刻起，甚至比这还早，从我在电话里设套假装自己是皮埃尔·罗热时起，我就对你怒不可遏，各种威胁。是的，我承认我还有改进的空间。下一次，在瞄准开火以前，我要更加努力设身处地替你想一想。'冷静，呼吸，思考'而不是'准备，瞄准，开火！'——我正在努力学习。也许是我太咄咄逼人——也许，我真的不知道。我这不是在胡说八道，皮皮克。如果我现在开始跪舔你，你会比先前更看不起我，因为现在是你占上风。我只想说明，不管我对你表现得多么无礼，那也不算出格，任何处于我这个位置的人都会如此反应。但是，你受的委屈比这甚至更严重。一百万美元！那是一大笔钱！你冒充我搜刮了那笔钱，这没关系。也许你是对的，但那不关我的事。我干吗要掺和进去呢？尤其是那笔钱要用于一个崇高事业——如果你就是这么认为这么说的，我又是哪根葱说这不是呢？我愿意相信这全都是你与斯迈尔斯伯格之间的事。斯迈尔斯伯格先生作为买主自负其责。这也不是我的罪过，不是吗？我的罪过在于我假装了你，而不是你假装了我，我冒名侵占了那笔钱——假装是你，我侵占了不属于我的东西。在你眼中，这相当于重大盗窃罪。你进行交易，我却坐享其成。好吧，如果这能使你感觉好些，我分文未拿，支票不在我手中。我被你关押在这里,那帮劫持我的伙计是你的人吧——每一步都是你在指挥,所以我不会对你说谎。支票没了,我弄丢了它。你也许知道也许不知道此事,但是我不想在这里单独跟你争辩。说来话长,反正你是不会相信的,所以只能说支票是在我完全无能为力的情况下搞丢了的。现在我们能不能一起到斯迈尔斯伯格先生那里去,给他解释一下?让他作废那张旧支票,重开一张新支票?我敢断定,第一张支票那一百万还没有进任何人的口袋,在我被拉马拉的巡逻兵施暴时它不是被风吹走了就是被踩进泥地了。你可能不相信这段经历,可你应该相信,真的——它比你的经历还要离奇。我陷入了这里发生的交叉火力,你的支票就是在那时丢失的。我们会再给你弄一张的。我会帮助你搞到它。我会为你竭尽一切努力。你从一开始要的不就是这个吗,我的合作?好吧,你赢了,我同意合作。我站在你一边。我们会弄回你那一百万美元的。"

我徒劳无获地等他开口,但他要么认为我在说谎,不愿向他屈服,要么认为他那一百万美元已经在我的账户上,或者他希望得到更多的钱,或者他不在这里。

"我道歉,"我说,"金克丝的事,万达·简。像你这样身心受过重创并活下来的人,遇到这样的事当然会勃然大怒。这也许甚至会比那一百万美元更使你恼火。我不指望你会相信我,如果我把那事告诉你,伤了你的心,那可不是我的目的或意图。你以为的是另一回事。你以为我想惩罚或羞辱你。你以为我想偷走你最珍爱的东西。你以为我想打击你最脆弱的地方。试图告诉你你错了对我也没任何好处,尤其是你可能部分是对的。人类的心理就是这样,你甚至可能完全是对的。但是,既然事实就是事实,那么就让我火上浇油,雪上加霜——我那么做的时候并非无情无感。我是说她。我是说作为男人很难不被她的魅力所吸引,你也一样。这是我们的另一个共同点。我想这永远不会是你想要的那种合作关系吧……可这也不算什么。

够了。走错了路。我干了。我干了这事,相同情况下我也许还会这么干。但是不会再出现这种情况了,我向你保证。这种突发状况将永远不会再现。现在我只请求你认同,像这样劫持我,扣留我,让我遍尝坐在这间教室里而不知等待我的是什么所带来的所有恐惧,对惩罚我冒犯了你来说已经足够了。”

我等待着回答。这永远不会是你想要的那种合作关系。我不应该说这种话,但是我想处在这样令人困惑不解和危机四伏的困境中,也说不出比这更精明的话了,也不是我胆小懦弱。我或多或少已经说了他想要我说的话,同时或多或少算在说真话。

还是没有回应。我立刻失去了我可能还保有的那点精明,用一种不再沉着与冷静的声音宣称:“皮皮克,如果你不能原谅我,就给我一个信号,表明你在那里或者你在这里,表明你听见了我的话,我这不是在对墙壁说话!”或者,我想,我是在对某个甚至比你更小肚鸡肠,某个他的非难比你的沉默更难对付的人说话。“你需要什么,需要我给你焚烧祭祀吗? 我再也不会靠近你的女孩儿,我们会拿回你那该死的钱——说点什么呀! 说话!”

只有到这个时候,我才明白他到底需要我做什么,更明白了我对付他的方式有多愚笨——从一开始就是这样,明白了我拒绝赋予这个冒名顶替者任何一个冒名顶替者都渴望的东西,一个他不能没有而只有我才能有意义地赋予他的东西,这是一个多么不可饶恕的自损的误判啊。只有当我像相信那是他的名字那样说出我的名字时,只有在那时,皮皮克才会露面,谈判才会开始平息他心头的怒火。

“菲利普。”我说。

他没有回答。

“菲利普,”我再次呼唤,“我不是你的敌人。我不想成为你的敌人。我想建立和睦的关系。事情搞成这样,我几乎受不了了,如果一切还不算太晚,我愿意成为你的朋友。”

无声无息。没人回答。

"我冷嘲热讽,冷酷无情,我也受到了惩罚。"我说,"之前跟你说话时,我抬高自己却贬低你,这样是不对的。我应该像你称呼我那样叫你的名字。从今以后,我会这样做的。我会的。我是菲利普·罗斯,你也是菲利普·罗斯。我像你,你也像我,我们名字一样,不仅是名字一样……"

但是,他不予理会,或者他不在那里。

他不在那里! 一小时后,门开了,斯迈尔斯伯格一瘸一拐地走进教室。

"太好了,你还等着!"他说,"实在对不起,我被耽搁了。"

十　不可心里恨你的弟兄

　　他进屋时我在阅读。这是为了让任何也许在观察我的人看上去我还没有因为恐惧而无能为力或者因有幻觉而疯狂，看上去我好像只不过是在牙医的椅子上等待看牙或者在理发店等待理发，看上去我是在注意看某样东西，而不是因害怕而像被钉在了椅子上——更为急迫的是，看上去好像在关注别的事情，而不是持续受到那种大胆妄为的挑衅，驱使我现在就从窗口跳下去——我从口袋里取出那本据说是莱昂·克林霍弗的日记，以极大的毅力，将注意力转移到文字轨道上来。

　　我想，我的老师们该会多么高兴——甚至在被关的地方还在阅读！但是，这不是第一次也不是最后一次，当不确定情况近在咫尺，自己无能为力时，我用阅读驱除恐惧，防止整个世界分崩离析。一九六〇年，在离梵蒂冈城墙不远的地方，我在一名陌生的意大利医生诊所空荡荡的候诊室里坐了一个晚上，阅读一部伊迪丝·沃顿的小说，与此同时，在手术室门的那一边，我当时的妻子正在接受非法堕胎。还有一次我坐飞机的时候，碰上飞机引擎冒黑烟，当驾驶员用令人敬畏的冷静声音通知大家他打算做什么以及在何处迫降时，我立马告诉自己"你只专注于康拉德就好了"，继续读我的《诺斯托罗莫》，一边在内心深处自嘲，至少我会像活着时那样死去。在我毫发无伤地逃出耶路撒冷的第三年，有一天晚上，我因突发冠心病住进了纽约医院病房，鼻子里插着一根氧气管，医生和护士站成一排一丝不苟地监控着我的生命体征，我一边不无乐趣地读着贝娄《贝拉罗萨暗道》里的笑话，一边等待他们做出是否对我堵塞的动脉进行手术的决定。你在等待最糟糕的结果时攥在手里的那本书，它的内容也许你无法连贯地总结，但是它的扣人心弦之处你将永远不会忘却。

当我还是个小男孩，第一次进教室时——我还记得自己像个中年男人那样乖乖地坐着，心中禁不住想这也许是我进的最后一个教室——我被一条在黑板顶端水平展开的大约六英寸宽的黑色带状物上面的白色字母击中了，"Aa Bb Cc Dd Ee"，一个字母以草体出现两次，母体和子体、实体和虚体、声音和回音，诸如此类。这二十六个非对称的字母组合，对一个聪明的五岁孩子来说，意味着一个小脑袋瓜子可能想出的每一种双重和对应。每一对都以各种方式既相互连结又相互排斥，每对字母放在一起看是如此有趣，它们少许不和谐地并列在一起，即便像我这样（作为学生中的一员）首先把这带状物理解为——像侧影的数字，像尼尼微浅浮雕雕塑上公元前一〇〇〇年皇室猎狮的阵容——列队行进，通向教室门的固定队列构成了一个联想中的无穷无尽的摸彩游戏。当我意识到在这种结构中的那一对对——它们的图画属性提供了如此纯洁的罗夏墨迹测试的愉悦——都有它自己的名字，思想中最甜蜜的妄想出现了，任何人在任何年纪都可能会这样。我能做的就只是等人来指导我这些字母如何会被诱惑成为单词从而完成一种狂喜。自大约一千五百天前学会走路以来，我还没感受过如此令人振奋的愉悦，没有一样东西能如此神奇地扩展意识的范围，没有任何东西能如此超然、如此令人激奋，直到与语言的力量有同等效力的刺激物——肉体的种种危险诱惑以及抑制不住的射精冲动——颠覆了天使般纯洁的童年。

斯迈尔斯伯格出现时我正在阅读，原因就在于此。所有的字母都在那里保护我；上帝给了我字母而不是武器。

一九七九年九月，即巴勒斯坦恐怖分子把轮椅上的克林霍弗从阿基莱·劳伦号扔进海里的六年前，克林霍弗和他的妻子乘坐了开往以色列的游轮。这是我在他那本皮革封面，上面刻着金色的黄包车、大象、骆驼、凤尾船、飞机和客船的日记中读到的。

9月5日

天气晴朗

星期五，阳光明媚

游船经过希腊比雷埃夫斯港和雅典城。导游棒极了。雅典城是个繁华的现代都市。交通繁忙。去了雅典卫城，看了所有的古代遗迹。导游导得很好，旅行很有趣。两点半回到住处，四点一刻在前往以色列海法的路上。非常有趣的一个下午。今晚是个特别的夜晚。晚餐后，有个来自以色列的歌手。进行了一场表演。我是评选游轮皇后的评委之一。太疯狂了。多美妙的一夜啊！十二点半上床。

9月6日

风平浪静

天气不错

又是愉快的一天。年轻的博士和他的妻子与一群法裔犹太医生准备去以色列打听在以色列南部一个大镇开医院的事情。一旦法国出事，他们在以色列就有个立足之地和投资项目。遇见许多人，七天里交了很多朋友。他们都喜欢玛丽莲。她从来没有显得如此精神、如此漂亮。晚睡。早起。明天船停靠海法。

9月7日

海法

多么令人激动！不管是年轻人还是年纪大的！许多人在外旅游长达四十天。有些人时间更长。齐夫和妻子离开了三个月，在美国演唱。其他人就只是航游。回到故国的高兴劲儿无法形容！他们多么热爱以色列！丹能酒店是个美丽的地方。膳宿好。

9月8日

由海法前往特拉维夫

从海法到特拉维夫的旅途需要半个多小时。现代化的道路。某些路段拥挤。到处都在建楼。住房，工厂。对于一个战争孕育的国家来说，这种活力实在让人惊叹。到处都是全副武装、拿着来复枪的士兵。女兵男兵都一样。到处都是预定要参观的地方。虽然累，但值得。住在漂亮的房间里，听着收音机眺望蓝色的地中海。

9月8日

特拉维夫

七点起床，开始游览。特拉维夫、雅法、雷霍沃特、阿什杜德。围绕特拉维夫转了五十公里。活动。建筑。开垦沙丘，振兴城镇，真让人感叹。老的阿拉伯雅法城正在被推倒，存在多年的贫民窟之上正计划兴建一座新的城市。农业学院，哈伊姆·魏茨曼研究院是雷霍沃特一处花园景观，漂亮的建筑，它的学习大厅、它的环境值得一看。繁忙愉快的教育日，对这个战争孕育、依然为战争所困的国家产生了新的敬意。

9 月 9 日

阳光明媚

特拉维夫

五点四十五起床,前往死海、所多玛、贝尔谢巴。翻越陡峭的山岗,来到地球上最低洼的地方。多么累人的一天!又是十二个小时。在这个小国里正发生着了不起的事情。建筑、道路、灌溉系统。计划,战斗。今天很累但值得。参观了地球尽头的基布兹①,这里的新婚家庭完全孤独地生活,在不利的环境中建设一个家园。勇气。纯粹靠勇气。

9 月 10 日

耶路撒冷

多么了不起的城市!充满活力!新的道路。新的工厂。新的住宅。来自世界各地成千上万的游客。犹太人非犹太人都有。上午十一点到达这里,开始参观。大屠杀纪念地。我的玛丽莲失声痛哭。我眼中也有泪水。这个城市建在一群山岗之上。有新区和老区。花园里有比利·罗斯的艺术展览。博物馆的布景也是最漂亮的,恢宏宽敞,满是艺术品。从这里俯瞰城市,景象迷人。晚餐。浏览街景。十点就寝。

9 月 11 日

星期四

看看一九七九年耶路撒冷的山岗。景色美丽。地理环境没变,但有了现代化的生活,好的道路,卡车,公交车,轿

---

① kibbutz,以色列的合作居留地,尤指合作农场。

车,空调系统让生活变得更好了。这里夜晚的天气很凉爽,
白天如果没有从沙漠吹来的风的话会比较暖和。

9 月 12 日

阳光明媚

访问耶路撒冷老城,哭墙,耶稣墓,大卫墓。步行浏览了
阿拉伯居住区狭窄的街道。商店鳞次栉比,都是些小店铺。
到处都是臭味和垃圾。我们的酒店处在以色列和约旦的边
界线。哭墙前面发生的景象非常有趣:接连不断的祷告、十
三岁犹太男孩成人仪式、婚礼等等。下午一点回到住处。玩
了一大圈又感到很累。两个半小时,全都在走路。老城区没
有汽车。下一个景点是哈大沙医院。美国妇女应该为她们
所付出的努力而感到骄傲。城内有一栋建筑,它被用来作为
研究中心,存放在德国被屠杀的犹太人的照片。在怨恨和涌
出的泪水之间横亘着恐怖。你会感到诧异,一个文明的基督
教国家怎么会允许一个小小恶棍把他们引向如此的暴行。随
后我们参观了犹太复国主义创始人赫茨尔和他家人安葬的地
方。还参观了一个建在山上的墓地,那里安葬着在历次战争中
死去的人,年龄跨度从十三岁到七十九岁,都是士兵。然后我
们去了以色列议会,以及其他重要的政府和学术中心。

这个城市真是漂亮,充满了历史和奇观。条条道路通
耶路撒冷而不是罗马。我很高兴有机会游览这里。

9 月 13 日

安息日和

犹太新年

早上六点。从大卫王酒店我们的房间向外看去,景色

迷人，俯瞰耶路撒冷群山。离开我们酒店近五百码就是约旦边境，狙击手站在旧城的废墟上，朝新城射击。那里原有三十九座礼拜堂，在上一次战争中，阿拉伯人把它们全炸毁了。这些狙击手应该得到所有海外犹太人的援助和称赞。守卫这个国家的是一些十八到二十五岁的年轻人。城里到处都是士兵，但不惹人注目。这是个现代化的城市，并保存着所有遗迹。这是我们在这个城市的最后一天，两千年来，犹太人祈祷能重回家园，现在我明白其中的原因了。我希望他们永远不必离开。

斯迈尔斯伯格进来时我正读着日记，同时也在做笔记——一页一页地研究着日记上面单调乏味的内容——为萨普斯尼克宣称会促进克林霍弗日记在美国和欧洲发行的那篇序言做笔记。我还能有其他选择吗？我还知道其他办法吗？事情不由我控制。我开始有点头绪，便摸索着把它们理清再拼合在一起——这是一种内在的活动，一种永恒的需求，当处在像恐惧这样强烈的情感压力之下尤其如此。我没在美国侨民酒店账单的背面做笔记（因为上面已经记有了黑板上用粉笔写的神秘希伯来单词），而是在红色日记本后面十多页未使用过的空白页上作记录。没有其他东西可供我在上面记录任何长度的任何内容。渐渐地，当老的思想习惯深深扎根，又或许是对这种谜一样半关押状况进行抗议，我发现自己正在一步步走进熟悉的深渊。我一开始的震惊（怎么能在一个被杀害的殉难者的笔记里加上自己亵渎的笔迹呢）——那种僭越的感觉类似一个好公民肆意破坏一件说不上是圣物但也不能算是珍贵的档案——让位于一种对自己目前处境极为幼稚荒唐的判断：我之所以被人野蛮劫持，强行带到这个教室，就是为了让我以端正的犹太观点写好并上交一篇严肃的序言，写得不满意就不放人。当斯迈尔斯伯格狡猾地出现，喋喋不休地解释我怎么会被劫持到这里时,我已经开始打以下腹稿了。等到他说完,我就会明白,这对克林霍弗的人文关怀表示认同的洋洋两千字是目前情形最不需要的了。

这些普通描述的非凡之处。克林霍弗的平凡普通非常合乎情理。他有一个他深爱的妻子,有他喜欢交往的朋友,口袋里有几个小钱可供他旅游,用他自己朴实的方式做他想做的事情。这些日记是犹太人"正常化"的真实体现。

一个平凡的人纯属偶然地卷入了历史的斗争。历史成了一个生命的注脚,在你最意想不到的地方插入,在一艘游轮上,从各个方面看它都不在历史的正轨上。

游轮。没有比这更安全的了。漂流的封闭空间。你哪儿都不能去。它是一个圆圈。有许多运动,但没有前进。生活中止了。介于两种世界的一种生活形式。始终在世界上。与世隔绝,像月球飞船。在他们自己的环境里旅行。与老朋友在一起。不必学习任何语言。不必担心新的食物。在中立的领土内,受保护的旅程。但是,不存在中立领土。"你,克林霍弗,海外犹太人中的一员,"好斗的犹太复国主义者说,"即使在你认为最安全的地方,你也并不安全。你是个犹太人,不只是一个搭乘游轮的人,而是一个搭乘游轮的犹太人。"犹太复国主义者利用了犹太人在任何地方,除了在堡垒以色列,过正常生活的渴望。

巴勒斯坦解放组织的精明之处:他们总会想出办法像蛀虫一般钻进犹太人安宁的幻想。关于犹太人武装到牙齿的安全的可信性亦遭到他们的否认。

你像阅读安妮·弗兰克日记那样,阅读克林霍弗日记时头脑里有着完整的构想。你知道他即将死去,以及如何死去,于是你带着结局去回读。你知道他会被从船舷推下海,于是他所有乏味的想法——这些想法是对每一个人的存在的总结——都有了一种冷酷的说服力,突然,克林霍弗成了一个鲜活的灵魂,他的主题成了生活的福祉。

没有敌人的犹太人会不会像其他所有人一样乏味? 从这些日记便可见端倪。使所有这些无害的庸常变得非同寻常的便是脑袋里的子弹。

没有盖世太保和巴勒斯坦解放组织,这两个作家(安妮·弗兰克和克林霍弗)就不可能发表作品,就会是无名小卒;没有盖世太保和巴勒斯坦解放组织,任何一个犹太作家(不一定不知名)都完全不会是他们现在这个样子。

克林霍弗和安妮·弗兰克日记中的语言习惯、兴趣爱好、心路历程证实了同样可以引起共鸣的地方:一、犹太人很普通;二、他们都被剥夺了普通的生活。普通,幸运、平凡、耀眼的普通;每一种观察、每一种情感、每一种思想中都有它的存在。犹太人梦想的中心、助长犹太复国主义和大流散主义狂热的是:犹太人能够成为人的方式在于忘却他们是犹太人。普通。平淡。平静的单调。没有争斗的生存。能够反复安全地独自外出小游。可是这不会实现。当一个犹太人充满令人难以置信的戏剧性。

尽管前天午餐时见过斯迈尔斯伯格，但看见他拄着拐杖穿过教室门我依然十分惊讶，那种惊讶就好像三四十年后在大街上突然看见一位同学、室友或恋人——时间它显然热衷于让这个尽人皆知的不老少女重新扮演一个最不适合的角色。斯迈尔斯伯格甚至可能是某个我以为早已过世的至交密友，当我发现是他不是皮皮克强行扣押了我，那种冲击感非常震撼怪异。

　　除非因为那"被偷的"百万美元，他已经与皮皮克狼狈为奸……除非本来就是他雇用皮皮克诱我落入圈套……除非我不知怎么的让他们落入了圈套；除非我正做着某件事情是我没有意识到的，我没法停止不做的，且走向了我意愿的反面，使正发生在我身上的一切事情看起来像不需我做任何事情就能发生。但是，在我感觉自己完全像受众人操纵的木偶时给自己设定一个主导角色，这最能削弱思考的展开；在这间教室里孤独等待了几乎三小时后，我用残存的一点理智与这种想法进行抗争，责怪自己只是另一种不思考的方式，是出现一系列意想不到事件时最为原始的适应办法，一种平庸陈腐、包罗万象的幻想不能告诉我任何我与这里正在发生的一切事情之间的关系是怎么回事。我没用某种个人魔法召唤这位自称斯迈尔斯伯格的瘸子，就因为我想象自己曾在法庭旁的快餐部见过他，而事实上，我现在才意识到，那个上了年纪的收银员根本不像斯迈尔斯伯格。我确实曾愚蠢地犯过大错，甚至几近精神错乱，但是这一切并非我在主导，不是我的想象在发号施令，而是我的想象正被他们的想象粉碎，不管"他们"是谁。

　　他的穿着打扮就像前天午餐时我见他的那样，一身整洁的蓝色正装，领结，浆过的白衬衣外面一件羊毛开衫，一副过分讲究的珠宝店老板打扮。他那有凹痕的颅骨，鱼鳞状的皮肤，都暗示了生活在给他制造麻烦时，可谓全力以赴，没有把他的损失局限在对双腿的使用上。他的躯干在两根拐杖之间像未装满的沙袋一样晃动，马蹄形的托架支撑着他的前臂，行走对他来说今天就像昨天一样是负担，是折磨；很有可能，自从残疾阻碍了他的行动之后，他的脸上就有了那种消沉疲惫的神色，就好像一个人被判永远要力争上游，即便他所需要的不过是一杯水。他的英语依然带着移民商人的口音，就像我祖父母安家落户、我父亲从小长大的贫民窟里，那些推着手推车兜售棉织品，用木桶售卖鲱鱼的小贩。自昨天以来出现的新情况是，以前这副躯体承载的似乎只是最难以启齿的生活经历，现在多了温暖亲切，低沉沙哑的嗓音变得洪亮激昂，仿佛他不是在拄着双拐费力移动，而是在格施塔德的山坡上进行障碍滑雪。这副残躯所表现出的活力在我看来，要么是最残忍的自我嘲弄，要么是一种标志：禁锢在这具过分困扰的躯壳里的只有反抗。

"太好了，你还等着！"他边说边摇晃到离我的座椅几英寸的地方，"实在对不起，我被耽搁了。还好你带了本东西读。为什么不打开电视机？谢克德先生正在作陈述。"他猛地转身，连跳三小步，几乎像是在拐杖上做芭蕾舞中的皮鲁埃特旋转动作，跳到了教室前面的讲台边，按下按钮，将电视调到了庭审现场直播。的确，电视上迈克尔·谢克德正在用希伯来语对三名法官作最后陈述。"这次审判让他成了一个性感符号——以色列所有的女人现在都爱上了这位检察官。他们没有打开窗户？这里太闷了！你吃过饭了吗？没东西吃？没有午饭？汤，一些沙拉，烤鸡肉？喝点啥——啤酒，苏打水？告诉我你要什么？乌里°！"他大声喊道。两个身着牛仔裤的劫持歹徒中的一人从宽敞的过道里走了进来，我觉得此人有点眼熟，我还享有人身自由时曾在外面停车场见过他，我在那里做的最后一件事就是帮助了一位反犹神父。"为什么没有午饭，乌里？为什么所有窗户都关着？没人为他打开电视？没人做过任何事情！闻闻这味道！他们玩牌，他们抽烟，有时他们杀人——他们认为这就是工作的全部。给罗斯先生拿午饭来！"

乌里笑着离开房间，顺手关上了教室门。

给罗斯先生拿午饭来？什么意思？他那带着浓重口音的英语流畅得令人不可思议，那么亲切和蔼，流露出父爱般的柔情，听起来深沉浑厚……这一切都意味着什么？

"任何想靠近你一英寸的人都会被撕得粉碎，"斯迈尔斯伯格说，"我找不到比乌里更加凶狠残忍的看门狗了。你在看什么书？"

但是，不用我来解释一切，甚至也不用我来解释我在看什么书。我不知道该说什么，甚至不知道问什么——我所能想到的可做的事情就是开始呼救，可我太害怕了以至于连呼救都做不到。

斯迈尔斯伯格一边将自己的躯体挪进座椅，一边说："没人告诉你？他们什么也没有告诉你？没人告诉你我会来？没人告诉你你可以离开？没人前来解释我迟到了？"

对施虐狂的诱饵没必要作出回应。别再告诉他们他们抓错了人。你说什么也不管用了；到目前为止你在耶路撒冷说过的所有话只让事情变得更糟。

"犹太人相互间为啥这么欠考虑？把你像这样晾在黑暗里，"斯迈尔斯伯格恨恨不平地说，"甚至没给你倒上一杯咖啡。一直都是这样，我真是没法理解。犹太人为什么如此缺乏基本的社交礼仪，甚至在他们自己中间也这样？为什么每一次冒犯都必须被放大？为什么每一次挑衅都要引起仇恨？"

我没有冒犯过任何人。我没有挑衅过任何人。那百万支票我也能解释清楚。但是他会满意吗？在乌里没有带着我的午餐再次露面来喂饱我的情况下？我没有答话。

"犹太人对他的犹太同胞缺乏关爱，"斯迈尔斯伯格说，"是我们人民中间多数苦难的根源。敌意、嘲弄、犹太人相互间的刻骨仇恨——这是为了什么？我们对邻居的宽容和谅解到哪里去了？犹太人间为什么会有如此分歧不和？不只是在一九八八年的耶路撒冷

328

突发这样的不和——上帝知道,同样的情况也发生在一百年前的'隔都',两百年前被毁的第二圣殿。第二圣殿为什么会遭毁坏? 就是因为犹太人的相互仇恨。救世主弥赛亚为什么没有出现? 因为犹太人对彼此愤怒的仇恨。我们不仅需要异族的匿名反犹组织——为了犹太人自己,我们也需要这个组织。愤怒的争吵、言语的暴力、恶毒的攻讦、嘲弄的八卦、冷嘲热讽、吹毛求疵、怨天尤人、侮辱诋毁——对我们民族而言最大的污点不是不吃猪肉,甚至不是不与非犹太人通婚,比这更糟糕的是,犹太人的话本身就是一种罪过。我们谈得太多,说得太多,不知道何时住嘴。犹太问题的部分原因是他们根本不知道用什么方式说话。高雅的? 布道的? 歇斯底里的? 冷嘲热讽的? 犹太人的问题部分在于他们的声音太大,太喋喋不休,太咄咄逼人。不管他说了些什么或者说话的方式如何,都不得体。不得体是犹太人的风格。糟透了。'一个人只要有那么一时半刻保持沉默,那他就能获得嘉奖,伟大得让任何人都难以想象。'这是加昂①维尔纳援引《米德拉西》②里的话,'一个人在这个世界上应该做什么? 装哑巴。'这是圣贤的话。正如我们一位最受尊崇的犹太教学者用非常简单只有八个字的句子漂亮地表达的那样:'言语通常只会坏事。'你不愿开口说话? 好。当一个犹太人跟你一样生气时,对他来说几乎没有比克制着不说话更难的了。你是个英勇的犹太人。在末日审判到来那天,对菲利普·罗斯的判定将是,他因为克制而持续保持的沉默将成为他的功绩。犹太人什么时候才能意识到他总在说话,在叫喊,在拿别人开涮,彻夜在电话里分析他最亲密朋友的可怕缺点?'不可在民中往来搬弄是非。'③书上是这么写的。你不应该这样! 这是被禁止的! 这是法律!'上帝啊,别让我说不该说的话……'这是乔菲茨·

---

① Gaon,希伯来语,意为"卓越",是犹太教内一部分首脑的称号。
② The Midrash,犹太教讲解《圣经》的布道书,书成于二至十一世纪。
③ 《圣经·旧约·利未记》第19章第16节。

哈伊姆的祷告词。我就是乔菲茨·哈伊姆的信徒。没有一个犹太人比乔菲茨·哈伊姆更加热爱他的犹太同胞。你不知道乔菲茨·哈伊姆的这些教导？伟大的人物，谦虚的学者，来自波兰拉丁的尊敬的拉比，他漫长的一生致力于让犹太人闭嘴。他九十三岁在波兰去世，那年你在美国出生。是他为我们犹太人制定了详细的言语律法，试图帮我们摆脱几个世纪以来形成的坏习惯。乔菲茨·哈伊姆还制定了针对恶言的律法，禁止犹太人对他们的犹太同胞使用贬低或伤害对方的言语，即便所言属实，也不允许，如果所言非实，那就更恶劣了。对于恶言，无论是说还是听，都是被禁止的。晚年时，乔菲茨·哈伊姆赞颂他的失聪，因为这使他听不见恶言。你可以想象一下，对于乔菲茨·哈伊姆这样一个善于辞令的人来说，这该有多么难受！没有一条恶言逃过乔菲茨·哈伊姆的厘清和约束：笑话恶语，匿名恶语，常识恶语，亲戚恶语，姻亲恶语，儿童恶语，丧事恶语，异教徒、笨蛋和著名违法者的恶语，甚至商品恶语——全部遭禁。即使有人对你恶语相向，你也不能对他恶言相加。即便你被人诬陷犯罪，你也决不能说谁是罪犯。你不能说'是他干的'，因为那是恶言。你可以说'我没有做'。如果乔菲茨·哈伊姆为阻止他的犹太同胞就每一件、任何一件事责怪他们的友邻要做到这种地步，你能想象得出他所面对的是什么吗？你能想象得出他所目睹的仇恨和敌意吗？每一个人都感到被误解，被伤害，不满于冒犯和轻视；每一个人说的每一件事情都被视为一种人身冒犯和蓄意攻击；每一个人都在贬低其他人。一边是仇犹，另一边是恶言，夹在二者之间被挤压到窒息的正是犹太人民的美丽灵魂！可怜的乔菲茨·哈伊姆本人就是反诽谤联盟的成员——只为了让犹太人停止相互诽谤中伤。换了其他像他这样对恶言敏感的人，他可能会成为杀人凶手。可是，他热爱他的人民，无法忍受目睹他们因饶舌而变得品格低下。他没法忍受他们争吵不休，所以他给自己定下了无法实现的目标：推动犹太人的和谐和犹太人的团结,摒弃犹太人苦涩的分裂不和。犹太人为什么不能成为团结一致的民族？犹太人为什么相互冲突？他们为什么要自我冲突？因为这种分裂不仅仅是犹太人与犹太人之间的分裂——它也存在于单个犹太人身上。整个世界是否存在一种更加形式多样的人格？我不是说分裂。分裂根本不算什么。甚至非犹太人也是分裂的。但是在每一个犹太人体内都有一个犹太暴民。好犹太人，坏犹太人；新犹太人，旧犹太人；热爱犹太人的犹太人，仇恨犹太人的犹太人；非犹太人的朋友，非犹太人的敌人；高傲自大的犹太人，卑躬屈膝的犹太人；虔诚的犹太人，卑鄙的犹太人；粗俗的犹太人，高雅的犹太人；目空一切的犹太人，绥靖姑息的犹太人；犹太味十足的犹太人，没犹太味的犹太人。我还要继续往下说吗？我有必要详细解读犹太人吗？至于犹太人作为三千年来堆积起来的镜像碎片这点，我就不必向你这个在国际文坛上靠自己一流的犹太学家身份发家致富的人多作解释了吧？犹太人总在争论，这还有任何疑问吗？他就是一个争论，争论的化身！他总在说话，轻率地说，冲动地说，欠考虑地说，尴尬地说，小丑似的说，无法净化自己言语中的嘲弄、侮辱、指控和愤怒，这还有任何疑问吗？我们可怜的乔菲茨·哈伊姆！他对上帝祷告："赐予我力量吧，让我别说不该说的话，让我只为上帝发声。"而与此同时，他的犹太同胞却到处在为了说话而说话。始终如此！没法住口！为什么？因为每一个犹太人体内都有如此多的说者。让一个住嘴，另一个就开口，让这个住嘴，还有第三、第四、第五个犹太人有更多的东西要说。乔菲茨·哈伊姆在祈祷"我要小心不嚼别人的舌根"的时候，他挚爱的犹太同胞一个个日日夜夜讨论的也是别人。生活对于维也纳的弗洛伊德来说，相信我，比对于拉丁的乔菲茨·哈伊姆来说要简单得多。这些饶舌的犹太人来到弗洛伊德跟前，弗洛伊德是怎么对他们说的？继续说！想说什么就说什么！言语无忌。越恶毒越好。对弗洛伊德来说，一个沉默的犹太人是可以想象的最糟糕的存在——

在他看来一个沉默的犹太人对犹太人无益，对生意也无益。一个不说坏话的犹太人，一个不发怒的犹太人，一个对任何人都没有恶言的犹太人，一个不会跟邻居、老板、妻子、父母吵架的犹太人，一个拒绝说可能伤害他人的话的犹太人，一个只说绝对允许说的话的犹太人？在这样一个乔菲茨·哈伊姆梦想中的犹太人组成的世界里，西格蒙德·弗洛伊德将会饿死，带着其他所有精神分析学家们一起饿死。但是弗洛伊德不是傻瓜，他了解他的犹太人民，我很悲伤地说，他比同时代的、我们可爱可敬的乔菲茨·哈伊姆更加了解犹太人，了解得彻头彻尾。那些没法住嘴的犹太人蜂拥至弗洛伊德跟前，他们对弗洛伊德如此恶言——自第二圣殿被毁以来还不曾有犹太人这么恶言过。结果呢？弗洛伊德成为弗洛伊德，因为他让他们说了一切，而乔菲茨·哈伊姆呢，他让他们克制着不说任何他们想说的一切，让他们唾弃恶言就像唾弃口中不经意吃到的猪肉一样，并同样感到讨厌、恶心、鄙视，告诉他们除非他们有百分之百的把握所言非恶言，否则他们必须假设所言为恶言并保持缄默——结果乔菲茨·哈伊姆没像弗洛伊德那样在犹太民间大受欢迎。现在我们可以讽刺地争辩：犹太人因为出口不逊，所以才成了犹太人；没有比弗洛伊德在他办公室里对犹太患者的医嘱更具犹太特点的犹太特点。你从犹太人那里拿走了恶言，你还剩什么？你还有友善的非犹太人。但这句话本身就是恶言，是最糟糕的恶言。因为对整个犹太人民恶言相加是最严重的罪过；像我这样责怪犹太人民，其本身就是恶言。然而我不仅口出恶言，而且强迫你坐在这里听我说，这加重了我的罪过。我就是我责怪的那类犹太人。我比那类犹太人更加糟糕。那类犹太人太愚蠢，不知道自己在做些什么，而我是乔菲茨·哈伊姆的信徒，知道只要存在恶言，弥赛亚就永远不会来拯救我们——可像我刚刚那样，当我说别的犹太人愚蠢时，我还是在口出恶言。那么乔菲茨·哈伊姆的梦想还有什么希望？也许如果所有赎罪日斋戒的虔诚犹太人能一天不口

332

出恶言……如果有那么一刻，没有一个犹太人口出一个伤人的词语……如果地球上所有的犹太人都闭嘴一秒钟……但是，让犹太人沉默一秒钟甚至也是不可能的，那么我们的人民还能有什么希望？个人认为，犹太人离开加利西亚拉丁那样的村庄，跑到美国和巴勒斯坦，跟出于其他原因一样，是为了逃避他们自己的恶言恶语。如果这让乔菲茨·哈伊姆（因为再也不用听恶言，他甚至庆幸自己失聪）这样自我克制和善于辞令的圣人都受不了，那么人们可以想象它对于紧张不安的普通犹太人的思想会产生什么影响。早期的犹太复国主义者虽然嘴上不承认，但是私下里，他们中不少人一直在考虑：我会去巴勒斯坦，即便那里有伤寒、黄热病、疟疾，一百华氏度以上的高温，我再也不用被迫听那些可怕的恶言恶语！是的，在以色列的土地上，远离仇恨我们、反对我们、嘲笑我们的非犹太人，远离他们的迫害及其在我们内心造成的所有混乱，远离他们的厌恶及其在每个犹太心灵上造成的所有焦虑、不安、失望和愤怒，远离被他们关押、被他们禁闭所造成的羞辱；我们将创造一个我们自己的国家，在那里，我们自由自在，那里属于我们自己；在那里，我们不会互相侮辱，不会在背后互相中伤；在那里，犹太人内心不再充斥胡思乱想，不会诽谤和贬低他们的犹太同胞。好吧，我能证明这一点——很不幸我就是明证——以色列大地上的恶言比乔菲茨·哈伊姆一辈子生活的波兰的恶言还要糟糕一百倍，一千倍。在这里我们没有什么不可说的。这里存在着如此的分裂，以至于没有任何约束。在波兰，存在着反犹太主义，这让你至少在非犹太人面前不对自己的犹太同胞的缺点说三道四。但是，在这里，不用担心非犹太人，天空才是界限；在这里，没人不会有这样的想法：即使面前没有非犹太人让你感到羞愧，依然有你不能说的话，绝对不能说的事。也许犹太人应该三思后再张开他那犹太大嘴巴，像弗洛伊德敦促他的那样，自豪地说出他脑子里有关别人的最糟糕的想法。拉仇恨的话——他们说了，招嫉恨的话——他们讲了,拿别人开涮的恶毒玩笑——他们开了,印了,在晚间新闻里播送了。读读以色列的新闻,你就会见识到比一百个乔治·齐亚德能说我们的还要糟糕的事情。说起诽谤犹太人,巴勒斯坦人还要排在《国土报》之下。甚至在这一点上,我们也比他们强!在此,我们能够再次讽刺地辩解:这一现象中存在着犹太复国主义胜利和荣光的核心,我们在以色列国取得了我们从未奢望取得的胜利——让非犹太人聆听,犹太人的恶言天赋得到了全面施展。我们终于摆脱了长期听从非犹太人的窘境,在不到半个世纪的时间里发展并完善了乔菲茨·哈伊姆最怕看到的结果:不知羞耻的犹太人口无遮掩。"

我拼命问自己,这种口无遮拦正把我们引向何方? 我不能在这里深入探讨这个话题。这是不是某种虚无缥缈的剥夺公民权利的起诉书,指控我的语言罪行? 这跟失踪的支票有何干系? 他为这个乔菲茨·哈伊姆过分悲哀,只不过是自娱自乐,恣意消磨时间,等待乌里端着我的午饭回来,然后真正的施虐取乐就会开始——这是我最好也是最可怕的猜测。另一个专横跋扈的嚼舌者就会对我进行攻击和抨击,他报复的武器就是大放厥词,包藏祸心,随时准备从成千上万的词林背后跃出——又一个恣意妄为的表演者,老谋深算的演员,在我看来,他甚至并非瘸子,而只是拄着两根拐杖横冲直撞,以宣泄他的苦涩。这个发明恶言恶语的仇恨者,这个处变不惊、不抱幻想的人(但假装为人类的耻辱而震惊),这个厌恶人类的人,以厌恶世人为乐,他含着泪水高声宣称:他最厌恶的就是厌恶。我落到了一个鄙视一切的嘲弄者手中。

"据说,"斯迈尔斯伯格继续说,"对于乔菲茨·哈伊姆,只有一条有关恶言的律法还不清楚。是的,犹太人不能在任何情况下诽谤和诋毁犹太同胞,但这是否包括禁止说某种损害、诋毁和贬低自己的话呢? 对于这一点,乔菲茨·哈伊姆好多年一直没弄清。在他非常年迈的时候发生了一件事，帮他解决了这个困扰他多年的疑难问题。有一天，他乘一辆四轮大马车离开拉丁外出旅行，发现身旁坐着另一位犹太人，很快两人便友好地交谈起来。他问这个犹太人是干什么的，到哪里去？犹太人兴奋地告诉老头乔菲茨·哈伊姆，他准备去听乔菲茨·哈伊姆演讲。犹太人不知道跟他交谈的老头就是乔菲茨·哈伊姆本人，他开始大肆赞美这位圣贤。他正在前往听演讲的途中。乔菲茨·哈伊姆静静地听着对自己的颂扬。随后他对这位犹太人说：'知道吗，他真没你说得那么好。'听到老头胆大妄为的话，犹太人惊呆了。'你知道你在说谁吗？你明白自己在说些什么吗？''当然知道，'乔菲茨·哈伊姆回答，'我非常清楚自己在说什么。我碰巧认识乔菲茨·哈伊姆，他真的没有人们所吹捧得那么好。'交谈就这样来回进行着，乔菲茨·哈伊姆煞费苦心地反复说一些谦虚的话，犹太人越听越生气。终于，犹太人再也忍不住这种诽谤，他扇了老头一个耳光。这时，马车在下一个镇子里停了下来。每一条街道都挤满了乔菲茨·哈伊姆的追随者，他们激动地等待着他的到来。他下了车，欢呼声震耳欲聋，坐在马车里的犹太人这才明白他扇了谁的耳光。你可以想象一下可怜的犹太人有多羞愧，想象一下他的窘迫给乔菲茨·哈伊姆这样和蔼可敬的圣贤留下了怎样的印象。从那一刻起，乔菲茨·哈伊姆规定：一个人甚至不能说自己的坏话。"

他绘声绘色地讲着，既娴熟又诙谐，尽管口音很重，但话还是那么优雅得体，流畅悦耳，引人入胜，仿佛他在用脍炙人口的民间故事哄年幼的孙儿入睡。我想说："你为什么要这样消遣我？你打算干什么？我为什么会在这里？你到底是谁？其他这些人是干什么的？皮皮克在这一切中扮演着什么角色？"我突然有很多话要说——高声呼救，大声诉苦，要他作出某种解释——我感到不是随时要从窗口跳下去，而是要从我自己的躯壳里跳出来。然而，此时此刻，我一时语塞，很像患上了歇斯底里失语症，以此来自卫。沉默就像一种战术策略悄悄介入，即便这种策略连我都发现他——乌里、他们、任何人——可以不费吹灰之力地予以否认。

"乌里现在在哪里？"斯迈尔斯伯格边问边低头看手表，"这家伙一半人，一半豹子。如果在去餐馆的路上有个漂亮的女兵……不过，这就是你要为乌里这样的家伙付出的代价。我再次道歉。你已经好几天没吃上一顿有营养的饭菜了。换了其他人，碰到这种糟糕的情况，也许不会表现得这么得体。换一个像你这样有名望的人，饥肠辘辘时也许不会表现得这么文明克制。如果亨利·基辛格被迫独自在一间闷热的房间里等待像我这样一个瘸腿年迈的无名小卒，他会声嘶力竭地高喊的。亨利·基辛格一类的人数小时前就会起身从这里冲出去，他会大发雷霆！但我不会责怪他。而你，你不发脾气，冷静克制……"他支撑着站起身来，一瘸一拐地走到黑板跟前，拿起一段粉笔，用英语写下，"不可心里恨你的弟兄"。在这句话的下面他写下，"不可对你民族的孩子复仇或者怀恨在心"。"可是，也许私底下，"他一边写一边说，"你觉得有趣，这解释了你为什么很有耐心。你具备犹太人的某种非凡才智，很自然地抓住了事情滑稽可笑的一面。也许对你来说，一切事情都是滑稽可笑的，对不对？他是在开玩笑吧？"他在黑板上写完后，用手指着电视屏幕；此时，镜头正对着德米扬尤克，他在给他的辩护律师匆匆写一张便条，"开始时，他一直不住地用手肘轻推谢夫特尔。谢夫特尔一定已经告诉他：'约翰，别推我，给我写纸条。'于是，他开始写纸条，而谢夫特尔并不看他写的。为什么他不在犯罪现场那么不可信？你不觉得吃惊吗？为什么地点和日期那么自相矛盾、杂乱无章，任何一个法律系的新生都能证明它是假的？德米扬尤克不聪明，但是我想他至少是狡猾的。你会想，他早就可以找个人帮他，证明他不在犯罪现场，承担说出真相的责任，而没这么做正说明他一直很狡猾。我甚至怀疑他的妻子是否知道真相。他的朋友们不知道。他那可怜的儿子也不知道。你的朋友齐亚德先生称这次审判为'作秀'。在美国,美国移民局和美国法庭进行了十场听证会。在耶路撒冷,由三位著名律师在全世界新闻媒体的镜头前进行的审判持续了一年之久。这场审判为确定身份证上的回形针是真是假花了近两天时间。齐亚德先生一定是在开玩笑。这么多玩笑! 太多的玩笑! 好笑的是你知道有些人是怎么说的吗? 他们说,是一个犹太人在掌控巴勒斯坦解放组织,阿拉法特周围有一群跟他一样无能的帮手,没有某些犹太人的帮助,他自己是没法经营价值百亿美元的多国闹剧的。他们说,如果没有一个阿拉法特可以向他汇报的犹太人,那么一定有一个帮他管理财务的犹太人。除了犹太人,还有谁能帮这个组织摆脱管理不善和腐败呢? 当黎巴嫩镑跌至谷底,除了犹太人,还有谁能使巴勒斯坦解放组织在贝鲁特银行免遭惨重的经济损失? 现在还有谁能为这种反叛运动管理经费呢? 这是他们最新的徒劳的公关绝招。你看,看谢夫特尔!"他说,想把我的注意力再次引向电视机,德米扬尤克的以色列律师刚起身对公诉人的某些言论表示反对,"他在这里攻读法律时,政府取消了迈耶·兰斯基[①]的入境签证,谢夫特尔取代迈耶·兰斯基成了学生会主席。后来他成了兰斯基的律师并且帮兰斯基搞到了入境签证。谢夫特尔称这位美籍犹太歹徒是他遇见的最了不起的人。'如果兰斯基到了特雷布林卡,'谢夫特尔说,'那么乌克兰人和纳粹分子就活不过三个月。'谢夫特尔相信德米扬尤克吗? 这不是问题的焦点。问题在于谢夫特尔从来就不相信这个国家。他宁愿替被指控为战争罪犯的人和臭名昭著的歹徒辩护,也不愿跟以色列政府站在一边。但即便是这样,这也跟由犹太人来管理巴勒斯坦解放组织的资金明细相去甚远,更别提由犹太人来帮他们筹集善款了。你知道犹太人开除爱尔兰人奥康纳,起用谢夫特尔负责此案后,德米扬尤克对谢夫特尔说了些什么

---

① Meyer Lansky(1902—1983),波兰裔犹太人,黑帮巨头。

吗？德米扬尤克对谢夫特尔说：'如果一开始就用犹太律师，我就根本不会陷入今天这样的麻烦。'他这是玩笑话吗？显然不是！这个被指控为'恐怖伊凡'的人据报道说过这样的话：'要是我雇用了一个犹太律师……'因此，我要再问一次，这是否真是一个笑话，只是一个笑话呢？股票、债券、房地产、酒店业、货币以及广播电台方面的优质投资，使巴勒斯坦解放组织在一定程度上独立于他们的阿拉伯兄弟，据说这是犹太顾问为他们出的主意？但是，究竟这些犹太人是谁？他们是否真的存在？他们的动机是什么？是否真的存在这些动机？是否只是愚蠢的阿拉伯人的政治宣传，旨在让犹太人尴尬，或者这真能让人感到尴尬？我更易于同情像瓦努努先生①那样背信弃义的动机，他把我们的核秘密给了英国报界，不太同情一个富裕犹太人的动机，他把他的钱给了巴勒斯坦解放组织。我在想，甚至是乔菲茨·哈伊姆，他内心能否原谅一个如此藐视犹太律法的犹太人，因为犹太律法教导我们一定不要对我们民族的孩子进行报复。还有比把犹太人的钱放进阿拉伯恐怖分子的口袋里，让他们用机关枪扫射我们在海滩上玩耍的孩子们更糟糕的恶行吗？的确，乔菲茨·哈伊姆教导我们：你死时唯一能带走的钱就是你今生今世花在慈善事业上的钱——可是把善款交给巴勒斯坦解放组织？这当然不是一种为天堂积累财富的方式。不可在心里恨你的弟兄，不可随大流做坏事，不可给杀害犹太人的恐怖分子开支票。我想知道那些给恐怖分子开支票的人的姓名。我想有机会跟这些人谈一下，问他们究竟在干什么？但首先，我必须弄清确有其事，不是你这位惹是生非的朋友充满仇恨、阴谋和谎言的臆想。我从来不知道乔治·齐亚德是否完全疯了，完全阴险狡猾，或者两者兼有之。这是我们跟该地区人民之间的问

---

① Mordechai Vanunu(1954—   )，以色列前核技术人员，1986 年将以色列核武器细节透露给英国报界，后被以色列特工劫持并偷运回以色列，被判叛国罪入狱，2004 年获释。

题。雅典是否真有许多有钱的犹太人等着见你,准备支持我们的死敌? 是否真有犹太人从这个国家刚建立伊始就准备把他们的财富交到那些希望摧毁我们的人的手里? 为了方便解释,让我们假设有五个这样的犹太人,假设有十个这样的犹太人。他们能够捐助多少——每人一百万? 微不足道! 还不及一个腐败的阿拉伯小族长每年孝敬阿拉法特的数额。区区一千万,值得寻根问底吗? 你能四处追杀有钱的犹太人,就因为你不喜欢他们的捐助对象? 另外,你能跟他们理论吗? 这些人思想中毒如此之深,反常倒错。也许最好的办法就是忘了他们,让他们去遗臭万年! 然而,我不能这样做。我对他们耿耿于怀,这些人似乎是社区举足轻重的人物,他们是有着两张面孔的第五纵队①的犹太人。我想做的是与他们中的一个人进行交谈。我的犹太狂热是否将我引入歧途? 我是否被一个阿拉伯骗子所愚弄? 乔菲茨·哈伊姆提醒我们,而且我也相信他的说法,那就是,'世界靠的是那些在争论中默不作声的人'。但是,若你现在说点什么,世界也不会马上就崩塌。这些犹太人会趁机利用我的这种想法吗? 你意下如何? 可以为苏联犹太人做的事情还有那么多,困扰我们这弹丸之国的安全的问题还有那么多,为什么我们要将宝贵的精力用于追杀一些自我仇恨的犹太人呢,仅仅是为了发现他们的动机? 关于这些诋毁犹太人的犹太人,乔菲茨·哈伊姆已经告诉了我们一切:他们受恶言的驱使,像所有受恶言驱使的人一样,他们将在来世受到惩罚。所以,我为什么还要在现世追杀他们呢? 这是我向你提出的第一个问题。第二个问题是:如果可以,我能不能依赖菲利普·罗斯的帮助?”

仿佛一直在等待最后的暗示,乌里走进了教室。

---

① Five-column,原指西班牙内战中佛朗哥部下进攻马德里时在市内做内应的人,现泛指敌人派入的间谍或通敌内奸。

"午餐。"斯迈尔斯伯格热情地微笑着说。

各种菜肴堆满了自助餐盘。乌里将餐盘放在电视机旁,斯迈尔斯伯格请我坐过来用餐。

汤不是塑料的,面包不是纸板的,土豆是土豆,不是石头。一切该是什么就是什么。几天来,只有这顿午饭对我才是真切的。

只有当食物进入食道时我才记起前天是我第一次见乌里。两名身着牛仔裤和运动套衫的年轻男子朝我望过来,我以为他们是农产品摊位的工作人员,但齐亚德认出他们是以色列秘密警察,乌里是他们两人中的一个。另一个,我此刻想起来了,是酒店里的那个家伙,他主动介入我和皮皮克的纷争。至于这个教室,我想,他们只是借用一下,也许因为他们琢磨,这里的关押效果更好,这样的考虑也并非全然愚蠢。他们找到校长,对他说:"你曾经在军队服役,我们了解你,我们看过你的档案,你是爱国人士。今天下午一点以后,让所有人都他妈的滚出你的学校。今天下午孩子们放假。"也许他根本没有抱怨。在这个国家里,秘密警察要什么有什么。

我吃完午饭,斯迈尔斯伯格第二次将装有百万支票的信封递给我。"昨晚你丢了这张支票,"他说,"是在从拉马拉回来的路上弄丢的。"

那天下午我向斯迈尔斯伯格提出的所有问题中,最不能得到直接回答的就是与莫伊舍·皮皮克有关的问题。斯迈尔斯伯格宣称,关于我的麻烦根源的出处,他是谁,谁是幕后指使,他们知道的并不比我多——这人当然不是在替他们卖命。"机会造就了他,"斯迈尔斯伯格向我解释,"情报机构与小说家一样——是机会造就了我们。先是假的出现,随后真的出现,最后出现的是雄心勃勃的齐亚德。从这里我们开始即兴发挥。"

"你是说,他什么也不是,只是个古怪的骗子。"

"对你来说，他一定意味了更多，对你来说，这必定是次独特的经历，充满了偏执妄想。但是像他这样的江湖骗子？航空公司给他们提供打折机票，他们的一辈子就是飞来飞去。你打算乘早班机飞往纽约时，他已经回到美国了。"

"你没设法阻止他？"

"恰恰相反。我在尽一切努力助他成事。"

"那么，那个女人呢？"

"对于那个女人，我一无所知。昨晚以来，我一直在想，你比任何人知道的都多。那个女人，我猜，是那种女人，对于她们来说，充满曲折的冒险不可抗拒。费利卡①，男性欲望的女神。我没说错吧？"

"他们两人都走了。"

"是的。我们只剩下你一个了，不是怪人，不是骗子，不是傻瓜或软蛋。一个知道如何保持沉默、耐心、谨慎，如何在最不安的环境里保持镇定的人。你获得了高分。所有的直觉都非常优秀。不管你内心如何颤抖，或者甚至呕吐，都无关紧要——你没有胡来，没有走错一步。机会之神再也找不到比你更适合这份工作的犹太人。"

可我不会接受这份工作。我还没摆脱某人设计的令人难以置信的阴谋诡计——旨在迫使我成为另一个阴谋诡计中的演员。斯迈尔斯伯格越是解释这起情报行动（他给这个行动起了个代号叫"斯迈尔斯伯格"，他建议我自愿参加），我越是感到火冒三丈，不仅仅是因为他的盛气凌人、玩世不恭对我来说已不再是个令人困惑的谜团，不再使我震惊并保持警惕，更因为在我终于吃了点东西，开始平静下来以后，我便意识到这些专横跋扈的以色列人多么残酷地利用了我，他们玩弄间谍把戏，这种把戏在我看来，其核心有一种幻觉，这种幻觉是

---

① Phallika，自 phallic（生殖器崇拜的）演变而来，这里根据上下文，音译为人名。

在跟奥利弗·诺思①一样的被误导的天才头脑里形成的。最初对推测中的关押者抱有的感激之情——他们还算仁慈,在暴力劫持、强行收押之后,还给了我一块冷鸡肉,观察我的承受力如何,以便为他们之后的任务服务——被愤怒取代,因为我感受到了解放。我的愤怒程度甚至令我自己也感到吃惊,然而这种愤怒情绪一旦爆发,我实在无法控制。乌里恶狠狠的鄙视目光——他提着一个玻璃咖啡壶回到教室,给我倒了一杯新鲜咖啡——愈加使我生气,特别是在听到斯迈尔斯伯格说他的这位给我端来午饭的部下一直在四处跟踪我之后。"那次在拉马拉公路上的遭遇?"据我了解,乌里也在现场。他们像在迷宫里追逐老鼠一样追赶我,而我却蒙在鼓里,没有同意他们这样做,从我所能收集到的一切情况来看,我没法确知他们的报偿(如果有的话)会是什么。斯迈尔斯伯格并非只凭一种预感,并非只受到皮皮克在耶路撒冷出现的鼓舞——一位情报人员在他用假护照通关后几小时就认出了他是在冒充我——以及之后我的出现的鼓舞。一个充满无限可能和阴谋诡计的巧合怎么能不引起斯迈尔斯伯格的好奇,否则他怎么能称自己是侦探专家呢?的确,一个小说家能够明白,面对这样一种能引起感情共鸣的情况将意味着什么。是的,他像个作家,一个非常幸运的作家,他以一种略为嘲讽的语气解释说,他已经接触到了他的真正的主题其所有复杂纯粹之处。他愿意承认,从美学上看,他的艺术并不纯粹,鉴于其总的实用功能,它的设计必定不会那么精巧复杂——尽管摆在他面前的谜依然与作家的谜一模一样:有着厚实的仁,坚实的核,如何释放连锁反应是个令人心动的问题,如何产生使人大开眼界的爆炸性效应,而且在过程中不伤害到自己。你像作家那样行事,斯迈尔斯伯格对我说,你开始推测,而任何范围的推测都需要在原则上忽视各种清规戒律,赌徒嗜好冒险,敢

---

① Oliver North(1943—),前美国海军陆战队中校,"伊朗门"事件的主要人物。

于触犯禁令；他吹嘘地补充说，这总是我工作最出色的标志。他的工作也是推测，从道德上讲是这样的。你试试你的运气，他对我说。你犯错误。你做过了头，或者做得不够，或者教条地按照一条想象的路线行进，而沿着这条路线行事将一事无成。随后悄悄发生了某件事情，一处有争议的愚蠢细节，一则荒唐的笑话，一个让人感到尴尬的大胆计谋，这导致了重要行为的发生，将一团糟变成了一场重大行动，全面的、有针对性的、井井有条的行动，然而却给人以一种像生活本身那样的自发的、巧合的、混乱的、不大可能的假象。"谁知道雅典会通向何方？去，去找齐亚德，到雅典去，如果你在那里能扮演一个令人信服的角色，那么他在你面前炫耀的这次会面，在突尼斯将你引见给阿拉法特，就很有可能顺利完成。这种事情的确会发生。对于你来说，这会是一次巨大的冒险；对于我们来说，当然，由你访问突尼斯将是一个不小的成就。我自己曾与阿拉法特共度过一周。亚西尔·阿拉法特很逗，带着一副愉悦神情，很奇妙。他喜欢炫耀。非常非常喜欢表现。从表面行为来看，他非常可爱。你会喜欢他的。"

作为回应，我当着他的面摇头，表示不信那种让人感到尴尬的大胆计谋、荒唐的笑话、愚蠢的细节，那就是他那张百万支票。"我是一个美国公民，"我说，"我来这里为一家美国报纸进行新闻采访。我不是个为了发财的犹太斗士，不是犹太密探，不是乔纳森·波拉德，也不希望谋杀亚西尔·阿拉法特。我来这里是为了采访另一位作家，跟他谈谈他的作品。你一直跟踪我，窃听我，诱惑我，在身体上对我动粗，在精神上虐待我，把我当成你的玩具玩弄我，出于你认为合适的理由，不管它是什么，现在你厚颜无耻——"

乌里已经坐在了窗台上，朝我咧着嘴笑，与此同时，我在对这些不可饶恕的过分举动和无耻下流的行为发泄我内心所有的轻蔑：我被滥用了。

"你自由了，可以离开了。"斯迈尔斯伯格说。

"我也会自由起诉的。这事是可起诉的。"我告诉他,心中想起了他们对我干的所有"好事",在我们第一次面对面接触的时候,我对皮皮克也说过同样的话,"你们把我扣在这里连续数小时,不告诉我我在哪里,你们是谁,或者会如何处置我。所有这一切都用某种十分荒谬的微不足道的计划为幌子,当你将这事与'情报'一词联系在一起时,我简直不敢相信自己的耳朵。你们策划了这些荒谬的计划,毫不考虑我的权利,我的隐私,我的安全——这是情报吗?"

"也许我们也在保护你呀!"

"谁要你保护? 在拉马拉公路上,你们在保护我? 在那么偏僻的地方,我会被打死的。我会被枪杀的。"

"可是你毫发无伤!"

"不管怎么说,那次经历太不愉快了。"

"乌里会开车送你去美国大使馆,你可以向你们的大使抱怨。"

"叫辆出租车吧,我受够乌里了。"

"就按他说的去办。"斯迈尔斯伯格命令乌里。

"那么我在哪里呢? 这里究竟是哪里?"乌里离开教室之后,我问,"这是个什么地方?"

"显然不是监狱。你没有被铐在水管上,关押在没有窗户的房间里,双眼没被蒙住,嘴巴没被塞住。"

"别跟我说我有多幸运! 这里不是贝鲁特! 跟我说点有用的——告诉我这个骗子是谁?"

"你最好还是去问齐亚德。也许你的巴勒斯坦朋友甚至比我还要滥用你!"

"是这样吗? 这就是你知道的事情?"

"如果我说是的,你会相信我吗? 我想你得从某个你更加信任的人那里去收集情况,我也得去收集我的情况,当然要依靠某个不太容易受到冒犯的人的帮助。至于我的所作所为,皮克林会跟他认为合适的人联络,进行谈论,不管结果如何,我将尽最大可能坦然受之。然而,我并不相信这次经历会成为一场在你身上留下永恒伤痛的磨难。将来有一天,你甚至会感激我对即将问世的小说所做出的不管是怎样的贡献。如果你选择与我们进一步合作,那么你的小说也许就不会是这个样子了;不过你知道吗,像你这样的天才几乎不太需要什么冒险经历的。最后,不管如何不顾后果,没有一个情报机构能与一位小说家奇异的创造力相媲美。现在你可以开始了,没有这整个粗俗现实的干扰,为你自己创造小说人物,创造比像乌里这样单纯的暴徒或者比像我这样讨厌可笑的恶棍更有意义的人物。谁是骗子?你小说家的想象会琢磨出某种引人入胜得多的人物,不管真相有多么荒唐和琐碎。乔治·齐亚德是谁?他在玩什么把戏?他也将成为一个问题,这个问题更加复杂,更会引起共鸣,不管真相会有多么可笑。现实,多么乏味,多么可笑,多么杂乱——多么令人困惑、失望和烦恼!完全不像呆在康涅狄格那间书房里,在那里,唯一真实的东西就是你自己。"

乌里将头探进教室。"出租车!"

"好吧,"斯迈尔斯伯格边说边迅速关掉电视机,"从现在开始,你将回到自我做主的一切之中去。"

但是我怎么能确信这辆出租车会是一辆出租车呢?我越来越吃不准这些人是否与不管是什么样的以色列情报机构有不管什么样的联系。有什么证据吗?所有这一切都非常不合逻辑——难道这不就是证据吗?一想到那辆"出租车",我突然感到危机重重,这种危险更多来自离开,而不是呆在这里。所以,应该尽可能多点时间听他说,同时琢磨出最安全的可行的方法解救自己。

"你是谁?"我问,"谁派你劫持我的?"

"别担心这个。尽管在你的书中写我吧。你喜欢将我浪漫化呢,还是妖魔化?你希望将我英雄化呢,还是想开开玩笑?随你的便!"

"假设有十个富裕的犹太人给巴勒斯坦人捐钱。告诉我这关你什么事?"

"你是想坐出租车去美国大使馆投诉呢,还是想继续听你不信任的人说话? 出租车不会等人的。因为等候你是需要一辆高级轿车的。"

"那就叫一辆高级轿车。"

"按他说的去办。"斯迈尔斯伯格对乌里说。

"现金还是信用卡?"乌里用地道的英语说,一边离开一边哈哈大笑。

"他为什么总是傻乎乎地大笑?"

"他就是这么假装幽默,想吓唬你。不过你抵挡住了,令人钦佩。你应对自如啊! 还有什么想问的,问吧。"

"这些犹太人可能会或者可能不会向巴勒斯坦解放组织捐钱,他们为什么不能按照自己的意愿全权处置他们的钱财? 你们这样的人为什么要干涉?"

"他们不仅有犹太人应有的权利,他们也有犹太人不可逃避的道德责任,用他们选择的无论何种形式去补偿巴勒斯坦人。我们对巴勒斯坦人所干的事情是邪恶的。我们将他们赶出了家园,我们压迫他们。我们驱逐他们,殴打他们,折磨他们,谋杀他们。犹太国,从它建国第一天起,就致力于清除在历史的巴勒斯坦中的巴勒斯坦的存在,剥夺当地人民的土地。巴勒斯坦人被犹太人驱逐、遣散和征服。为了缔造一个犹太国,我们已经背叛了我们的历史——我们对巴勒斯坦人干了基督教徒对我们干的事情:有计划有步骤地将他们改变成受人鄙视和俯首帖耳的'另类',由此剥夺他们做人的地位。且不谈恐怖主义、恐怖分子或阿拉法特政治上的愚蠢,事实是这样的:巴勒斯坦人作为一个民族是完全无辜的,犹太人作为一个民族是完全有罪的。对于我来说,让人感到恐怖的不是一小撮有钱的犹太人给巴勒斯坦解放组织大笔经济援助，而是世界所有的犹太人都不是真心捐款。"

"你两分钟前说的话与这不同啊！"

"你认为我是在嘲讽？"

"你说什么都是嘲讽的口气。"

"我是坦诚相告。巴勒斯坦人是无辜的，我们是有罪的；他们是对的，我们是错的；他们是受侵害者，我们是侵害者。我是个为一个残酷无情的国家干一份残酷无情的差事的残酷无情的人，而且是明知故犯自觉自愿地干。如果有朝一日，巴勒斯坦胜利了，在耶路撒冷这里举行战争罪行审判，比如说就在他们现在审判德米扬尤克的大厅里举行审判，如果在这次审判上，被告席里不仅有大人物，而且也有我这样的小人物——政府工作人员，那么面对巴勒斯坦人的指控，我将无言以对。的确，那些向巴勒斯坦解放组织慷慨解囊的犹太人在我看来是有犹太良知的人，尽管有犹太各方的压力，要他们配合着一起去压迫巴勒斯坦人，他们依然选择与长期以来受苦受难人民的精神和道德传统保持一致。我的残酷无情将与他们的正直公正形成鲜明对照，我将自缢，直至死亡。我被我的敌人审讯并被判定有罪之后将对法庭说什么呢？难道我会利用一百年屈辱、蒙耻、恐怖、野蛮、残忍的仇犹历史来为自己辩护？要不要我重复一下我们拥有这片土地的历史？犹太人定居在这里一百年的历史？要不要我提一下大屠杀的恐怖？绝对没有必要。现在我不会用这种方式来为自己辩护，到那时我也不会屈尊乞求。我不会用这种简单的真理来乞求：'我是个原始部落人，誓与部落共存亡'；我也不会用这种复杂的真理来乞求：'我生来是个犹太人，不管何时何地，不管时移世异，我过去、现在、永远遭人唾弃。'当法庭要我留遗言时，我不会说慷慨激昂的话，我只会对法官这样说：'我做了我对你们所做的事因为我做了对你们所做的事。'如果那不是真话，那么它至少也接近我知道该如何应对的话。'我做我做的事因为我做我做的事。'你呢,你对法官的遗言是什么? 你会躲在阿哈龙·阿佩尔菲尔德的身后。你现在这样做,将来你也会这样做的。你会说:'我不赞同沙龙,我不赞同什穆埃尔;当我看到我的朋友齐亚德痛苦万分,看到不公正已经使他恨得咬牙切齿时,我心烦意乱、苦恼不已。'你会说:'我不赞同虔诚教徒集团[①],我不赞同西岸定居,对贝鲁特的轰炸使我恐惧万分。'你会用一千种方式来表现你是一个多么人道、富有同情心的人,随后他们会问你:'可是你赞成以色列吗? 你赞成以色列的存在吗? 你赞成帝国主义、殖民主义的偷盗行为吗? 以色列国就是如此。'你会躲在阿哈龙身后,原因就在于此。巴勒斯坦人将绞死你,他们的确也应该绞死你。他们将你与我一起并排绞死,当然,除非他们把你错当成另一个菲利普·罗斯。如果他们把你错当成他,那么你至少还有个机会。因为那个菲利普·罗斯为欧洲犹太人四处奔走游说,要他们放弃偷来的地产,回欧洲去,回到欧洲属于他们的犹太人聚居区去;那个菲利普·罗斯是他们的朋友,他们的盟友,他们的犹太英雄。那个菲利普·罗斯是你唯一的希望。这个人,你的恶魔,事实上是你的救星——那个骗子是你的清白无罪。在审判你的时候,你假装是他,不是你自己,用尽你所有的伎俩蒙骗他们,让他们相信你们两个是同一个人,一模一样。否则,你会被当作一个犹太人来审判,像斯迈尔斯伯格一样遭人仇恨。更加遭人仇恨,因为你设法掩盖了真相。"

"轿车来了!"乌里回到教室门口高声嚷道。这个满脸堆笑的打手毫无敌意,实在令人啼笑皆非。他显然不赞同我合情合理的生活观念。有他在场,我似乎很不自在,他是那种身强力壮的五英尺小个,过于精明,能把我们其他人手上各种各样、变化无常的事情打理得井井有条。他的才智并没有影响他的肌肉发达,这一雄辩的事实

[①] Gush Emunim,以色列极端狂热民族主义宗教组织。

使我感到非常渺小，像一个束手无策的小孩，尽管我身高马大，体格优势相当明显。回顾历史，当斗士们解决了一切纷争、任何纷争时，整整半数的人类男性看上去一定或多或少像乌里，他们是伪装成男人的凶残猛兽，他们不需应征入伍，不需经过特殊训练，就可学会如何杀人。

"去吧，"斯迈尔斯伯格说，"到阿哈龙那里去。到纽约去。到拉马拉去。到美国大使馆去。自由自在地去享受你的美德吧。到你感到最无忧无虑、最没人责备的地方去。那是彻底改变了的美籍犹太人的愉快奢侈的享受。去享受吧。你是那个无与伦比的、千年一遇的、最值得称颂的杰出人物，是真正解放了的犹太人。这个犹太人不好解释。这个犹太人认为世界会完全随其所好。这个舒坦的犹太人，幸福的犹太人。去吧，选择吧。汲取吧。拥有吧。你是有福气的犹太人，你根本不会遭天谴，更不会卷入我们的历史斗争。"

"不，"我说，"并非百分之一百正确。我是个受天谴但又根本不受谴责的幸福的犹太人，不过还得时时聆听超级犹太夸夸其谈他们如何样样事情都遭天谴。这种作秀是否该收场了？所有这些花言巧语都说完了吧？没剩下任何劝说手段了吧？既然任何其他花招都没能吓倒我，怎么样，把你的黑豹放出来吧？它可以撕开我的喉咙，开始吧！"

我大声高喊。

年迈的瘸子一下子拄起拐杖，支撑着自己走到黑板跟前，用他张开的手掌粗粗擦去他用英语写在上面的精神戒律，而其他人写的希伯来语句他却一点没动。"下课，"他对乌里说，随后转身对着我失望地说，"还在因为被'劫持'而火冒三丈？"——此刻，他几乎完全像一个被疾病缠身的精疲力竭的老头，说着相当蹩脚的英语，就像前天午餐时他扮演的老头那样，突然萎靡不振，像个早早就被生活拖累的人。可我没有拖累他，这是肯定的。也许这是很漫长的一天，他要想方设法让那些不向犹太联合捐募协会捐钱的富裕犹太人落入圈套。"一号罗斯先生（因为有真假两个罗斯先生）——运用你聪明的犹太头脑，想想如何更好误导你在巴勒斯坦的崇拜者，而不是让他们看着我们用暴力劫持他们珍爱的反对犹太复国主义的著名犹太人。"

听了这些话，我觉得实在是听够了，在做了斯迈尔斯伯格近五个小时的囚犯之后，我终于鼓起勇气走出教室大门。我也许在冒生命危险，但是我再也听不下去了，我不愿继续听任他们如何巧妙运用变化无常的幻觉来随意处置我。

没有人用任何方式来阻止我离开。乌里，乐天的乌里，将门敞开，随后小丑似的僵硬地立正，像个奴颜婢膝的走狗（但是学得不像）紧贴着墙壁，尽可能让出宽敞的通道让我离开。

我来到楼梯平台顶端的门厅时，突然听见斯迈尔斯伯格高声喊道："你忘东西了！"

"噢，不，我没忘。"我高声回答。但是乌里已经来到我的身旁，手里拿着那个小红日记本，早些时候我曾阅读这本日记，试图集中我的精力忘却烦恼。

"搁在你的椅子边上，"斯迈尔斯伯格回答，"你忘了克林霍弗的一本日记。"

我从乌里手中接过日记，这时，斯迈尔斯伯格出现在教室门口。"我们很幸运，对这个充满纷争的小国来说，庆幸有许多像你这样有才华的犹太人住在遥远的犹太人聚居区。我自己碰巧有幸录用了你杰出的同事，他为我们创作了这些日记。他是来享受这个任务的。尽管一开始他表示拒绝——他说：'为什么不是罗斯？这正好符合他的胃口。'但是，我跟他说：'我们为罗斯先生考虑了其他作品。'"

尾声　言语通常只会坏事

我选择删去最后一章。这一章长达一万二千字,成型于周末的雅典视察之后,描写了那些与我在雅典一起开会的人,大家聚在一起的契机以及随后对第二个欧洲首都的考察。在这整本书中,只有第十一章的内容"夏洛克行动",被斯迈尔斯伯格——曾要求审查它的定稿——认为包含严重损害他的情报机构利益及以色列政府的信息,因而不能用英语,更不用说用其他十五种语言发表了。我当然不会因为他、他的机构或者以色列国而被迫撤销发表那四十多页的书稿,就像提交全稿还是任何一部分手稿供出版前审阅全凭我的意愿一样。我事先没有签署过任何声明,许诺不发表与此次任务相关的任何成果,没有寻求过任何发表许可,在我遭劫持后在特拉维夫举行的为期两天的新闻发布会上也没有提及这一议题。这是个具有潜在破坏性的议题,因而双方都不愿提起,至少眼下不提,我的操纵者们不提,因为他们定是相信,我身为作家的野心而非一个好犹太人的本质最终促使我同意为他们收集有关"危及以色列安全的反犹太复国主义犹太分子"的情报,而我是因为得出了一个结论,即能够为我的职业身份提供最大利好的最佳方法便是摆出一副自己只是一个好好犹太人的姿态,响应身为犹太人的职责号召,受雇成为一名以色列间谍。

可是我为什么要这样做——考虑到所有的危险和不确定因素远

胜过目前依附着写作的未知危险——为什么要进入各种野蛮力量相互角力和重要之事受到威胁的现实？我拜服在这些充满活力的人物的魅力之下，在他们漩涡般的矛盾的观点里打转转——在这场乒乓球比赛般的叙述中，我就像那只小白球，没有丝毫控制权——难道是我从来没有像现在这样，容易受到一种新的强化的刺激的影响吗？难道是我在这世界的荒原里引人注目的行路——始于海乐神那绝望的深渊，在与无底洞之王皮皮克较量之后，终于巨魔摩萨德的地牢——为我身为犹太人的朝圣之旅孕育出了一种新逻辑吗？或者，与其说我是背叛了旧我，不如说我终于屈从于自己生存的基本法则，屈从于自己假冒模仿的本能——迄今为止我只在小说的领域内运用这种本能去扮演和激励我的各种矛盾体？我真不明白现下行动背后的动机是什么，或许这也是我如此行动的原因：行动本身愚蠢的一面让我焕发了生机——也许它的背后不存在任何动机。糊里糊涂地去做某件事，进行一种莫名其妙的行为，做某种甚至自己都不知所谓的事情，走出责任的范畴，完全听任于强烈的好奇心，不可抗拒地受稀奇古怪的想法左右，被意料之外的事情弄得晕头转向……不，我无法对自己讲清楚究竟是什么吸引了我，无法理解影响自己做这些决定的是所有因素还是没有任何因素，不过，由于缺乏刺激我狂热的专业思想——或者也许被像我自己这样专业上没有思想的思想所刺激——我开始奉上自己一生中最极端的表演，比起在区区一本书中误导别人，开始在更极端的事件中一丝不苟地误导别人。斯迈尔斯伯格的个人请求（在发表以前，他应有机会阅读有关行动的任何描述，这些描述我也许"认为在将来某一天可以用到一本畅销书里面"）是在我做出决定的约两年半前就提出了——当时我还没决定走非虚构这条路，而想用祖克曼系列小说《反生活》的续篇形式进行创作。因为一旦替斯迈尔斯伯格干的活儿完成了，我就再没听到过他的消息，等我抽空写完《夏洛克行动》第十一章的时候，差不多已过去了五年,假装忘了他的请求——我们分手时,他以那种恼人的小心翼翼和标志性的嘲讽奚落请求我——也并非难事,或者简单地对其置之不理,不管结果是好是坏,像发表系列前作那样完整地发表这一部:我是一个不受任何约束的作家,独立于那些忐忑不安、迫不及待对文本指手画脚的外界各方的干涉之外。

但即将完稿时,我发现我有自己的理由想让斯迈尔斯伯格看一看稿子。一方面,我已经为他服务了那么多年,对于一些迄今依然使我困惑不解的关键问题,他可能会比较开诚布公,尤其是皮皮克的身份及他在这整件事中所发挥的作用问题,我依然坚信,对于这一问题,斯迈尔斯伯格的记录肯定比我的要详尽得多。如果他愿意,他也许能纠正我对这次行动的描述中出现的任何纰漏,如果我能劝动他,他也许会告诉我一些有关他自己的历史,在他为了我而充当斯迈尔斯伯格以前的历史。不过,我最想让他证实我所报道的所发生的事情实际上是发生过的。我有当时所做的大量笔记来证实我的故事,有难以磨灭的记忆,对于那些没有耗费毕生精力进行小说创作的人来说,他们或许会觉得奇怪,然而当我写完第十一章,坐下重新阅读整部手稿时,我发现自己竟奇怪地吃不准这部书的貌似真实性。事情发生后,倒不是我再也不相信这不可能发生的事情发生在我的身上就像发生在其他任何人身上那样容易,而是三十年的小说家生涯使我惯于想象阻碍我受挫的主人公的一切——甚至在赤裸裸的现实提供了刺激因素的地方——我开始半信半疑,即便我没有完全创造出《夏洛克行动》,我的小说家的本能会不会将之过分戏剧化了。我想让斯迈尔斯伯格消除我模糊的疑虑,证实既不是我的记忆有瑕疵,也不是我在自说自话捏造事实。

除了斯迈尔斯伯格外,我没有其他可指望证实这一点的人。一个半伪装的斯迈尔斯伯格在午餐时丢下一张支票,当时阿哈龙也在场,但是除此之外他再无别的见证。我有点兴致勃勃地给阿哈龙讲述了我在耶路撒冷与皮皮克和金克丝头几次会面的详细情况，但他知道的也只有这些了，后来我又以朋友的身份要求他对我所说过的话保密，别将这些话告诉别人。我甚至想知道，当阿哈龙读到《夏洛克行动》的时候，他会不会认为，他实际看到的就是事实的全部，剩下的那些只是故事，是我精心编织的前后连贯的剧情，来充当一段极具启发性的经历的背景，但这段经历在现实中绝对不算什么，当然也不具备任何连贯性。我很容易想象他会这么认为，因为正如我所说的那样，第一次通读完成的小说书稿时，连我自己都怀疑耶路撒冷的皮皮克是否真的比我书中所写的更加狡猾——一种奇怪的让人感到不安的想法，只有小说家才会有，当这种想法足够深入时，它会使人的道德存在变得非常脆弱甚至备受折磨。

很快，我发现自己在想，是否最好不将这本书作为一部自传体告白来呈现——任何读者，不管是有敌意的还是有同情心的，也许都会感到不得不去质疑其可信度，也不是作为一个故事来呈现——因为故事的要点是这种事情实际上未必会发生，而是——宣称自己想象了这些由具有超级创造力的现实无偿提供的丰富素材——作为虚构小说来呈现，作为一种有意识的梦之造物，作者对其潜在内容的设计，如同对其露骨内容的呈现一样，是有意为之。我甚至能够想象，被误认为是一部小说的《夏洛克行动》会被一些聪明的读者理解成是一部针对海乐神幻觉的编年史，就连我，身处发生在耶路撒冷的更令人咋舌的其中一段插曲中时，几乎也产生了同样的想法。

为什么不忘掉斯迈尔斯伯格？我告诉自己，因为如今他的存在，按我对自主性的判定，并不比其他已经在这里得到了严肃证实的东西更真实，由他来证实这部书的事实依据不管怎样是没可能了。不加删节、未经审查地按照原样发表这部手稿，只在书的开头插入一个标准的免责声明，你将更有可能消除斯迈尔斯伯格可能希望提出的任何反对意见，倘若他有机会接触到这部手稿的话。你也将避开跟不对你胃口的摩萨德正面对峙。还有,最好的一点是,你将自然而然地在书的正文中针对艺术的变体进行你那神圣不可侵犯的恶作剧,那些遭改动的地方依然披着自传的皮,同时也在攫取小说的潜力。只需要不到五十个常见的字词就可以解决你的所有问题。

这是一部虚构作品。其人名、人物、地名和事件,是作者想象的产物或虚构的处理。任何与真实事件、地名、在世或已故的人物的相似之处皆属巧合。

是的,有了这三个印在正文前的公式化的句子,我就不仅能满足斯迈尔斯伯格,而且能将它一劳永逸地丢给皮皮克。就等那个贼打开这本书后发现我剽窃了他的行为! 没有比这更合适的施虐性报复了! 当然,前提是皮皮克还活着并能够充分体味——并为此饱受折磨——我是如何将他整个生吞活剥的……

我不知道皮皮克的结果怎样,耶路撒冷的那几天之后,我再也没有得到他的信息或者听到有关他的消息,导致我甚至怀疑他是否或许已经死了。我时不时地试图使自己确信(除了他人不见踪影以外,没有其他任何根据)他的确是因癌症死了。我甚至逐渐产生了对他近况的猜想:他的生命结束了,他的死亡轨迹完全与(根据我对他生活方式的推测)他极端病态的生活轨迹相一致。我自己敏锐地想象出那种愤怒的人身上经常会做的朦朦胧胧的他杀白日梦,但这通常会因过于受到一厢情愿想法的侵蚀,以至于不能提供我所寻求的担保。我需要他的死亡——这个死亡在可信度上跟有关他这样一个骗子的其他一切相持平,这样我就仿佛永远地摆脱了他的干扰,继续进行下去,就可以如实描写所发生的事情,不必担心作品的发表会引发他更多的来访,对我来说,这可比他夭折的耶路撒冷首秀要可怕得多。

我想到了这个：我想象我的信箱里出现了一封金克丝的来信，上面的字写得非常小，我只得借用两卷本《牛津英语词典》的放大镜来辨认来信的内容。信大约有七页，看起来像是被从监狱里偷偷带出来的，字体本身让人联想到花边女工或者显微外科医生的手艺。乍一看，我发现几乎不可能将这封信与皮皮克的万达·简，那个胸部丰满、体格健壮、柔韧性感的女人，联系在一起；另外，万达·简自称语言功底很差，如此精美的书写怎么可能出自她手？直到我回想起她是那个找到耶稣的嬉皮士流浪儿，是匍匐在上帝脚下的信徒，她的慰藉来自不断告诉自己"我一钱不值，我什么也不是，上帝才是一切"，我才开始超越最初的怀疑，不再质疑她写这封信的可能性，因为信中所揭示的内容是如此私密。

事实也正是这样，信有关他的内容（尽管非常极端）让我深信不疑。然而，甚至比笔迹更使我怀疑的是万达·简中途惊人的自我告白。这简直太令人震惊了，让人难以相信这个因其与生俱来的强烈的性吸引力而被斯迈尔斯伯格贴上了"费利卡"的标签的女人竟然有恋尸行为，而且她对自己行为的描述几乎像在回忆十三岁时第一次舌吻那样轻松愉悦。他对她的疯狂控制不可能如此怪诞。当然，我在读的不是对她所做之事的描述，而是对他希望我认为她已经做过的某事的描述，是一种特意设计出来的幻想，旨在让他永远的敌人知道，他对她生命的控制是多么非比寻常、牢不可破——而且旨在为我玷污她的记忆，使她成为永久的禁忌。它是一种歹毒的色情描写，不可能发生。她写在这上面的——好像是用针尖刻上的，证明了他对她的控制，证明了她对他充满敬重的、食尸鬼似的崇拜——是她的独裁者对她口授的，目的是希望她和我永远不会再媾和，不仅在他死后而且在他活着的时候也一样，这种媾和——就像我被迫从这种精致完美的皮皮克式诡计中所推断出的那样——根本不可能就此悲惨地结束。

这么说他活了下来——他回来了。远不是使我相信他去了,永远不再回来骚扰我,这封信——应该承认,也许只有我能解释它——以他惯常的施虐式巧妙设计显示了皮皮克权力的复活,他重新做回了我的魅魔。是他,不是其他任何一个人,写了这封信,将我重新投入妄想狂的无人之境,那里不大可能性与确定性之间没有界限,那里威胁你的现实更加预示着难以估算和模糊不清。他把这里的她想象成他想要她成为的样子:一个在紧急关头服务于他的贴心的工具人,在他死后,用一种最不可思议的方式去崇拜他的男子生殖力。这样一幅他白描出来的一个永远处在完全精神错乱边缘的垂死之人的自画像,我甚至可以把它解释为他认为自己能提供的最有说服力的证据,证明不管他表现得多么残暴他依然能激发出她奇迹般的献身。他会尽最大的努力去掩饰他虚伪的程度,或者不择手段去掩盖或淡化他是奴役她的庸俗可怕的骗子这点并不使我吃惊。相反,如果他的目的是为了吓唬我,让我永远不敢接近她,那么他干吗不夸大他的可怕,不把自己描述得比实际上的他更加阴险毒辣呢?

我是被吓坏了。我几乎忘了我是多么容易被他厚颜无耻的谎言所瓦解,直到那封信出现。表面看来,信好像来自万达·简,要我相信我坚不可摧的复仇女神不复存在。我害怕他再次露面,还有什么比受虐癖——快速地把他令人欢快的死讯转化成对他继续存在的肯定——更能体现这一点? 而不是从耶路撒冷发生的事情中得到启发,从那夸张的一切中分辨出证明这封信真实性的最有力证据? 她当然是在说真话,这封信里根本没有任何与你已知情况,更别提其中最令人厌恶的那些不符的地方。你本可以因为听到活得比他长久而兴高采烈,本可以因为战胜了他而精神倍增;如果你要自我毁灭似的往信中加入过分的含糊措辞,用来破坏你极力想要达到的冷静,又为什么要去自找麻烦,胡思乱想这样一封信呢?

回答:因为我从与他们——乔治、斯迈尔斯伯格、萨普斯尼克——的交往经历中，从他们所有人那里所学到的就是，任何不太令人困惑（或者说更容易理解）、让人有一丝误解的信，任何用其信息鼓舞我全心全意相信和清除（哪怕是暂时的）对我来说最为困惑不解的各种不确定因素的信，除了能左右我对完全被谎言说服的人类欲望的想象之外，不会使我相信任何东西。

因此，这里就是我想到的那封信的内容，它刺激我说出整个故事——我已经这么做了——而不怕受到他的报复行为的妨碍。其他人也许会找到一种更有效的方法来平息自己的焦虑。尽管莫伊舍·皮皮克对此持异议，但我不是其他人。

情况变得非常清楚，菲利普或许只剩下不到一年的时间，他们从墨西哥——绝望之中，他在墨西哥鲁莽地将信念寄托于在美国被视为非法药物治疗这最后一搏上——北上来到新泽西州的哈肯萨克，分租了一栋备有家具的小屋，离我家乡纽瓦克以北大约半小时车程。这又是一次大灾难，六个月后，他们搬到了伯克希尔斯，离我居住近二十年的地方仅约四十英里。他在树林覆盖的半山腰一条偏僻的土路边租了一栋小农舍，以虚弱的身体开始对着一台磁带录音机口述即将成为他大流散的皇皇巨著，与此同时，万达·简在附近一家医院找到了急诊室护士的工作。就是在这里，他们终于从那些戏剧性事件中喘口气，打造他们牢不可破的联盟。生活变得平静了，和谐恢复了，爱情重新点燃了火花。简直是一个奇迹。

四个月后，一九九一年一月十七日，首枚伊拉克"飞毛腿"导弹在特拉维夫居民区爆炸后仅数小时，死亡突然降临。自从他对着磁带录音机口述以来，他的身体恶化几乎无法察觉，在万达看来，癌症病情似乎得到缓解，也许是因为他每天书写不断推进的结果。每天傍晚，当她从医院回家给他洗澡做晚餐的时候，他满怀希望地谈论作品的进展。但是，当他看到美国有线新闻里闪过那些被从严重毁坏的公寓楼里匆忙抬出来的担架上的伤员图像时，他无法得到慰藉。骇人的轰炸场面使他哭得像个孩子。他对她说，现在用大流散来拯救犹太人已经太晚了。他忍受不了目睹对特拉维夫犹太人的屠杀，也忍受不了对核武器反击后果的思量，他确信以色列人会在黎明前进行核反击，悲痛欲绝，当晚便去世了。

整整两天，万达穿着睡衣在床上看新闻，旁边是菲利普的尸体。她安慰他，说新闻报道以色列没有进行任何形式的报复性反击；她告诉他已经部署了"爱国者"导弹，由美国军人掌控，防止对以色列人的再次进攻；她对他描述了以色列人正在采取的预防措施，以防伊拉克人细菌战的威胁——"他们没在屠杀以色列人，"她向他保证，"他们会没事的！"可是她无力回天，这些鼓励都没法使他复活。怀着这也许能唤醒他身体其余部分的想法，她跟他的阴茎假体做爱。她在信上说，奇怪的是，它是他身体上唯一"看上去还活着，感觉像他的"部分。她毫无廉耻地坦白他死后依然勃起的阴茎使她快活了两天两夜。"我们做爱，我们交谈，我们看电视，像过去的美好时光一样。"随后她补充说，"任何认为这样做是错误的人不明白真正的爱情是什么。从疯狂程度上来看，小天主教徒领受圣餐更甚于跟死去的犹太情人做爱。"

她唯一的遗憾是没能在他死后二十四小时内将他交给犹太人，像埋葬犹太人那样埋葬他。那是错的，罪恶的错误，尤其是对于他。但是在那栋寂静的山坡小屋里孤零零地像照顾自己生病的孩子那样照顾菲利普，她比以前更加深爱他了，因而无法不在死后蜜月中再次重温"过去的美好时光"里的激情和亲密后才放他走。她只能辩解说，一旦明白——她自己迄今不知为何醒悟得这么慢——再多的性兴奋也不能使他的尸体复活，她马上用传统的犹太仪式把他葬在当地一个马萨诸塞州可追溯到美国独立战争前的墓地里了。那块地是他自己选的，周围是古老的美国家族的亡灵，典型的美国名字，在他看来，对于一个碑上的名字底下刻着其恰如其分（如果有点孤苦伶仃的话）的"大流散之父"绰号的人来说，他的墓地就应该是这样的。

他对我的厌恶——或者说对我的影子的厌恶——显然早在几个月前就已达到了它疯狂的顶点，当时他们还住在新泽西。她写道，墨西哥以后，他决定在那里建立他们的家园，与此同时着手撰写《他的路》，对我的丑闻的揭露已经占据了他的身心，而把它作为一本完整的书进行发表就是向公众展示我是一个冒名顶替者和江湖骗子。他们漫无目的地在荒凉的纽瓦克开车闲逛，决心挖掘出一些"文献资料"，可以揭露我根本不是我所假装的那种人的文献资料。她和他一起坐在他们的车里，对面就是我出生的医院，不到两分钟前毒贩子正在那里聚集，她哭着求他恢复理智，因为他连续数小时大声谴责我说谎。某天早上，他们在哈肯萨克小屋的厨房里吃早餐时，他解释说他克制自己的时间已经够长了，面对我这个他在耶路撒冷交过手的对手，他再也不能被公平竞争的原则束缚。他决心就在那一天拿"有关他那个骗子儿子的真相"跟我上了年纪的父亲对质。"什么真相？"她高声喊道。"那个真相！就是有关他的一切都是谎言，他在生活中获得的成功都基于谎言，他在生活中的作用就是一个谎言！误导人们相信他了不起就是这个卑鄙小人唯一的才华！他是个冒牌货，这很可笑——他是个见鬼的冒名顶替者，一个不诚实的骗子，见鬼的虚伪的假货，我要告诉整个世界，从今天开始，揭露这个愚蠢的老家伙！"当她拒绝开车送他到我父亲在伊丽莎白的住所（自从他们从墨西哥回来之后，他那张记有住址的纸条就一直放在皮夹里）时，他举着餐叉朝她猛扑过去，叉子深深扎进了她的手背，她在紧要关头伸手护住了自己的眼睛。

自从他们搬到新泽西后，她每一天——有几天甚至每一小时——都在策划从他身边逃跑。但是，当她低头看到皮肤上那些被尖齿扎破的孔眼，看到鲜血从里面渗出时，她既找不到力量也找不到弱点去抛弃病中的他，只管自己逃命。相反，她开始朝着他尖叫，说是墨西哥的治疗不见效果让他气急败坏——骗子是那个墨西哥冒牌医生，从他嘴里出来的全是肮脏的谎言，他愤怒的根源在于癌症。也就是在这个时候，他对她说，是那个作家给了他癌症——跟作家的背信弃义长达三十年的斗争迫使他在五十八岁就要面对死亡。也正是在这个时候，甚至护士波塞斯基的自我牺牲精神也消失了，她宣布不愿再与精神失常的人生活在一起——她要离开！

"投入他的怀抱！"他得意洋洋地大叫道，好像她终于披露了治愈他癌症的灵丹妙药，"离开爱你的人，去投奔那个满口谎言，用各种方式干你，随后人间蒸发的畜牲！"

她矢口否认，但这当然是真的——她所梦想的被拯救就是被我拯救。那晚她做的就是这种梦，她将瓦文萨的六芒星塞进耶路撒冷酒店我的房门底下，请求真菲利普的庇护，因为真菲利普的存在让那个假菲利普愤怒不已。"我走了！我要离开这里，菲利普，趁事情变得更糟之前！我不能跟一个野蛮的孩子生活在一起！"

但当她从早餐桌边起身，终于准备摆脱这种令人费解的殉身行为的束缚时，他歇斯底里哽咽道："噢，妈咪，对不起，"并跪倒在厨房的地板上。他用嘴唇紧贴她那只流血的手，对她说："原谅我——我发誓永远不再刺伤你！"随后，这个浑身虚弱的家伙，这个不知羞耻、过度放纵、阴险狡诈的疯子，受无法克制的冲动和每分每秒细微误算的驱使，变得不顾一切；这个饱受摧残的受害者的身心如此不健全，他的每一个计划都完全失败，他夸张的做法总是使她毫无防备；他开始舔舐那个他亲手制造的伤口。他歉疚地咕哝着，故意瓮声瓮气悔恨不已，饥渴地舔舐她，仿佛从这个女人的血管里涌出的血是他一直寻找的能延续他不幸人生的长生不老药。

鉴于他当时的体重还不到一百磅，以她的力量将他从地板上拎起来不算难事，她几乎可以双手抱着他上楼睡觉。而当她坐在他身旁，握住他颤抖的双手时，他袒露了他到底从哪里来、是谁：一个与他从前所告诉她的一切完全相反的故事。她拒绝相信他,在给我的信中,她不愿重复那些他承认有罪的事情,哪怕一个细节。她写道,他定是在胡言乱语,因为如果不是的话,那她就该叫人将他逮捕或送进精神病院。最终当他把一个男人可以做的所有不光彩的事都倾诉完时,黑夜已经笼罩了他们那条街,该是她用缠着纱布不住抽痛的手给他喂晚饭的时候了。首先,她用一块海绵和一盆温水,就在床上轻轻地给他清洗身体(就像她每晚所做的那样),按摩他的双腿,直到他发出惬意的声音。他是谁,干了什么,或者他认为自己是谁,干了什么,能做什么,有足够的胆量做什么,病入膏肓到去想象自己做了什么或因为做了什么才病入膏肓,到头来又有什么意义呢?是纯洁的还是堕落的,无害的还是无情的,是未来的犹太人的救星还是追求刺激、奸诈、变态的叛徒,他一直在经受磨难,而她从一开始就在那里减轻他的痛苦。这个早餐时被他用叉子扎伤手(瞄准的是脸)的女人——甚至不必等他吩咐——照顾他入睡,用甜蜜而又耗费精力的吹箫让他说不出话来,她是这样说的,或者有人指使她在信中这样说,不管那人是谁。目的是警告我不要发表有关我这两个粗野的非理性主义者的只言片语,这两个灾星靠恶魔似的冲突和戏剧性的令人抓狂的精神错位,这些鸡零狗碎的东西来维系自己的生命。她信中给我的信息是这样的:到别处去找乐子吧!你让步,我们也让步。他会像死人一样不再找麻烦。但是如果你敢在书中嘲弄我们中的任何一人,我们将永远不放过你。你已经遇到了强劲的对手——皮皮克和金克丝,他们都还活着,而且活得很好。这信息正与这封信旨在传达的那种保证相反。

和解后的第二天早上,曾使她失去勇气的一切又开始蠢蠢欲动。尽管一开始用餐叉扎人的野蛮行为似乎在最终的绝望中悬崖勒马,但他仍对自己的所作所为感到震惊。事发后的第二天早上,他对她说话的语气"和你的一样,让人感到舒心",她写道,那是一种她长久以来一直渴望听到的最为克制、柔和、意味深长的语气，是她有时偷偷梦想逃到我这里来寻求庇护时——为了那难以想象的报复——渴望听到的语气。

他告诉她他们将离开新泽西，她要做的是去后院把《他的路》四章的初稿扔进烤炉烧了。讨厌的鬼迷心窍的日子结束了。他们要上路了。

她心花怒放——现在她可以继续肩负起让他活下去的使命了（就好像她会遗弃他，让他孤独地在痛苦中死去一样，她坦陈）。以同名者的身份所创造的生活不过是一个童话，正如他提醒她的那样，我需要她"只是为了做爱"，而他想从她那里得到的是"一切"，她写道，她身上拥有能给予病人的"一切"，那是只有在恐惧小岛上孤立无援的垂死之人才会有的炽烈灼人的渴望。

他们将离开新泽西，搬到伯克希尔斯住，在那里他将写一本有关大流散的书，那将是他留给犹太人的遗产。

因为诵读困难的金克丝从来没有读过一页我或者其他任何小说家写的书，所以直到他们在马萨诸塞州西部定居下来以后，她才知道那里是我笔下疲惫不堪的主人公艾·伊·洛诺夫的家，他福楼拜式隐居主义的范例证实了崇拜作家的内森·祖克曼最高境界的文学理想，祖克曼是《鬼作家》中初出茅庐的作家。然而，如果她不能理解皮皮克现在如何——从盗用我的身份开始——执意进一步变本加厉，把无私的洛诺夫忘却自我的奉献精神变成一种戏仿（他的路）的话，她的确是知道我在不到一小时车程的南边安了家，就在康涅狄格州西北部的群山中。我就住在附近，这一定会刺激到她，足以重新唤醒她的担忧。当然，她有了这种担忧，就会有与我之间具有启发作用的邂逅所激发的不可磨灭的幻想，幻想如何摆脱束缚。（我想，我根本就不该觉得她不可抗拒。不用是个天才也可以预见这一点。）

"啊，亲爱的，"她高声说，"原谅他吧，我求你了。我们烧了《他的路》,忘了他曾经存在过！你不能离开他的出生地,却去他现在生活的地方生活！你不能像这样继续跟着他！我们在一起的时间太珍贵了,不值得你这样！在那家伙身边生活会让你发疯的！你只会再次灌满毒药！在那里只会使你再次发疯！"

"只有呆在他身边才能让我神志清醒!"他告诉她,他在这个问题上像过去一样无知,"在他身边生活只会使我坚强,在他身边生活是一帖解毒剂——是我战胜病魔的方法,在他身边生活是灵丹妙药。"

"我们要尽可能离他远点!"她恳求道。

"我们要尽可能靠近他。"他回答。

"你这是在玩命!"她喊道。

"根本不是,"他回答,"你想见他就去见他!"

"我不是说我和命运——我是说你！你一开始告诉我是他让你得了癌症,现在又跟我说他才是解药！他与这两者都毫无关系！忘了他吧！饶了他吧!"

"可我的确饶恕了他。我饶恕他是因为他就是他,我饶恕自己是因为我就是我,我甚至饶恕你因为你就是你。我再对你重复一遍——如果你希望见他,那么就去见他。再去看看他,再去诱惑他——"

"我不想那样做！你是我的男人,菲利普,我唯一的男人！否则我不会到这里来的!"

"你是在说——我没有听错吧？你实际上在说'你是我的曼森,菲利普'?"

"我的男人！男人！你是我的男—人!"

"不。你说的是'曼森'。你为什么要说'曼森'呢?"

"我没有说'曼森'。"

"你说过我是你的'查尔斯·曼森',我想知道为什么。"

"可我没有!"

"没有说过什么,查尔斯还是曼森? 如果你没有说过查尔斯,只说过曼森,那么你的意思只是说人类的儿子①,你的意思就是我是你的宝宝,是个无能为力的马屁精,是你的'野蛮的孩子',就像你昨天对我说的那样,你今天是不是只想先像这样羞辱我一下? 你刚才说的是认真的吗,说你和我一起的生活就跟那些僵尸女孩崇拜曼森有刺青的阴茎一样? 我有像查尔斯·曼森那样威胁你吗,有斯文加利②你,奴役你,恐吓你,使你惟命是从——这难道就是你对一个已经是半具尸体的男人忠心耿耿的理由吗?"

"但你这样做的结果只有一个——死亡!"

"是你造成了这样的结果。你说我是你的查尔斯·曼森!"

说到这里她尖叫起来:"是你,是你昨天讲了那些非常可怕的故事! 是你! 你更加可怕!"

"我明白了,"他用我那平和的声音——几分钟前还曾唤起她内心无限的希望——回答,"这就是那把叉子造成的后果啊。你根本不原谅我。你要我原谅他对我恶魔般的仇恨,我原谅了,但你心里不能原谅手背上区区四个洞。我说了可怕的故事,非常可怕的故事,而你相信了我。"

"我不相信你! 我绝对不相信你。"

"这么说,你不相信我。可你从来就没相信过我。我赢不了,就算身边有你在。我跟你说真话,你不相信我;我跟你说谎话,你却相信我——"

"哦,死亡是罪魁祸首,是死亡——这不是你!"

"噢——不是我? 那会是谁? 要不要我猜一猜? 你能想到除他以外的任何人? 是不是看着我想着他能帮你度过我们糟糕的一生?

---

① 曼森(Manson)拆开小写就是 man-son,故有此说。
② Svengali,英国小说家莫里耶所著小说《特里尔比》(*Trilby*)中一个用催眠术控制女主人公使其惟命是从的音乐家。

你在床上时就是这样想象的，是不是，这样你才能成功满足我那令人作呕的欲望——假装自己是在耶路撒冷满足他的欲望？还有什么挡在你们中间的，是他的欲望是真的而我的欲望是假的，他身体健康而我疾病缠身，还是我将死去、消失而他将凭借那些了不起的书永垂不朽？"

那天早晨晚些时候，当他还在缓解刚刚那一番长篇大论的睡眠中时，她已经按照他的指示在后院草坪上的烧烤坑里焚毁了未完成的《他的路》手稿。她明白即便他醒过来，他也会因太精疲力竭而无法挪到窗前看她烧，于是在把他公文包里的东西倒进火里前，她快速地浏览了一下他对我的披露，只是上面什么也没有，所有的页面都是空白的。

磁带也是空白的。他宣称在磁带上录了他那本大流散的书，录音时她正好离家去医院上班，那是他在伯克希尔斯生命的最后几个月。他死后六个星期，尽管她依然害怕，害怕听见他脱离躯壳的声音可能引发的阵阵悲痛——在她将他的遗体交给犹太人埋葬之后的几天里，那种悲痛几乎使她痛不欲生——但她发现自己有天晚上如此渴望他的存在，以至于她坐在餐桌边听磁带录音，结果发现磁带也是空白的。在那栋山坡上她独自生活的偏远的小屋里，她一盘接一盘地听，徒劳地希望听到他的声音，从晚上一直坐到第二天白天，一面一面地播放磁带，什么也没听到。她想起了那个可怕的新泽西早晨，那些被她烧成灰烬的神秘的白纸，就像人们常常只有在他们深爱的人去世之后才充分认识到后者所遭受的苦难那样，她明白了我是一切的障碍。关于这点，他没有说谎。我是他实现最利他主义梦想的障碍，阻碍了他所有潜在的、原创的梦想的狂潮。在他生命的最后，尽管命里注定他要告诉犹太人一切防止他们毁灭的事情，但对于我无法消解的敌对情绪的顾虑妨碍了他告诉他们任何事情，就像他曼森式仇恨的威胁（如果我对这封信的理解正确的话）如今理应令我窒息一样。

亲爱的金克丝[我写道]：

我同情你。我不知道你是如何完好无损地从这样一场痛苦的经历中幸存下来的。你的耐力、耐心、隐忍、包容、忠诚、勇气、克制、力量、同情，以及在目睹他在所有那些地狱深处死神手中无望挣扎、最后一点生命被粉碎时坚定不移的倾情奉献，跟他所遭受的磨难一样惊人。即便你还在为失去爱人而悲痛欲绝，你也一定感到自己已经从一场巨大的噩梦中苏醒过来。

我将永远不会理解他那些因我——或者说因他对我的神秘化——而起的过分行为，与此同时标榜自己的动机有多崇高。这是魔法吗，是我施魔法了吗？对我来说，感觉完全相反。还是说这一切都跟死亡有关，或者他在挣扎着躲避死亡？——就像我躲避死亡那样，借我重生，将死亡转嫁于我？我希望将来某一天能够明白他究竟要将自己从什么中拯救出来，尽管明白这一点也许不是我的责任。

最近，我又听了一遍那盘所谓的反犹组织的训练用磁带，它最终回到了我在耶路撒冷宾馆的录音机里。那令人毛骨悚然的思想流究竟是什么？这一次我在想，也许他根本不是犹太人，而是一个病态的异教徒，长着一副犹太人面孔，对以我为代表的整个邪恶亚种肆意报复。这能是真的吗？在他整个愚蠢绝活的"宝库"里，那种假冒伪善——如果事实果真如此的话——是最邪恶、疯狂的，天哪，又是最有吸引力的……是的，它那令人厌恶的、病态的、塞利纳式的风格，对我有着美学上的诱惑。（塞利纳同样精神失常，他是法国的一个天才小说家，大约在二战期间也是一个嚣张的反犹太主义者，我努力想要鄙视他的人，可他那些肆无忌惮的创作却成了我的教学素材。）那么结论是什么呢？我能肯定的是，在我作为作家出现之前那道从未愈合的可怕伤口已然存在，这点我确信无疑——我不是，也不可能成为，最初那可怕的一击。在与我毫无意义争斗的背后，他身上所有令人头晕目眩的能量，所有的混乱和疯狂，指向的是别的东西。他无法以作家的身份正常运作也不是我的过错。那些临终磁带是空白的，手稿是空白的，理由很好解释，绝不是因为担心我妨碍出版。是写作使人断绝写作的念头。想发表的执念不一定会变成文字，尽管他也许有意识地要拯救那些处在水深火热中的人，揭露那些虚假伪善的人。层出不穷的弄虚作假加剧了他病态多疑的愤怒，与让一本书离开现实的土壤的幻想毫无共同之处。

《他的路》根本不该由他书写。《他的路》是他道路上的障碍，是将不可能的王冠加冕在无法实现的任务——埋葬他最以为耻的耻辱——之上。你能否告诉我，不管他原先是怎样的人，是什么事情使他如此羞耻难忍？会不会是因为他过去丑闻缠身或者不太守法，所以他要努力逃避过去，试图变成另一个人？表面上看，他如此无耻地假扮我与，如果我的猜测是正确的话，他同时已经被自身的耻辱所毁灭相矛盾。事实上，在这样一种虚假的矛盾中，他比以往任何时候都感到离作家的身份更近了，想象着写出那些书，制定一种策略——尽管前后颠倒——来紧紧抓住理智，这对许多小说家来说并不陌生。不过，我说的这些事情中你有感兴趣的吗？也许你想知道的是，既然没有他挡在中间，我想不想再跟你相聚。我可以哪天下午开车去找你，你可以带我去看看他的坟墓。我不介意过去看看，尽管墓碑上的名字让人感觉怪怪的。我也不介意见你。你特别乐于提供信息这点给我留下了深刻的印象。从你这里挖掘出你所能提供的有关他的最后一点有价值的资料的诱惑是巨大的，尽管，应该承认的是，这不是浮现在我脑海中的最为形象的诱惑。

这么说吧，我乐意与你团聚，然而对于你我来说，我想不出比这更糟糕的想法了。他也许与我内心生活的碎片产生了共振，但我尽我所能想到的是，你的情况不一样。相反，你面对的是那种骇人的，无可失去的，直面死亡的大丈夫气概，他自带的某种有关死亡的自由的感觉，因为他正在死去。愿意冒所有的风险，愿意做任何事情，因为生命所剩无几，这对某类女人来说颇具吸引力，一种可怕的大丈夫气概，它会使女人浪漫无私。我想我理解这种诱惑：他索取的方式导致了你给予的方式。但你给予的方式具有惊人的诱惑力，让我不禁好奇：为了这疯狂的负担，你又得到了什么？简言之，你将不得不在没有我的情况下，从反犹主义中康复。我确信，你会发现，对于一个心甘情愿自己牺牲了这么多的女人，对于一个有着像你一样的身体和灵魂，一样的双手、健康和病痛的护士，周围会有许多犹太男人，在你通向造福我们的人民的关爱之旅上，自愿伸出援手。但我年纪大了，像这样的重任不是我能承受的。我之前为此已经付出够多的了。我能做的最多就是，他不能写的我将为他代笔，并以他的名字发表。我将尽最大努力做到像他那样偏执多疑，并尽我所能使人们相信这书是他写的，是他的路，是一本他会引以为自豪的大流散论著。"我们可以成为合伙人，"他告诉我，"通力协作的共同人格，而不是愚蠢地一分为二。"那好，我们就合二为一吧。"你所做的一切，"他抗议说，"就是抗拒我。"他的话没错。当他活着、暴怒时，我只能那样。我不得不超越他。但是，在死亡中，我拥抱他，目睹了他的成就——既然他现在已经去世，不再是我的冒名顶替者，那么我将变成一个非常愚蠢的作家，在我的工作室里分享他的财富（这里我不再是指你）。你的另一个菲利普·罗斯向你保证，冒名顶替者的声音将不再被他（指的是我）扼杀。

这封信仍然没有得到回复。

我将定稿的复印件寄到斯迈尔斯伯格的办公室，才过了一周，他就从肯尼迪机场打电话来：他已收到样稿，也读过了；他要不要到康涅狄格来找我们一起谈谈，或者我倾向在曼哈顿会面；他目前跟儿子、儿媳一起住在上西区。

一听见那故国洪亮深沉的嗓音，或者更确切地说，是听见自己毕恭毕敬的顺从回应——尽管他突然的恼人的出现让我异常不安——我就意识到，让自己按他的要求去做的理由多么似是而非。既然我已经有了那些日记，有了对那次经历的深刻记忆，还要说服自己需要斯迈尔斯伯格来证实已知事实或已写内容的准确性，这显然很可笑，跟相信我为他采取那个行动只是为了个人的职业兴趣一样。我之所以做了我已经做的事情是因为他要我这样做；我顺从他，就像任何一个他的附属都会顺从他那样——我还不如是乌里，我无法向自己解释其中的缘由。

一生中，我从来没有将一部手稿呈送任何地方的任何一个检查员进行类似的审查。这样做有悖于一个作家所有的性格倾向，他的独立、对别人意见的充耳不闻只是他的第二天性，它们一方面有利于作家坚持创作，另一方面也造成了他的局限性和判断失误。堕落成一个乖顺的犹太孩子，讨好他那些叫人守法的长辈，不管我喜不喜欢，我使自己烙上了犹太老人的所有印记，这可不是一点点倒退啊！那些觉得我犯有"告密"罪的犹太人，从我二十四五岁开始发表作品起就呼吁我要有"责任感"，但我年少轻狂，我的艺术信念还没有得到考验，尽管无法假装未受别人攻击，但我依然能够坚守自己的立场。我宣称，我不是为了让别人告诉我什么东西可以写，才选择成为一名作家的；重新界定可以书写的对象才是作家的职责所在；小说中不需要任何掩饰；等等。

然而，现在的我，岁数是那个宣称要重新界定书写对象、自发地把"孤军奋战"作为他藐视一切的信条的年轻作家的两倍还多，却在第二天一大早驱车百英里南下纽约，只是想知道斯迈尔斯伯格想删掉书中哪些地方。小说不需要任何掩饰，但是难道没有掩饰就没有限制了吗？摩萨德将会告诉我这点。

我为什么抗拒不了他？这是否仅仅是发生在两个男人之间，一个男人容易受到另一个男人的操控影响，因为他感到对方更有权威？他的权威是不是男子汉大丈夫式的专横武断，能够驱使我服从他的命令？或者他的世故圆滑，其中是否保留了某种我感觉无法参透的东西，因为他在生活的种种艰难困苦中沉浮，而我只在艺术中沉浮？是不是在他那了不起的坚韧的——几乎是浪漫主义式坚韧的——活跃的思想中有某种我在智识上易受诱惑的东西，让我相信他的判断胜过我自己的，某种也许有关他在棋盘上走子的方法，犹太人总希望他们的父亲能够这样走棋，那样的话，就不会有人去拔那些象征输棋的胡子？斯迈尔斯伯格身上的某种东西让我想起的不是我真正的父亲而是我幻想中的父亲，这种幻想占据了主导地位，它控制了我。我击败了冒牌的菲利普·罗斯，斯迈尔斯伯格则征服了真正的菲利普·罗斯！我抗拒他，我与他争辩，最终总是我按照他的想法去行动——最终我屈服了，对他言听计从！

不过，不是这一次。这次的条件由我来开。

斯迈尔斯伯格选来作为我们召开编辑会议的地方是一家犹太食品店，位于阿姆斯特丹大街，专营熏鱼、贝果和比亚利面包卷①的柜台附近的一个房间里摆放着十二张有福米加贴面的餐桌，供应早餐和午餐。食品店看起来就像好多年前有人想到个好主意，要"搞得现代化一点"，结果重新装修进行到一半便明智地决定削减投入。这个地方使我想起我那些童年玩伴在街头简陋的住所，他们的父母会在商店后面壁柜大小的储藏室里匆匆吃着饭，好留意收银机和帮工。回到四十年代的纽瓦克，为了家里那顿特别的周日早餐，我们会去采购丝滑珍贵的熏鲑鱼片、闪亮肥美的小白鲑、色浅肥硕的鲤鱼段，还有辣椒红的裸盖鱼。所有这些都是在街角一个家庭经营的食品店里买的，用厚实的两层蜡纸包着，那家店看起来、闻起来就和这家差不多——地上铺着花砖，上面撒了锯末，货架上塞满了用各种调料和油料浸泡的罐装鱼，收银处上方放着一大块哈尔瓦②——很快就会被锯成脆脆的厚片，从展示柜后面随风飘起、贯穿整个售货柜台的醋的苦香味、葱香味、白鲑和红鲱味，所有腌渍的、撒了胡椒的、盐腌的、熏制的、浸泡的、炖的、卤过的、晒干的味道，就像这些商店本身一样，极有可能使人直接从犹太人小镇联想到中世纪的犹太"隔都"，那些勤俭节约、在吃食上赶不起时髦的人的营养来源，那些水手和普通人的日常饮食，对他们来说，这些防腐食品的古早味道就是生活。每月一次，作为"开荤"，我们奢侈地"外出"吃饭，去的是社区里的熟食餐馆，印象中吃的同样是家常便饭。食品店这种印记式的特征还没有从过去常见的丑陋样子变成希望变成的丑陋样子。但是这种丑陋的店貌没能转移人们对盘中食品的关注、想法或意见。在简单的环境里（当

_____

① bialy，一种扁平的面包卷，上有洋葱片。
② halvah，一种由碎芝麻和蜜糖等混合而成的甜食。

然是在餐桌上)享用令人满意的民族食品,而且还不用忍受别人往自己的盘子里吐东西;或者,可以到并不奢华的宴会场所去分享世俗食品,在最普通的地方,比如像迈阿密海滩的枫丹白露酒店那样宽敞、悬挂着枝形吊灯的餐厅,享用美味佳肴,这是犹太餐饮业光谱的另一端。大麦、鸡蛋、洋葱、白菜汤、甜菜汤,并不昂贵的日常菜肴用古老的方式烹调,人们见怪不怪地就着极其廉价的餐具大快朵颐。

当然,到了现代社会,对于大规模移民后的第二三代纽约上西区居民来说,普通犹太人过去的日常食物已经成为一种让人兴奋的新奇食物,而前者作为曼哈顿的专业人士,到手的年薪够一个世纪前加利西亚每一个犹太人全年每天大吃大喝了。我见过这些人——他们中有时有我熟悉的律师、新闻记者或者编辑——乐滋滋地一口一口享用他们的领结面①和鱼饼冻②(一边狼吞虎咽,一边目不转睛地一页页翻阅一份、两份甚至三份日报)。当时我从康涅狄格州南下纽约,忙里偷闲抽出一小时去满足自己对碎鲱鱼沙拉难以磨灭的食欲,坐在一模一样的餐桌边毫无仪式感地(这就是一种仪式)享用沙拉,面对着川流不息北上的卡车、出租车和消防车;斯迈尔斯伯格建议我们上午十点就在这里见面,讨论我的书。

与斯迈尔斯伯格握完手后,我直接在他对面坐了下来。他的前臂拐杖斜靠在衣帽架上,我告诉他,我来纽约很少不来这家餐馆,来了要么吃早饭要么进午餐。他回答说,这些事他全都知道。"我儿媳见到你好几次。她就住在拐角处。"

"她是干什么的?"

"艺术史学家。终身教授。"

"你儿子呢?"

---

① kasha varnishke,一种传统犹太菜肴,配有烤荞麦碎的领结面食。
② gefilte fish,一种犹太菜肴,用鱼糜加入鸡蛋和面包粉制成。

"国际企业家。"

"他的名字叫?"

"绝对不是'斯迈尔斯伯格'。"他说着,笑得非常友好。随后,这个嘲弄大师变得开朗、诚恳、活跃、热情,对此我毫无准备。尽管他的态度显得非常诚恳,容易令人消除疑虑,但不可能完全掩饰其所有的冷酷与精明。当他说"你好吗,菲利普?你做过心脏手术。你的父亲去世了。我读过你的《遗产》。它热肠冷眼。你受尽了磨难。然而,你看上去很不错。比我上次见你时年轻多了!",我几乎信以为真。

"你也一样。"我说。

他高兴得合起双手。"我退休了,"他回答,"十八个月前,全部解脱了,脱离了一切邪恶、欺骗、虚假、欺诈。'我们的狂欢现在结束了……融入了空气,稀薄的空气。'"

就我们见面的原因而言,这是一则奇怪的消息。我在想他是否又习惯性地试图占据寻根究底的上风,从一开始再次误导我,到这次变换手法,鼓励我相信我的处境根本没有危险,我不可能被骗去做任何事情,我所面对的不过是一个像他这样听天由命的老年公民玩的一场跳棋游戏,不过是一个领退休金的老人诙谐地引用着普洛斯彼罗①——那个没了魔杖的普洛斯彼罗,魔力尽失,给神一样奸诈的生涯投下一道落日余晖。当然,我告诉自己,不存在什么他和他儿媳恰好同住在拐角的公寓里而后者瞅见我之前在这儿吃饭,以及,那种让他的皮肤状态看起来大为改善,让原先那张布满皱纹、形容枯槁的脸显得朝气蓬勃的巧克力一般的棕褐色肤色,很可能是皮肤病学家一轮紫外线理疗的结果,而不是在内盖夫②的退休生活所致。但是我听到的故事版本是,他与妻子现如今在一个沙漠开发社区幸福地摆

---

① Prospero,莎士比亚剧作《暴风雨》中被篡了位的米兰大公,和女儿同被流放到一荒岛,后用魔法取胜而复得地位及财产。
② Negev,以色列南部一地区,大部分为沙漠地带。

弄些花花草草,自从女婿将他的纺织企业搬到比尔谢巴①后,他的女儿、女婿以及他们三个未成年的孩子就住在顺公路南下的一英里处。乘飞机到美国来看我,同时在这里与他的两个美国孙辈一起住几天的决定完全是他自己作出的。我的手稿通过他以前的办公室转给了他,退休后,他一直没去过办公室;据他说,没人打开过那个封好的包裹,当然也没人读过手稿。尽管我俩都不难想象,他说,任何人如果看了手稿以后的反应。

"与你一样的反应。"我说。

"不。不会有像我这样深思熟虑的。"

"这可不是我能控制的。他们也无能为力。"

"责任不在你这一方。"

"喏,以前我也算干过作家这一行。我的'失责'就是我与犹太人的生涯主题。我们没签过约。我没作出过许诺。我为你服务过——我认为我的服务够到位。"

"何止是到位。你的谦虚态度令人惊讶。你表现出了专业水准。做个嘴上的极端分子是一码事,甚至对作家来说,这也是有风险的,而你却能付诸实际,说干就干——此前你没遇到过任何类似情况可以让你有所准备。我知道你能思考。我知道你能写作。我知道你能做头脑中思考好的事情。但我不知道你在现实中也能实现如此创举。我猜想你自己也想不到。所以理所当然的,你为自己的成就感到自豪。理所当然的,你想让全世界都知道你大胆的想法。如果我是你,我也会这样做的。"

当我抬头看为我们倒咖啡的年轻服务员时,我像斯迈尔斯伯格一样,认为他不是印度人就是巴基斯坦人。

服务员放下菜单后离开了。斯迈尔斯伯格问,"在这城市里,谁

---

① Beersheba,以色列中部城市。

是谁的囚徒？是印度人是犹太人的，还是犹太人是印度人的？或者他们两者都是拉丁美洲人的？昨天我去了七十二街。百老汇大街沿途全是黑人在吃波多黎各人烘烤的、韩国人销售的贝果……你听过那个老笑话吗，有关这样一家犹太餐馆的？"

"我听过吗？也许吧。"

"有关犹太餐馆里的华人服务员。他能说地道的意第绪语。"

"在耶路撒冷，乔菲茨·哈伊姆的故事已经给了我足够的娱乐——你没必要再跟我说纽约的犹太人笑话。我们现在在谈论我的书。关于我之后可以写什么，不可以写什么，事先没有任何说法，一个字也没有。是你把我的注意力引到此次行动带来的写作上的可能性。如果你回忆一下的话，那是一种诱惑，你对我说：'我想参与这次行动能成就一本好书。'为你去雅典比不去更能催生精彩的创作。而在这之前，我压根儿没想过要写这样一本书。"

"简直难以置信，"他温和地回应，"不过事情可能就是这样。"

"你的话我听进去了，现在我书写好了，你却认为，如果不是为了我的目的那也是为了你的目的，如果完全去掉雅典那部分，书会更精彩。"

"我没说过这种话，或者任何类似的话。"

"斯迈尔斯伯格先生，怪老头的伎俩不管用啦！"

"好吧，"——他耸耸肩膀笑了笑，提议把这当成怪老头分文不值的想法——"如果你把此事写得小说化一点，嗯，我想这也许无伤大雅。"

"可这不是一部虚构作品。你在谈的不是小说化'一点'，你想要我虚构一场完全不同的行动。"

"我想要？"他说，"我只想要对你来说最好的。"

印度服务员回来了，等着我们点菜。

"你在这里吃什么？"斯迈尔斯伯格问我，"你喜欢什么？"退休的人真是乏味,没我帮助他竟然不敢点菜。

"轻焙洋葱贝果加碎鲱鱼沙拉,"我对侍者说,"再加点西红柿。给我来一杯橘子汁。"

"我也是,"斯迈尔斯伯格说,"完全一样。"

"你到这里,"我对斯迈尔斯伯格说,"是来给我出一百个其他主意的,跟生活一样好一样真实的主意。你能为我找到一个比这更好的故事。我们一起能够为我的读者想出某个比那个周末在雅典碰巧发生的事情更加刺激和有趣的故事。只是我不想要其他故事。这一点清楚了吗?"

"你当然不想。这是你迄今为止得到的最丰富的第一手资料。你说得再清楚不过了,也表现出了足够的反感。"

"没错,"我说,"我去了我去过的地方,做了我做过的事情,见了我见过的人,看了我看过的东西,得到了我得到的消息——雅典发生的事情中没有任何一件,绝对没有,可以与其他某件事互换。这些事件的含义对于这些事件来说是内在固有的,其他任何事情根本不能替代。"

"有道理。"

"我没有寻找这份工作。是这份工作自动来找我的,而且是带着复仇的心理来的。我遵守了我们之间达成的每一项协议,包括在作品发表前早早将手稿副本寄给你。事实上,你是第一个读到这部作品的人。没有什么在逼我这样做。我回到了美国。我没有再次陷入海乐神疯狂之中。这是我打那以后写的第四本书。我完全康复了。然而我的确写了这本书,你要求读一读它,现在你读过了。"

"写书给别人看看不失为一个好主意。现在给我看,要好过之后让其他对你不太友好的人看。"

"是吗?你想跟我说什么?摩萨德会像阿亚图拉①对拉什迪那

---

① Ayatollah,对伊朗等国伊斯兰教什叶派领袖的尊称。

样雇人谋杀我吗？"

"我只能告诉你这最后一章将不会不引起注意。"

"那好，如果有任何人来找我抱怨，我就叫他们去你内盖夫的花园找你。"

"那没用。他们会以为，不管我当时提出过何种'诱惑'，不管这次冒险对你的写作和炫耀来说有多大的诱惑，现在你应该知道你发表这部作品多么有损国家利益！他们对你的忠诚还是信任的，但是，有了这一章，你就背叛了那种信任。"

"我现在不是，过去也不曾是，你的一个雇员。"

"是他们的雇员。"

"我没有得到过补偿，我也不要求任何补偿。"

"全世界所有自愿奉献他们专业知识的犹太人能够使情况有所改变。散居在世界各地的犹太人组成了一个外国侨民人才库，这世上没有任何一个情报机构能像他们那样随叫随到为国效忠服务。这是一笔难以估算的财富。这个弹丸之国对安全的需求是如此巨大，以至于没有这些犹太人的帮助，国家将陷入非常糟糕的状态。那些和你一样从事类似工作的人的确找到了补偿，不是经济补偿，不是在别处利用他们的知识谋取私利，而是在促进犹太国家安全和改善犹太国家福利方面得到补偿。他们找到自己的补偿，所有的补偿，那就是履行了一个犹太人的义务。"

"这么说吧，我当时不是那样看的，现在也不是。"

我们的菜上来了。在接下来的几分钟里，我们开始用餐，斯迈尔斯伯格卖弄学问似的与那位年轻的印度服务员讨论起他深爱的亡母的碎切鲱鱼配料：她的鲱鱼对醋的比例，醋对糖、碎鸡蛋对碎洋葱的比例等等。"这道菜符合碎切鲱鱼的最高规格。"他对服务员说，随后他对我说，"你没有给我虚假信息吧。"

"我何必呢？"

"因为我认为你不像我喜欢你那样喜欢我。"

"我也许喜欢你呢，"我回答，"跟你喜欢我一样。"

"愤世嫉俗者一生中哪一阶段会重新产生这种对纯真童年味道的渴望？既然这加了糖的鲱鱼在你的血液里流淌，要不要我来说个笑话？有个人走进这样一家犹太餐馆。他在餐桌边坐下，拿起菜谱看了一遍，决定他要吃什么。当他再次抬头看时，来了一位服务员，他是个华人。服务员用地道的意第绪语说：'Vos vilt ihr essen?'这位华人服务员问的是：'你想吃什么？'顾客惊呆了，不过他继续往下点菜。以后每上一道菜，这个华人服务员就说这是你的菜，希望你喜欢，所有这些话都是用地道的意第绪语说的。饭后，顾客拿起账单，走到收银处，老板就坐在那里，就像现在坐在收银机后面那个系着围裙、体格魁梧的家伙那样。老板用奇怪的口音，和我的极为相似，对那位顾客说：'一切都还可以吧？一切都过得去吧？'顾客非常满意。'好极了，'他对老板说，'一切都非常好。那个服务员——这才是最令人感到惊奇的——他是个华人，可是他说一口绝对标准的意第绪语。''嘘，嘘——'老板说，'别太大声——他以为自己在学习英语呢！'"

我开始哈哈大笑，他笑着说："以前没听过这个笑话吧？"

"你会以为，迄今为止，我听过所有关于犹太人和中国服务员的笑话吗？没有，这个没听说过。"

"可这是个老笑话了。"

"我从来没听过。"

在我们安静地用餐时，我在想，这人身上到底有没有半点真实，他身上是否存在着任何比耍花招、设圈套和操纵别人的冲动更有激情的东西。皮皮克应该在他的指导下多多学习。也许他受过他的指导。

"告诉我，"我突然说，"是谁雇用了皮皮克？是时候告诉我了。"

"我是否可以这样说,这是偏执狂在发问,而不是你——你不过是一个浅薄的意识,有你自己组织万事万物的先入主见,去面对混乱的现象,面对人类拒绝思考的心智生活,面对我们工作中的种种风险。这是个偏执的世界,但是别做过头。谁雇用了皮皮克? 生活雇用了皮皮克。即便世界上所有的情报机构一夜之间被废除,还会有大批形形色色的皮皮克们去使人们有序的生活复杂化,去破坏人们正常的生活。自由职业者,无足轻重的无聊人,他们的目的只是balagan①,进行毫无意义的蓄意破坏,制造极度混乱,比起那些一心献身理性、完美和崇高目标的人(比如你我),他们也许更加深植于现实之中。让我们别再在非理性的神秘上浪费更多疯狂的梦想。这不需要任何解释。生活本身缺失了什么,而这种缺失让人恐惧。人们从像你的皮皮克那样的人身上模糊地联想到所有缺失的东西。你必须在没有幻想的光环下学会忍受这样的真相。让我们继续下去。让我们认真起来。听我说! 我是自己出钱来到这里的。我来了,靠自己的力量,作为朋友。因为你我才到这里来。你不必对我负责,但我却碰巧感到对你负有责任。我对你要负责! 乔纳森·波拉德将永远不会原谅他的智囊团在他需要他们的时刻抛弃他。当联邦调查局锁定波拉德时,亚古尔先生和埃坦先生完全不顾他,让他自己管自己。佩雷斯先生和什穆埃尔先生也是这样。用波拉德的话来说,他们'对我个人的安全不采取起码的保护措施'。现在波拉德被以最高警戒级别终身监禁在美国最糟糕的监狱里。"

"两种情况有所不同。"

"这正是我要指出的。我雇用了你,也许甚至带着一种虚假的诱惑,现在我将尽一切努力防止你发表这最后一章,那可能会使你在将来很长时间内面临困难。"

---

① 希伯来语,混乱。

"说得明确些。"

"我不能详细说明,因为我不再是这个俱乐部的一员。我只能告诉你,从以往的经验看来,当某人造成恐慌,而这种恐慌是因为这一章按现在这种内容发表而引发的,这时,人们永远不会选择无视它。如果有人认为你危及了一个特工的安全,那么一次简单的接触就会——"

"简言之,我正在受到你威胁。"

"像我这样一个退休公务员根本不可能威胁任何人。别把警告错当威胁。我来纽约是因为我不可能在电话上或者信件里向你传达你言行失检的严重程度。请听我的话吧。现在在内盖夫,我开始恶补多年未读的书。我先读你所有的书,甚至那本有关棒球的书,不过对于我这样背景人来说,都有点像读《芬尼根守灵夜》,这你得理解。"

"你是想看看我是否值得拯救。"

"不,我想过得快活些。我的确活得很舒坦。我喜欢你,菲利普,不管你信不信我。先是通过我们一起工作,随后通过阅读你的书,我逐渐对你相当尊敬。甚至,非常不专业地说,有些像家庭成员的感情。你是个好人,我不想看到那些想败坏你名声的人,那些想玷污你名字或者也许做出甚至更加恶毒事情的人害你。"

"咳,你仍然在装神弄鬼,退休不退休都一样。你完全是个非常有趣的骗子。不过,我觉得对于这里正在进行的行动我并没有一种责任。你代表你的人民来胁迫我闭嘴。"

"我完全是自愿来的,事实上自己花了很多钱,我来问你,是为了你好,在这本书的结尾,别写超出你作为作家一生写作的范围。少点想象力吧——这要不了你的命。相反会救了你。"

"如果我按照你的要求去做,那么整本书就会很虚伪。把虚构想象说成事实会毁了一切。"

"那就称它为虚构小说吧。再添一条说明：'此故事纯属虚构。'那样没有欺骗任何人——没有欺骗你自己、你的读者或者迄今为止你完美无瑕地服务过的人，你也就不会有负罪感。"

"不可能。根本不可能。"

"那么这里有个更好的建议：不用某种想象的东西去取代它，一生中特别关照自己一次吧，就把这一章全部删去。"

"没有结尾就发表这本书？"

"对，不完整，像我一样。残缺也能有效，用它自己丑陋的方式。"

"不包括我特意去雅典获取的东西？"

"你为什么坚持说你仅仅作为一名作家从事了这次行动？明明现在你跟我一样，在我最近拜读了你所有的作品之后，心里清楚你是作为一个忠诚的犹太人来从事和完成这次行动的！你否定犹太爱国主义的决心为什么如此坚决？我从你的作品中了解到，你的身体里或许除了男人的性欲就是犹太人的身份了。为什么要像这样掩饰你犹太人的动机，而事实上你在思想上与你的爱国同胞乔纳森·波拉德一样坚定？我像你一样，只要有可能，宁可永远不去做这显而易见的事情，而是继续假装仅仅为了职业需要去雅典——比起承认因为自己碰巧骨子里是犹太人才去的雅典，这么做真的更无损于你的独立性吗？你作为犹太人本身是你最不可告人的罪行。读过你作品的人都知道这一点。作为一个犹太人，你去了雅典，作为犹太人，你将不发表这一章。犹太人为你作了很大的忍让。甚至你也会承认这一点。"

"是吗？他们忍了吗？忍了什么？"

"忍住非常强烈的想捡起一根棍子，把你的牙齿打落到你喉咙里去的欲望。然而，四十年来，没人这样做。因为他们是犹太人，而你是作家。他们反而给你颁奖，授予你名誉学位。可拉什迪却没得到同样的待遇。如果没有犹太人，你会成何种人呢？没有犹太人，你会成为什么东西？你所有的作品都应该归功于他们，甚至包括那本有关棒球的书，以及那个无家可归的流浪球队。犹太特色是他们为你设置的问题——没有犹太人用那个问题逼得你发疯，就根本不会有什么作家。表现出一些感激之情吧！你快六十岁了——趁你的手还热乎的时候给予吧！我提醒你，什一税曾经是犹太人以及基督教徒中间一种非常普遍的习俗。他们收入的十分之一用来支持他们的宗教。犹太人给了你一切，你能不能将这本书的十一分之一奉献给他们呢？也许只有你所有发表作品页数的百分之一中的五十分之一，用来感谢他们？为他们把第十一章删去，然后公开发表，不管是真是假，称剩下的部分为艺术品。媒体问起时，就告诉他们：'斯迈尔斯伯格？那个信口开河、说话声调滑稽的瘸子是一个以色列情报官？我丰富的臆想。莫伊舍·皮皮克？万达·简？你们又被骗了。像这两人一样的黄粱美梦怎么可能随便让人碰上？幻觉，纯粹的谵妄——这是此书的核心。'顺着这样的思路对他们透露一些，那么你就会省去许多麻烦。具体怎么说看你。"

"是吗，对皮皮克也这样？你最后是在回答我谁雇用了皮皮克吗？你是在告诉我皮皮克是你丰富臆想的产物吗？为什么？为什么？我不理解为什么。为了把我骗到以色列？可我已经打算到以色列去见阿哈龙了。引诱我与乔治对话？可我已经认识乔治了。把我骗去旁听对德米扬尤克的审判？你得明白我对那些事情感兴趣，我自己会去听的。你为什么需要皮皮克来将我卷入其中呢？因为金克丝？你完全能找到另一个金克丝。从你这边来说，制造出这种生物到底是何原因？从摩萨德（它是个情报机构，目的很明确）的观点来看，你为什么要制造出这个皮皮克来？"

"假如我有一个现成的答案，凭良心说，我能告诉长着像你这样一张嘴的作家吗？请接受我的解释，皮皮克的事就这么算了吧。皮皮克不是犹太复国主义的产物。皮皮克甚至不是大流散主义的产物。皮皮克也许是对人类事务所有最无意义的影响中最强大的产物，那就是皮皮克主义，使一切事情无足轻重的反悲剧力量——闹剧化一切，琐碎化一切，表面化一切，连我们作为犹太人的苦难也不例外。皮皮克的事情已经说够了吧。我只是建议你对媒体讲话要前后一致。把事情简单化，他们只是新闻工作者。'没有例外，伙计们：书从头到尾都是假设的。'"

"乔治·齐亚德也是假的？"

"乔治你不必担心。他妻子不是给你写过信吗？我想写过的，既然你们是那么要好的朋友……难道你还不知道？那我得让你吃惊了！你巴解组织方面的顾问已经死了！"

"真的吗？这是事实吗？"

"可怕的事实。在拉马拉被谋杀了。他跟儿子在一起。几个戴着面具的人捅了他五刀。他们没动他的儿子。大约一年前的事。迈克尔和他母亲又一起生活在波士顿了。"

终于在波士顿重获自由——但现在又永远不会自由——因为要完成父亲的遗愿。又一个交了厄运的儿子。所有的激情化为乌有，现在这将成为迈克尔终生的窘境！"为什么？"我问，"谋杀他的理由是什么？"

"以色列人说因为他是巴勒斯坦人的同谋。他们每天都像这样相互谋杀。巴勒斯坦人说他是被以色列人谋杀的——因为以色列人是刽子手。"

"你的看法呢？"

"我说一切皆有可能。我说也许他是同谋，为了以色列人被也是同谋的巴勒斯坦人谋杀了——也许又不是。对于写了这本书的你，我说我不知道。我说在像我们这样的处境里，变化是无限的，在这里，目的是创造一种氛围，在这种气氛里，没有阿拉伯人能感到安全，他不知道谁是他的敌人，谁是他的朋友。没有一样东西是稳固的。

这是给被占领地内阿拉伯人的信息。他们身边正发生着什么事情，他们知之甚少，把一切都弄错。他们的确知之甚少，他们的确把一切弄错。如果住在那边的人情况是这样，那么像你这样住在这里的人的情况也会一样，你知道得甚至更少，把一切事情甚至弄得更错。这就是为什么要把你背景设在耶路撒冷的书说成是你臆想虚构的，也许不会像你担心的那样误导读者了。把全部的五百四十七页称作是假设虚构的也许非常精确。你认为我是个大骗子，那现在就让我开诚布公，十分坦率地对一个我非常钦佩他作品的作家评论一下他的书。评论英语写作我不够资格，尽管你的文笔在我看来非常出色。但是就其内容而言——嗯，坦率地说，我读了，我笑了，不仅仅是在我该笑的地方笑了。这不是对真实事件的报道，因为，非常简单，你根本不了解所发生的事情。你几乎没有把握任何客观现实。你完全不明白它的意义。对于当时正在发生的事情以及它的意义，我无法想象出一个比这更幼稚的报道。我不想扯得太远，说实在的，十岁的孩子都能理解这种现实。我宁愿把它看成极端主观主义，这种观点认为观察事情的视觉对于观察者的思想有独特影响，因此除了虚幻小说，用其他形式发表这本书都将是最大的谎言。把它称作艺术创作吧，因为它或多或少是这个样子，你大概也只能这样称它了。"

二十分钟以前我们就已经用完餐了，服务员已经撤去了所有的餐具，只留下我们的咖啡杯，而且他已经回来续过好几次。到那时为止，除了谈话，我已经忘却了一切；只在此时我才注意到顾客开始陆陆续续进来吃午饭，其中有我的朋友特德·索洛塔罗夫和他的儿子伊凡，他们坐在靠窗的位置，还没有看到我。当然了，我知道我不是像伍德沃德和伯恩斯坦那样在地下停车库会见秘密线人"深喉"那样会见斯迈尔斯伯格，但是，突然在这里见到某个我熟悉的人，我的心依然怦怦直跳，我感到我就像一个已婚男子，被人发现在一家餐馆里与情妇亲昵地交谈，很快开始算计如何用最好的办法介绍她。

"你自相矛盾的说法，"我轻声地对斯迈尔斯伯格说，"缺乏说服力，但是，对于我，你不需要任何说理。你希望我有不可告人的罪行，那样你就赢了。接下来就是取乐、讽刺、威胁，你在这里的花招跟在那边一模一样。你有没有留意你连珠炮似的诘问？一方面，这本书——现在是全部，不仅仅是最后一章——用你毋庸置疑的非偏执的观点来说，是为敌人的情报服务的，而这种情报会损害你们特工和他们联络人的安全，这种情报，从其性质来看，会将以色列国置于天知道何种灾难之中，会在今后几个世纪里危及犹太人民的福祉和安全。另一方面，这本书严重扭曲，无知错误地表现了客观现实，为了挽救我的文学声誉，保护我免受所有洞察秋毫的经验主义者的嘲弄，或者免受你恐吓说的也许是非常非常可怕的惩罚，我应该认识到事情的严重性，用什么方式发表《夏洛克行动》？加个副标题'一个寓言'？"

　　"绝妙的主意。一个主观论者的寓言。这就解决了一切问题。"

　　"除了准确性的问题。"

　　"可你怎么会知道准确与否呢？"

　　"你的意思是，锁在我主观之墙上的只是我的影子？瞧，这全是胡说八道。"我抬手示意服务员结账，无意之中也引起了伊凡·索洛塔罗夫的注意。自二十世纪五十年代中叶伊凡还是芝加哥的一名婴儿起，我就已经认识他了。当时，已故的乔治·齐亚德正在那里学习陀思妥耶夫斯基和克尔恺郭尔，伊凡的父亲和我都是忙忙碌碌的研究生，一起在大学里教本科新生作文。伊凡挥手回应，向特德指出我坐的餐位，特德转身耸了耸肩，表示天底下没有比这个地方更加适合我们巧遇了，前面好几个月我们试图安排一起聚聚、吃个饭，但都没如愿以偿。我意识到介绍斯迈尔斯伯格的确切方式，这使我的心再次怦怦直跳，不过这一次是喜悦得意的跳动。

　　"我们长话短说吧，"当账单放在桌上时我对斯迈尔斯伯格说，

"我认不清事情的本质,你能认清。我不能超越自己,你能超越自己。我不能脱离自我而存在,你能。我在自己的存在和自己的思想以外一无所知,我的思想全然决定我眼前的现实,可对于你来说,思想的运作方式有所不同。你知道世界的真面目,而我只看到了它的表面。你的论点是儿童哲学和廉价心理学,荒唐得甚至用不着反驳。"

"你绝对拒绝接受。"

"当然啰。"

"你既不会实事求是地解释你的书,也不会删除他们肯定不喜欢的部分?"

"我怎么能那样做?"

"如果我超越儿童哲学、廉价心理学,求助于乔菲茨·哈伊姆的智慧呢?'上帝啊,请赐予我力量,让我别说不该说的话……'作为最后一次恳求,如果我提醒你注意恶言律法,我会是在白费口舌吗?"

"引用《圣经·旧约》也没用。"

"一切事情都必须一个一个地处理,这是个人信念。你对自己那么有把握。你这么肯定只有你是正确的?"

"在这件事情上? 为什么不?"

"只相信你自己的判断,不考虑其他任何判断,一意孤行的后果——对于这些后果,你毫不在乎?"

"难道我必须考虑其他意见吗?"

"好吧,"他说,与此同时,我在他拿起账单前抢先签下来,免得他把这顿算在摩萨德头上,"那就这样吧,太糟糕了。"

说到这里,他转向身后倚靠在衣帽架上的拐杖。我绕过餐桌去帮助他站起身来,可他已经站起来了。当我们四目相对,他脸上的失望似乎说明他不可能在故意欺骗。难道这种对别人的操控不会在某个点停下来,哪怕是他? 这在我心中激起一种无声但不小的情感波澜,我心想他也许真的摒弃了伪装,出于对我幸福安康的真诚关切来到这里,决心帮我规避进一步的风险。但是即便如此,难道我就有理由屈服让步,自愿给他们一磅我的肉?

"在这本书的第一章里,你描写自己从穷困潦倒出发,一路走来,长路漫漫。"他不知怎的在拄起拐杖、握住杖柄的同时拿起了他的公文包,而我第一次注意到他那灵长目动物似的毛茸茸、强有力的小手指,尺寸比人类小一点儿,这种能够在丛林中纵身跃荡的动物,它能缠住东西的尾巴转眼间会把斯迈尔斯伯格从我们的餐桌边带到大街上。我猜公文包里就装着我的手稿。"所有这一切不确定因素,所有的恐惧和不安——现在似乎都已被你妥妥地抛在身后了。你是没法说服的。"他说,"Mazel tov!①"

"只是现在,"我回答,"只是现在。没有一样东西是稳固的。人类是不稳定的支柱。这不就是信息吗?一切事物的不稳定性。"

"你书里的信息?我不会这么说。这是一本幸福的书,因为我已经读过了。书中充满了幸福。有许多磨难和痛苦,不过它是有关某个正在康复的人的故事。每当他感到自己的复原情况变差,旧病又要复发时,是他与这一路上所遇之人的交往赋予了他无尽的活力和能量,这就是为什么他能调整自己,绝处逢生。这是古典意义上的喜剧。他毫发无损,死里逃生。"

"不过,只是到目前为止。"

"是啊,也对。"斯迈尔斯伯格遗憾地点点头说,"但是,我所说的'一切事物的不稳定性',是指你书里的信息。我的意思是反复灌输不稳定因素无处不在的信息。"

"那个?可那是永久存在的、不可改变的危机,有生活就有危机,你说对吗?"

这就是操控我的犹太操控手。我想,我的结局还不算太糟糕。

---

① 希伯来语,祝你好运。

波拉德的结局可惨了。对,斯迈尔斯伯格是我这类犹太人,在我看来,他就是典型的犹太人,犹太的精华。世俗消极。诱惑啰唆。理智纵欲。仇恨。谎言。怀疑。现实。真相。聪明。恶意。滑稽。韧性。善于表演。伤害。损害。

我跟在他后面,直到我看见特德起身招呼。"斯迈尔斯伯格先生,"我说,"请等一下。我想给你介绍一下索洛塔罗夫先生,他是编辑、作家。这位是伊凡·索洛塔罗夫,伊凡是一名记者。斯迈尔斯伯格先生佯称,这些天来他遵循我主的戒律,在沙漠里当园丁。事实上,他是以色列的特务头子,就是他劫持了我。如果以色列有一个最深处的房间,那里有人能说'我们的优势就在此地',那么,斯迈尔斯伯格们就会很高兴地去夺取它。以色列的敌人会告诉你,从公共机构的意义上来说,他就是国家、爱国和种族精神失常的决策中心。我会说,从我的经历来看,如果在那个疯狂国家里果真有中央意愿这种东西,那么在我看来全都投入在他的身上了。可以肯定地说,他也是个神秘人,这点很适合他的职业。比如,他真是挂着这两根拐杖四处游荡?他会不会事实上是个出色的运动员?这也是有可能的。不管怎么说,他让我经历了一些神奇的令人困惑不解的冒险活动,这些你很快就会在我的书中读到的。"

斯迈尔斯伯格几乎腼腆地微笑着先与父亲特德,然后与他的儿子伊凡握手。

"为犹太人当间谍?"伊凡好奇地问我,"我以为你是在监视他们。"

"在这件事情上,是一种没有差别的差别——也是斯迈尔斯伯格先生和我之间纷争的根源。"

"你朋友,"斯迈尔斯伯格对特德说,"急于要构建他自己的灾难。他是否总是这样急于做过头事?"

"特德,我会给你打电话的。"我说。不理会站着的特德,他高出斯迈尔斯伯格很多，还在迷惑不解，不知道我与斯迈尔斯伯格之间，除了我刚才故意喋喋不休的那一通，到底是什么关系。"伊凡，见到你很高兴。再见！"

特德柔声地对斯迈尔斯伯格说："您多保重！"我与操控我的人一起朝收银台走去，在那里付了账，随后离开商店，走到大街上。

在西八十六街离教堂台阶仅几英尺的拐角处，有一对贫苦的黑人夫妇，他们睡在一条肮脏不堪的毯子底下，周围是中午喧闹的车流。斯迈尔斯伯格将他的公文包递给我，叫我替他打开。我在包里发现了十一章书稿的复印件，依然放在那个马尼拉大纸袋里，我原来就是用这个袋子将书稿寄给他的。袋子下面又有一个小一点的信封，厚厚的，长方形状，正好相当于砖头大小，封面上用粗黑字体写了我的名字。

"这是什么？"我问，不过我只用一只手掂了掂信封就知道里头装的是什么，"谁的主意？"

"不是我的。"

"这里是多少？"

"不知道。我想相当多。"

我真想举起信封，尽可能远地将它扔到马路上去，但就在这时，我看见一辆购物推车，里面装满了各色各样的日用品，那是属于在教堂台阶上睡觉的黑人夫妇的，于是决定走过去，将信封丢在那里。"三千达克特。"我对斯迈尔斯伯格说。自从雅典以来，我第一次大声重复联络暗号，这是他在我出发进行这次据称是为了乔治的行动之前让我用的暗号。

"不管多少，"他说，"都是你的。"

"为了什么？为了已经提供的服务，还是为了刚才建议我去做的事情？"

"我在下飞机时发现了公文包里的信封。没人告诉我任何事情。

在离开肯尼迪机场的路上，我打开公文包，看到信封里的钱。"

"哦，天哪！看在上帝的分上，"我对着他高声喊道，"这就是他们对波拉德干的事情——把钱塞给那个可怜的家伙，然后把他害惨了！"

"菲利普，我不要属于我的东西。我不希望被指控偷窃不是我的东西。我请你将这东西从我手里拿走，别让我在我不再扮演角色的事件中成为受害者。喏，你从来没有要求支付你在雅典的花销。你用美国运通信用卡支付宾馆费用，甚至还有一大笔餐费。收下吧。拿去支付你在西方文明的源头做间谍时产生的各种费用。"

"我刚才还在想，我可能做得比你还差，"我说，"现在却很难想象这怎么可能。"我把装着我手稿的信封夹在腋窝下，与此同时，将装满钱的信封放回公文包里。"喏，"我说着帕的一声合上公文包并将它递还给斯迈尔斯伯格，可是他仅仅拄着拐杖，拒绝接包。"那好吧，"说话间我看见那个在教堂台阶上睡在她同伴旁边的女人已经醒来，谨慎地关注着我们俩，我将公文包放在斯迈尔斯伯格脚前的人行道上，"摩萨德为无家可归非犹太人提供的基金。"

"别开玩笑，求你了——把包捡起来！"他说，"收下吧。否则，你不知道会发生什么事情。拿着钱，就按他们的要求去做。摧毁一个人的声誉跟摧毁核反应堆一样，是一种严肃的间谍活动。当他们决心禁掉一个他们不喜欢的声音时，他们知道如何达到目的，不会像我们那些伊斯兰兄弟那样笨手笨脚。他们用不着一条愚蠢野蛮的死刑令就能把一本没有人可以读的书的作者变成一个殉教的英雄——相反他们会悄无声息地在他的声誉上下功夫。我指的不是像他们过去对你那样，半真半假地放任那些御用文人在他们的杂志上对你进行攻击，我指的是真刀真枪——恶言：无法停止的恶意中伤，平息不了的流言蜚语，永远无法抹去的人生污点，贬低你职业素养的造谣讹传，嘲弄你商业欺诈和反常变态的记录报道，还有义愤填膺的辩论文章,谴责你道德沦丧、行为不端以及你的性格缺陷——你的浅薄、你的庸俗、你的懦弱、你的贪婪、你的下流、你的虚伪、你的自私、你的背信弃义。有辱人格的信息,诽谤性的声明,侮辱性的诙谐,诋毁性的轶事,无聊的嘲弄,恶意的饶舌,歹毒的荒诞言论,伤人的俏皮语,怪诞的谎言。恶言规模如此之大、程度如此之深,不仅保证给当事人带来恐惧、苦恼、精神孤立以及金钱损失,而且会大大缩短其寿命。他们会把你努力了近六十年才取得的成就弄得一团糟。你的生活将没有一片净土。如果你认为这是夸张,那么你真的对现实缺乏了解。对一个秘密组织,没有人会说'他们是不会做这种事的'。信息满天飞,不可能得出那样的结论。他们只能说:'我的经验告诉我,这事做不成。再说人总有第一次。'菲利普,别忘了你朋友科辛斯基的遭遇! 那个乔菲茨·哈伊姆可不只是在哼什么《迪克西》①小曲儿:对于一个口无遮拦的犹太人来说,没有什么过分、恼怒、恶毒的话是说不出口的。你不是乔纳森·波拉德——你既不会被抛弃也不会被断绝关系。相反,有人正在给你一生一次的好处,这人对你产生了最崇高的敬意,不忍心袖手旁观,看着你被人毁掉。你写的东西带来的后果简直难以估算。我为你担心。任何一根敏感的神经你都没有放过。你写的不是一本安分的书——即使从你采取的极端的犹太人立场来看,这也是一本找死的书。请收下钱吧,我求你了,我求你了。否则,你在皮皮克那里所遭受的苦难只会像屈辱与羞耻之洋中的一滴水。他们会把你变成一个行走的笑话,在你边上皮皮克看上去像埃利·维瑟尔,只说那些崇高而又纯洁的话。你将会向往一个像皮皮克那样的冒名顶替者所受的侮辱,因为当他们成功亵渎了你和你的名誉时,皮皮克看上去就像谦虚、尊严和追求真理的化身。别引诱

---

① *Dixie*,美国南北战争时期在南部各州流行的战歌,现仍流行。

他们,因为当他们的任务是暗杀一个哪怕像你这样的 tzaddik^① 时,他们的创造力是无限的。一个正直的人,一个操行端正的人,这就是我对你为人的理解——大声疾呼,阻止羞辱这样一个人,是我生而为人的职责所在!菲利普,捡起公文包,把它拿回家去,然后把钱藏在你的床垫里。没有人会知道的。"

"作为回报呢?"

"让你的犹太良知成为你的向导。"

---

① 希伯来语,圣贤。

写给读者的话

　　本书为一部虚构作品。第三章和第四章里援引的与阿哈龙·阿佩尔菲尔德的正式对谈发表在一九八八年三月十一日的《纽约时报》上；第九章援引的耶路撒冷地区法庭一九八八年一月二十七日早晨对于约翰·德米扬尤克审判的逐字记录是发生在法庭上的真实对话。除此之外，人名、地名、事件或为作者想象的产物，或为虚构而来。任何与真实的事件、地点、健在或已故人物的雷同之处皆属巧合。本告白为假。

Philip Roth
OPERATION SHYLOCK
Copyright © 1993，Philip Roth
Simplified Chinese Edition Copyright © 2023
SHANGHAI TRANSLATION PUBLISHING HOUSE（STPH）
All Rights Reserved.

图字：09-2018-727 号

图书在版编目（CIP）数据

夏洛克行动/（美）菲利普·罗斯（Philip Roth）
著；黄勇民译. —上海：上海译文出版社，2022.6
（菲利普·罗斯全集）
　书名原文：Operation Shylock
　ISBN 978-7-5327-8907-8

　Ⅰ.①夏… Ⅱ.①菲… ②黄… Ⅲ.①长篇小说—美
国—现代 Ⅳ.①I712.45

中国国家版本馆 CIP 数据核字（2023）第 088131 号

夏洛克行动

[美] 菲利普·罗斯　著　黄勇民　译
出版统筹/赵武平　责任编辑/王源　装帧设计/COMPUS·汐和

上海译文出版社有限公司出版、发行
网址：www.yiwen.com.cn
201101　上海市闵行区号景路 159 弄 B 座
杭州宏雅印刷有限公司印刷

开本 890×1240　1/32　印张 12.75　插页 5　字数 266,000
2023 年 7 月第 1 版　2023 年 7 月第 1 次印刷
印数：0,001—5,000 册

ISBN 978-7-5327-8907-8/I·5509
定价：88.00 元